湛庐 CHEERS

与最聪明的人共同进化

HERE COMES EVERYBODY

蚁丘

ANTHILL

[美]爱德华·威尔逊（Edward Wilson）著
王尔山 魏闻骐 译

浙江教育出版社·杭州

Edward
Wilson

爱德华·威尔逊

- 社会生物学之父，自然科学巨擘，被誉为“当代达尔文”
- 一生屡获殊荣，包括克拉福德奖、美国国家科学奖章和两次普利策奖
- 《时代周刊》评价他为“对当代美国影响最大的 25 个美国人”之一

爱德华·威尔逊
Edward Wilson

从钟情于蚂蚁的少年到世界级蚂蚁研究权威

1929年，威尔逊出身于一个平凡的家庭。年幼时，他的父母离婚，上学前他被托付给海边一户人家。海边的生活使他对大海里的生物着了迷，常常在海边看水母，这是他对自然界产生兴趣的源头。但是一次不幸的事故让他失去了右眼视力，这使他无法站在远处观察鸟类和哺乳动物，转而专注于观察微小的生物，并开始对蚂蚁产生了浓厚的兴趣。

威尔逊的名声和成就都建立在他对蚂蚁的研究之上。从事蚂蚁研究60多年，关于蚂蚁社会结构的相关发现奠定了他在这个领域的权威地位，并促使他构建出了社会生物学体系。每当他见到蚂蚁，都会像一个充满童真的孩子。蚂蚁已经融入了他的生活，成为他传奇的一部分。威尔逊晚年创作的唯一一部小说《蚁丘》，讲述一个从小爱好观察蚂蚁的男孩不断学习成长，日后用所学知识保护家乡生态的故事，这也是他自己人生的某种写照。

开创全新学科“社会生物学”引发生物学界大震荡

1975 年夏天，威尔逊出版了他名震天下的著作《社会生物学：新的综合》，30 多年来，至今依然无人能够超越。在这本极具前沿性的书中，威尔逊认为，从蚂蚁到大猩猩，各种动物的社会行为都有其相对应的生物学机制。他把这个观点推广到了人类。威尔逊认为人类的特征都是由基因决定的：基因不但决定了我们的生物形态，还帮助塑造了我们的本能，包括社会性和很多其他个体特性。这种想法引起了不少人的恐慌，在当时的思想界掀起了轩然大波，也招致大量激烈的批评。

在 1978 年的美国科学促进协会的年会上，有一位年轻人居然把一瓶冰水浇到威尔逊头上，其他示威者则齐声高喊：“威尔逊，你湿透了！”（Wilson,you're all wet!）这句美国俚语的含义是：“你大错特错！”后来，威尔逊不失风度地将这件事情称为“冰水事件”。这次事件成了近代美国史上科学家仅仅因为表达某个理念而遭到身体攻击的唯一一宗案例，但威尔逊没有消沉，反而越战越勇。虽然他创立社会生物学学科时受到一些社会人士的反对，但是这并不影响他对于科学研究的贡献，在社会生物学越来越被大众熟知之后，社会生物学被科学界定为一类学科，威尔逊也因此被称为“社会生物学之父”。

重新定义人类存在的意义 被誉为“当代达尔文”

威尔逊一直认为：“达尔文才是那个改变一切的人，包括人类对于自我的认知；他比哥白尼更伟大。”这也推动着他不断地做出更深入的研究，让他对人类存在的意义的追索变得更迫切。在我们这个时代，或许再也没有人比他更有能力来清楚地回答“人类存在的意义”这样的终极命题。

威尔逊是一位殿堂级的科学巨人，除了在学术上的卓越成就以外，他还是一位著名的作家和科普大师，撰写过一系列著名的科普著作，他的《蚂蚁》和《论人性》更是两次荣膺普利策非虚构类写作奖。《自然》杂志评价他“既是世界级的科学家，也是伟大的写作者”。《时代周刊》评选他为“对当代美国影响最大的 25 个美国人”之一。他一生屡获殊荣，囊括 100 多项大奖，如瑞典皇家科学院颁发的克拉福德奖、美国国家科学奖章等，被认为是“当代达尔文”。

发起“半个地球”计划 为深爱的生物多样性奔走

晚年的威尔逊又从理论领域回到了实践领域，关注的主题却仍然是自己深爱的自然。他致力于保护自然环境和生物多样性，到处演讲并多次撰文，宣扬“亲生命性”与“生物多样性”等观念。他在《半个地球》中指出：人类自以为是地球的主宰，但这并不是真相，我们和自身家园之间的关系正越来越疏远。

他提出，只有将地球表面的一半交还给大自然，我们才有希望拯救并保留地球上的众多生命形式。人类一定要对生物多样性的重要性有更充分的认识，并迅速行动起来对濒危物种予以保护，否则我们很快就会失去地球生命中的绝大部分物种。2000 年，威尔逊因为在环境保护方面的成就，再次被《时代周刊》评选为世纪人物。

谨以此书献给

M. C. 戴维斯（M. C. Davis）和萨姆·夏因（Sam Shine）

美国自然遗产的保护者

他们保护高高的树木，也关照卑微的蚂蚁

蚁丘【读音：ME *ante hil*, fr. *ante* + hil hill】1. 蚂蚁或白蚁挖掘巢穴时的余泥堆积成的山丘。2. 忙碌的人们不停移动形成的拥挤社区。<“人类族群”（the human anthill），H.G. 威尔斯>

——《韦氏第三版新国际英语辞典》

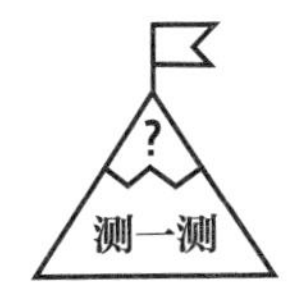

关于人类身处的生物圈，你了解多少？

扫码鉴别正版图书
获取您的专属福利

- 除了大气圈的底部、水圈大部分以外，生物圈还包括：（ ）

  A. 土壤圈表面　　B. 地质圈表面

  C. 岩石圈表面　　D. 地壳表面

- 生态系统中的生物部分包含哪三种角色？（ ）

  A. 生产者、消耗者、解构者

  B. 生产者、消费者、分解者

  C. 捕食者、竞争者、消费者

  D. 捕食者、消费者、分解者

扫码获取全部测试题及答案，一起揭秘生物圈

- 关于生物圈的定义，下列表述错误的是：（ ）

  A. 生物圈是自然灾害主要发生地，它衍生出生态环境灾害。

  B. 生物圈是地球上最大的生态系统。

  C. 地球上所有生物链的总和就叫生物圈。

  D. 生物圈是一个封闭且能自我调控的系统。

扫描左侧二维码查看本书更多测试题

目 录

序　言

三个平行世界的故事

本书要讲的是三个平行世界的故事，只不过这三个世界实际上存在于同一时空。它们一同崛起，然后纷纷衰落，之后又东山再起，只是各自起落的周期有着天壤之别，所以每一个世界都对另外两个浑然不觉。

其中最小的一个世界属于蚂蚁，它们在泥土里建起自己的文明，在我们野餐的地方创作出波澜壮阔的史诗。蚂蚁种群跟人类社会差不多，总是处于无休止的冲突之中。对多数蚂蚁种群来说，一种与生俱来的紧迫感驱使它们打上一仗。蚂蚁种群不断扩张，奋力生存，有时会击败邻居，占领对方的地盘。但最终它们都会死去，古往今来皆是如此。

第二个世界是人类社会。当然，人与蚂蚁的世界存在巨大差别。但从根本上看，两个世界的周期非常相似。这种相似性带有某种遗传学性质。因此蚂蚁社会可以用来类比人类社会，反之亦然。在诗人荷马笔下，人类和蚂蚁也许是一样的——“宙斯赋予我们历经残酷战争的命运，从青壮到老年，直至死亡，谁也逃脱不了。”[①]

第三个世界无论从时间还是空间上看都要比前两个大成千上万倍，这就是生物圈，所有生命的总和，它像一层细胞膜一样包裹在整个地球的表面。生物圈的周期漫长而宏伟。人类作为构成这个生物圈的无数物种之一，有足够的能力扰乱生物圈，却不可能一走了之或直接毁灭它：无论离开还是毁灭，都将同时导致人类自己的灭亡。人类可以摧毁其他物种的生命，可以破坏生物圈。但毫不例外，人类作为一个物种早晚要为自己的每一个鲁莽行为付出无谓的代价。

① 出自荷马史诗《伊利亚特》。据记载，特洛伊战争中，阿喀琉斯率领的密耳弥多涅人（Myrmidones）的祖先是一群被宙斯变成人类的蚂蚁，被称作“蚂蚁人”。他们如蚁群中的工蚁一般忠于领袖，作战英勇。——编者注

I

湖畔的初次探险

01

劳动节[1]两星期前，拉斐尔·塞姆斯·科迪和堂兄朱尼尔一起坐在罗克西冰激凌店里，浇满奶油糖浆，还撒了碎核桃的杏仁脆冰激凌人手一份。屋外沉闷的空气因经过了墨西哥湾而变得潮湿，再由佛罗里达狭长地带散射出来的热气充分炙烤之后变得灼热，笼罩在这个名叫克莱维尔的小镇上。亚拉巴马州的天空晴朗得让人绝望，压根儿不打算来一场痛快的午后阵雨。客人们一边走进店里，一边扯着粘在身上的汗衫。

“我的天，外面也太热了。”一个穿着一身亚麻西装的生意人推门进来，说完还叹了一口气。

坐在板凳上的农夫笑着说：“可不是，热过一桶红火蚁[2]。”

朱尼尔压根儿不关心这些，只顾着对拉斐尔说：“我有一个好主意。咱们试着去找找奇科比巨蟒吧。”他指的是亚拉巴马州的尼

---

① 美国的劳动节为每年 9 月的第一个星期一。——译者注

② 被这种蚂蚁咬后，被咬部位灼痛如火烧。——编者注

斯湖水怪[①]。在 20 世纪，有好几百个本地人宣称自己见过一条像蛇一样的巨大神秘生物潜伏在奇科比河的深水里。

“别了吧，这也太扯了，”拉夫（大家经常这么叫拉斐尔）回应道，“那根本就是他们编出来的故事。哪有什么奇科比巨蟒。”

朱尼尔早就料到他会这么说。“当然有，而且千真万确。很多人都见过。你只要悄悄地沿着河一路漂过去，不要用舷外发动机之类的东西。一定要让你的船看起来像是一根浮木或者类似的东西，你懂的。”

“呃，真是这样吗？假如真有那么多人见过，”拉夫反问，“为什么他们连一张照片都没拍到？”

“有可能他们根本就没带相机，只是刚好在外面钓鱼呀。要不这样好了，咱们带上相机。我有一部。要是能拍到哪怕一张照片，咱俩铁定一夜成名。”

“传说中那玩意儿长什么样？”拉夫问道。

“就跟一条大蛇差不多吧。身子卷曲着，没人见过它的头，都只见过它身体的一部分。”

拉夫又摇起了头：“我看还是算了吧，我爸妈——”

“哎哟，拜托，你别这么胆小好不好。”朱尼尔边说边像小鸡扇翅膀一样上下挥动着手臂，嘴里还“咯咯”叫了几声。“我们能有什么损失呢？一定会很好玩的。还可以顺道去拜访弗罗格曼，说不定他还会让我们见见‘大本’。你不想看看全世界最大的短吻鳄吗？”

没想到拉夫再次摇了摇头，这回更加坚定。“我就知道你疯了。要是进了弗罗格曼的地盘，他怕是要宰了我们。大家都说他在劳恩

① 传说生活在苏格兰尼斯湖（Loch Ness）里的神秘生物，长得如同一条蛇颈龙。——编者注

斯县杀过好些人，居然还能全身而退。我还听说，如果你离他的码头太近，哪怕只是在周围钓鱼，他都会大喊大叫冲出来说要杀了你。”

“啊，得了吧，”朱尼尔说道，“老弗罗格曼就是虚张声势而已，他连一只苍蝇都不舍得打死。去拜访他一定很有意思，回来还能跟大伙儿炫耀一把。说不定他还会让我们给‘大本’拍一张照片，那可就太值得炫耀了！”

“哦，是吗？我倒听说有人在奇科比河上失踪，还都尸骨无存。”

“你觉得这都是弗罗格曼干的？怎么可能。人们只要有那么一丁点儿怀疑他，老早就该把他带到克莱维尔警察局去，警察还会在他的地盘上挖受害者的遗体。”

“好吧，那又是谁干的呢？”

“我怎么知道？没准儿是奇科比巨蟒。也可能是他们自己摔下船淹死了，尸体被冲进了墨西哥湾。或许根本就没人失踪，一切都是编造的。”

“我还听说，弗罗格曼是个变态，”拉夫又想到一个反对理由，“他喜欢碰小男孩，你懂的。”

“怎么个碰法？”

“就是对他们做些奇奇怪怪的事情。”

“拉夫，你可真够恶心的。”16岁的朱尼尔比拉夫大一岁，他决定用一种更老成的方式来对付堂弟。只见他面有愠色，慢慢摇了摇头，似乎很惊讶居然还有人会如此无知。“也许你从什么地方听说了这些事情，可你能不能动脑筋想一想，假如是真的，他现在不该乖乖待在监狱里吗？”

拉夫没吱声，朱尼尔继续说道：“别当胆小鬼了。咱们明天一早就出发，穿过约翰逊农场到河边去。在那边的防洪堤上，我知道从哪儿能借来船。然后我们顺流往下漂上几千米，在波托莫码头靠岸。晚饭前就能赶回家，非常简单。”

“万一我爸妈发现了，他们会杀了我的。他们已经猜到你会带我闯祸，所以不让我跟你在外头瞎转悠。”

“告诉他们咱俩要去诺科比湖玩一整天，说我们打算去钓鲷鱼。他们不会多想的。”

两天后的早上 8 点，朱尼尔来找拉夫。在拉夫母亲面前做了最诚恳的保证和承诺之后，两个男孩骑上各自的自行车，沿亚拉巴马 128 号州际高速公路向东北方向前进，直到离开克莱维尔，转上一条县级小道。这儿几乎看不到一辆车，他俩总共只遇到了两辆迎面驶来的车，车斗里载满粗麻袋包装的绿番茄。两个人一路骑到约翰逊农场边的一条林中小溪旁，先在立交桥附近找到一丛茂密的灌木和杂草，把自行车藏了起来，然后爬着下到小溪边，把裤腿卷到膝盖上方，脱掉鞋子提在手里，蹚过缓缓流淌的清澈溪水。每踩一步，绵软的细沙便在脚趾间涌起，散落在溪底的光滑鹅卵石一个接一个抵住脚掌，那种感觉相当惬意。

他们顺流而下，朝着奇科比河方向前进。一路上，可以看见各种小鱼如离弦之箭嗖地冲进鳗草丛或陡岸的凹陷处。一只长满绿藻的东方泥龟趴在水底一动不动，静待他俩从身边走过。一条丝带蛇从伸到水面的树梢上掉进水里，一转眼就游走了。一只赤肩鵟大声嘶叫着从头顶腾空而起。他们一抬头就发现了赤肩鵟的窝，藏在树冠里，一不留神就会错过。

“筑巢的季节过了。”拉夫说了一句。

他们就这样继续往前走，水流变得平缓，水位变高，小溪渐渐汇聚成一个足以没过他们膝盖的池塘。两个男孩一前一后爬上岸，重新穿好鞋子，沿着杂草丛生的小道往前走。每当遇上小道被下层植被完全遮住的情况，他们就使劲扒开浓密的植物为自己开路，奋力沿着河道一点一点往前走。

走了近 2 000 米，水道变宽，溪水再度变浅。一部分溪水被一个小池塘四周的香蒲树丛导流到了一侧。两岸是稀疏的水栎、柏树以及其他一些喜欢长在沿海冲积平原的树种。他俩小心翼翼沿对角线方向左一步右一步向前走着，避开越来越泥泞的溪流底部。

“小心别踩到流沙。”朱尼尔提醒道。

拉夫跟在朱尼尔身后，心想，万一真碰到流沙，那第一个掉进去的也会是朱尼尔。两人就这样一前一后地走着，朝着奇科比河前进，一边跳过一个又一个小水洼，一边留意绕开一个又一个滑溜溜的泥潭。

终于，奇科比河出现在眼前。在清晨阳光的照耀下，河流表面泛起一层蓝绿色的银光。放眼望去，河的两岸全是冲积平原特有的树木，顶着巨大的树冠，整整齐齐围在两边，像一道绿色波涛从半空倾泻而下，延伸到河面。

奇科比河的水流平静缓慢。从河面的枯枝漂往下游的速度判断，河水就如同一个悠闲散步的人那样缓缓前行着。

到了这个位置，河堤在溪流的出水口一侧稍稍抬高了一些。两人从那片树种不太一样但长势更好的树林看出，这陡岸的高度使其刚好能不被上游暴雨过后的洪水淹没，除非洪水极为猛烈。朝向河边陆地一侧的河岸像断崖一般，泛着浅黄色的砂质黏土崖面上看不到一片落叶。断崖两侧的坡度渐渐变得平缓，最终变成一片缓缓接上水边的泥滩。

河岸上躺着6条划艇，每条都3米多长，没刷油漆，被绑在高高长在斜坡上的小月桂树的树干上，这意图也很明显：万一奇科比河发洪水了（这在沿海河流是很常见的事），这些小艇就会浮起来，自由漂动，但又不太可能挣断绳子，被洪水冲往下游——除非是遇到了最猛烈的洪水。

朱尼尔三步并作两步径直走向其中一条划艇，开始动手解开绳子。拉夫紧紧跟在后面。他朝小艇里看去，一条横置的木板算是座位，有两支船桨靠在上面。

“这都是谁的划艇啊？”拉夫问。

“鬼知道。”朱尼尔正在解开系泊绳上的绳结。

拉夫伸出一只手按住朱尼尔的胳膊：“嘿，等一下！我们可不能就这样把船偷走，会闯大祸的。”

“放松一点啦，行不行？”朱尼尔回答道，“谁说我们要偷船了？就是借来玩一下而已。我们可以坐小艇一路划到波托莫码头，然后把小艇停靠在那儿。小艇的主人可以过去把它取回来。人人都知道，从这儿借走小艇的人会把它留在波托莫码头。”

拉夫根本不信朱尼尔这一套。他太了解自己这位堂兄了，知道朱尼尔根本就是在偷窃。但拉夫同时也很好奇，像奇科比河这么一条大河，谁能有本事划着一条小艇逆流而上回到这里呢？不过他马上留意到，除了桨架，船尾还有一个可以安装外挂马达的底座。可是他跟朱尼尔都没有外挂马达，怎么才能把船送回这里？

不过，这些都不重要了。拉夫已经被眼前紧张的气氛裹挟住了。就在短短几米开外，波光粼粼的奇科比河向前流淌，此处河水很深，奇科比巨蟒没准儿就在附近。拉夫心想，万一他俩被抓个现行，人赃并获，他就说是朱尼尔告诉他可以这么做的。毕竟他看上去明显比朱尼尔要小，很容易就能躲过责备，就让朱尼尔负责解释吧。

朱尼尔解开系泊绳，小艇松开了。他俩一个推、一个拉，合力把小艇从泥滩上挪到浅水区，接着从小艇一侧爬上去，正式开始了今天的探索之旅。他们摇起船桨，把船头朝向下游的方向，努力让小艇一路贴着树木丛生的河岸前进。河面上看不见任何人，也听不到任何机动船只向他们驶来的声音，不管上游还是下游都没有。

“正常情况下你很可能会碰到两三个渔夫，”朱尼尔说道，“我爸带我和我妹妹来过这儿，他说一般都会遇到的。”

“这就奇怪了，”拉夫回答，“这里可真是太美了，我敢说在这儿钓鱼肯定很爽。”

“就是说啊，”朱尼尔表示同意，“不过，要过来也很困难，因为你得先穿过那些泥滩才能来到奇科比河这一片，而且，河水上涨的时候也够吓人的。大家都喜欢到更下游的地方去。大多数人干脆略过奇科比河，一路往南，直达埃斯坎比亚县。那里的码头也更多一些。”

拉夫仔细打量眼前这片河边森林，目光所及就像草莽荒原一般。他们经过一间渔夫的棚屋，里面只有一个小小的房间，靠几根柱子支撑，立在水面上，看上去已经被主人废弃。再往前划，一根绳子从头顶一棵巨大的水紫树的树枝上垂了下来。

“小屁孩喜欢拉着这根绳子从岸上荡过来，然后一松手跳进水里。”朱尼尔来了这么一句。

“不过他们是怎么过去的？没看见地上有任何道路或小径。”

“附近肯定有一条路。再不然就是搭着小艇过来的。”

足有成年人两个巴掌大的滑龟和甜甜圈龟这会儿正趴在倒下的树干或低垂的树枝上晒太阳，拉夫和朱尼尔的小艇离它们还有十几米远时，它们就哧溜一下滑进了浑浊的河里。

“这玩意儿一点都不好吃，”朱尼尔说道，“当然了，你就是想抓也抓不到。”

两个男孩划着小艇，经过了一条正向岸边游的水蛇，随后看到一只大蓝鹭一动不动站在沙洲边缘的浅水里，耐心等待鱼儿游过。两只鸭子呼啦啦扑扇着翅膀，排着紧密的队形从他们头顶飞过，笔直地朝下游飞去。一只红头美洲鹫和一只巨翅鵟乘着一股温暖的上升气流盘旋着往上飞去，飞得又高又远，只能看出大概的轮廓。

两只小一点儿的鸟儿长得像鹰一样，长长的尾巴带有分叉，这时正好从对岸的树冠顶上飞过。

“那两只肯定是燕尾鸢，”拉夫说道，“我还从来没有看到过一只真的呢。”他又热心地附加了一句：“它们会吃树上的蛇。”

尽管两个人不时抬眼扫视天空和岸上的树林，但其实他们的注意力全在水里，都在默默搜寻奇科比巨蟒的踪迹。可惜，到现在还没有看到任何像是巨蟒的东西。当然，他们也不会天真到指望传说中神出鬼没的巨蟒会在如此阳光明媚而又风平浪静的时刻主动现身。但他们仍然热切地期待着。

不久，茂密的树林如同一扇被推开的门一般突然分开，眼前豁然开朗。他们来到一处沙滩码头，那里停着一艘划艇，跟他们的那艘很像。一条看不见杂草和落叶的小土路向前延伸了几十米，通往一所小房子，它看上去像一个盒子，有一个镀锌钢板做的斜屋顶。这个住处保护得相当好。虽然墙面没有刷漆，但看上去很结实，没有半点破败的迹象。其中一面墙的木板条颜色更浅一些，可能是新近才安装上去的。走上三个台阶，就来到正门前窄小的门廊。门边有扇窗户，面向奇科比河，一道带抽绳的遮阳卷帘遮住了一部分窗子，但窗户上并没有安装布窗帘。

小艇触到河底后，拉夫和朱尼尔跳下船，合力把小艇拉上码头。

等他们搞定后转过身来，弗罗格曼已经站在那儿了，就在几米开外。他大概早就留意到他们了，趁他俩让小艇靠岸的工夫先从屋里走了出来。

弗罗格曼身高大概 1.85 米，身材和脸型都是瘦瘦长长的，40 岁左右，却一副饱经风霜的样子，看起来至少还要再老上 10 岁。他的脸被晒得黝黑，眼角和嘴角都布满皱纹。他赤着脚，身穿一条老土的蓝色吊带工装裤，胸前有一个工具兜，里面是一件系着袖口的米色衬衣，还戴着一顶鸭舌帽，上面印着“弗洛马顿木材”。他留着修剪整齐的短胡子，长长的头发在脑后扎成一束马尾。

此刻，他右手握着一把泵动霰弹枪，枪口稳稳指向这两个男孩。

他的脸上没有笑容。

“你俩想要干什么?”他吼道。

爱跟比他年长的人争论的朱尼尔此刻熟练地撒起了谎：“先生，我们是童子军，正在按要求完成一项特别的远足任务，我们就想顺路过来拜访一下。”

弗罗格曼一动不动地站在那儿，面无表情，他微微调整了一下手里的霰弹枪，然后，猛地把枪管往奇科比河方向一指，意思是这次会面该结束了。

拉夫灵机一动。“先生，”他说，“您这地方可真是漂亮。树全都这么高大，还有各种各样的禽鸟和蝴蝶，我们这一路上都看见了。”

弗罗格曼依然不为所动，过了足足半分钟才大声回答：“算你小子说对了。要是哪个不想活的敢来我的地盘上捣乱，我不会放过他的。”

然后他又默不作声了，只稳稳地端着枪，枪口依旧指向拉夫和朱尼尔。

这显然又是一道逐客令，但朱尼尔还想再试一次。“我们也不能在这儿逗留太久，能不能请您让我们见一见‘大本’？大家都说它是全世界最大的短吻鳄，有 3.5 米那么长。”

“4 米。”弗罗格曼干脆利落地纠正了他，手里的枪稍稍放低了一点，说话的语气也变得正常起来。

朱尼尔成功突破了他的防线。原来，诀窍是弗罗格曼对这条短吻鳄的自豪之情。

“它有 4 米多长，”弗罗格曼继续说道，“这附近曾经有许多更大的短吻鳄，但全被打死了。不过，这会儿你们也见不着‘大本’，因为它只有到晚上才会出来。它就在这一带活动，在我附近。我照看它，给它喂鲶鱼和去了腿的青蛙。”

很多人都知道，弗罗格曼经常在夜里用头灯去河上诱捕牛蛙，第二天一早把卸下来的牛蛙腿拿到离他最近的加油站以及波托莫码头的一站式商店里卖掉。他从来不会开船去，每次都是走陆路，卖的钱足够他给自己买些杂货。店主们都说，他寡言少语，每次只待几分钟，而他的离开总会让店主和其他顾客感到松一口气。

弗罗格曼又沉默了。

是时候离开了，毫无疑问。但就在朱尼尔准备离开时，他又转过身来，想再碰一次运气。

“先生，我们知道现在就该离开，但能不能麻烦您告诉我们，您见过奇科比巨蟒吗？”

弗罗格曼还是像先前那样盯着这两个小男孩，但拉夫觉得自己留意到了某种几乎难以觉察的变化。弗罗格曼飞快地舔了一下嘴唇，好像准备开口说话，但是并没有。随后，他又稍微动了动嘴巴，终于开口说道：“我可能见过，也可能没有。”

他又停了一会儿，然后突然眉飞色舞地讲了起来：“我确实见过某种大玩意儿，总是在快天黑的时候，还能听到些响动。但跳出水面的绝对不是短吻鳄，也不是那些个头儿跟人差不多的鲟鱼。有可能是一头超大的公牛鲨，跟新砍下来的木材差不多长，从墨西哥湾一路逆流游到这里，但我觉得不像——那种鲨鱼才不会跳出水面呢，它们都是从水底偷袭你的。”

朱尼尔或许不知道，但拉夫知道：世界上能沿着河流逆流而上的物种寥寥无几，偶尔会攻击人类的动物也屈指可数，公牛鲨就在这些物种之列。

弗罗格曼的目光越过两个男孩看向远方，仿佛在自言自语：“但我确实见到了某种东西，听到了一些动静。”

朱尼尔跟拉夫一样被这些话牢牢吸引住了。他们等着弗罗格曼继续说下去，可他已经讲完了。弗罗格曼紧闭双唇，两眼眯缝着。传说中的“奇科比食人狂魔”又回来了。

“你俩赶紧从我的地盘上滚蛋，还有，如果你们两个小混蛋有一个胆敢再往我这儿跑，我会让你后悔一辈子。”

他俩吓得点头如捣蒜，卑躬屈膝、不知所措地咕哝着“好的先生，好的先生”，一路后退着回到码头，手忙脚乱地解开划艇，爬进小艇里，划桨离开了。

到了波托莫码头，他们奋力把划艇停到泥泞的岸边，走上绿草如茵的河岸，一棵巨大的弗州栎投下一片树荫，掩映着桥墩，他们在桥墩旁坐了下来。拉夫打开背包，取出妈妈为他俩准备好的午餐：抹了花生酱和草莓酱的白面包三明治、苹果，以及“好时”牌杏仁巧克力棒。

吃过午餐，拉夫跟朱尼尔沿着单车道的波托莫柏油马路向前走，经过一家小小的便利店以及加油站，大概走了 20 分钟，来到公路跟老旧的托马斯维尔铁路交会的路口。他们沿着铁轨往南走，有时在一块接一块的枕木之间跳着前进，有时又钻进长在路堤上的浓密杂草丛里体验一把“披荆斩棘”的滋味。走到 27 号州级公路后，他们便转而沿着这条公路向东南一直走回克莱维尔。路上他们商量好第二天再步行去约翰逊农场取回自行车。因为害怕被父母禁足，两人又庄严地彼此发誓，保证绝不跟父母提及今天这趟冒险之旅。

虽然漫漫回家路让两个人筋疲力尽，但他们都无比亢奋。朱尼尔赶在晚饭时间把拉夫送到家，然后独自一人继续往家走去。拉夫家的餐桌上摆放着烤鸡、炸秋葵，还有玉米面包，妈妈问拉夫在诺科比玩得怎么样。

“还行吧，”拉夫回答，“我就是觉得，如果朱尼尔能对自然史更感兴趣一点儿就好了。对了，他怕蛇。”

之后几天里，拉夫和朱尼尔都跟各自的朋友分享了这趟奇科比冒险之旅，而且两个人都不约而同地吹嘘了自己的英雄事迹。至于偷（而不是借）了一条小艇这类情节，则只能讲给最亲密的两三个死党听。

II

未来的博物学家

02

我在佛罗里达州立大学工作的漫长岁月里，从来没有遇到过一个能比拉斐尔·塞姆斯·科迪更愿意全情投入大自然的学生。他 18 岁那年作为大一新生来到我们学校时，已经是一名资深的博物学者了。尽管在年龄上存在代际差异，我们却互相视为知己，因为我早就认识拉夫，差不多从他一出生就认识了。我们是在还未开发的诺科比湖边相遇的，湖的具体位置是在南亚拉巴马州中部，紧挨着佛罗里达狭长地带的边缘。那地方就没几个人听说过，能说出哪怕一点儿门道的也是凤毛麟角，但它却是我们共有和珍惜的小天地。我是研究那里的科学家和历史学家，拉夫从某种角度看就是在那儿长大的小男孩。与诺科比湖的密切关系为他奠定了价值观，日后将为他的非凡人生指明方向。我是他的导师没错，但在很长一段时间里，他对诺科比湖的了解远远超过我或者其他任何人，而且，他也比我们都更珍惜它。

我叫弗雷德里克·诺维尔，是佛罗里达州立大学的生态学教授，当然，现在这个头衔前面要加上“荣休”二字。有那么 30 年，每到暑假，我和妻子艾丽西亚就会从大学所在的塔拉哈西来到诺科比湖，边度假边做研究。不过，我对那儿的科学兴趣可不在于湖泊，而在于有大片成年长叶松点缀的稀树草原，它从湖边向西蔓延超过1 000米，直抵威廉·齐巴赫国家森林边缘。诺科比湖是一处私有自然保护区，处于尚未开发的原始状态，这样的区域在墨西哥湾沿海平原早已变得屈指可数。

我们就是在那儿认识了安斯利·科迪和他的妻子马西娅，周末他们喜欢带上他们的儿子拉夫从附近的克莱维尔过来野餐。只要我的工作进度和天气都允许，我们两家就会围着一张轻便牌桌在折叠椅上坐下来，分享三明治、薯片和“月亮派”夹心饼，畅饮冰啤酒。渐渐地，我们变得亲如一家。

那时拉夫比一个蹒跚学步的孩子大不了多少，但在我们的相处中，他已经开始对诺科比湖一带的野生生物产生了强烈的兴趣。因为没有同龄玩伴，也没法看电视或被其他娱乐分神（你也可以更睿智地认为，他这是有幸能摆脱那些东西的控制），他一下子就被诺科比自然环境的各种神奇之处迷住了。他的父母允许他自由探索，也允许他给我带来他能逮到的各种东西，让我帮忙辨认那到底是什么。他们警告他务必远离水面和蛇，这两样几乎包括了那里的小孩可能遭遇的所有危险。

拉夫收集到的宝贝包括：好几种蝾螈，分别带着夸张的条纹、斑点或带状纹路；求偶叫声听上去像用指甲刮擦一把梳子齿尖的拟蝗蛙；带着金属光泽的豆娘，它们轻盈飞掠阳光照耀的水面，宛如一串会飞的宝石；还有巨大的笨蝗，能被驯养得服服帖帖安坐在你的掌心。

等拉夫上了小学，他更是无所畏惧，开始沿着诺科比湖边步道去更远的地方冒险。他给我带回来过好几种蜘蛛，都是小而无害的类型，他从蛛网上把蜘蛛摘下来，小心翼翼地捧在手里运送回来。有一回他带来一只几乎跟他的手一样大的金丝圆蛛，有一部分还裹在一同摘下来的网中，它挥舞着长腿，露出毒牙。拉夫用拇指和另一根手指捏住这个恶魔的长肚子，很清楚绝对不能让那些毒牙碰到自己的皮肤，也是基于同一种直觉，他会确保自己的手远离一头正在咆哮的猛犬的大嘴。我没跟他父母提这件事。也许我做错了，但我当时更担心，他们会不会干脆不许拉夫再去探险。于是我做了相反的事：给他演示怎么才能将蜘蛛和蜈蚣放进玻璃罐，同时自己完全不会碰到它们。

给拉夫提供指引对我来说是一种愉快的体验。他是一个好孩子，他的知识和热情都在与日俱增。但我不能说他是一个天生的博物学者。也许根本就没人担得起这个称号。我知道自己不是。但有一点我是坚信不疑的：不管拉夫带有什么足以成为博物学者的天赋气质，这些气质都在诺科比湖四周的荒野中得到了丰厚的滋养。若非受过惊吓，或是受到成年人的阻拦，每一个小孩在成长过程中都会经历一段“虫虫时期”（bug period）。我走出自己的“虫虫时期”之后就成了一名植物学者，但拉夫从来没有走出这一阶段。他不仅留了下来，还不断拓展自己的关注范围，直到变成一名全方位的博物学者。他对植物和动物同样感兴趣，尤其关注昆虫和无脊椎动物，并且，对整个诺科比湖兴致盎然。

因为我和艾丽西亚没有小孩，拉夫在某种程度上就“兼任”了我们的小孩。他的父母也鼓励他管我们叫弗雷德叔叔和艾丽西亚阿姨，这在我们这里可是代表着无与伦比的友谊与信任，对此我们感到非常开心。就这样，我们两家一起度过一个又一个暑假，中间隔着我在佛罗里达州立大学教书的日子，可以说，我是亲眼看着拉夫的眼界缓缓打开的，就像一株植物的花儿在慢镜头里开放一样。

与此同时，我从一开始就在拉夫身上觉察到某种奇怪的东西。他具有在一个男孩身上难得一见的冷静，并把这份冷静跟他能在相当长一段时间里专注于同一个事物的本事结合在一起。

拉夫很快就把诺科比湖周边这片荒野视为家的一部分和他的个人空间。等从高中毕业时，他已经熟知当地动物和植物种群里面的许多成员，称得上是业余高手。说实话，他小小年纪就能积累如此丰富的经验，是相当了不起的成就。我原以为他一定会成为科学家，而且是一名伟大的科学家。

但事实表明，拉夫已经准备好踏上一条不同寻常的道路。你可能会说没有谁的人生是可以提前预测结果的，哪怕是预测自己的人生。不过，在我看来，拉夫的人生注定要奔着远大成就而去，如果不是在科学领域，那也会在其他领域，但无论是什么领域，都一定会跟大自然紧密相连。我也相信，假如当初将自己了解到的他在成长路上受到的各种影响归集起来，以更符合逻辑的方式结合在一起，我可能真有办法准确猜出他会变成怎样的人，以及为什么会出现那样的结果。当然，我也承认这也许是某种“事后诸葛亮”式的自负。不管是不是这样，我依然认为后来的事情在好几个层面上都很重要，因此非常值得在此分享。

03

在拉夫上大学之后，我们的关系也变得更加平等。有一天，他给我讲了一个故事，名为“火鸡大猎杀”。拉夫把它看作一个有点好笑的逸事，很适合作为饭后的谈资。但其实只要仔细听完就会发现这里面带有苦乐参半的意味，而且，我看得出来，这件事对他产生了深远的影响。他偶尔也会再度提起，一点一点补上更多细节。于是，随着时间的流逝，我也看得越来越清晰。原来，在他小时候有过那么一个星期，其间的经历塑造了他与父母的关系，进而影响到他后续整个人生的进程，而这个星期刚好就是由“火鸡大猎杀”拉开序幕的。他跟我讲了很多，我也自行脑补了其中几处空当，我这么做的时候充满自信，因为我实在是太了解拉夫了。

那是一个星期天，一大早，安斯利带上拉夫，还有拉夫的堂兄李·科迪，开着他那辆樱桃红色的皮卡车，驶出克莱维尔，一路北上前往杰普森县。拉夫和李这两个小男生当时分别是 10 岁和 11 岁，家里最亲近的亲戚喜欢分别称他们为“斯库特”和“朱尼尔”。朱尼尔长得又高又壮，马上就要进入青春期，此刻正激动地聊着即将到来的大冒险，连珠炮一般向安斯利提出关于火鸡猎杀的各种问题。与他形成鲜明对比，拉夫那会儿还是一个小毛头，不仅比同龄孩子矮小，而且瘦弱，因为对自己将要面对的事情充满恐惧，他一声不吭坐在那儿。

在这一带的村庄和小镇社区，将首次出猎作为一个小男孩的成人礼的做法由来已久，并且延续至今。没有人说得清楚这个传统到底是从什么时候开始的，也许可以一直追溯到遥远的石器时代。打猎过程中传递的情绪是如此源于本能且充满力量，与成年男性之间缔结的联系密切相关，以至于它成为男性的成人礼。在此过程中既有猎杀动作完成瞬间的惊呼，也有落在射手肩上表示祝贺的一记猛拍，可能也有猎人们用力击打对方胳膊的动作；猎人会持枪拍照；被杀死的动物随后会被分割，人们只取躯干的一部分像奖杯一般颁给射手；最后是当晚大家围着营火跳舞，分享猎人们的战斗故事。我知道大家现在已经不再这样说了，但这就是这一带的人们内心的看法：真正的男人会去打猎，真正的男人能找到猎物，真正的男人会扣动扳机。“娘娘腔”和行动不便的男人留在营地，负责把肉做成大餐。

那天早上，刚过县境不久，安斯利就开着皮卡车从 128 号州际高速公路掉转方向，驶入一条杂草丛生的土路。大多数道路地图并没有收录这条路，它像一条大约 3 000 米长的波浪线，穿过生长着松树和橡树的灌木林地。路的两边散布着许多早已废弃的租佃农场。大多数的佃农早在差不多半个世纪前就陆续离开。第二次世界大战期间南方城市的造船业迅速发展，并且出现了其他类似的变革，这为他们提供了更好的工作。无论是黑人佃农还是白人佃农，他们最终全都选择逃离这些冷漠的田地，忘记自己卖身于此的往事。

既然在别处寻得新的机会，这些移民干脆一举挣脱了“农地租佃”这条让人深陷贫困的锁链。他们走的时候没有丝毫遗憾，毕竟在一直生活的地方，他们从来就没能拥有过哪怕半分土地，就连他们住的房子也不属于他们。现在，这里的房子全都显现出一片衰败迹象：不仅屋顶崩裂塌陷，门廊也都凹陷倒塌在了地面上。在这些废弃屋院里扎下根的脆弱幼苗，如今也都长成了大树。至于被主人们遗弃在前院的汽车，它们的零部件也早被拉去当废铁卖了。屋外的茅厕以及屋后的鸡窝也不再盛产绿头大苍蝇和屎壳郎。

“是个打鹿和打火鸡的好地方。”安斯利说道。

他们是通过一条长满杂草的木材采运道路和一条很久没人走过的小道来到这里的。在这些小道当中只有很少一部分会通到一个叫得上名字的地方，绝大部分会在雨水冲刷形成的水洼中消失不见。这片土地上土生土长的野火鸡和白尾鹿，早已因过度猎杀变得相对稀缺，但对于一天的捕猎活动来说，数量和活跃度都足以保证会有相当不错的成功率。

沿着这条颠簸的路又前进了 1 000 多米，安斯利将车速放慢了一点儿，转入一条几乎看不出来的木材采运道路。他又一点一点慢慢往前推进了十几米，这才把皮卡车完全停住。然后，他打开驾驶座一侧的车门跳了下去，吐了一口痰，又提了提裤子。

“还行，”他对还坐在车里的两位小朋友说，“我们今天一定会有收获。但现在还有很多事要做。你俩赶紧给我下来。”

安斯利让他们从另一边下了车，接着，看着那条木材采运道路，缓缓说出一句户外行家那令人敬畏的格言：

“现在还见不到任何猎物，但它们肯定在那儿。只有差劲的猎人才会感觉这片树林里空无一物。”

“我要撒尿。”朱尼尔说。

“我也要。”拉夫也说。

安斯利点点头表示同意。两个男孩往矮树林那边走了好几米去解手。他点起一根香烟，身体靠在皮卡车的挡板上，安静等着。两个人回来后，安斯利把还燃着的烟头扔到路边，走到皮卡车的后面。只见他解开篷布，从里面拿出一把后装滑膛枪。这东西看上去有些年头，足以被奉为传家宝。

“现在，你俩都给我看好了，第一步就是要学会如何安全地操作武器。”

拉夫听着，有点儿心不在焉。他正盯着安斯利随手扔掉的烟头，直到确认烟头周围那些早已凋谢的橡树叶幸运地没被引燃之后，才把注意力又转回到父亲这里。

“首先，我们要把枪膛像这样掰开，先里里外外仔细检查一番。过来，看看我在上次使用完之后将它清理得多么干净，还仔细上好了油。”

发现拉夫站在原地没动，安斯利有点儿气不打一处来，忍不住骂道：“儿子，你什么毛病？赶紧和朱尼尔一起过来，好好看看。”

两个男孩一起弯着腰，往枪膛里看。拉夫上上下下打量着扳机匣，想搞清楚子弹到底放在哪里。

“行了，接下来我们上子弹。”

安斯利把手伸进黄色防水猎人外套的口袋，从里面掏出来两发圆柱形、装着 5 号铅丸的子弹。他把子弹举在空中让两个男孩看清楚，再把它们装到枪管里，然后缓慢而又严肃地说道：“接下来，我们合上枪管。”只听咔嗒一声，枪膛就关上了。他把枪朝远离他俩的方向瞄去，再慢慢地往右移动划过一个半圆，就好像他是在追踪一只从前方经过的火鸡一样。

“好嘞！这就做好准备可以开火了。就这么简单。一，二，三，砰！火鸡‘挂’了。”

拉夫并不认为事情会如此简单，随着时间一点点过去，他对打猎感到越来越焦虑。

安斯利把枪抱在怀里，枪尾压在右臂底下，确保枪管朝下并且指向自己双脚稍微往前一点儿的位置。接着，他开始沿着步道往前走，头也不回，继续给两个小男生做讲解。他俩则屁颠屁颠地跟在后面。

“永远要像我现在这样拿枪。万一失足摔倒，又或是不小心撞到什么人身上，这么拿枪你就不会失手打中对方，也不会一枪崩掉你那颗笨脑袋。”

他顿了顿，然后补充道：“还有，记住这一点，非常重要：仔细留意你走的每一步。”

这支狩猎小分队沿着步道继续向前走了几百米，很快，步道两旁开始出现茂密的松树和橡树次生林。过了一会儿，他们来到一处浅水洼，这里一部分被三芒草盖住了，还星星点点散布着一些腐朽的松树树桩。两只山齿鹑猛地从一个树桩后面飞了出来，穿过对面的树林飞走了。

“现在这东西都不容易看到了，”安斯利说，“自从人们开始保护郊狼、猎鸡鹰，还有其他诸如此类的害人精之后，一只山齿鹑很可能还没长到有本事离开母巢就被一口吞掉了。”

从这里依稀可以听到 1 000 多米之外的某处树梢上有一群乌鸦在叫。头顶上，一只红头美洲鹫正在高空盘旋，它的两翼显得强硬而沉稳，翼梢上的羽毛向上卷翘。没有一丝风从这片林中空地吹过，空气十分干燥。阳光的余温正从光秃秃的坚硬土壤表面源源不断向上反射，使得周围的空气凝滞不动，热得叫人浑身不舒服。

安斯利转向朱尼尔，把枪横着递给他，好让朱尼尔伸开双手接住枪。

“很好，没错，这样你就不会因为手滑把它砸在地上了。下一步，你来开枪。”

朱尼尔抬起头来看着安斯利，满脸疑惑："我该怎么做?"

"别紧张，慢慢来就行。左手在这里握住枪管，右手放到扳机护圈后面这个位置。现在，要非常小心地把枪抬起来，指向正前方。把枪托紧紧抵在右肩上。这样，在开枪的时候，枪管会给你一个后推力，但不会直接把你的肩膀给砸骨折了。你是右撇子，对吧？就是这样，现在你已经准备好了。"

朱尼尔其实是左撇子。但他此刻并不想纠结这一细节，让本来就已经相当紧张的情况变得更加复杂。他这辈子还从没握过一把枪。他爸爸不打猎，只保存一支老旧的警用转轮手枪，而且还收起来上了锁，锁枪的钥匙，还有子弹，都藏在书桌的抽屉里。此刻，朱尼尔竭尽所能地想要好好端起这把枪，但他看起来战战兢兢，就好像手里拿的是一条死掉的蛇一样。

"现在，用非常、非常轻缓的动作，"安斯利说道，"把你的右手食指搭在扳机上。先别扣扳机！先把枪给我端稳了。然后，把枪指向那边那个老松树桩。"朱尼尔闭上双眼。他嘴唇紧闭，呼吸变得快而短促。

安斯利把一只手轻轻搭在朱尼尔的左肩上，继续授课。

"在你开枪之前，我要先给你提个醒，枪声会很响，而且枪托会猛地震一下你的肩膀。但不用担心，因为这伤不到你的。倒是别被这架势吓倒，你又不是这把枪瞄准的火鸡。不管做什么，千万记住，别让枪脱手掉到地上。"

看到爸爸选择让朱尼尔先来，拉夫忍不住心怀感激。这把枪看起来几乎跟他一样高。也许爸爸只要看朱尼尔演示一次就满足了，然后他们就可以干别的去了。他估摸着，假如今天真能发现一只火鸡，爸爸会亲自开枪。这样他就什么都不用做了，只要观看就好。至少现在，他是准备继续假装隐形的。他小心翼翼地退到附近一棵小松树那里，半个身子躲在树后。

安斯利用双臂环抱着朱尼尔的肩膀，亲自握住枪，以防这小子在开枪那一刻失手扔了枪。

“好的小伙子，现在，慢慢地、轻轻地扣动扳机。”

“砰！”轰鸣的枪声穿透了寂静的森林。树皮碎片从被击中的树桩上迸溅开来，散落在四周的地面上。

有那么一小会儿朱尼尔仿佛被吓傻了，一动不动，然后，他猛地伸直手臂把枪递了回去。枪管直直对着安斯利，安斯利轻轻把枪拨到一边。

接过枪后安斯利回头走向拉夫，这时拉夫正从那棵树走向步道。

“好了，该你了，斯库特。”

拉夫整个人愣在原地，一句话也说不出来。一上午恐惧不断积聚，现在他更是不知所措。他不知道该说些什么来表达抗议。一个又一个恐怖的画面挤满他的头脑：“暴力，操作难以理解的大型危险机器，对跟家养宠物狗一般大小的动物大开杀戒；到处都是血和打碎的脑袋……不要啊，先生，不要啊，求求您了，千万不要啊，先生。”他边想边把目光从爸爸的脸上移开。

“快点，儿子，”安斯利不耐烦地说道，“你小子可别跟个小姑娘一样。这不会伤到你的。你迟早都要试试，倒不如趁现在就一起做了。过后你就会感觉好多了。看看你的堂兄，他就干得很好。他能开枪，你也能。你只需要扣一下扳机就好了。来吧，向我们证明你也可以成为小男子汉。”

拉夫还是僵硬地站在原地，像一只不小心掉进陷阱的动物一样动弹不得，默默祈祷这一切会立刻结束。朱尼尔在边上同样一声不响，却是一副放松的姿态，骄傲地在胸前交叉双臂。他刚才也是只差那么一点点就要一把推开枪，如今却沐浴在叔叔的热情赞许之中：他，朱尼尔·科迪，而不是他的堂弟拉夫·科迪，荣登当日小男子汉榜单。

没想到儿子居然这样拒绝了自己，安斯利怒不可遏，咬牙切齿，紧闭的嘴唇微微颤抖着，他只要一生气就会有这些小动作。他没有再说一个字，而是转过身去，背对拉夫，沿着步道继续前进。两个小男生赶紧跟在他身后，就像两只小鸭子在追赶它们的鸭妈妈。

这支猎人小分队在狗牙根草和湿地松灌木丛间穿行，又向前走了 800 多米。终于，他们来到一片草甸，草甸尽头是一片更茂密的林地。

“火鸡之乡到了。”安斯利欢快地宣布。他在一个树桩上坐下，把枪放了下来，又点了一支香烟，继续开始讲课。

“打猎的时候必须保持安静。不然你的火鸡或鹿远在 1 000 米之外就能听到你在接近它，一溜烟逃得无影无踪，你永远不会知道它在那儿待过。你得学会聆听，你得跟踪它，同时还要打得准。有时得在远一些的距离之外射击。你只有一次开枪的机会，不成功就失败。有很多猎人会拉起围幕，自己就坐在围幕后面一边喝酒聊天，一边等着猎物路过。如果想打到火鸡，他们可能还会用某种奇葩的道具模仿火鸡的叫声，希望把火鸡吸引过来。那根本就不是真正的打猎！只不过是坐着干等而已！只有当你主动去寻找猎物，而不是等猎物过来找你，才算真正的打猎。我这么做一天最多打到了两只禽鸟——两只大雄鸟，胸前都垂着须毛。”

安斯利站起身来，看也不看就把手里的烟头弹了出去，烟头又落在了一堆干树叶上，他带着这支狩猎小队继续前进。拉夫这次没有去看那个没燃尽的烟头。他寻思着，万一那堆树叶真被点着了，他们或许可以在返回时把火灭掉。“我一定会尽力帮忙，这样就有机会在爸爸和朱尼尔跟前长点儿脸。”

他们又继续前进了 800 多米，安斯利左右张望，却没有发现一只猎物。因为无聊，拉夫开始沿着步道寻找一些小动物，他更喜欢体形较小的动物，就像诺科比周围他早已了然于胸的那些小东西。他发现了一只小小的带着亮绿和黄铜色泽的圣甲虫，它正滚着一颗屎球穿过步道。这个不知何方神圣的小家伙，将要去往拉夫想象不到的某个地方。安斯利和朱尼尔都没看见这只圣甲虫，朱尼尔甚至差一点儿踩到它。

接下来，拉夫看到一条鞭蛇，这可真把他吓了一跳。这种黄褐色的蛇长了一个黑脑袋，十分漂亮，大约一米多长。此时这条蛇正穿过他们前方一长条齐踝高的草地，滑向步道的另一侧。它的头像所有鞭蛇在捕猎老鼠或其他猎物时一样高抬着。就在这些猎人接近之际，它把头缩了回去，倏地一下消失不见了。同行的另外两个人压根儿就没留意到这条蛇，这让拉夫很高兴。他什么也没说，因为担心爸爸可能会停下脚步，把鞭蛇一枪打飞。

这支三人小分队又向前走了几百米，安斯利走在前头，继续左右张望，依然没能发现一只猎物。他猛地在一棵倒在步道边的松树树干上坐了下来。拉夫警觉地注意到，爸爸的呼吸变得粗重了。

“我觉得我们该回去了，”安斯利说道，这话更像是他对自己说的，而不是说给那两个小男生听的，“我今天感觉不太对，这里也不像以前那样有那么多的火鸡。外来的猎人太多了，他们把猎物都打光了。也许州政府应该花钱雇人养一些小火鸡，再把它们放生到这片树林里，就像他们给湖里补充鳟鱼以及其他鱼类一样。那好歹也算是把我交的税花在了正道上。”

说完这番话，安斯利就转身朝步道入口方向走去，步伐明显要比刚出发的时候慢一些。拉夫紧跟其后，现在他感觉轻松多了，一边漫无目的地用脚将步道上的松果踢到路边，一边想着，爸爸今天的表现也不怎么样嘛，或许他也不该对我那么生气。

回到皮卡车边，安斯利让两个男孩再去解一次手，省得他们过一会儿又嚷嚷着要去。利用等待时间，他把枪收了起来，点上最后一根烟。之后，他们三个人爬进车厢里坐好，拉夫被挤在中间。车子驶上亚拉巴马128号州际高速公路，开始了返回克莱维尔的长达一小时的车程。

路程过半，安斯利说他们要先在一个农场停一下，买一只珍珠鸡。他把车停靠在农场主人那整洁的、刚刷过油漆没多久的房子旁边。房子左边紧邻一片玉米地，前院里有几只鸡，两只懒洋洋的巴吉度猎犬趴在门廊上，屋前竖着一块大牌子，上面写着“耶稣拯救世人”。

“我们要在这里带上今天的晚餐。”安斯利说着下了车，走过前院。他特意绕过门廊上的两只狗，其中一只坐了起来，“汪”了一声又趴下了。安斯利敲了敲门，屋里传出让他直接进去的叫喊声，他便推门进去了。

过了大概10分钟，安斯利跟着一个大汉走了出来，那人看上去60岁左右，但也不好判断。他穿着短裤，脚下是及踝高的鞋子，身上的T恤印着棕榈树标志和“阿鲁巴岛”（ARUBA）一词，标志已经洗得褪色。

大汉在一边等着，安斯利走到皮卡车后面，再次把篷布拉开，这次从里面拿出了一把栓动单发步枪。

“过来，”他回头对拉夫和朱尼尔说，“我要教你们怎样给自己搞点儿吃的。”

三个人跟着农场主人走过一个工具棚和一辆废弃卡车的空壳，来到由低矮的白色尖板条栅栏围起来的一小片空地。空地里有一个墓碑，碑石上只有一个用大写字母拼成的单词：“挚爱”（BELOVED）。

主人用拇指指了指墓碑，说："我把我的狗都葬在那里了。"

很快，一行人来到一个用铁丝网围成的鸡圈。主人说这鸡圈接近 1 000 平方米，但它看上去要小得多。在围栏里面，大概 30 米开外，他们看到 10 来只珍珠鸡正在一棵橡树的树荫底下歇着。主人伸出一根食指朝那边晃了晃，说："就这些，从这里一直到莫比尔县能找到的珍珠鸡全都在这儿了。"

安斯利拉开枪栓，把一个细长的弹匣装进枪膛，再把枪栓推回到闭锁位置。他用手指一拨关掉了保险。

"现在，你俩给我记住，射杀像这样的小猎物，永远都要瞄准它的脑袋。这么做就能保证一枪命中，而且不会把猎物的身体打烂。我们到家以后要先把这只鸡收拾干净，我可不想从最好吃的部位挖出一颗弹头来。"

他们几个人的靠近惊扰到了鸡群，它们开始骚动起来。安斯利盯上了位于鸡群中间的一只公鸡。

拉夫感到自己全身都绷紧了，他咬紧牙关，握紧双拳，双眼半闭着。他还从来没有见过一个体形比老鼠大的温血动物被杀死的场面，更别提还是用枪来执行的。

扣扳机时响起一声清脆的爆响，出乎意料的是，声音比那把滑膛枪的小多了。只见那只禽鸟的头往后猛地一甩，整个身子直接瘫倒在地面上。主人一步跨进鸡圈，把鸡群吓得四处逃散。他熟练地用报纸将那只被干掉的珍珠鸡包了起来，然后递给安斯利。

在开回克莱维尔小镇的剩余路程中，他们路过了许多农场和松树种植园，安斯利的兴致比之前好了许多。他从仪表盘上方拿过用纸袋包裹的一小瓶威士忌喝了一口，清了清嗓子，继续进行关于猎人生活的演讲。"你们已经看到我是怎样把那只鸡干掉的。在我们这片土地上，射击是一项很重要的技能。很久很久以前，大多数人都必须自己动手从树林里搞来一部分食物，而且，他们当时可不能在这上面浪费太多弹药。这也是南方邦联军有本事在夏洛、安蒂特姆等地逐个干掉那么多北方联邦军士兵的原因。相信我，科迪家族也参与了那场战争，上了战场。我们的士兵一直是枪法最好的。他们也一直是全美国最优秀的士兵。”

过了一会儿，他又开始说起南方人的射击技巧：“就在这一带，人们曾经每年都会举行射击比赛。举个例子，其中一个比赛项目叫‘吹蜡烛’。你要从 50 米开外的地方击中烛芯，熄灭蜡烛。但是有一点很重要，你只能打到烛芯顶端那个位置，这样，烛火就会先灭掉，然后自己再燃起来。”

“我爸跟我说当时还有一个比赛项目叫‘树皮打松鼠’。在那个年代打松鼠可是件了不得的大事。这附近有些乡下人直到现在还会炖松鼠，用秋葵、番茄之类的蔬菜一起炖。我跟你们说，这东西要是做好了，那叫一个好吃！”

说到这里，他咯咯笑了起来，又补上一句：“当然，如果你喜欢吃松鼠肉的话，会觉得好吃。”他又从瓶子里抿了一口酒，用衣袖擦了擦嘴。

“总之，你可不能把那只松鼠打得皮开肉绽，所以要试着用树皮来弹它。得这么做：首先，要让松鼠跑上树，让它们不再从树干高处回过头来看你——松鼠总是喜欢这么做；然后你要慢慢接近它，直到来到它的一侧；接下来，你就要开枪，但不要打到那只松鼠，而是要击中它身下的树皮，如果做得恰到好处，那片树皮就会应声弹起，把松鼠击晕，于是你的下一顿饭就到手了。”

他们把朱尼尔先送回家，再回到位于克莱维尔的家，那时天色早已暗了下来。来自墨西哥湾的云朵聚集起来，在头顶慢慢合拢，夜幕匆匆降临。随着一阵轻风吹过，天空飘下一阵温暖的小雨。

04

吃过晚饭，拉夫躺在床上，忧心忡忡。他茫然地盯着那台12英寸[①]彩色电视机，那是舅舅塞勒斯去年圣诞节送他的礼物。此刻，即使隔着两个房间，他还是可以听到爸妈正在高声说话。他听不清楚具体内容，但从音量和语气可以判断他们在吵架。基于过去的经验，他觉得这一次肯定跟他有关。

晚饭时一家人吃了炒小牛肝、芜菁菜和热松饼。饭桌上，拉夫躲避着爸妈的目光，一个字也没说。独生子女的日子不好过。爸爸将碗盘洗完烘干后，出门去克莱维尔的德尔尚超市给家里买东西。安斯利前脚刚走，马西娅就把拉夫拉到一边，语气柔和地问他们白天去干了什么。听拉夫描述开枪经过，还有那只珍珠鸡被拿下的过程，马西娅瘦长脸上的表情从愉快变得愈发严肃。

显然，在到底应该如何教育宝贝儿子这个问题上，他们两口子又吵了起来，之前也吵过很多次。他们立场不同，拉夫感觉得到，

---

① 英寸是英制单位，1英寸等于2.54厘米。——编者注

但理解不了。内在原因可比一场火鸡猎杀复杂多了，他知道。关键是这个 10 岁小男孩对父母的忠诚因为这一分歧不得不一分为二。这可真是糟透了，毕竟裂痕看上去难以弥合，而他还不清楚自己应该站在哪一边。

拉夫担心他爸妈可能因此分居，那他从此就失去了爸爸或妈妈，只能二选一。也许他不得不住到亲戚家或者某个陌生人的家里去——他们学校就有同学处于这种状况。他们多半看上去还好，但如果换作是他，他想自己很可能会被夺去安全感，生活也会被彻底打乱……他就在苦思冥想这两难困境的过程中睡着了。

临近天亮，拉夫还在睡梦中，雨渐渐停了。等他被叫起来吃早餐时，外面起风了，湿润的空气里增添了一丝寒意。电视上，第 5 频道那位金发气象播报员用短促的声音，带着中西部口音播报天气：亚拉巴马和密西西比多云，但不会再下雨了。不过马西娅还是让拉夫穿上了雨衣，戴上了雨帽。拉夫讨厌雨衣，更讨厌雨帽。他觉得这一身装备让他看上去像一个女孩子。安斯利也是这么看的，还不止一次在马西娅面前说漏了嘴。

拉夫骑着自行车沿查尔斯顿街来到第一个红绿灯路口，左转再过三个街区，来到马丁·路德·金小学。很久以前，这里叫作罗伯特·E. 李[①]小学。这一整天他在课堂上都魂不守舍。地理、英语、美国历史，这些课程的内容全都混成一团，就像购物中心里陌生人的交谈声一样从他耳旁掠过。午餐和课间休息时间，他也没和最要好的朋友待在一起。他一直想着爸爸，担心他会冲自己发火。他害怕爸爸生气的样子，有时在气头上，爸爸会猛然抬起手来，仿佛要打他，但从来没有真的打过。拉夫感到羞愧，因为自己那么直接地拒绝在

① 美国南北战争时期南方邦联军名将。——译者注

爸爸的帮助下拿起枪并扣动扳机。他还为自己跟妈妈说了这件事而备感自责。

他想："我是个娘娘腔吗？哪怕我也会跟其他男生打架，并且从来没有后退过半步？"想起自己这次如此让爸爸失望，他的心情就更糟了，因为他知道，不管怎样，爸爸一直把他看作一个特别而宝贝的孩子，说不定也把他当作一个小男子汉呢。有一次，他听见爸爸在跟几个邻居朋友提到他的时候说："无论给我多少钱，我也不会拿这个孩子做交换。"

那天下午放学回到家，拉夫吃惊地发现爸爸已经在等着他了。安斯利从五金店提前下了班，此刻正坐在门廊那把摇椅上，手里拿着烟。

"上车，"安斯利说，"我有话跟你说。"

他们沿着两旁有弗州栎和修剪过的树篱的街道，开车到了克莱维尔，经过诺科比县法院，一路来到罗克西冰激凌店，这里是本地的社交中心，跟拉夫家一样基本位于小镇的中心——这一点儿也不奇怪，因为克莱维尔就是这么一个小地方，从这里继续向前开，要不了5分钟就会抵达小镇的另一头。他们走进罗克西，挤进一个卡座，安斯利让拉夫点他最喜欢的冰激凌。他知道，拉夫最爱吃撒着碎核桃的奶油糖浆圣代。

安斯利看拉夫吃着圣代，对他说道："孩子，我很抱歉，昨天那样逼你。不管怎么说，你年纪太小，还不能开枪，而且我觉得，你这个年纪可能还体会不到猎杀一只火鸡的乐趣。朱尼尔愿意开枪而你不愿意，这并不能说明什么。他年龄比你大，体格更壮，而且，坦白说，和你相比，朱尼尔倒显得不够机灵。"

拉夫嘴里塞满了冰激凌，这会儿只能点头回应，他心想，对啊，这就是事实。朱尼尔去年留级，到现在还在上四年级。他要再忍受一年严厉的玛东老师的折磨。这位老师已到中年，眼镜后面藏着一双冷冰冰的眼睛，夹杂着白发的头发在脑后盘成一个小小的圆髻，她不仅严厉，而且容易火冒三丈。同学们在背后都称她为“疯牛”。

“我当时，”安斯利接着说下去，“确切地说，并不打算让你马上学会打猎。等你再长大一点儿，你可能还是不喜欢打猎，对此我也说不准。我只是尝试告诉你，长大后成为一个真正的男人需要具备哪些品质，希望你不要像现在随处可见的那种娘娘腔一样。”

他顿了一下，好让儿子有时间消化一下这番话，同时点了一支烟，拉夫已经预感到他会拿出烟，这表明安斯利还有更多话要说。一定是这样，但是没关系，恐惧与自责的重担正从他的肩头卸下，他已经得到了原谅。这两天来第一次，他可以坦然直视爸爸的脸：晒得黝黑、嘴角布满皱纹的脸，一双蓝眼睛此刻流露出忧伤。

安斯利深深吸了一口气，将头转向另一边，吐出一团烟雾。他用一根中指把一小块烟草从嘴唇上弹开，然后继续说：“你可能还是不懂我到底在说什么，所以我还想再说一点，好让你自己去思考。也许之后还会再多说一点——可能在我们下次再一起出来的时候，这样你就会明白我的感受了。”

他的感受？拉夫想着，又开始焦虑起来。

“你知道，我没有受过你妈妈和舅舅塞勒斯受过的那种教育。你也有机会接受那样的教育，这是毫无疑问的，对此我也很开心。但在一个很重要的方面，我希望你长大后能像我一样。一旦你长大成人，我希望你能做到昂首挺胸、顶天立地，成为人人尊敬的男子汉，这样的话，不管其他人多么富有，或是拥有多少令人目眩的头衔，他们都会尊敬你。”

“这到底意味着什么？这意味着拥有高尚的品德，意味着你会信守承诺、偿还债务、恪尽职守，即使有时事情变得棘手也不会轻言放弃，而是竭尽全力。而且，你不会天天把这些挂在嘴边，只是牢牢记在心上。大家认识你，和你共事，可不是只需要听到你嘴上给他们打包票。他们要相信你是靠得住的，一直如此，从无例外，而不是只在你想要这么做的时候。你明白吗？”

拉夫回答：“是的，先生。”接着他又吃了一大勺冰激凌，尽情享受奶油糖浆的美味。

“但要成为一名男子汉，做到这些还不够，”安斯利继续说道，“还要成为一名绅士。我们自有一套准则，不过，那些住在豪宅里、会去意大利之类的地方度假的人，听了可能会觉得可笑。我绝对不会跟你塞勒斯舅舅聊这些，当然，我非常尊敬他。在我生活的世界里，这套准则就是一切。你可能会说它很原始、太简单，但它的确就是如此直白明了，并且非常适合我。这套准则是：绝不说谎或作弊，绝不打女人，绝不打比自己个头儿小的男人——如果你能避免那么做的话，拉夫。绝不先动手打任何人，但只要自己是正义的一方，也绝不退缩。”

他停下来抿了一口咖啡，捻掉手上那支燃了一半的烟，然后又点上一支。拉夫心想，像爸爸这样一个小个子，如果当真遇到有人要对他动手，尤其在对方还是个虎背熊腰的大个子的时候，会发生什么？爸爸身高刚过 1.7 米，体重不到 60 千克。“那还是浑身湿透时的重量。”爸爸喜欢这么说。

总有一天拉夫会知道，这种情况发生的概率太低，根本无须放在心上。安斯利在口袋里装了一把长折叠刀，并且像个强迫症患者一般经常用一小块长方形磨石把刀磨得很快。他还在皮卡车前排座位的杂物箱里放了一把手枪，他称之为“帮我扳回一局的法宝”。他还能像变魔术一样，从拉夫永远找不到的某个隐秘角落突然变出一支非法持有的金属警棍。不过，即便安斯利真的遇到过需要自卫的情况，在未来拉夫也绝不会听说这种事情。

拉夫从高脚杯的底部又舀了一大勺冰激凌，他害怕这次停顿过后，爸爸有可能起身离开。没想到安斯利再次接上话头，说了下去。

“还有一点，”他说，“要对他人表示适当的尊重。这是我们这里每一位绅士都会做的事，其他地方已经不这么做了。比如，你向一个在加油站打工的伙计走去，问他：‘不好意思打扰了，可以告诉我某某街在哪里吗？’他会回答：‘当然可以，先生。’他不会说：‘可以，阁下，请吩咐。’也不会说：‘可以，阁下！’因为他不是你的仆人。他会说：‘好的，先生，这个我知道。’或者，‘啊，先生，我也不知道。’这表示他很有礼貌，而且你们是平等的，你也会用同样的方式回应他。听着，对于值得特别对待的人，你必须格外礼貌。这也是你妈妈和我要求你对成年人说话时一律加上‘先生’和‘女士’的原因，也是我们会这么称呼老年人的原因。”

说到这里，安斯利点上第三支烟，又一次沉默了，他轻轻弹了一下手，仿佛在说：“嗯，就这样。”他似乎开始感到自己这番掏心窝子的话说得有点太多，甚至害怕拉夫会因此少尊重他几分。他伸手在口袋里摸出几枚硬币放在桌上作为小费，然后掐灭烟头，起身准备离开。他手扶椅背，望向窗外的停车场。其实那儿没什么特别的，除了离得最近的一辆卡车底下有一摊油污，泛起彩虹一般的颜色。他又轻声说了起来，这次带着一丝苦涩。

“这就是我想要告诉你的，斯库特。别人可以拿走你的钱，剥夺你的自由，在背后笑话你，但只要你能按我告诉你的方式成长为男子汉，而不是那种动不动就哭诉、一碰到难题就掉头跑掉的娘娘腔，那么，他们就必须承认你是一个男子汉，没人能夺走这种名声，这也是我一直紧逼着你的原因，虽然有时候可能是对你太狠了一点。”

拉夫完全相信爸爸的话。他记得自己小时候有一次摔破了膝盖，当场大哭起来，而爸爸只说了一句：“闭嘴，做个小男子汉。”

他还能勉强记起另一次，当时他 3 岁左右，不记得是在什么情况下跟爸爸一起睡。夜里他醒来，说想去上厕所，爸爸却说：“憋住，等到天亮，像个小男子汉一样。”

05

星期天，轮到马西娅上场了。她没有早早叫醒拉夫，而是让他睡了个懒觉，然后大声推开他的房门，走了进来。她一边哼着歌，一边拉起那扇单页窗户的遮光帘，让阳光倾泻在拉夫的床上。她停在窗前，向前探出身去，看了一眼窗边那棵紫薇树上的鸟食槽。不出所料，那只常驻松鼠正坐在放置鸟食槽的平台上，周围的树枝上站了一圈小鸟，都在等这只怪兽离开。偶尔，如果没有下雨，且不用上学，也没去外面玩，拉夫就会找一把椅子在这里坐下，看小鸟来来往往。这里的小鸟多半是家麻雀、冠蓝鸦以及红衣凤头鸟，偶尔还能看到普通拟八哥。安斯利曾提出帮忙一枪打掉那只松鼠，好让小鸟们有更多时间吃食，但马西娅愤怒地阻止了他，不许他如此威胁这只啮齿动物。

马西娅摇了摇床，又把薄毛毯从拉夫蜷成一团的身子上掀开。

“该起床了，斯库特。我们要先去教堂，接着去莫比尔跟家里的亲戚们吃饭。”

教堂指的是位于克莱维尔中心区的卫理公会教堂。马西娅和娘家的所有亲戚都是圣公会教徒，但这个教派离这里最近的做礼拜的地方在布鲁顿，开车过去要半个小时。因此他们只在特殊的礼拜日去那里。安斯利早已放弃南方浸信会信徒身份，一度在私底下是个无神论者，很是看不上浸信会的牧师。但每个星期天，只要不用在店铺里盘点库存，他都会负责开车送马西娅和拉夫去教堂。通常他只把他们送到那里，等礼拜结束再过来接他们回家。偶尔他也会穿上外套，打好领带，跟他们坐在一起，享受教堂里雄浑的管风琴与优美的赞美诗带来的抚慰，但他对诵读经文和牧师布道很不耐烦，总觉得那些内容长得就像要一直说到星期一。最糟糕的是他中途不能抽烟或喝点什么，只能跟200多位一本正经的亚拉巴马人坐在一起。

对马西娅来说，“家”一直特指她的娘家塞姆斯家族。婚后她的全名是马西娅·塞姆斯·科迪。她儿子的大名是拉斐尔·塞姆斯·科迪。马西娅决意用南方邦联军海军上将拉斐尔·塞姆斯（Raphael Semmes）伟大的名字为儿子起名，这位将军的战舰“亚拉巴马号”沉重打击了北方联邦军在大西洋沿岸的船运，直到一次在新英格兰沿岸运送物资时被联邦军一艘更大的炮舰击沉。

“塞姆斯”在这一带可是大名鼎鼎。莫比尔北部就是塞姆斯小镇，在莫比尔中心的比安维尔广场上矗立着塞姆斯海军上将酒店，还有他本人雄伟的雕像。甚至在城里的黄金地段，还有一条以这位上将的名字命名的车道，这当然也在意料之中。从莫比尔的塞姆斯家族到美国的塞姆斯家族，家族里的直系或旁系成员和他们的配偶一起“开枝散叶”，使得家族就像一棵巨大的橡树，覆盖在合众国的大地之上。他们杰出的家族发展史可以沿多条路径回溯到3个世纪以前，差不多跟美国的历史一样长。

当然了，这一带也有科迪家族，他们的成员广泛分布在南亚拉巴马、密西西比和佛罗里达狭长地带，并且继续扩展，有一支最近移居澳大利亚。他们多半算是成功人士，是南方浸信会信徒，而且为人正派，其中有一位医生，就住在密西西比州帕斯卡古拉。不过目前这一代以工薪阶层为主，包括卡车司机、护士以及房地产推销员。在马西娅看来，他们不如塞姆斯家族，没有什么值得她或拉夫自豪的。也就是说，科迪家族没有出过一个海军上将、将军、州长、参议员或高尔夫球冠军，没有从祖辈继承下来的财富，没有度假别墅，在正当的慈善基金会里没有会籍，也不会受邀出席州长的就职典礼。

虽然马西娅从来没有对安斯利直言不讳地提过这一点，但安斯利对她的想法一清二楚。他能觉察到，马西娅有时会为自己年轻时执意要嫁给他的那股冲动感到后悔。正是这种难以言语的矛盾情绪，一直笼罩着他俩的婚姻，但即便如此，他依然毫无保留地爱马西娅和拉夫，不管妻子出身如何高贵，也不管她怎么看待自己的出身。再说了，安斯利也不是特别在乎自己这边的亲戚。虽然他有缺点，也没有受过很好的教育，但他是一个独立自主的男人。他聪明，有时充满激情，当然，他还奉行自己的那套准则，对此，每一个了解他的人都不会想当着他的面提出异议。安斯利不知道谁是爱比克泰德（Epictetus）[①]，对古希腊也知之甚少，但他却是一个真正的斯多葛主义者。就像他给拉夫解释的那样，他按照早已内化于心的那套准则生活，他乐于待在这套准则里。马西娅理解丈夫个性中的坚固内核是什么，而这对她十分重要。

但今天，马西娅的心早已飞回莫比尔，回到了父母家，回到了

① 古希腊斯多葛派哲学家。该学派主张通过践行美德，过上富有道德感的生活来实现幸福的人生。——编者注

她从小长大的地方。她准备让自己再借一次塞姆斯家族的荣光。

安斯利站在前门边，他已经把皮卡车的驾驶室打扫干净，也给油箱加满了油，然后开始有些坐立不安。

马西娅朝着儿子大声喊道："动作麻利点！我们没时间了！"她平时就很容易激动，今天早上等拉夫的这段时间更是变本加厉。她烦躁地在厨房和起居室之间走来走去，把看上去只是稍微有点偏离原位的东西一一整理归位，对着门厅镜仔细审视自己，整理发型。

教堂礼拜结束之后（对他们三个人来说都长得令人痛苦），科迪一家从依然流连忘返的其他教徒中挤了出来，匆匆忙忙赶回家。他们在餐桌上狼吞虎咽，飞快吃完了简单的午餐。因为要去马西娅的父母家吃豪华大餐，今天他们没有特别准备晚餐。他们来不及换掉做礼拜时穿的衣服，直接坐上皮卡车，开始了向南直奔莫比尔的一小时旅程。

不过，他们没有直接开去塞姆斯家所在的映山红小径。

"我们先顺道去拜访杰茜卡阿姨。"马西娅对拉夫说。

"哦，我的天！"安斯利嘀咕了一句。我才不去呢，他想，我就坐在树荫下抽烟，干掉一两个"士兵"。所谓"士兵"，是指啤酒。还好他想得周全，提前冰了几罐啤酒，前一天晚上就放进了车斗的篷布下面，以备不时之需。

按照马西娅的指令，他们先开到莫比尔北部郊外一个叫萨摩的住宅区，转过几个弯后，到了老区的萨凡纳街。第一个街区走到一半，在一个由成年弗州栎与木兰树精心点缀的小区里，安斯利把皮卡车停在了一栋年久失修的小房子前，这栋小房子位于一排房子后面。房子只有一层，前门廊微微下凹，上面放着一个秋千和两把摇椅，屋顶看上去已是岌岌可危。杂草跟马唐草在宽阔的草坪上争夺着地盘。未经修剪的美丽映山红和紫薇树更烘托出一种衰败优雅的气氛。

“这地方 100 年前一定很棒。”安斯利挖苦道。

接着他宣布了自己的逃跑策略：“我就在车里目送你们进去。两小时后回来接你们。跟她说我有事。”他目视前方，以此回避反对意见，同时等他们母子俩下车。

几乎就在马西娅敲门那一瞬间，门开了。杰茜卡阿姨站在那儿，一头银发，齿缝略大，套着一件长及脚踝、装饰有花卉图案的宽松罩衫。她大概是从前窗看到他俩走过来了。当然，她就在那儿，等着任何一个愿意顺道拜访的人。众所周知，她从来没有离开过这栋小房子。

“天哪，看看谁来了！赶紧进来！”

杰茜卡阿姨 90 多岁。她出生于 20 世纪初，一辈子都住在这栋位于萨凡纳街的小房子，即便是年轻时，最远也只去过位于莫比尔东部费尔霍普的酒馆和位于西边的比洛克西。南北战争爆发那会儿，她的祖母还很年轻，住在海军湾，离摩根堡[①]很近，近到在双方交战期间可以听见炮火轰鸣，看到戴维·格拉斯哥·法拉格特（David Glasgow Farragut）[②]的舰队攻入莫比尔湾。敌军的一枚炮弹甚至越过原本要击中的摩根堡直接落在他们家后院。

战争结束后，杰茜卡的祖父买了一个很小的农场，位于当时名叫老萨凡纳街的地方。每每回忆起那段被北方联邦军占领的日子，祖母都会跟杰茜卡实话实说：“那些北方佬可没做过任何伤害我们的事。”有一次，一名骑兵因为从他们家后院偷了一只鸡而遭到责罚，他的直属上级还向他们一家道歉。“他们都是好孩子，”她说，

① 位于亚拉巴马州莫比尔湾的一处军事堡垒，美国南北战争时为南方邦联军据点。——编者注

② 美国南北战争期间任北方联邦军海军将领，因在莫比尔湾战役中担任指挥官、攻占南方军最后一个海上据点被人们铭记。——编者注

"只想赶紧各回各家。"但这场战争毫无疑问重创了本地经济，土地变得非常便宜。从摩根堡半岛的海滩一直到莫比尔湾出海口，可以买到连片的土地，价格只要每英亩[①]10美元。

杰西卡阿姨在少女时代见过许多南方邦联军的老兵，还跟他们聊过天。那时他们早已垂垂老矣，大家都习惯称他们为"上校"，这是莫比尔湾沿岸一带表示尊敬的做法。杰西卡阿姨还经历过20世纪30年代的"大萧条"，当时的亚拉巴马乡村多半还是有待发展的穷乡僻壤，莫比尔跟萨凡纳和新奥尔良那些大城市比起来就是一个落后的小地方。她还见证了第二次世界大战期间的佃农大迁移，他们涌进城市，帮忙修建造船厂和布鲁克利空军基地。

杰西卡和她一家人都相信"我们这儿的人"比其他任何地方的人都要高贵，她年轻时，当地文化不单单鼓励，还要求他们这么看待自己。他们甚至连来自北部郊区的贫穷白人佃农都不放在眼里，视对方为带着"金发小孩"的"白人垃圾"和"低级工人"。"金发"这一遭人鄙视的特点被用来识别有苏格兰－爱尔兰血统的"下层阶层"，这和今天人们对金发的看法正相反。

黑人得不到尊敬，至少在杰西卡年轻时是这样。在上流社会的交际中，他们被称为"尼格罗"[②]，同时，在各个阶层的白人家庭里，相信"种族纯洁性"的人也在疯狂维护这种"纯洁性"。他们严格遵守"一滴血"主义：只要有过一个黑人祖先，你就是"尼格罗"。那会儿，白人工薪阶层非常害怕失去他们所谓的"与生俱来的种族优越性"，因此被称为"同情黑人者"也会让他们备感羞辱，不惜为此大打出手。

---

① 1英亩约合4 050平方米。——编者注

② 即"Negro"。——编者注

至于莫比尔以外的世界是怎样的，杰茜卡跟她家族里大多数姑娘一样，都是一无所知。她几乎从没看过报纸和书。电视也从来没能“入侵”她的住处，甚至到现在还是这样。但她对当地逸事无所不知，还非常擅长讲故事。一旦有机会，她就会滔滔不绝地讲起来，并且有本事让原本对南方传统毫无兴趣的人也跟中了魔法一样，真心想要听下去。

其实杰茜卡不是马西娅的阿姨。“阿姨”这个称谓按传统可以赋予任何一个女人，无论她是白人还是黑人，只要她是一个交往密切、深受爱戴的朋友就行。不过，杰茜卡至少是塞姆斯家族的成员，因此肯定是马西娅的远房表亲，只是不知道两人之间到底隔了几重亲戚罢了。小时候，经由父亲介绍，马西娅认识了杰茜卡，长大以后她更是把杰茜卡视为“莫比尔塞姆斯家族”的“官方家谱学者”。

杰茜卡、马西娅和拉夫刚刚走进门廊，就看到一位 70 岁上下、脸色苍白的女士站在那儿，她没有向他们打招呼。这是茜茜，跟杰茜卡一起住在这里，时间久到已经没人记得她们是从何时开始一起生活的，甚至没人知道她姓什么，有人认为应该是杜普利或类似的姓氏。熟悉塞姆斯家族内情的人一度传言说茜茜的祖先是老莫比尔的第一代法国定居者。还有人猜测，她年轻时跟随一个挥霍无度的佃农家庭来到这里，后来被杰茜卡雇用，便住了进来，这听上去好像更合理一些。但只要杰茜卡在场，塞姆斯家族的女人就都不会提起这件事。毕竟，只要家里地方够大，就要把衣食无着的老年亲戚或家族朋友收留在家，这也是南方人的一项传统。

杰茜卡没有小孩，因此没人有责任前来问候她或来了解她的近况。如果杰茜卡有钱——肯定有一点儿，又或是立过一份遗嘱，那也没人知道。在大家的记忆里，她从未送出过任何值钱的礼物，也从未请求过帮助。

杰茜卡让茜茜去拿柠檬水和饼干。马西娅和拉夫跟着她走进客厅，一股房子年久失修的气息扑面而来，那是一种混合了尚未清洗的肉类以及正在腐朽的家具气味的味道，还隐隐约约有一股尿骚味。即便这让马西娅感到尴尬，她镇定自若的表情也没有透露分毫。等她和杰茜卡坐下后，她轻轻推了一下拉夫，指挥道："快去亲一下杰茜卡阿姨。"

10 岁的拉夫早已训练有素。他立即走上前去，在杰茜卡的前额迅速亲了一下，还特意避开了她鼻头上的那颗毛痣。

杰茜卡报以微笑："谢谢你，拉夫先生。"拉夫的回应也符合大家的期待："不客气，夫人。"说完，他就在窗下找了一把椅子坐了下来。一只猫从一盆塑料盆栽后面冒了出来，先是抵在他的腿上摩擦，再退后蹲下，抬起头来，带着恳求喂食的眼神盯着他。

马西娅把自己的椅子朝杰茜卡拉了拉，两个人很快就柔声细语、兴致勃勃地聊了起来。杰茜卡仿佛把整个塞姆斯家族从 17 世纪以来的族谱以及全部的旁系分支都熟记于心了。她对莫比尔的塞姆斯家族的了解更是像档案馆一般全面细致。两个女士聊起本地家族和他们祖先的各种趣闻逸事，津津有味地讨论其中每一个细节，从一个话题跳到另一个话题。拉夫只能理解其中某些片段。

"你萨拉阿姨的儿子，就是你的表兄汤米……不不不，我相当肯定，她是跟小玛丽·乔一起葬在木兰公墓的西侧……哦，我知道，那些日子可怕极了，人们吃了好多苦头……好吧，信不信由你，我还真见过他一次，当时我大概也就五六岁吧……不，我不清楚他们搬到得克萨斯之后怎样了，那是很久以前的事了……一名上校？虽然罗莎莉说他是，但不，他不可能是上校，想想看，他当时只有 18 岁……哦，我的天！是的，离过不止一次婚，而是两次。但是你信吗？……你说被捕了吗？有可能，但第二天一早他就回到了莫比尔……现在是南方浸信会信徒？神啊，保佑我们大家……”

马西娅聊得眉飞色舞，不愧是“塞姆斯家族历史学家”的追随者和继任者。

拉夫用心去听，试图了解塞姆斯家族先辈的事迹，马西娅要求他这么做，但此刻他没办法分辨出足够多的内容，甚至没能听进去哪怕一个故事。他更愿意看漫画。他发现自己缺少参与这场众多先人事迹颂扬大会所必需的家族学和数学知识，于是干脆放弃思考，变得坐立不安。他一会儿伸手去摸猫，一会儿变换两腿交叉的方式，一会儿又在椅子上扭来扭去，同时放任自己的目光四处游移。门廊入口幽暗的光线中有一幅油画，画的是邦联军的“亚拉巴马号”战舰，旁边是一幅褪色的照片，上面正是指挥过那艘战舰的海军上将拉斐尔·塞姆斯。实际上，整个房子到处都是照片，一个相框挨着一个相框，有单人照，也有集体照，许多还手工上了色。从上面人物的服饰判断，这些照片大概也有一个世纪那么老了，几乎都是在19世纪晚期到20世纪初期照的。一些泛黄的剪报点缀其间，在一张照片之上有一个镶了框的架子，陈列着军队的勋章，旁边挂了一张镶金边的证书，来自“莫比尔南方邦联之女”[①]。证书中间是南方邦联军的战旗，已经从红色褪色为粉红色。所有照片都没有加标签。

过了足有大半个小时，茜茜终于带着柠檬水和一盘苏打饼干出现了。“斯库特，”马西娅提议道，“要不你拿上饮料，跟茜茜去看看后院的鸡？”

拉夫如蒙大赦，应声从椅子上蹦了起来。他小心地从蜷成一团睡着了的猫身边走过，跟在茜茜身后沿走廊走出去。他们先来到摆满果酱瓶和带有裂纹的搪瓷炊具的厨房，再出门来到后院。后院面

① 美国南北战争结束后，由南方邦联军士兵的女性后代组成的民间团体，以纪念南方邦联士兵。——编者注

积不大，被一圈篱笆围了起来，外围长着歪歪扭扭的梓树，这是一种阔叶树，似乎最适合长在光秃秃的市区院落里。院里拥挤的泥地上散布着鸡粪和脱落的羽毛。院子的一侧是有铸铁顶棚、四周围了铁丝网的鸡舍，里面摆满栖木和抱窝箱，一大群母鸡正吵吵闹闹叫个不停。氨气的味道扑面而来。一只公鸡和几只母鸡正在外面闲逛，茜茜朝它们走去，嘴里发出嘘声，还挥着两只胳膊驱赶它们，几只鸡四下逃窜。

在鸡舍里走动时，茜茜开始放声大笑，还不时指向某个东西说："看那儿！看那儿！"一次又一次，她乐此不疲。而此前，她一直沉默寡言。拉夫试图搞清楚她指的那些地方到底有什么特别，却毫无头绪。走到鸡舍尽头后他们开始往回走，茜茜继续下着指令，笑声也更加响亮。拉夫不由感到有点儿紧张，想要超过她先回到屋里去。就在这时，茜茜收起笑声，停住脚步，好像想要留住他似的。接着，她突然转身，追赶其中一只在外面闲逛的母鸡，一直追到院子尽头。她把它堵在院子后侧木围栏的一角，伸出双臂一把抱住，那只母鸡拼命挣扎，发出尖利的叫声。茜茜用双手抓住它的两条小腿，倒提着，让它头朝下，任凭它拍打着翅膀、脑袋悬空倒挂。拉夫在一旁看着。她走到鸡舍末端那张低矮的木桌前，腾出一只手，拿起桌上的一把小斧头，然后转过来面对拉夫，一手举着斧头，一手提着母鸡，说出当天从她嘴里蹦出来的最后一个词：

"晚餐！"

拉夫被眼前发生的事情吓了一跳。他迅速定了定神，打定主意，绝不要再次目睹一只鸡被处决，这可是短短一个星期里的第二次，而且还是以如此恐怖的方式进行。于是他高声说："谢谢您，茜茜小姐，很有意思。"然后他便快步走向房子的后门，一步迈了进去。在他身后，公鸡叫了。茜茜愣在原地，看着拉夫离开。

安斯利按照约定的时间回来了，因为担心马西娅可能会让他跟杰茜卡打招呼，专门踩着点到，一分不差。经过了漫长的告别——还好这次没让拉夫再去吻别，拉夫和马西娅终于坐进了皮卡，一家人继续前往莫比尔中心区。马西娅沉默不语，仿佛要从跟杰茜卡阿姨的愉快会面中回到现实并不容易。等他们驶出萨摩，安斯利转头用满布皱纹的眼睛看看拉夫，脸上带着戏谑的笑。

“嘿，斯库特，刚才玩得开心吗？”

马西娅满面怒容，用余光盯着儿子。拉夫犹豫了一下，觉得此刻必须拿出最机智的外交辞令才能化解这场小危机。

“挺好的，我觉得。”

马西娅可不这么认为：“茜茜和她的那些鸡怎么样？”

拉夫目视前方，想要尽快摆脱这个困境。

“还行，我觉得。但她有一点儿奇怪。”

“你是想说‘神经病’吧。”安斯利说。

马西娅像一个装了弹簧的捕鼠夹被踩到一样马上做出反应，用上流阶层认可的“正确答案”回敬：“安斯利，我之前就跟你说过吧，不要仅仅因为别人跟你不一样，就对他们产生偏见。”

06

雄踞老莫比尔中心地带的塞姆斯家祖屋占地超过 4 000 平方米，坐落于映山红小径上，就在老贝壳路附近。那是一套真正的美国内战前风格的大宅，房子里有一道旋转楼梯，直通二楼房主一家的生活区域。它甚至还有个名字，叫“玛丽贝尔”，这是第一任房主夫人的芳名，她不幸死于 19 世纪 40 年代肆虐的黄热病。建造这栋房子的人叫理查德 · 斯托顿，他是一名家具制造商，从罗得岛州的普罗维登斯举家南迁来到这里，创下一份丰厚的家业。当时，莫比尔盆地盛产棉花与烟草，莫比尔作为最关键、实际上也是唯一的运输口岸，迎来一段快速发展的繁荣期。不到 40 年，莫比尔就从一个只有泥路、规模仅 10 个街区大小的村落蜕变为一座小城市。

1861 年，亚拉巴马议会投票决定退出北方联邦，消息传来，斯托顿知道战争不可避免。他火急火燎地把自己的资金转到纽约一家银行，后来发现这在南部邦联的法律中属于违法操作。在把玛丽贝尔大宅和位于河流上游占地广阔的其他地产全都交给一个临时代管者后，他领着一家老小坐船回到了普罗维登斯。后来战火杀戮让南方地区许多大庄园陆续化为废墟，但玛丽贝尔大宅得以完好无损地挺过了这场战争。莫比尔一度被北方联邦军的舰队封锁，但它一直处在主战场范围之外，直到莫比尔湾战役结束之后被北方军步兵占领。由于封锁导致了武器以及其他物资补给困难，莫比尔对向亚拉巴马州北部挺进的北方军来说构不成任何威胁，因此因祸得福，躲过了像亚特兰大和萨凡纳[①]那样被毁的厄运。这座小城也不像其他南方邦联的军事要塞一般遭到焚毁抢掠。城内居民一直过着相对正常的生活，只在战争后期很短的一段时间内陷入了物资紧缺且监视严密的困境。当时玛丽贝尔大宅也被洗劫一空，但结构依然完整。实际上，在重建初期，它因为被征用为北方联邦军营部，还受到额外保护。现在家族里的一些朋友在聊到它时还会戏称它为“北方佬客栈”，或者更不客气一点，直接叫它“北方军大兵乐园”。

斯托顿先生死于1867年，直到去世都没能再回到莫比尔。他的继承人当时已经在普罗维登斯定居下来，生活富足，并不打算搬家。在他们看来，老家莫比尔谈不上有什么发展前景。这也是事实。无论从生活的哪个方面来说，令人沮丧的阴霾都笼罩在南方大地上：尽管战后南方邦联各州已经回归联邦，但它们却被视为“占领区”。战前本就规模不大的工业基地已变成一片瓦砾。以棉花、烟草以及林木业为主的经济有所复苏，却步伐缓慢且很不稳定。没有人能准确判断奴隶获得自由会带来怎样的改变，他们会投奔哪里，愿意接什么活儿。同时，他们的前白人主人也被重建时期的惩罚性法律搞得焦头烂额，对于强加在他们头上的激进变革既抱有希望，又带着一肚子怨气。这就为一个充满种族冲突与内乱的时代埋下了

① 分别为亚拉巴马州邻州佐治亚州的首府及重要港口城市，因其重要的战略地位而成为美国南北战争双方展开激战的关键城市。——编者注

伏笔。

远在普罗维登斯的斯托顿一家看得出来，这可不是像他们这样“叛逃”到北方的南方人回乡的好时机。他们有充分的理由害怕，回去后迎接他们的将是那些因忠心留守而遭罪的人们的满腔敌意。

斯托顿家族仍然拥有玛丽贝尔大宅以及分散在莫比尔城北的几片农田地产，他们特地在战后恢复的联邦地区法院对这些地产做了确权。但现在玛丽贝尔大宅已经沦为一种累赘，不仅产生不了任何收入，反而很有可能被人破坏。

斯托顿一家决定立即止损，从此完全撤出南方。他们将玛丽贝尔大宅挂牌出售，很快就被托马斯·塞姆斯买走了。他是亚拉巴马州的一名投资商，在南北战争中发了一大笔财，并且很明智地把大部分利润用于在莫比尔及其周边购置滨水地产。随着这座小城作为新奥尔良东部重要港口重现生机，这些土地的价格也开始飞涨。

今天，托马斯·塞姆斯那些如今得以居住在玛丽贝尔大宅的幸运后代像古代贵族一般聚集在庭院的车道上，准备迎接来自克莱维尔的科迪一家。站在最前面的是马西娅的哥哥塞勒斯·塞姆斯和他的夫人安妮。

“哇，真是太好了，你们看起来都很棒啊！”安妮欢呼着和马西娅相拥。塞勒斯和安斯利则像合作的商人一样握了握手。

“是呀，能来这里可真是太好了！”马西娅回道。

塞勒斯转过身来，对他的外甥拉夫格外关注：塞勒斯先跟这个少年握了握手，然后俯下身来给了他一个拥抱。

“嘿，伙计，你看起来很不错，很棒。我们都很为你骄傲，包括‘大狗’。”

“大狗”是拉夫牙牙学语那会儿第一次见到外公时，对外公的称呼。

很容易理解塞勒斯为何对拉夫如此热情。毕竟，此刻站在他面前的这个少年是塞勒斯家族直系下一代里的唯一一名男性。塞勒斯有两个女儿，大女儿夏洛特正在埃默里大学读大二，之前因为拒绝加入美国青年联盟[①]让她的父母又惊又怒。她还发誓要在大学毕业之后加入美国和平队[②]，再也不要回到“无聊透顶的老莫比尔”生活。小女儿弗吉尼娅今年读高三，跟大女儿完全相反，是一个容貌秀丽但不大聪明的金发小美女，只对男生感兴趣。在她眼里，南希·德鲁系列[③]和摇滚音乐会就是高雅文化的代表。在学业上，她的姐姐夏洛特可比她有出息多了。

两家人走进富丽堂皇的玛丽贝尔。安斯利再一次体会到，大宅的内部装修远比外在规模更让人感到震撼，甚至连马西娅也有同样的感受。过去近一个半世纪的呵护不断为其增添光彩，使其日臻完善。从正厅到旋转楼梯的墙面上排了一组家族成员的油画肖像，十分气派。地板还是原装的西印度群岛桃花心木。楼梯的栏杆本身就是一件由乌木雕琢而成的杰作，《南方生活》（*Southern Living*）杂志还特别报道过两次。就连他们今晚将要使用的银质餐具，也是源自 18 世纪的塞姆斯家族传家宝。

大家直接走到餐厅的长桌前。晚餐由一名专业厨师和她的助手一起准备，她们来自一家餐饮服务公司，公司老板是一个看上去婚姻不大幸福的美国青年联盟成员。此刻，两名工作人员正手脚麻利

---

① 非营利性的女性教育志愿组织，旨在改善社区和公民社会的社会、文化和政治结构，其成员多为上层社会女性。——编者注

② 由美国政府管理的独立机构及志愿者项目，提供国际性的社会与经济发展援助。——编者注

③ 由爱德华·斯特拉特迈耶（Edward Stratemeyer）创作的系列悬疑小说。——编者注

地上着菜。开胃菜是以莫比尔当地特有做法调味的蟹肉秋葵浓汤和一份沙拉，主菜是鹿肉、鹌鹑蛋以及荷兰豆。大人们喝着产自加利福尼亚的红酒，包括一瓶新近由一名商业伙伴向塞勒斯推荐的纳帕谷梅洛红葡萄酒。她们还专门给拉夫和弗吉尼娅预备了胡椒博士汽水。甜点是冰激凌山核桃派。

餐桌上的对话来来回回交错进行，这样一来，无论是谁在讲话，其他人都能听到。简单的寒暄很快就由家族新闻接替，然后是闲聊，末了是近期的出游经历以及各种好笑的社交糗事。塞勒斯作为亚拉巴马大学毕业生，提起了母校橄榄球队红潮队在这一年取得的超过历史平均水平的战绩。假如该队可以在接下来的经典赛事中击败老冤家奥本大学橄榄球队，那它通往东南部联盟[①]冠军的道路就会变得一帆风顺。橄榄球是塞勒斯最热衷的项目之一，他偶尔还会跟莫比尔的其他校友一起回到母校所在的塔斯卡卢萨，去看一场重要的主场比赛。

“如果输掉了跟奥本大学的这场比赛，哈里森教练可就要失业了，”塞勒斯开玩笑道，“如果他赢了，我们就推举他参选亚拉巴马州长。”

安斯利偏偏在这时蹦出一句让大家瞬间沉默的话。

“我敢打赌你还不知道，我有个表弟叫博比·科迪，大家都管他叫‘博巴’，你知道吗，他是奥本队的左截锋。他这个赛季表现得非常出色，人人都说他今年有可能入选全明星阵容。”

拉夫的外公乔纳森·塞姆斯这时起身准备离席，不仅因为安斯利的话让他有些恼火，也因为他明显累了，四个月前第二次心脏病发作留下的后遗症让他很容易疲惫。

---

① 隶属美国全国大学体育协会，目前有 10 所位于美国东南部的高校加入。——译者注

“但愿你们能原谅我的失礼。今天我可真是累坏了，不过最近每天都觉得很累。马西娅、安斯利，还有斯库特，很期待可以尽快跟你们再次见面。”

弗吉尼娅也借机告退，说要回房间为下次几何考试做准备，但其实她是想去看一集单身男女约会真人秀。自幼家教良好的她离席前没忘在马西娅姑姑脸颊上亲了一下，再用一看就是经过周到训练的礼节向安斯利致意：“科迪先生，今天能见到您和斯库特，我们都很高兴。希望不久就能再次见到你们，好吗？”

不久，塞姆斯一家和科迪一家也相继起身来到图书室喝咖啡，有普通咖啡和无咖啡因咖啡，可以加菊苣根粉，也可以不加。给拉夫准备的是热巧克力。各式各样的山核桃糖散放在盘子上，这些糖果都是在塞勒斯位于密西西比州界附近的威尔默的山核桃林里制作的。拉夫抓起一大把糖果，往兜里塞了一些以备不时之需，然后离开大部队，一心要找几本关于丛林冒险的书。他正好看到威廉·毕比（William Beebe）[①]写的《丛林深处》（*High Jungle*），就蜷缩在一张软垫座椅上看了起来。

三位女士安妮、马西娅和夏洛特则拉近各自的椅子继续聊家长里短。马西娅为了今天这次聚会可以说是早有准备。作为塞姆斯家族传闻的初级专家，她急不可耐地要跟另外两位分享她当天下午从导师杰茜卡那儿收集来的新八卦。

于是就只剩下塞勒斯跟安斯利两个人不得不面对彼此。由于他俩的背景不同，也由于莫比尔的塞姆斯家族始终担忧马西娅和拉夫的前途，这两个男人的关系不可避免地有些紧张。不过倒也没出什么状况，一切顺利。不需要任何语言或姿态上的暗示或提醒，他们

---

① 美国博物学家、鸟类学家、海洋生物学家、探险家及作家。——编者注

凭本能便知道应该在跟社会特权阶层有关的话题或措辞范围以外寻找共同话题。现在正是猎鹿的好时候，他们从猎鹿和弓箭狩猎的复兴开始，聊到最近在多芬岛出海钓红鲷鱼收获不太理想，再聊到本地捕虾人在帕斯卡古拉附近的墨西哥湾水域和越南人发生了冲突。安斯利对这些话题全都了如指掌，而且讲得很到位，还补充说他认为他们已经让太多亚洲人进入这个国家。

随着聚会临近尾声，玛丽贝尔大宅里的气氛也变得轻松祥和。图书室里的谈话早已转为轻声细语，伴随着柔和的欢笑和各种家长里短。安斯利暗自承认，塞勒斯确实是个“好人”，在这一带的家族里，“好人”是指被公认为正直而成功的人。塞勒斯也觉得安斯利有责任心，吃苦耐劳，总之可以忍受，而且他一心希望安斯利过得好。最重要的是，他希望妹妹和外甥过得好。

安斯利对塞勒斯的判断并没有错。在多数人看来，42 岁的塞勒斯过着堪称楷模的人生。他比妹妹马西娅年长 10 岁，很早就不得不扮演“家族长子”的传统角色。今晚塞勒斯在餐桌上坐了主位，而他身体欠佳的父亲则坐在一侧，这给安斯利留下了深刻印象。

塞勒斯并不高大，也就比骑师体格的安斯利勉强高了 2 厘米，他生来就很结实，现在又开始发福，绣了姓名花押字的衬衫在腹部绷得紧紧的。从传统意义上说，他不算英俊。薄薄的嘴唇在他陷入沉思时会抿紧，眼皮轻微下垂，黑发稀疏，发际线大幅后移。他会习惯性地咬铅笔或抓自己的下巴。他很少放声大笑，通常只是低声轻笑，持续时间很短，边笑边轻轻点头。塞勒斯的微笑从来不算灿烂，只有在问好或表示赞赏时才会绽开笑颜，而且几乎稍纵即逝。但不管怎么说，他都是一个优雅的谈话专家，也就是说他很擅长倾听。他会把注意力放在别人身上，表现出一种温和友好的放松姿态。这也能让对方感到放松。但与此同时他对细节的记忆力又好得让人害怕。他可以将一场耗时两个小时的商务会议用几段话总结出来，流畅得就好像在念一篇写好的稿子。他会用完整的句子表达观点，就像那些不喜欢别人打断自己的人会做的那样。

还在亚拉巴马大学上学那会儿，塞勒斯就完成了预备役军官训练营的全部科目。大学毕业后，他以步兵少尉军衔在陆军服役 3 年，随后又以中尉军衔在越南战场完成了一个完整的服役期。他很少提起这段往事，但每逢 11 月 11 日退伍军人节以及 7 月 4 日国庆节，他都会在西装翻领上别上那枚带着三色彩缎的铜星勋章。

退伍后，塞勒斯进入亚拉巴马大学法学院深造，之后加入了父亲的证券经纪公司。很快他就开始了一轮精挑细选后的约会，不到一年就遇到了安妮，一位优雅端庄且出身良好的年轻女子，来自莫比尔与蒙哥马利的鲍德温家族，他们家族最德高望重的男性前辈包括一位 19 世纪 90 年代的鲍德温州长以及一位第一次世界大战时期的鲍德温上校。

塞勒斯跟安妮相识后不到 6 个月就结了婚。当时还登上了《莫比尔新闻纪事报》（*Mobile News Register*）社会版头条。乔纳森第一次心脏病发作之后，塞勒斯就以代理总裁的身份接管了父亲的公司。不到一年，他就通过创立塞姆斯海湾公司崭露头角，这是一家咨询投资公司，负责从佛罗里达到路易斯安那的一个跨州发展项目。20 世纪 80 年代是美国南方经济快速增长的 10 年，塞姆斯海湾公司也赶上了这股东风。

塞勒斯作为一名冉冉上升的年轻保守派共和党员、一名坚持去教堂做礼拜的教徒，以及一名拿过勋章的退伍老兵，偶尔也会有人提及他可能成为亚拉巴马州未来的州长。对此他备感荣幸，但却没有从政的打算。他把自己的全部精力都放在打理塞姆斯海湾公司上了。

夜色渐深，塞勒斯和安斯利的谈话节奏也慢了下来，渐渐掺入停顿、低声应和与点头默应。塞勒斯知道该怎样结束这场谈话。他瞄了一眼自己的手表，一分钟以后又瞄了一眼，每次都只把手腕稍微转过来一下。

于是安斯利起身说道："我们该走了。我明天一大早还得去店里，塞勒斯应该也有别的事要忙。"

"啊，没错，"马西娅应了一句，"我们可真舍不得这么早就走，但斯库特明天上学可不能迟到。"

"没错，周日晚上回去得在路上走半天，"安斯利补充道，"从这儿回克莱维尔几乎一半的路都在堵车。"

回家路上，马西娅发现安斯利的车开得有些不稳。毕竟他们在饭局上喝了好几杯纳帕谷佳酿外加一小杯君度橙酒，而且因为马西娅要先去探访杰茜卡阿姨，安斯利还趁机喝了 3 瓶米勒啤酒。这一路上安斯利有好几次把车开过了中线，再猛地一转方向盘，把车带回正确的车道。

一股愤怒涌上心头，就像污浊的空气一般挥之不去。她早就知道，每次去莫比尔拜访都只会让她更清晰地认识到自己眼下令人遗憾的境况。她，在玛丽贝尔大宅出生长大的马西娅·塞姆斯，被一个醉汉带走，放弃与生俱来的社会地位和优渥的经济保障，来到一个凄凉小镇上一栋只有四个房间的平房。她这辈子很可能也就这样了。她就这样通过结婚走出毁灭性的一步，拿曾经拥有的一切优势换取进入另一个世界的门票，而那里的生活艰难，选项也要少很多。

马西娅从天性上看就不是那种会想方设法逃离困境或通过适应周围环境来让人生更有意义的人。不过，虽然她相当被动，既不具创造力，又没有斗争精神，但她手里还是紧握着一份使得她过去的一部分优势得以留存的希望。那就是此刻紧挨着她坐在皮卡车里的小拉夫。从血统上说他也是塞姆斯家族的成员，尽管出生在这个平凡的家庭，但却出淤泥而不染，继承着她的家族血脉。想到这里，她直视前方，迎向对面连绵不断的车灯，在心里默默祈祷着，祈祷儿子能以某种方式重拾她与生俱来的光环。

07

十几年前，安斯利在弗洛拉巴马餐厅第一次遇见马西娅，那时21岁的马西娅十分漂亮。她体形娇小，甚至有点瘦小，有双跟她父亲一样的蓝眼睛，而且依然保有十几岁少女特有的苗条。她会迅速绽开微笑表示友好，但只会对主动靠近的人这么做，因为她生来就比较害羞，而成长过程中的备受呵护也让她变得更加害羞。

马西娅在哈特菲尔德学院上了两年学，那是专门给富家女子学习上流社会礼仪的淑女学堂，位于哈蒂斯堡，从莫比尔开车穿过密西西比州界没多久就能抵达。她在那儿受到很好的教导，举止变得无懈可击，对餐饮安排和礼仪知识也了如指掌，已然接近专业人士水准。她已经成为她所在地区和阶层要求的那类淑女了。如果说世家子弟比身边其他人都更加彬彬有礼，那么南方的世家子弟又比其他地区更胜一筹。因此，南方世家子弟的谦和宽厚在全美排第一。与此同时，他们的骄傲程度也是举世无双。经常有人评论说，南方的绅士和准绅士们不仅最有礼貌，也总是全副武装，随时准备反击。

马西娅初遇安斯利之际，正在斯普林希尔学院上大三。那是莫比尔一所小型基督教文科学院，声誉良好。校园离玛丽贝尔大宅很近，步行就能到达，相当方便，道路两侧主要由弗州栎和花园点缀，这些花园非常上镜，经常出现在《莫比尔新闻纪事报》星期天版的家装与花园版块。

到那时为止，她在大学的社交对象几乎完全局限于跟她一样还没有男朋友的其他女生。天性加上后天的训练让她变得自律而顺从，她也是一个用功的好学生，绝大多数科目的分数都是 A 或 B。她在美术和音乐方面资质平平，却对美国历史抱有强烈的学习热情，足以弥补前两项的缺憾。小小年纪她就对塞姆斯大家庭的故事、莫比尔的故事以及整个南方的故事非常着迷，发现这一点时，她的父母乔纳森和伊丽莎白，不禁感到十分欣慰。十几岁时，她就曾花费整整三个下午采访杰茜卡阿姨，为的是完成一篇美国南北战争前塞姆斯家族史的研究论文。

20 世纪 70 年代中期她慢慢长大成人，美国的社会大革命早已席卷南方。莫比尔也不例外，这吸引了她所在学校师生的全部注意力。跟别处相比，他们没做的大概就只有焚烧胸罩以及在咖啡馆静坐示威。人们日益意识到，女性有能力在职业和经济方面取得跟男性平等的地位。但马西娅的父母并不想让女儿尝试这场变革为女性打开的新的职业选择，马西娅自己也并不打算尝试。他们可是把女儿当作南方淑女来培养的。她对得体生活的看法也带有“老南方”的色彩，即中等和上等阶层的白人女性在家里说了算，男人则负责养家。

说到上流家庭的职业选择，当时最受青睐的领域是法学、医学和军队，根据具体职级、收入或两项综合考虑，可以确定你能受到多大程度的尊重。如果一位取得成功的长子后来接管了家族生意，那就是好上加好。经商是可以接受的，若是作为家族企业一员来经商就更没问题了。从政也没问题，只要可以做到足够高的官职就好。国会议员、参议员，或是州长，都棒极了。如果城市规模可观，市长也不错，若能同时拥有“大都会俱乐部”或同等级别精英团体的会籍就更好了。

马西娅对自己的最终地位抱有很高的期待。至少她从未想过自己有一天可能会跌落到无产者的大杂院里。正在席卷南方的大变革，有一些她是亲眼见证过的。通过学习历史，她了解到，这片土地一开始几乎一穷二白，最终得以脱贫并跟上现代美国的步伐是在第二次世界大战期间。

马西娅对于发生在自己身边的变化一清二楚。她眼看着城外的公路一点一点被大型购物街取代，莫比尔的郊区就这样变成了匹兹堡和印第安纳波利斯之类大城市周边地区的翻版，只不过气候更加温暖。南方乡村地带更大的变化则是由现代医学成就带来的：像钩虫病、糙皮病或痢疾这些一度让本地乡亲饱受折磨的疾病，现在已经很少听说了。

马西娅的父母还记得公共饮水龙头上挂的“白人专用”的标牌，他们也能说出快餐店在什么时候取代了咖啡馆，大型购物街怎样挤走了中心区的廉价商店。在他们还小的时候，每逢星期六，就会看到城外的公路从一大早便挤满佃农们的驴拉货车，有白人佃农，也有黑人，全都是去市场赶集的。现在全变成了拿工资、刷信用卡的打工者，开着轿车或卡车，一心要找最划算的卫星天线看电视。

当下的亚拉巴马州在美国是政治上最保守的州之一，只用了一代人的时间，这里的选民就从罗斯福时代的民主党民粹主义者迅速倒戈成为极右翼的共和党人。汽车保险杠上的贴纸写着“是上帝、胆识和枪支造就了美国，这三样我们一个也不能少”，当然了，这只是后保险杠一侧的贴纸，另一侧的贴纸可能写着“行人太多，时间太少”或“对我开车有意见吗？请致电 1-800- 吃屎热线”。马西娅早已见怪不怪。

但这份激进也在渐渐缓和。在莫比尔的黄金地段，以及费尔霍普富有文艺气息的湾区一带，新建宅院的主人不仅有世家大族的后裔，也有可能是从斯坦福大学毕业的神经外科医生或来自芝加哥的建筑师。他们就这样搬了进来，跟出生在亚拉巴马南部、和他们实力相当的人成为邻居。所有这些人都会受到欢迎。他们慢慢成为“新南方”的先锋。

与此同时，世袭特权和它的光环依然耀眼。在马西娅和她父母身上，在许多他们这个阶层的人身上，依然存留着美国内战前那份荣光的一丝残余。这可以概括为“南方贵族三大光环”：首先，出自历史悠久且财力雄厚的家族；其次，生活富足安逸，房子宽敞，四周环绕华丽的花园，里面开满大朵艳丽的花，室内要有从祖辈继承的古董家具，买的不算；最后，要有当年南方邦联军特有的灰羊毛大衣。说到最后一点，当过军官的祖辈会得到后辈更深切的纪念。如果祖辈有幸属于这个类型，那户人家的图书室或中央走廊就会自豪地挂上这些祖辈的肖像。如果祖辈有位将军，那对几代人而言都是荣耀，较低级别的军官当然也是可以接受的，如果只是普通士兵，那就只能是饭后闲聊的点缀了。

马西娅虽是一名现代青年，但她的根却留在一座依然沉湎于美国内战前岁月的城镇。在那儿，被当地社会接纳的标志，就是当地人开始乐于给你讲他们家族的历史。他们想要谈论“他们的自己人”，也就是他们的祖辈，可以一路追溯到三代以前，依次谈论这些祖辈参与过的每一场战争，如果家族的起源记录得足够好，他们还能继续向前追溯到从英国来到这里并且定居下来开疆拓土的先驱者。而且，如果房子足够大，也足够富丽堂皇，他们会想要带你去看他们的宅子；如果不是他们自己盖的，而是很久以前由“他们的自己人”盖的，那就更值得夸耀了。

说到莫比尔的塞姆斯家族，马西娅所在这一支的祖辈是南方邦联军海军上将“海狼”拉斐尔·塞姆斯的堂兄弟。尽管她的同辈里有这位了不起的海军上将的直系后裔，而她的家族只能算是旁系，她还是不止一次对拉夫说：“记住，孩子，祖辈的地位就是你的地位。”她还告诉拉夫：“你这辈子需要用上你能得到的一切帮助，而在我们这里，一个了不起的名字可是太有价值了。”她从不肯承认，拉夫有可能最终选择移居其他地方，就像有些普通人已经开始在北方找工作一样，又或者，关于那位和她儿子同名的伟人的珍贵回忆有一天可能会被满怀敬意地折叠起来，永远收进某个安全且有人记得的地方，跟南方邦联带有星星和条纹的战旗存放在一起。

08

弗洛拉巴马餐厅在沿海一带非常有名。它恰好处在佛罗里达州与亚拉巴马州的边界上。餐厅后面有一片洁白的沙滩，浅浅的、闪着绿松石光芒的海水从珀迪多湾向西一路延伸到莫比尔湾入口的摩根堡。早在20世纪70年代，这里就作为美国“时髦红脖”[①]活动的一个中心地带而闻名，经常可以看到人们拖家带口过来吃虾，虾在纸碟子上堆成一座又一座小山，男人们拿起美国自产啤酒直接对着瓶子一通猛灌。年轻的律师和证券经纪人会跟卡车司机以及捕捞生蚝的渔民——换句话说就是那些真正以生产和维修工作为生的实在人——一起挤坐在吧台。

一个星期六下午，马西娅跟她在斯普林希尔学院的一群同学一起来到弗洛拉巴马餐厅。她们抵达时，在场的实在人就包括来自亚拉巴马西海盗海滩的安斯利，他毕业于费尔霍普高中，当时是一名

① “红脖”特指美国南方乡下白人，源于美国贫穷的农民们因为在地里劳作，脖子被晒成红色。该词具有贬义，但在20世纪70年代成为“红脖”变为一种时尚，“时髦红脖”这个说法就出现在这一时期，减少了贬义成分。——编者注

专业汽车机械师，业余时间也会打零工，帮忙采摘柿子和草莓。那天他跟四个朋友坐在吧台边的一张桌子边，几个人边喝啤酒边给陆续走进门来的女生打分。他们在 0～10 分之间给每个女生的综合吸引力打分，还在现场随手做了一个简陋的仿制金牌，准备授予第一个拿到全票 10 分的女生。但过了一个半小时也没能选出一个优胜者，几个“裁判”变得不耐烦了，开始争论是否应该把获奖门槛降低到 9 分。

马西娅跨进餐厅时，安斯利一下子就被吸引住了，彻底沉迷于她的美貌不能自拔。首先映入眼帘的是她娇小的身材，跟他十分般配。在人们普遍营养充足的南方这可是越来越难得了。大多数年轻女性的体形都跟安斯利差不多，甚至比他还要高大一些，而且她们还都有一双大脚。马西娅的体形可就娇小多了。她衣服的尺码，就如他后来了解到的那样，都是最小号。紧接着，根据男人出自本能的两秒评估法，他按以下顺序飞快扫过这些项目：好身材、可爱的脸蛋、整齐的头发、整洁利落的衣着、优雅的步态。结论：一个非常非常漂亮的姑娘。这还没完呢，她讲话的时候表情生动，脸上不时闪现只有做过牙齿矫正才会有的完美笑容。

“你们看到了吗？左手边那个。”他跟那几个看上去脏兮兮的同伴说，“赶紧瞧瞧。一个 10 分的完美女孩，你们一定要打 10 分。这个我可得亲自认识认识。”

说完，他站起身来，穿过餐厅径直走向已经就座的姑娘们。他挺直肩膀，完全无视其他女孩，直视马西娅的双眼，露出温柔的笑容，这可是他在镜子前反复练习过的笑容。

“不好意思，这位小姐。我叫安斯利·科迪，是住在这附近的常客，我就是想过来跟您说一声，您是所有来过这家餐厅的女生里最漂亮的一位，我坐在那边的伙伴们也一致认同。您真的美极了。”

马西娅先是紧张地左右看了看，然后又回头看向安斯利，一脸惊讶，好像在说："请问你说的是我吗?"其他几个女孩全都咯咯笑了起来。好几个比马西娅高挑的女生都觉得自己的美貌一点儿不输她。

在花言巧语方面颇有天赋的安斯利立马变换了节奏。悲伤浮现在他脸上，他装出满心悔恨的样子，缓慢地摇着头，用一种更加冷静的语气继续说道：

"唉，看来我这回真是出洋相了。说真的，我还从来没有试过像这样直接冲上来跟一个陌生人搭话。希望您能原谅我，我向您道歉，女士，也向你们各位道歉。"

马西娅还是一动不动。坐在她右手边的女孩边笑边用手肘顶了顶她，然后转过头来对安斯利说："你指的是我吧?"

安斯利并没有回答，而是穿过餐厅走回自己那一桌，跟他的伙伴们站在一起，摆出既严肃又担忧的姿势和表情。他提醒朋友，不要大笑或高声讲话。他非常清楚，马西娅和她的同伴们会在急切的谈话间隙往他这边看过来。他用余光瞄向她们，偷偷将她们保持在自己的视野范围内。

后来几个女孩起身走向餐厅门口，她们谁也没有带走那枚"金牌"，安斯利缓缓走到马西娅跟前，伸出手掌、张开五指，做出一个请求的姿势。

"不好意思。"他开始了，然后又犹豫了。他知道自己想要说什么，但此刻一反常态，感到一阵慌乱。这个未来的花花公子以及轻佻的勾引者的心头居然涌起一丝真诚。

"能允许我说句话吗?"

马西娅礼貌地停下脚步。她的两个朋友也停了下来，站在马西娅身边，等着他把话挤出来。

“听着，我很抱歉自己刚才那么粗鲁地冲到您跟前搭话。但您看起来真的非常漂亮。如果什么时候能有机会跟您聊聊天，我会非常感激。也许能像电影里演的那样，一起去喝杯咖啡。我说完了。”他微微低下了头，显出一副谦逊的样子，然后补充道：“能不能至少让我把我的姓名跟电话号码写给您？还有就是，可不可以把您的芳名和电话号码也留给我？就是给我个机会，哪天可以跟您在电话里聊个两三分钟，就这样而已。之后我就自行消失不再打扰您。我保证。”

安斯利紧张地递给她一支铅笔，还有两张从桌垫上撕下来的废纸。其中一张上面写着他自己的名字跟电话号码，另外一张等着马西娅写上她的。马西娅有点慌了。她上过的淑女学堂可没教过这些。为避免表现得无礼，她接过那两张纸说：“谢谢你。真是不好意思，我得走了。”然后快步走向等在一旁的客车。

她想的是：“哈特菲尔德学校的罗德小姐一定会给我刚才的表现评个A吧。也可能不会。我刚刚有没有犯什么错？”

安斯利三步并作两步赶上之前留下来陪马西娅的一个女孩，央求道：“快告诉我，她叫什么名字？求求您，我是一个好人。我真的很想知道她叫什么名字。”

“马西娅·塞姆斯。”

因为这个没有恶意的背叛，马西娅·塞姆斯的命运就被决定了。

几天后，安斯利借助一本收录了几位塞姆斯家族成员联系方式的莫比尔与彭萨科拉地区电话号码簿，很快就查到了马西娅的下落。

“请问马西娅在吗？”他在电话里问道。

“不在，她今天回学校去了。”伊丽莎白·塞姆斯回道。

“是斯普林希尔学院吧。”

“是的。您在那儿就能找到她。请问阁下大名？我会转告她。”

“一个朋友。我会打电话到学校去找她。多谢！”

安斯利非常清楚学校不可能平白无故就把她的号码给他，于是干脆一直等到学校放假的第一个周末才再次打电话到她家。这次接电话的果然就是马西娅本人。

“喂，您好？”

“您好，请问是马西娅·塞姆斯吗？”

“是的，请问您是？”

“我是安斯利·科迪。咱们一个月前在弗洛拉巴马餐厅见过。我还多少希望您会记得。我是西佛罗里达大学的大四学生，在彭萨科拉那边，”他在撒谎，“我也不想打扰您，希望您能原谅我。但自从上次见过一面，我就特别想跟您聊聊天，您知道的，也许就聊几分钟。”他竭力让自己听起来很随意：“所以我就给您打了这个电话，我不会上门烦扰您的。”

这成功地激起了马西娅的好奇心。毕竟，对方听起来确实像个好人，而且是发自内心对她很感兴趣。于是她回答：“啊，没事，没事，这也没什么。我可以聊几分钟，没问题的。”

后来，他们又打过几次电话，每次都比上次更热络，通话时间也越来越长。两个周末过后，这个假冒的西佛罗里达大学大四学生就出现在塞姆斯家门口，准备开始他和马西娅的第一次约会。他开着一辆全新的1976款雪佛兰，这还是他前一天刚付首付买下来的。他穿着最好的衣服，头发也刚刚理完并且仔细梳洗好。他的口袋里揣着两张骑牛比赛的门票，地点就在附近的奇克索。

富丽堂皇的玛丽贝尔大宅，以及它的柱廊、广阔的草坪和环形车道一下子就把安斯利看呆了。他从车上下来想找门牌号，不知道像这样的世家大宅通常不会挂门牌号码，取而代之的是一块由亚拉巴马州历史协会颁发的青铜铭牌，宣示玛丽贝尔大宅属于州一级的历史建筑。

安斯利在正厅焦急地等待着马西娅从那道旋转楼梯上下来，这时，她爸爸乔纳森从图书室里走了出来要跟他谈谈。

“骑牛比赛作为体育项目是不是有点太粗鲁了，真的适合带一位年轻女士去看吗？”

安斯利早就想好了答案。

“是的，先生，我明白您的意思。不过，以我的经验，我朋友圈里的一些年轻女士有时会对音乐会之类的演出感到厌倦，骑牛比赛对她们来说是一个不错的调剂。而且我们也能从骑牛比赛学到不少东西。”

这个回答让乔纳森感到担心。他张了张嘴想再说点什么试探一下，但又马上决定还是随它去吧。他还有很多文件要批阅，还要准备第二天下午在蒙哥马利跟州参议员委员会开一个很重要的会议。

马西娅就在这时出现了。她打扮得像个女牛仔，穿着牛仔外套跟牛仔裤，戴着颈巾，脚蹬一双低帮靴。

“啊，爸爸，我真的好兴奋啊！您之前有没有去看过真正的牛仔竞技表演？”

“是的，先生，”安斯利接茬说道，“这可是一场货真价实的牛仔竞赛呢。”

让马西娅如此着迷的，恰是安斯利表现出来的那股活力与自信。尽管他个头儿不高，就像矮脚鸡，但看上去相当壮实，足以像一个成年人那样跟她父亲交谈。那天晚上以后，他向马西娅透露，自己有一些不愿回首的黑暗往事。他讲了不少故事，都带有一些事实成分，只不过都发生在别人身上。所有这些故事都被他修饰得天花乱坠。在马西娅看来，安斯利就是比她当时认识的那些幼稚男生都更优秀，相较于她浅薄的阅历，安斯利的过往就显得深沉厚重得多。高速公路在他看来就是飞机航线和船舶航道。他有目标，有计划，还暗示自己有某种人脉关系，只是没有跟马西娅挑明。结果，跟安斯利处心积虑想要引导的结果一样，马西娅开始想象，若能跟在安斯利身边展开那些冒险旅程，会是什么感觉。

安斯利的伪装倒不完全是刻意作假，各种故事以及装腔作势都紧紧围绕他那不容有缺的神圣个人原则堆砌起来。有几点是不容改变的：他会尽他所能履行自己的责任和义务；他绝不会撒一个可能会伤害到亲人或朋友的谎；除非是出于自卫，否则绝不主动攻击他人；以及，发生冲突时，如果他认为自己是正确的，就绝不会屈服。

即使人生的其他方面全都遭遇挫败，这些原则也不会有丝毫动摇。这是他对男子汉的定义，也是他用于保持理性的安全网。

马西娅和她的父母都没能明白，安斯利这种人在他的那个特定阶层其实是很普遍的，而他就是在按照那个阶层的方式过自己的一生。总有一天他会安定下来过日子，只不过这么做的目的并不是他想象或期待塞姆斯家族会相信的那样。安斯利天生自尊心极强，却每每只管眼下，每天都在寻找可以及时享乐的机会。他不会放过任何一个可以犒赏自己的理由。从十几岁开始他就成了一个烟鬼，虽然也能不抽那么多，就像现在，他在马西娅和她父母面前就能做到不抽烟。他认为喝烈酒以及酒量好属于男子汉的特征。他甚至偶尔会在周末暴饮暴食，当然，他才不会让马西娅看到自己这一面。

安斯利忠于自己长大成人的文化背景，成了一名爱枪人士。他的爸爸和爷爷都根据自家房子大小以及当时法律允许的数量，收藏了尽可能多的枪支。在西海盗海滩他父母的家里有一幅照片，上面是他爷爷跟两个兄弟站在一头倒下的黑熊前，两手在胸前环抱着各自的步枪。被猎杀的那头黑熊是在埃斯坎比亚县能见到的佛罗里达州濒危亚种里仅剩的几只中的一只。

从童年时代起，安斯利最享受的事，除了结伴远足去打鱼或打猎，就是跟爸爸去杰普森县一处废弃农场试射他们家兵器库里的藏品。那时候他把玩过的武器，就包括一支老旧的陆军制式柯尔特转轮手枪，还有一支他们的远房表亲在美西战争中用过的步枪。从那时到以后，安斯利一直沉迷于扳机一扣、目标随即灰飞烟灭的壮观场面。

安斯利是一名爱国者。还是小男孩的时候，他就幻想自己抱着一挺机枪、背着一串手雷，把敌人的碉堡掩体一个一个清理干净，然后胸前挂满军功章在政府大道参加胜利游行。

安斯利还是个种族主义者。但他有办法使其不与自己那套原则相冲突。他会说他是分离主义者。若是跟不熟的人聊起这话题，他总会搬出一句"我对有色人种没意见，只是更愿意跟和我一样的人在一起而已"，然后就不再发表意见，或者顶多说几句模棱两可的话，只有跟臭味相投的白人男子在酒吧喝酒或外出钓鱼时例外。

不过，安斯利至少还有一份值得夸耀的族谱。他和他的近亲都宣称，美国自独立战争以来的每一场战争，科迪家族都有成员参与，这也确实有可能是事实。他祖上有过好几个霍奇斯家族的人，霍奇斯家族是当初定居布莱克利以及与莫比尔隔湾相望的那片沃土的几个大族群之一，那片沃土后来变成了鲍德温县，但当时它还只是一个四处泥泞的村庄。还有另一位祖先约翰·汤姆·科迪，当时他和兄弟李·科迪听说萨姆特堡被围攻，立即跟着莫比尔一群愣头青加入了亚拉巴马炮兵部队。他们直到战争结束都只是低等列兵，帮炮兵部队用密集的炮火一举击退夏洛的北方联邦军。李在默夫里斯伯勒被俘，约翰则不顾自己右腿受伤坚持战斗。他最终在南北战争最后一场战役中被俘，也就是在罗伯特·E.李将军在弗吉尼亚州的阿波马托克斯宣布投降之后第二天，当时消息还没有传到正在集结准备再战的军队那儿。刚好这场战役就发生在南亚拉巴马的布莱克利堡，因此，战争一结束，约翰直接把枪扛在肩上，带上他的随身物品，只花了一天时间就步行到家了。之后他在莫比尔定居，结婚生子，有了一个大家庭。

就这样，安斯利跟马西娅的恋爱在塞姆斯家族几位长辈的注视下艰难地一点一点向前推进。马西娅的父母跟马西娅一样，都被安斯利的魅力以及那一以贯之的礼貌举止给迷惑了：他每次都准时把马西娅护送回家。他还跟马西娅的父母说，他在他老爸的公司是一名初级行政主管，同时是西佛罗里达大学的兼读生。

马西娅和她父母对安斯利的各种审视，事后表明全都流于表面。他们看到的是这个人表演出来的形象，而不是一直设法隐藏在背后的那个真实的年轻人。他们问的全是老套常规的问题，而得到的答案，以及就此得出的轻率结论，也让他们感到满意。

“他的祖辈是什么人？鲍德温县那边的科迪家族吗？那倒是个不错的家族。”乔纳森对伊丽莎白说。他想的是费尔霍普相对富裕的科迪家族，而不是生活在与之相隔不远，同在珀迪多湾的西海盗海滩的科迪家族。

在塞姆斯家族面前，安斯利坚持不懈地展示着他自认为最真挚、最突出的特质。他对自己充满信心，也深信自己所说的每一句话，并且对这一切充满热情。他口中的所谓真相，都是他基于当时事实基础构建出来的——这样一来，就能确保完全真实或在大体上是真实的，最起码很可能是真实的。他过于夸张的礼貌举止与马西娅所在阶层略微收敛的彬彬有礼存在反差，但他的狂妄自负足以应对这种差异。安斯利将自己所有的精力都用在马西娅身上，在他看来她就是一个令人垂涎的女性。他对她充满性爱的激情，却从来不会霸王硬上弓。他对借用马西娅和她的家族来提升自己的社会地位仿佛毫无兴趣，并且，他对她的父母除了言谈举止很有礼貌之外，完全看不到其他的阿谀奉承之举。除了马西娅，他对其他任何事情都毫不在乎，这让他在马西娅的心中变得更加宝贵。

安斯利给乔纳森也留下了相同的印象。乔纳森觉得这个年轻人很粗线条，但至少“未来可期”。只有马西娅的妈妈伊丽莎白保留着怀疑态度。她管他叫“粗糙的锆石”[①]。

但到头来这一切都无关紧要。马西娅偏偏就是爱上了这个热切的男人。

等马西娅的父母发现马西娅已经深陷这场爱情的时候，一切都已经太迟了。他们本来就对这两个人的关系感到不安，但还不至于强烈到要公开表示反对的地步。退一万步讲，他们家族的万丈雄心主要还是寄托在长子塞勒斯身上，他已经在家族企业担任副总裁。所以他们当初只是希望——事实上也以为马西娅很快就会结束这段露水情缘，然后重获与其他男生约会的自由，并且这次一定会讲究门当户对。

因此，一天晚上，马西娅约会回来说她跟安斯利已经订婚时，她的父母都惊呆了。他俩当时都在乔纳森的书房，看着马西娅举起左手，展示安斯利送她的那枚钻戒。

“我们决定要尽快举行婚礼。”她说。

说完她停顿了一下，观察父母的反应，同时又焦急得紧锁眉头。她为自己深爱的两方在这件事上可能意见相左而心如刀绞。

乔纳森站起身，弯下嘴角，好不容易问出一句：“你是不是——”

马西娅赶紧打断他：“噢，不不不。不是那样的，爸爸。我没有怀孕。完全是因为我们深爱着对方，想要共同开启新生活。”

① 锆石常用于充当钻石的替代品。——编者注

她甚至忘了把左手放下来，于是那枚钻戒就像一面旗帜一样高举在空中。

伊丽莎白抓住座椅扶手慢慢坐了下来。乔纳森试图再次开口："让我先捋一捋……"

可马西娅又一次打断了他的话："我们想要一切从简，不用搞什么大排场。但愿我没有让你们太心烦。我现在太累了，我们能不能明天再聊？"

必要的一步已经走完，现在可以逃离这个房间了。她放下左手，埋头在手袋里翻找东西，然后转身一溜烟跑回楼上她自己的房间去了。

乔纳森拿起离他最近的电话打给塞勒斯，塞勒斯跟太太安妮和他年幼的女儿们就住在玛丽贝尔的西翼。

"塞，家里出事了。我要你赶紧来图书室一趟。"

3 分钟之后塞勒斯赶了过来，裹着他最喜欢的那件绿色中式浴袍，坐下听乔纳森讲刚刚发生的情况。

"这混蛋之前一点儿也没跟您透露，是吧？"塞勒斯说，"就知道他不会跑来请求您的同意。"

"塞，我要你接手处理这个难题。你明天一早就去请一个私家侦探。可以试试橡树街那家，应该是在橡树街。吉姆·霍尔登是他们的律师，他们的业务水平也是有口皆碑的。我要查查这家伙的底细，查清他家的情况，弄清他周围所有人的底细，而且要立刻马上赶紧给我办好。我记得他家是在鲍德温县那边，可是，可恶，说真的，我自己都不确定他是不是住在那里。"

就这样，莫比尔的这位富豪精英下达了一道指令。一个星期之后的一天晚上，塞勒斯把一份长达 70 页的报告摆在了乔纳森的桌面上。

原来，情况并没有乔纳森以及越来越焦虑的伊丽莎白所惧怕的那么糟糕。至少西海盗海滩那边的科迪家族还算值得尊重。安斯利的爸爸乔治·科迪是一位执业会计师，整个翡翠海岸往东一路到沃尔顿堡海滩的合同他都经手过。他已经离婚 10 年。他的前妻再婚之后住在杰克逊维尔。乔治的现任女友是一个 40 岁左右的性格活泼的单亲妈妈，在墨西哥湾海岸一家餐厅当服务生。安斯利有两个哥哥，都结了婚，在建筑工地干活，主要是在佛罗里达狭长地带。科迪三兄弟都是诚实可靠的公民，他们按时缴税，也不惹麻烦。安斯利的一个哥哥曾在一场酒吧斗殴之后被控故意伤人，但最后检方放弃了指控。安斯利是兄弟三人里路子最野的，他青少年时期就因为毁坏财物以及小偷小摸之类的行为被人抓到过好几次，但至现在，他 25 岁了，倒也一直没有犯过什么重罪。他被认为是一个擅于诱骗别人的人。但至少从调查发掘到的信息来看，他没有将这种天赋用于诈骗活动。基本上只是喜欢吹嘘自己，以此吸引女生，或是在男性同伴面前炫耀自己，一个“吹牛大王”而已。除此之外安斯利看起来倒也还可以。他没有结过婚，也没有被抛弃的怀孕前女友。他身边“红脖”朋友圈里的人普遍都认为他“很聪明”。他热爱汽车，汽车零部件方面的知识尤其丰富。他换过不少工作，但还不至于多到令人担忧的地步，而且在工作岗位上都被认为相当可靠。他高中毕业，但好像并没有继续深造的兴趣。

“好吧，”乔纳森对塞勒斯说，“先来设想一下最坏的情况。如果我们放科迪一马，他或许也能把日子过得不错。至少他看起来不像是会给我们这个家族抹黑的人。我觉得不会！但在我们再做点什么之前，不如设法先让马西娅把婚礼往后推一推，比如说半年。这也说得过去，我们家族也得有个像样的订婚期嘛。或许这样，马西娅就有时间再多考虑考虑，说不定就改变主意了。”

但马西娅根本不接受这样的安排。父亲提出“要合乎礼仪”地推迟婚礼时，马西娅给出一个他既害怕听到、却也早已预见的回答。

“不行，爸爸。我们都爱着对方，也已经把未来的生活规划好了。我们不会等的。您和妈妈当年有等过吗？”

乔纳森被迫承认他们当年确实也没有等。他打定主意，无论如何不能让女儿疏远自己。他决定接受马西娅的决定，但要尽量处理妥当。毕竟，不管女婿是谁，他也没打算要把马西娅或者她的丈夫培养成生意接班人。

在和马西娅聊了一个小时之后，他来到洛丁大厦，把塞勒斯叫到办公室。

“塞，又多了个危机要处理。马西娅不肯推迟婚礼，我也不能强迫她。她想尽快举行婚礼。但既然这一切都得由你妈来张罗，我们总有办法再稍微拖一拖，但估计拖不过两个月。”

“您说的危机指什么？”塞勒斯问道。

“塞，这还要问我，你是在开玩笑吧？我绝不允许我的女儿跟一个兼职修车工蜗居在西海盗海滩某个肮脏的小公寓，看在老天爷的份儿上，不可能！”

“好吧，那我们要怎么做呢？”塞勒斯还是有点懵，“至少他也不是别的种族的人，也没有其他什么更坏的情况。”

“我要你和所有你需要用到的员工统统丢下手头的工作，或者实在有必要的话，先把工作转交给其他员工，你们要先给科迪找份更像样的工作。如果实在找不到，就干脆给他搞一家小汽修店让他自己去打理，还有，要在他工作的地方附近找一栋不太贵的小房子。他上班和住的地方离这儿都不能太远，就在莫比尔或者周围的市郊。你觉得你能办到吗？”

他一边说一边站起身来，按下桌面的电铃传唤秘书。

“没问题，先生，”塞勒斯回答，“我觉得可以搞定。我这就去做。”

“艾琳，”一位头发花白的女士走了进来，乔纳森对她说，“你跟塞勒斯工作一段时间，协助他完成我刚布置的任务。这是当下你的首要任务，也是最高机密，明白吗？”

8天后，安斯利在乔纳森办公桌对面的椅子上坐了下来。他目前还没有资格跟乔纳森一起坐在办公室另一头壁炉旁的沙发上。

“安斯利，”乔纳森开口说道，“谢谢你专程来一趟。”他停了下来，等待对方的回答。

“这没什么，先生，谢谢您，塞姆斯先生，我很感激。”

“今天我把你叫过来是要欢迎你加入我们的大家庭。”

“我明白，先生，谢谢您。我一直觉得能成为塞姆斯家族的一员是我的荣幸。”

“安斯利，我相信你是明白的，我想让我的女儿过上最好的生活。任何一个父亲都会这样想。当然，我也因此想让你过上最好的生活。”

安斯利用力地点着头。“明白，先生。”他说着捋了捋头发，又把领带理正了一点。

乔纳森继续说下去：“别人跟我说你是汽车方面的专家，对汽车零部件之类的东西很感兴趣？”

安斯利继续点头。他紧张地舔了舔嘴唇，说：“没错，先生。我觉得我确实对这个方面挺在行的。我在业务上没少接受锻炼。”

乔纳森微笑着冲他点了点头。“那好，这是接下来的打算。我们公司旗下有一家很不错的五金及汽车零部件商店，就在克莱维尔，那儿需要一个助理经理。工资很高，至少对你们这对年轻小夫妇来说挺不错的，而且这份工作很稳定，又有很好的前景。我跟他们的经理杰西·尼科尔斯谈过了，他很乐意让你在他手下工作。去那边入职以后，还可以接受营销之类的在职培训，这样，如果一切顺利的话，你就有能力自己打理一门小生意作为事业起步了。”

安斯利举手想要发言：“我明白，先生，可是——”

“还有一件事情要跟你说。杰西·尼科尔斯已经接近退休年龄。经理这个职位过一两年就会空出来，按理说你是最合适接替他的人选。过些日子，你甚至可能会发现你有足够的资本可以把店给盘下来，再往后说不定你还会想再扩张一下这门生意。”

“塞姆斯先生——”安斯利把手放了下来。

“还有一件事要跟你说。我跟伊丽莎白一直在考虑给马西娅准备一件合适的结婚礼物，最终决定这么做：我们在克莱维尔找到一栋很不错的小房子，适合作为过渡，对你跟马西娅来说很理想。这房子离我说的那家店只有几个街区。不是什么豪宅，但确实挺不错的。我们已经交了意向金，如果你觉得那份工作没问题，我们就付款把房子买下来给马西娅，这样也能让你们的婚姻生活有个好的开始。”

说到这里，乔纳森停了下来。安斯利则继续保持沉默，他被这份慷慨的贺礼弄得有些说不出话来。新的可能性开始灌溉他那肥沃的想象力田野。仿佛眨眼之间，美好生活就触手可及。在他的朋友以及科迪家族其他成员面前，他有了财富、地位，还有威信。

乔纳森灿烂地笑着并举起了双手，仿佛这些提议对他来说也是一个惊喜。他最喜欢用这种方式和别人敲定交易。

“怎么样？你觉得如何？能接受吗？我知道马西娅肯定会同意。”事实上，他还没有跟马西娅提过这些事情。他想先拉拢安斯利，形成统一战线。

安斯利可不会轻易错过一扇大开的机会之门，更何况，他这辈子就没看到机会之门开过几次，还总是一眨眼又关上了。

“当然接受，这真是太好了，塞姆斯先生。我相信马西娅也会非常喜欢这个安排。”

两个月之后，婚礼在圣保罗圣公会教堂举行。马西娅穿着白色及踝婚纱裙，那是他们家经常光顾的多芬街上的汤普森女装裁缝店专门为她设计的。安斯利穿着一套租来的西服，脚上那双漆皮皮鞋闪闪发亮，看起来也相当帅气。乔纳森负责挽着女儿出场，安斯利的两个哥哥做伴郎，伴娘由马西娅五个最好的朋友出任，其中两个是他们家的邻居，另外三个是她在斯普林希尔学院的同学。安斯利那边的出席人数多得让人有点意外：堂表兄弟姐妹、朋友以及他们的家人，总共来了 30 多个人。塞姆斯家族以及鲍德温家族的直系亲友来得更多，一些邻居也来了。

双方亲友纷纷握手，表达着对小两口的祝福与赞美。伊丽莎白看上去有些神情木讷，本来就已经喝了不少酒的她在早餐之后又喝了一杯波本威士忌来稳定情绪，这让她更加恍惚了。尽管如此，她还是没有辜负自己的良好家教，不仅没有当众崩溃，也没有离开过现场半步，微笑着接受了大家的祝贺。她一直坚持到仪式开始，才悄悄地把脸埋在绣着花边的手帕后面落泪，从头到尾保持了满分的社交仪态。

09

安斯利和马西娅蜜月旅行的目的地定在佛罗里达的萨尼伯尔岛。启程那天，伊丽莎白悄悄交给马西娅一个小小的皮革手包，上面刻着马西娅的名字。里面小心地放着一本支票簿，金额为 42 000 美元。

乔纳森则交给安斯利一个厚实的布纹白信封，上面用金色油墨压印着乔纳森的大名以及回邮地址，即玛丽贝尔大宅。

“这是我们一家给你的一份私人礼物。”他说。里面放了一张用精致的帕尔默字体[①]手写的便签。

亲爱的安斯利：

欢迎成为我们家的一员。为了送你一份最适合的结婚礼物，我们讨论过一阵子，最后一致认定这份礼物最好对你的新工作和家庭生活都有帮助（我们跟马西娅悄悄商量

① 由奥斯汀·帕尔默（Austin Palmer）推广的一种英文草书字体。——编者注

过）。因此，只要你能选出一辆你认为最好的皮卡车，伊丽莎白和我都很愿意买来送给你。

你诚挚的

乔纳森·塞姆斯

这对新人蜜月旅行一结束就直接去了克莱维尔，搬进那套刚刚购置的独立平房小院。塞勒斯从塞姆斯海湾公司派了两位女士过来，提前做了一番相当周到的布置，包括添置了全新的厨房用具和一些基本的家具，其他多数用具将由马西娅按自己的偏好慢慢选购。新房的冰箱和橱柜里塞满了食品杂货。还有一套价格实惠的餐厨用具，包括做饭的厨具、吃饭的碗碟以及刀叉汤匙，全都整整齐齐地摆好，等着马西娅日后一一换新。厨房的桌子上还放了一束鲜艳的插花。一部登记在安斯利·科迪名下的电话已经接通，放在厨房洗涤槽上方的搁架上。

回来后的那个星期一，马西娅就开始高高兴兴地列出一系列马上就要动手做的事情，并一一给朋友们打电话。安斯利出门去克莱维尔五金与汽车配件商店上班，开启新工作。他在早上 8 点准时出现在店里，热情地跟杰西·尼科尔斯握手。他们坐下来聊了一会儿。然后，尼科尔斯带安斯利转了一圈，仔细查看店面以及摆放整齐的货架。没过几分钟就会有电话或有到店客人打断尼科尔斯的介绍。安斯利因为对店里大部分产品都非常熟悉，便愉快地帮忙做起销售来。

他留意到店里没有其他员工。但快到中午的时候，来了一个身材矮胖、年约 50 岁的女士，尼科尔斯介绍说她叫多洛雷丝。她直接走到咖啡机前面，拿出一杯做好的咖啡，没加糖和奶，随后就在收银机旁坐了下来。到这时安斯利已经可以看出来，这就是一个小本生意，但不管怎样，他想："大小是个生计。再过个一两年我就可以做主了，到那时再做打算也不迟。我打赌我能在这里安安稳稳地挣点钱。"

三个星期过后，尼科尔斯给乔纳森打了一个电话，说："他干得不错，塞姆斯先生。他会准时上班，干起活来相当卖力，看上去对这份工作很满意。这可大大减轻了我的压力。"

然后他笑着补充道："我终于有时间偶尔去趟洗手间了。"

乔纳森把这个好消息告诉塞勒斯。"那就继续祈祷一切顺利吧，塞。他当然有一些方面存在严重的不足，但我觉得还是有可能可以把他推上某个部门的中层管理岗的。感谢上天，马西娅安全了。伊丽莎白说她高兴极了。"

但如果乔纳森和塞勒斯以为安斯利能被塑造成半个塞姆斯家族成员，那他们可就错了。

婚后前几年，安斯利和他年轻妻子的关系相当好，但在拉夫出生没多久，他就回归了单身汉时期的享乐方式。继续深造和确保家庭财务安全在他看来都不是最重要的事，跟一帮老友每周欢聚一次才是好日子应有的乐趣。其他乐趣还包括：偶尔跟他在酒吧里勾搭上的女人来一次一夜情；猎杀任何法律允许猎取的动物；以及去"自由自在"地钓鱼——只把挂了鱼饵的鱼钩放进水里，不管钓上来什么都可以。他认为，工作是生活的一部分，要尽力做好，履行义务，但它不是生活的目的。他决意谨守的人生准则里包括"听从老板的吩咐"，但并不包括"尽可能将自己的潜力发挥出来"。

40 岁出头时，安斯利抽烟的数量增加到每天两包。他觉得三瓶啤酒不时搭配一点儿杰克丹尼威士忌就很完美。他右手的食指和中指都被卷烟焦油熏黄了。加上喜欢玩小赌注扑克，讨厌任何非必要的体力活动，安斯利渐渐有了不小的啤酒肚。他的长寿概率正在一年一年降低，性情变得越来越暴躁易怒。他得了慢性支气管炎，经常咳嗽，有时甚至喘不过气来，严重到应该就医。但安斯利讨厌医院，不信任医生。马西娅一跟他提起死亡，他就宣称：“等上天召唤我的时候，我随之而去就是了。”

10

每年夏天与科迪一家在诺科比湖边相聚时，我都可以从他们的只言片语里感受到，安斯利和马西娅这桩门第悬殊的婚姻已经到了难以维持下去的地步。他们开始争夺拉夫，这让拉夫变得神经紧张而又闷闷不乐。12 岁以后，他再也不相信爸爸酒后的虚张声势了。他会忍不住对比，一边是他们一家在克莱维尔相对清贫的生活，另一边是住在玛丽贝尔大宅那一家享有的特权与富足。马西娅沉迷于塞姆斯家族的荣耀而不能自拔，但也因为知道自己的儿子已经被剥夺了这些特权而感到心烦。拉夫渐渐开始抗拒妈妈的白日梦，同时设法尽量过好自己的平民生活。在他看来，塞姆斯家族史就跟英国王室的更替一样无趣。

说到底，拉夫最担心的还是爸爸妈妈可能离婚。他在马丁·路德·金小学的同学就有几个来自离异家庭。这些同学从言行举止看还算正常，但他从小伙伴的聊天得知，他们全都对此感到困惑和不知所措，而且经常感到沮丧。因为父母再婚而让孩子有两对父母的情况也很常见，他们还会有住在不同地方的同父异母或同母异父的兄弟姐妹，以及继父继母自己的孩子，乱糟糟的关系有时使他们不得不在陌生的地方与其他人发生争吵，但这一切全都发生在紧闭的大门背后，因而不为外人所知。听上去就像一个随时可能降临的噩梦。拉夫多么希望爸爸和妈妈至少可以在一起生活，哪怕两个人经常吵架都没问题，就算是替他免除一大灾难了。

如今带着“马后炮式”的的眼光回看，作为旁观者，我很容易理解，一个孩子如果长期陷于家庭矛盾，他就会本能地为自己寻找其他出路。或许会想象出可以逃去藏身的幻想地带，各种远在天边的梦想世界：生活着泰山和珍妮①的树顶；藏在地心深处的魔法世界；又或是一片迷人森林，里面有一条清澈的小溪，欢快地冒着泡泡，旁边就是一个经过伪装的藏身地。到了一定的年纪，通常是在8～12岁之间，孩子们通常会动手建造这些梦想世界的模型，用砍下来的树枝和绳索，建成树屋、单坡屋顶小屋或北美印第安人式样的圆锥形帐篷。

每当星期天跟父母坐车出游，穿行在克莱维尔周边相对偏僻的蜿蜒小路上，拉夫能看见沿海区域的小溪与河流边生长着冲积平原林地。他尽力远眺，希望看到丛林的深处。在他看来，这就是书里的亚马孙和刚果，只不过规模小一点罢了。他想象自己也能沿着其中一条清澈柔缓的溪流一路到达某个很远的地方，一片纯粹的荒野，从来没有其他人来过，而他可以在那儿住上一阵子。

渐渐地，拉夫意识到，他其实已经拥有了一个藏身之处。从科迪家开车出来，10分钟后到达亚拉巴马128号州际高速公路，再向北开一段后进入一条小路，沿小路一直开就会抵达诺科比湖。镇上的居民和渔民常常会到湖的南岸游玩。他的爸妈在拉夫还是婴儿

① 迪士尼系列动画电影《人猿泰山》（*Tarzan*）中的男女主人公。——编者注

的时候就会带他来这里野餐。湖的西岸是一片近乎原生态的低矮阔叶林，在它们后面，向内陆蔓延的是一大片长着长叶松的稀树草原，中间点缀着一丛丛茂密的低矮阔叶林。附近方圆七八十千米的居民，大多知道诺科比野地包括这么一片区域，却都以为那是私人林地，不得入内。不管怎么说，在那些人眼里，那地方不过就是一片对健康有害的松树林，里面是难以穿行的茂密树丛，还有虫子和蛇出没。他们认定，昆虫、毒蛇以及随时准备扯烂你衣服的带刺的灌木丛是那里的主角。诺科比湖过去后就是威廉·齐巴赫国家森林，面积更加辽阔。由于这片森林距离更远，且只能从西北角一条运送木材的小路进入，所以，跟诺科比湖周围的野地相比，那里更是一年到头见不到几个游客。

总之，这里完全可以满足拉夫的幻想。12 岁那年，他开始独自探索诺科比湖周围的野地。只要有半天空闲他就会到那儿去。他没跟爸妈提过一个字。他们都以为他说的短途旅行就是跟小伙伴到克莱维尔中心或高中的操场去玩。

拉夫就这样进入了诺科比湖的世界，快乐地玩耍，无所畏惧。这里没有成年人的管束。在他的眼里，高耸的长叶松和树下的当地植物群很快就变得跟克莱维尔镇上的灌木丛和花园一样亲切。每次他都能逮到一两条蛇，仔细察看一番后放走。他能找到昆虫、蜘蛛以及许多其他五花八门的节肢动物，有很多会被他放在各种罐子里短期饲养。在春夏两季，总能看到树上的鸟巢，其中一些树低到足够让他探身观察鸟蛋和雏鸟的生长进程。还有鹰和其他大型鸟类总会从头顶飞过，永远不会爽约，可以目送它们缓缓飞向未知的目的地。包括苍鹭和白鹭在内的几种鸟会在湖边浅水区专心用它们的长喙捕食青蛙和鱼。响尾蛇、水蝮蛇和黑寡妇蜘蛛[①]令人感到无比刺

① 均为有毒的物种。——编者注

激，但最好还是躲开它们。如果实在躲不开，拉夫顶多用长木棍捅一下。

拉夫可不敢对父母提起这些冒险经历，如果说了，他们就会发现他之前都在撒谎，那他会被禁足。但他愿意跟我说，把我当作他的叔叔。毕竟我俩做的是同一件事。区别只在于，我受限于事前早已精确界定好的研究项目，目的是寻找并记录足够多的新的原始素材，以备在科学期刊发表论文。我被困在职业科学家的任务循环里：争取科研经费以支持足够多的科学发现，从而挣到更多科研经费，再继续挖掘新的发现。如果可以，我多希望也能回到小时候，像小拉夫一样做一个真正意义上的探索者。我俩在那儿的发现在科学层面不算新鲜，但对他却是全新的，他也因此一直处于兴奋状态。

“我想画一张诺科比野地的完整地图，”他说，“也许还要把齐巴赫森林包括进来，再列一份清单，记录那里的所有植物和动物。也许我能找到新的物种，再给各种蛇拍一些照片。”

我发现在相识之初我对他的随和和默许变成了陷阱，把我困住了：一方面，我不愿违背自己对拉夫的承诺，把这事告诉他的父母；如果那么做了，他再也不会相信我。另一方面，我也不能任凭一个12岁小男生在无人知晓的情况下独自一人探索像诺科比野地和齐巴赫国家森林这种规模的荒野。因此，做了一番内心斗争之后，我想到了一个解决这一两难处境的方法。

“我不会告诉你的爸爸妈妈，但我要你答应两件事作为回报。我担心你没有充分意识到在这些地方是多么容易迷路。万一遇到什么意外，你可能直接受伤躺在地上，甚至送了命，好几天都不会有人发现你。我要你答应，绝不越过步道入口，不要远离你们一家野餐的区域。另外，每次出门都要跟爸妈说一声，让他们知道你要去哪儿，还有你预计到家的准确时间。你……你能……答应我吗？”

“好的。”拉夫回答。

他的不假思索让我大吃一惊。我不由想到，他一直在等一个成年人批准他的计划，并能给他的秘密生活加上某种秩序。

“拉夫，关于这一切，现在我要给你一些建议。那就是，慢慢来。你还很年轻。那里的确可能有新的物种，但一次只走一步，不管做什么都一样。你可以边走边认识动物群和植物群。最重要的一点，不管做什么，务必十分小心。远离毒蛇，远离水边。尽可能结伴前往，比如和你的堂兄朱尼尔或学校里某个小伙伴一起。诺科比是个好地方。我特别希望你能好好活着，享受它。我要你答应这些。”

“没问题，先生。我保证。”

这次他答得太快，就像已经想好该怎么回答一样。我将信将疑。但我尽力了，就这样吧。

11

在墨西哥湾沿海平原地带，诺科比湖属于当时人为开发最少的少数原生态水体之一。湖的规模属于中等，面积不到5平方千米，位置偏僻，东岸周围土地属于私有，至今依然未受外来者的打扰，另外还有几处湖边小木屋。湖水得到小的附属支流与地下水渗流补充，清澈且未受污染。在阳光的照耀下可以看到一群群鲷鱼藏身于淹没在水里的鳗草丛里，雀鳝和软壳刺鳖从它们上面滑过。5条中等个头的短吻鳄沿着诺科比湖岸排开，各自占据着相当宽敞的地盘，此刻正在岸上晒太阳。这种动物早就从漫长的受迫害史中吸取了足够深刻的教训，只要远远有一个人正在走近，它们就不约而同地跳进水里，转眼无影无踪。暴雨过后的夜晚，还有机会看到鳗螈，那是一种大型水生蝾螈，在上涨的波涛里潜行，专心搜寻淡水螯虾作为食物。水蛇，包括有毒的水蝮蛇，在沿湖岸线的草丛和浅滩猎食青蛙和小鱼。诺科比湖是一个保存完好的生态系统，跟5 000年前相比可能也没什么两样。

在诺科比湖北端有一条狭窄的小溪，从茂密的宽叶香蒲和毛草龙之中穿行而过。这条小溪没有名字，在两岸十几种低矮阔叶林的树荫下向前流淌，间或被高大阔叶树相互交叠的巨大树冠笼罩。溪水就这么一路蜿蜒向北，最终抵达并汇入奇科比河，那是珀迪多河的支流之一，宽广而波涛汹涌的珀迪多河从那儿开始笔直南下，一路上划定了亚拉巴马州和佛罗里达州的边界，直达珀迪多湾。

诺科比湖的湖岸线向外突出，形成十几个小湾。每一个小湾周围都长满水草、莎草和稀疏的低矮阔叶林。其中最大的一个位于湖的南边，叫“死猫头鹰湾”，或者“死猫头鹰沼泽”，一些老人家到现在都是这么叫的。这小湾的名字听着很是奇怪，即使按美国南方的标准看也是如此，据说它源自某个地图绘制者的一次异想天开，也很可能是由于早期地图制版过程出现了拼写错误，原本应该是戴尔·阿尔勒湾，或是戴尔·埃罗尔湾。[①]就在临近的亚拉巴马州杰普森县，就有好几个地方被命名为阿尔勒或埃罗尔，在那场战争之前就有了——南方直到现在依然习惯隐晦地把美国南北战争称为“那场战争”。戴尔·阿尔勒（也可能是戴尔·埃罗尔）这个人本身就是一个难以捉摸的怪杰，他在18世纪初期驾驶小帆船从墨西哥湾海岸沿着布莱克沃特河两岸的冲积平原森林向北探索，途经埃斯坎比亚县东侧，路线与其保持平行。根据人们口口相传的故事（所有书面文档早已在1883年杰普森县法院大火中付之一炬），他曾在诺科比湖南岸扎营了一段时间。没有人知道他为什么要到那儿去，也不知道他原本期待发现什么。

“死猫头鹰湾”（现在也只能这么叫了）就在一条土路尽头，那条路从玉米地里延伸出来，进入现存的最后一片天然形成的长叶松林。

① “死猫头鹰”英文为dead owl，戴尔·阿尔勒及戴尔·埃罗尔分别为Dale Arle、Dale Errol，故疑似拼写错误。——编者注

这个小湾里面最重要的野生生物之一——如果你允许我把这个并不是特别严谨的动物学术语稍微再拓展一下的话——是一类蚂蚁种群，它们沿着湖岸建起一溜山包型的蚁穴，相当引人注目。这些种群不仅过去分布广泛，现在依然如此，包括在墨西哥湾沿海平原这里。在诺科比湖周边，只要有长叶松的地方就能看到它们，其中又数“死猫头鹰湾”周边最为密集。湖边的土壤是一种由沙子、黏土和腐殖质混合而成的透气土壤，为本土的植物和昆虫提供了理想的生活环境。在每一个温暖而干燥的早晨，阳光都会照耀湖边的开阔地带，热力直达蚁穴，让蚂蚁们早早活跃起来。

这些蚁丘对我选择记录的这段历史而言具有特殊意义。它们将在拉斐尔·塞姆斯·科迪的人生中发挥关键作用，而且，在更令人瞩目的方面，影响了诺科比大环境的存亡。

“死猫头鹰湾”相对开阔的湖岸线并不是由频繁的人类活动造成的，它是天然形成的，并且年代久远。这个湾周围的野地从前只不过是长叶松生境[①]的一小部分，长叶松从湖边一路往西生长，与威廉·齐巴赫国家森林相连。那片绿草青葱的高地松林与其说是森林，还不如说是稀树草原。粗细不一的松树散落四处，树龄大一些的，树冠顶部都连成了平平的一片，树龄小的也抱团生长，构成了一个又一个树丛。在松树与松树之间的空地上，是一簇一簇的狗牙根草，以及一个名副其实的地被植物花园，里面有巴豆、须芒草、臭甘菊、三芒草、熊尾草、大花四照花等等，全都被早年说英语的拓荒者们冠上各种令人莞尔的名字。而晚松、桃金娘、池杉，全都密密匝匝生长在一处，形成一个又一个地势低洼的阔叶林岛，因为它们会季节性地遭遇洪水泛滥，故被称为穹丘。这长叶松稀树草原

① 又称生长地或栖息地，在生态学中，指某一地区支持某一特定物种生存繁衍的一系列生态因素的总和。——译者注

乍看起来可能显得植被稀疏，但这可是整个北美大陆最具生物多样性的植物环境之一。单在 10 000 平方米范围内就能找到多达 150 种植物，而且几乎全部属于地被植物。其中有很多物种都是这一片生境所特有的，也就是说，你在地球上其他任何地方都见不到它们。

诺科比野地庇护着所有长叶松稀树草原特有的动物物种。这里有山齿鹑，它们深受带着猎枪和寻回犬的猎人喜爱，也正在变得越来越少，但奇怪的是，这不是因为人类过度捕杀，而是因为它们被越来越多的郊狼以及其他在人类聚居地周边兴旺繁衍的捕食性动物吃掉了。这里还有锄足蟾，这是一种夜行性动物，眼睛能在黑暗中辨别事物，专门伏击那些栖息在地面的昆虫，它们只会在很短的交配季节里聚集在雨水形成的水洼里，用号啕大哭般的叫声呼唤着彼此，听起来就像一个由恶鬼组成的合唱团。此外，这里的佛州地鼠龟在地底下挖掘出长长的隧洞，形成一个又一个微型生态圈，喜欢跟着住进隧洞的房客包括森王蛇、穴蛙，还有其他一些奇奇怪怪的生物，比如有一种蚂蚁，专吃在地下穴居的蜘蛛的卵。

在诺科比野地的生物居民里，有一些物种很少见，还有一些甚至处于濒危状态。其中最著名的当数红顶啄木鸟，它们喜欢在高大的长叶松顶上掏洞筑巢。在这里，除了偶尔可能会路过的熊，从体形到外貌都最令人惊叹的动物要数肌肉发达的森王蛇，它体长 2 米多，通体黑色，泛着铁灰色的光泽。森王蛇会从地鼠龟挖的隧洞里钻出来捕食各种各样的猎物，甚至包括一些体形较小的同类。在爬行动物中，体形和外貌都跟森王蛇截然相反的是鼹蜥，这是一种四肢退化的地下穴居蜥蜴，体长不过 15 厘米，外貌酷似一条披了甲的蚯蚓。这个物种行事非常隐秘，以至于除了专业的博物学者之外几乎没人能发现它们。

在这片长叶松稀树草原独特的动物种群里还要加入 3 种蚂蚁：

第一种专门在地鼠龟隧洞里吃蜘蛛的卵；第二种住在松树的树干和树冠里，它们是红顶啄木鸟的主要食物来源；第三种是会建造蚁丘的蚂蚁，它们的种群分布在诺科比湖岸。

诺科比湖地区这片风景秀丽、生物种类丰富的稀树草原，不过是当年整个墨西哥湾沿海地区生境的一处残余角落而已。千万年来，这一生境涵盖了从南北卡罗来纳州到得克萨斯州约 60% 的平原，一路源源不断向四周延展。能打断它的就只有如堡垒般岿然不动的阔叶林、河流的支流在地表刻画出来的沟壑（它们是主力）、溪流、因地下水渗流侵蚀沙地而形成的沟壑，以及以柏树为主的河水干流冲积平原。其中的潮湿洼地内部以及周围还分布着无数个穹丘，这些洼地在冬天会积满雨水，到了暮春就又重新干涸。平原上的松树倒下后会在地面留下充满腐殖质的空洞，这些空洞又各自形成一个迷你生境。

昔日，对当地印第安部落来说，这片长叶松稀树草原是生计来源。他们可以在这里猎捕到水牛和白尾鹿。对于第一批到来的西班牙探险者来说，这片稀树草原就是一条高速公路，让他们能以坚甲快马穿过佛罗里达狭长地带，一路挺进西边和北边的未知地带。到了 18 世纪和 19 世纪早期，这片草原的很大一部分陆续被英国及美国的农民占用。接着，在美国南北战争结束之后的半个世纪，那些作为这片稀树草原主要成员、维持着其完整性的伟岸树种几乎被砍伐一空。很不幸，长叶松非常容易砍伐，而且，它跟红杉、柏树以及白松一道并列为北美洲最佳木材品种。通过破坏这片稀树草原，地主和锯木厂主纷纷积累起巨额财富。这些木材大亨养肥了南北方各大城市的投资者。他们建起了种植园风格的庄园，帮助深陷贫穷的南方重新站稳脚跟。然而，等这一切都完成以后，被他们丢在身后的是一片满是树桩的废墟，周围湿地松和火炬松的幼苗如杂草般丛生，这些幼苗往往会长成一片难以穿越的低矮阔叶林。“死猫头鹰湾”以及诺科比湖东岸大部分地区尚未被开发的天然长叶松稀树草原就被这样一片次生林包围着。但在湖的西岸，从诺科比野地一路延伸到齐巴赫国家森林公园内部近乎 3 000 米处，长叶松稀树草原还依然保持近乎原始的状态。

以下这点乍一听可能会让人感觉不太对劲，但山火从过去到现在一直是这片古老的长叶松稀树草原的朋友。不需要人类干预，不时就会有因雷击而引发的山火，这些山火会在枯枝落叶堆积的地面逐渐蔓延。自然状态下，品种丰富的地面植物可以在低强度的山火里幸免于难，而且它们也需要每隔几年来一场这样的山火，从而获得充足的养分和空间以维持生长并确保它们在当地的优势地位。我爱人艾丽西亚也是一名经验丰富的生态学家，这是我和她在诺科比野地研究多年的现象。我们能用详尽的记录证实，一旦自然引发的山火受到人为压制，外来的树木与灌木就会大肆播撒种子，夺取该地原生地面植被的地位。不到 10 年，茂密的灌木丛就会鹊巢鸠占，火炬松、湿地松、水栎、月桂叶栎、北美枫香树以及一堆其他灌木和小型树种将会占据主导地位。这样一片新生林地容易堆积起一大堆厚厚的枯枝和落叶。这些东西层层叠叠，达到足够高度后，空气便能在其中很好地流通，并很快就能让它们变得干燥，成为极佳的引火物，万一再有山火发生就会迅速爆燃，向外喷出熊熊火焰，飞快地爬上小型树木的树冠层，从道路和溪流之上席卷而过，不断扩散，使广大地区的生态遭到破坏。

这片长叶松稀树草原几乎一直处在被闪电引发的山火赋予新生的循环中，它作为一个生态系统可能存在了有数百万年之久。品种丰富的地表植物和动物得以在这个稳定而又公平的环境里进化，对之完美适应。然而，只要山火与再生的循环被打破，这个地方便将不复存在，并且很难恢复。它是如此脆弱，即使是那一点儿改变也会使它危在旦夕。

12

拉夫开始跟诺科比野地产生联结，可以追溯到小时候爸妈带他来“死猫头鹰湾”享受的周末野餐。在湖水边，安斯利和马西娅会坐下来聊天，安斯利会抽烟，偶尔也钓钓鲷鱼和大嘴鲈鱼，任小拉夫自己在附近转悠。他妈妈对此也是允许的，只不过每次都会提出同样的合理要求。

“待在我能看到的地方。只要我喊你就必须马上回来，听到了吗？远离水边，不要钻灌木丛。当心有蛇！一看到蛇就赶紧跑！”

以上这些命令，拉夫只要逮着机会躲开父母的视线就会全部违反，这是他后来告诉我和艾丽西亚的。他做了每一个小朋友在没有机械玩具和同龄玩伴，只有探索自然环境的机会时会做的事：他们开始探索自然，成为狩猎采集者。小朋友是不知惧怕的，拉夫也一样，有一份天真的勇气。他们很快就会发现生物的种类多到令人眼花缭乱，那些是他们从来没有在动物园、绘本或电视里看到过的，而且有很多根本叫不上名字。在这里，每一种植物和动物都是那么新鲜而又陌生且直观地呈现在眼前，这在一个小朋友看来就好比打开了一扇通往无限可能的窗户。

拉夫与诺科比的偶遇，为他开启了一门内容丰富的自然史自学课程。还是一个蹒跚学步的孩子时，他第一次留意到一只蚁蜂在林地边一片落叶上沿直线飞快地向前跑。这小昆虫长得跟大黄蜂差不多，裹着一身厚厚的红黄相间的绒毛。他当时还不知道，眼前这家伙可不是蚂蚁，而是一种没有翅膀的寄生蜂，而且，那是一只雌蚁蜂，正忙着为自己的孩子寻找其他甲虫的幼虫作为宿主。拉夫不假思索地冲了过去，弯下腰，一手拎起这个战利品。说时迟、那时快，他就被那蚁蜂的一根长约半厘米的螫针给刺到了，他惊得手一松，蚁蜂便从手里掉了下去。但它一着地就继续赶路，好像什么事情都没发生，留下拉夫在原地独自体会刚刚被刺到的手掌像着火一般越来越难受的痛苦。他痛得忍不住坐下来哭了，但哭得很小声，这样就不会被大人听到。过了大概一个小时，他回到父母身边，虽然依然能感受到手上的一阵阵刺痛，却什么都没说。他心里清楚得很，只要说出来，下次爸妈就会要求他乖乖待在他们身边，哪儿都别想去。

那只蚁蜂教给拉夫一个自然界基本原则：面对看上去并不怎么怕你且又色彩斑斓的生物，最好别去招惹它们。后来有一次，他们家的那只宠物小㹴犬也从一只自信的臭鼬身上得到了一模一样的惨痛教训，当时臭鼬披着一身带有醒目黑白条纹的皮毛准备穿过他们家的院子。这家伙的体形跟兔子差不多，总是光天化日就敢哧哧地在地面上嗅来嗅去，在草丛和落叶堆里觅食。在众多野生动物里，臭鼬总是显得那么镇定自若，好像根本就没有留意到这世上还有“敌人”存在。如果哪只狗胆敢抓它，它倒也不会立马亮出自己尖利的牙齿一口咬过去，也不会挥起刀锋般的爪子抓到对方身上去。它只会抬起自己的长尾巴，从肛门腺向那只狗喷出一股带麝香气的硫醇。那股恶臭几天过后都还能在狗身上闻得到。听一些狗主人说其实是能够去除的，只要用番茄汁给狗洗澡就行。我不知道是不是真的有用，因为从来没有养过狗，对臭鼬也一直敬而远之。

等拉夫再大一点儿，也是在某年暑假，有一天，我们两家围坐在一起准备吃午饭，拉夫问了我一个关于蚁蜂的问题，相当有意思。

“弗雷德叔叔，如果漂亮的色彩是在提示我们这昆虫有一根螯针，我们必须赶紧躲开，那为什么蝴蝶没有螯针？”

这个问题，要想快速回答可不容易。

“蝴蝶感到你靠得太近时，就会飞走。”这是我当时能想到的最佳答案，“蚁蜂不会飞；它能做的顶多就是刺你一下，希望可以给你一点儿教训。鸟儿能抓蝴蝶，但它们也会通过另一种方式得到差不多的教训：有些蝴蝶吃到嘴里感觉会非常糟糕，甚至可能有毒。于是鸟儿也会留意哪些蝴蝶是不能随便招惹的。你在‘死猫头鹰湾’看到的一些最漂亮的蝴蝶，就属于这种类型。”

也就在遭遇蚁蜂的那年暑假，一只赤肩鵟从拉夫头顶低低掠过时，他吃惊地看到，它一只脚的利爪紧紧抓着一只已经死去的田鼠。一个星期后，也是偶然间，拉夫撞见一条水蛇正在吞噬一只青蛙。他恍然大悟：原来，动物在大自然也会死去，有些动物死去恰是为了让另外一些动物活下来。

拉夫很快就发现，只要他把腐烂的一小段木头翻过来，就会得到丰厚的回报：原本藏身其中的无数昆虫和其他小东西会跃然眼前。并且它们的反应各不相同，有的仿佛吓傻了，愣在原地；有的迅速跳开或跑开，试图藏到附近的落叶堆下面；潮虫属于小型甲壳类动物，有时也被称为鼠妇，它会把自己卷起来，变成一个带盔甲的球；蜈蚣常被称为百足虫，它像小蛇一样飞快地爬到附近任何一处可以盖住自己的物体下面。这些小东西没有一个胆敢攻击拉夫，它们都怕他。

拉夫并不介意“黏糊因子”[1]，从不会对这类黏黏糊糊的动物避而远之，哪怕它们拖着黏液。相反，他可以在一段又一段木头或其他植物残骸里面来回翻找这些动物，而且找得津津有味、乐此不疲。每次外出都能给他带来新的收获。他发现，在大自然里，许多生物都很小，而且住在地下。他把蜘蛛放进广口瓶里，仔细看它们织网。他观察到，地下小径里最常见的动物是蚂蚁，它们有好几种体型和颜色。他抓了一些放进一个装有土壤的广口瓶里，看它们挖隧道。

拉夫渐渐发现，大自然之所以运转自如，是因为它有秩序，而从秩序中又诞生了美：小鸟在清晨歌唱；蝉在下午发出刺耳叫声；纺织娘在夜里制造刮擦声；蟋蟀在黄昏登场，在草丛里低吟。还有斑衣蜡蝉用时明时暗发着光的腹部在夜晚的黑幕上勾勒出点点杠杠，比无月之夜的星星还亮……就这样，拉夫明白了，原来每种生物都有自己的时钟，每个小时都有一些选手退场，另一些选手登场。

从一个重要层面看，拉夫的学习过程其实很普通，而且也是发自原始天性。在史前时期，有那么大约 20 万年的时间，人类要想活下去，就不得不用拉夫现在用的这套办法去学习一大堆事情。石器时代的父母可以说出他们了解到的事情，却没有办法留下书面记录。他们的数学技能也只限于记数，顶多就是“1、2，直到很多”，不会超过这个水平。越过部落边界的旅行几乎不会发生，一旦发生，人们就得准备承担巨大的风险。他们的地理知识止于某一条河的岸边、某一道山脊或某一片沿着海岸线生长而不会深入到内陆的海边森林。在那边界外面生活着从语言到衣着都不一样的人。但边界内的人会告诉你，他们要么是骗子，要么就是下毒者，甚至是食人族。

① 美国儿童动画电视连续剧《数学小先锋》（*Cyberchase*）中的角色名，实际为一只蛞蝓。——编者注

他们受魔鬼的统治。

但是，这样的无知并不会在这个生生不息的世界里扩散。原因非常简单：一个部落要想活下去，就必须对他们家园内所有重要的植物和动物有接近百科全书般的了解。而要清晰了解每一种生物，首先就要给成百上千的物种起名。因为一个普通人无论如何都不可能精通全部知识，于是部落就请长者和巫师担当“活档案”，以备大家随时咨询请教。

尽管许多植物和动物都会和精灵或神话传说扯上关系，但关于这些物种的实用信息基本上是准确的。毕竟这些会定期在我们祖先的日常生活当中得到反复检验。一丁点儿的偏差都有可能导致灾难性后果。在遥远的古代，任何一个小孩都知道怎么回答今天一个同龄小朋友从来也不会问的问题。比如，自带伪装的蝰蛇在哪里等着伏击猎物？蘑菇有那么多不同的种类，哪些是可以吃的，哪些会置人于死地？在哪里最有机会找到在地下深处生长的植物块茎，帮我们挺过干旱的季节？该在什么地方挖井取水？这都属于原始科学，孩子们先是从聊天和模仿的过程中获取，并在日后从他们各自小心翼翼的探索经历当中积累更多。

这就是拉夫在诺科比的自学课程所具有的特质，他的父母一直误以为这纯属小朋友的胡闹，但其实它充满乐趣，符合人类大脑中神经突触的构建方式。基因选定了这种学习过程，现代的教室和教科书其实并不适用。

拉夫的学习方式属于触觉型，涉及需要调用所有感官的行为，并且由直觉引导。作为他的弗雷德叔叔、他的导师，我会问他：“认识一种青蛙的最佳方式是什么？”然后补充道，“不是通过看书，不是通过看一张照片，甚至也不是通过拿起一只放在手里。要想全面而又深刻地认识一种青蛙，你必须首先在大自然里找到一只，然后观察它，如果它正好在叫的话，倾听它。研究它的生境，做笔记，记下它选择待在哪里，跟踪它，逮住它，放进一个广口瓶，让它在里面待一小会儿。透过广口瓶研究它，然后，在最初发现它的水边放生，看它怎样一跃而起，没几下就消失在视野中。如果能按这样的方法学习，那么，青蛙这一概念就会被你完全理解。你可以在科学、文献、神话以及将在学校接触到的一切内容中继续积累信息，但你会因为自己的学习开始于一只实体青蛙而变得更睿智。你也会开始在意青蛙，这是别人做不到的。”

可以预见，拉夫应该寻找像他这样看待世界的伙伴，我也鼓励他这么做。他在 12 岁生日那天加入了美国童子军，这是该组织可以接受的最低年龄门槛。

他的父母对这一决定感到欣慰，我也给予了赞许。

“你会从中学到怎样跟其他人相处，”安斯利跟拉夫说，“你独自一人太久了。你会学到怎么做一些大人做的事。等中学毕业，这段经历有助于你被类似西点军校之类的学校录取，万一到时候你考虑参军的话。”

马西娅对参军不感兴趣，但儿子身上初步展现的这份远大志向，以及由此而来的、小小年纪就有机会从童子军组织获得的地位，还是让她非常开心。

我作为童子军的前成员，在里面一直待到差不多 20 岁，最终成为鹰级童子军[①]，此刻当然也感到无限欣慰。

“你们要明白，”我跟安斯利和马西娅再次在诺科比相遇的时候，特意对他们说，“这组织就是为拉夫而设的。你们都知道他是

① 在美国，获得童子军最高级别奖励“雄鹰奖章”的童子军成员即成为鹰级童子军，被视为一种至高无上的荣誉。包括多名总统在内的精英人士都曾获得这项荣誉。——编者注

多么热爱户外活动的一个孩子，他在这个年纪就已经掌握了数量惊人的自然史知识，在那儿一定如鱼得水。也许我是错的，但我愿意打赌，他一定会取得漂亮的成绩。”

我不能说自己擅长预测人类行为，但这次证明我说对了。美国童子军可不是一座旨在改造儿童行为的新兵训练营，否则一定会把拉夫赶出去。他们不会让你坐下来接受早已安排好的测验，那是男生天生就会抗拒的事。他们不会按照智力、能力或其他指标来区别对待不同的孩子，或试图划分类别。他们只看你的个人努力。你凭努力和成就以自己规划的进度一路晋级。从初级（没有人愿意停留在这个级别）到中级（也没有人喜欢这称呼），再到高级、星级、生活级，一路到达鹰级。什么时候做哪个科目的测验也是由你自己规划。万一第一次测验没及格，没关系，跟童子军一位领队再钻研一段时间，准备好了再测一次。

拉夫有能力凭个人努力或作为小团队成员迅速过关斩将，在每个级别不断向童子军队长汇报自己的进展。童子军的级别徽章标志着通往资深级别的主要节点，用一种符合青少年大脑发育规律的方式褒奖孩子们取得的每一项成就。让拉夫感到开心的是，团队活动里包含了户外活动，这完美契合他的能力和爱好。游泳、救生知识、远足、野营技能、探索技能、急救知识、动物学、植物学和昆虫学，每一项都要精通，然后变成他童子军制服饰带上的一枚又一枚徽章。

童子军还做了一件同样重要的事：他们认可了拉夫不知不觉中开始准备度过的那种人生，从精神和社会这两个层面对他的诺科比湖荒野探索行动给予了支持。

13

拉夫堪称诺科比野地的一名公民，我在一个夏日跟他的父母如此说道，如果人类有任何一名成员可以担得起这一名号的话，那就是他。日复一日、年复一年，他对这里的了解变得如此深入，渐渐超过他对自家周边差不多 10 000 米半径范围内的了解，也超过他对自己学校教室和操场的了解。他爱这片土地，把它视为自己的地盘。也许他没有经常想起，但喜欢沉思的他一定早就想到，万一日后在正常人生的哪个环节遭受挫折，他总可以回到这里，从他作为“诺科比野地终身会员”的身份中找到安慰。

拉夫就这样一天天长大，一点一点蜕变成一名博物学者型探索者，同时也是一名科学家。他开始知道野生映山红什么时候开花，菊黄花粉蝶、银纹红袖蝶和其他一些蝴蝶分别喜欢哪些花，以及哪些蝾螈会出现在春季才会形成的季节性池塘里。就连藏身于陆龟隐秘沙质巢穴里的奇怪生物，他也知道它们都有哪些习性。他知道吃青蛙的猪鼻蛇的秘密，它们看上去像极了致命的蝮蛇，但其实就跟一段朽木一般对人基本无害。他发现红尾石龙子以及其他蜥蜴也是无害的。不过你也没什么机会碰到它们，因为它们一见到你就会迅速逃向一堆枯枝里的隐蔽住所。在长叶松高大的树冠上，红顶啄木鸟正在享用主要由住在那儿的成千上万只蚂蚁组成的大餐。聚居在湖的浅水区的各种小鱼共享“米诺鱼”这个名字，也共享食物链上的一个位置，比那 5 只正在岸边巡视的短吻鳄低两个级别。

俏丽的黑胸虫森莺曾在美国南方沼泽地的藤丛里筑巢，现在已经灭绝了，人类最后一次在南方看见它们是在 1965 年。至少这是我听到的说法。但它们可能还没有完全消失。拉夫就是这么想的。也许，一名像他这么幸运的博物学者，总有一天会从长时间的诺科比野地探索中得到回报，有机会听到它们那昆虫般的嗡鸣声，一睹这可爱小鸟的真容。

美国最大的啄木鸟叫象牙喙啄木鸟，据说也灭绝了。但这类事情谁说得准呢？在诺科比东部的查克托哈奇冲积平原森林就有过目击报告，只是未能得到证实。拉夫也曾跟我提起，也许，他能成为下一个幸运儿，有本事辨出那独一无二的声音从诺科比湖出水口的林地深处传来，听上去像一支玩具笛子发出的“嘣嘣”声，接着他会听见响亮的双头锤敲击声，那是象牙喙啄木鸟在用它坚硬的喙剥开树皮，伸出长长的舌头，抓住藏在里面的甲虫幼虫。或许当他抬头仰望，透过层层枝叶，能看见一对象牙喙啄木鸟，它们正忙着在依旧挺立的枯死阔叶树之间觅食，白色的长喙有节奏地上下敲击，好像活的钻机。它们的翅膀表面上方有一片白色的羽毛，闪着光，一眼就能看见，跟野外指南写的一模一样。他会立刻明白为什么有人把这种鸟儿称为“天啊鸟”，因为很久以前第一批来到这里的定居者见到它的第一反应就是：“天啊，那是什么东西？”

如果你问拉夫，他会告诉你，诺科比的树林比任何一个城市的街道都要安全得多。但这里也不是现实版的迪士尼乐园，两者差太远。在这一带的树林里没有什么东西摆好姿势等着你，也没有人工制品。早在人类踏足北美大陆以前，而且是再早上成千上万年，这样的生境就已经在美国南方存在。没有人能想象得到，怎样可以着手复制其中哪怕很小一部分，更别说当真动手做出来了。

拉夫 13 岁生日这天，安斯利送给他一支 1938 型“红莱德”杠杆式枪机气步枪。这支枪有机会改变拉夫与诺科比动物种群的关系：它具有装弹一次击发 650 发 BB 弹的能力，BB 弹是一种小小的金属靶丸，击发原理是通过杠杆形成气压，把靶丸发射出去，每次一颗。一拿到它，拉夫就被这件属于自己的武器迷住了。这可不是他老爸的那支霰弹枪，那东西看上去就像一门加农炮，3 年前把他吓个半死。这支红莱德的大小才适合他用，而且属于他拉斐尔·塞姆斯·科迪。他感到内心涌出一股从未有过的情感。这枪代表力量，不是挣来的，不是谁许诺的，而是一瞬间就从一个人的手里传递到另一个人手里。

马西娅第一次见到那支红莱德，就看到拉夫以射手的姿势紧握着枪，贪婪地体会着它的分量与平衡感。她双手一拍脑袋，大喊道：“安斯利，你到底在干什么？”

拉夫马上转过身去，把这造成麻烦的武器从妈妈的视线范围内移开。

“你答应过的！你答应过我！你这是要害他送命，还是要害别人送命？”

安斯利难以置信地摇了摇头，他伸出手来，试图安抚妻子。

“不不不，”他说，“你不懂。这不是真枪。它伤害不了任何人。只能对着目标射出很小的 BB 弹。就算真的打中了谁，也只会造成一点儿小红肿。”

马西娅立刻反击：“但他可能打瞎别人！”

“不不不，那是不会发生的。这么说吧，几乎任何东西都可以伤人。哪怕只是一把螺丝起子。哪怕只是一支铅笔，老天。拉夫只不过是要小心一点儿。他该对枪支有所了解了。是时候让他对类似这样的事情承担一点儿责任了。”

拉夫被打发出去了，他满脑子想的都是能把枪藏在哪里，担心爸妈这次争吵可能会变得难以收拾。

“我跟你说过一万次了吧，这早就不是第一次了，”马西娅再度向安斯利发难，“我可不希望他像野小子那样长大。我想要拉夫过上更好的生活，这么说吧，等他再大一点儿，我想要他住在一个比这个家更好、更安全的地方。”

“你是说跟你那高贵的莫比尔家族住在一起吧，我的家族配不上你。”

但安斯利马上克制住自己。他们可不能在拉夫可以听见的地方吵得不可开交，尤其不能因为他吵成那样。

“我明白你的感受，”他说，“我完全没有冒犯的意思。但请允许我说一句，用常识想想吧。我们住在这里，而不是在莫比尔，我是在克莱维尔打工养家。”

马西娅抿紧嘴唇，努力想要平静下来，找出她认为正确的回应。

安斯利觉察到她的停顿，继续逼近：“看看我们周围，在克莱维尔，跟斯库特同龄的男生都有这么一支 BB 枪。如果我们住在莫比尔中心区那是要另当别论，但我们住在这里，在克莱维尔，我们的儿子有权像其他男孩一样正常地成长。”

安斯利和马西娅又辩了几个回合，直到渐渐冷静下来。整个过程中拉夫一直躲在自己的房间，听不到他们说话，专心研究那支红莱德，体会拥有一支枪的感觉，思考这到底意味着什么：“军队里的士兵，一名中士——不，还是上校更好——拉斐尔·科迪。一名狙击手，面对全副武装的敌军，一个接一个瞄准、击毙，周围还有机关枪在连续射击。一名猎人，进入射杀一头巨角雄鹿的射程范围，同为猎人的朋友们全都仰慕地看着他，他开始非常非常……小心地……瞄准。一个拥有支配力的男人，一个英雄。”

大概过了半个多小时，安斯利和马西娅的争论从越来越激烈到渐渐停顿，再反复几次，最终达成妥协，他们把拉夫喊出来。结论是拉夫可以保留这支枪，但条件是他只能在爸爸的指导下，对着后院设置在围栏上的目标射击。

晚饭过后，拉夫就抱着他的红莱德来到后院。安斯利给他讲解了一支空气步枪击发的简单流程：把 BB 弹倒进弹仓，给杠杆加压，瞄准，击发，再给杠杆加压，瞄准，再击发。直到打满 650 次，这时就要停下来重新装弹。

拉夫很快就掌握了诀窍。火鸡猎杀行动遗留下的耻辱随着爸爸循序渐进的指导，渐渐烟消云散。早年那份恐惧的最后一点残余也很快消失无踪。他从扣动扳机后目睹远处发生一次物理撞击的过程中找到了巨大乐趣。这是他从未体会过的一种控制感，并且是精确的控制，比用弹弓打出一颗石头强太多了。

第二天他又到后院去了，这次安斯利不在身边，马西娅也刚好在忙其他事，离后门有点远，没有留意到。他的瞄准技术稳步提高。事实表明，拉夫其实是天生的神枪手。爸爸跟他描述过旧时目光锐利的南方人，他开始想象，自己是他们的一员。

拉夫的想象力很快就引导他从后院的红莱德枪手变成诺科比的红莱德枪手。他可以成为一名真正的猎人！也许用不着真的杀死什么东西，只要吓吓它们就好，让它们还能恢复。诺科比有很多小动物，它们是那样难以觉察，动作又那样快，想要亲手逮住一只可是难于登天。五条纹石龙子、六线鞭尾蜥，它们是那么警觉，你还没看到，它们就已经逃之夭夭，潜入一堆木头或乱糟糟的灌木丛里了。安乐蜥多数时候栖息在树干高处。它们跟松鼠一样，可以轻易跃起，跳到另一边去，继续高高在上地看着你，而你还远远没有走到足够伸手抓住它的位置呢。水蛇似乎随时准备快速溜进湖边浅水区，只要走到距它们半径 3 米多的范围内，你就很难再见到它们。

这一逃跑策略是遗传的。它们的祖先在过去几百万年遇到的猎食者，追击速度可比拉夫快多了，渐渐地它们也成了精通侦察和逃跑的高手。人类如果不借助一点外力，别想抓住它们。但有了枪，现在拉夫也许可以随心所欲地抓它们，把这些小家伙抓在手里仔细研究一番。

拉夫跟妈妈说他想带上自己的红莱德到克莱维尔中心区给小伙伴们瞧瞧。他主动交出自己的弹药给她保管，作为担保。但他没提自己兜里还有备用的一瓶子弹。

马西娅勉强同意了。拉夫把枪横放在自行车前把上，骑车出了门，朝阿特摩尔街以及中心区方向骑去，以防马西娅从窗户目送自己。他一直骑到第一个街角，这时从家里已经看不到他了，然后又骑到第二个街角，在这儿来了一个 90 度转弯，骑过一条街，继续朝诺科比方向前进，又奋力骑了大约 25 分钟，来到小路的尽头，诺科比步道的入口。

跟往常这时候一样，“死猫头鹰湾”没有人。拉夫踏上湖水西侧那条小径，再走下小径进入森林。他抬起头来，东张西望，双手紧紧攥着那支气步枪，随时准备加压射击。他进入了猎人的状态，上下左右来回扫视，感官全开，努力捕捉可能适合作为目标的动物的踪迹。一只即使用网也很难抓到的巨大粉蝶此刻就在他眼前扇着翅膀飞过小径，降落在一片花开正盛的灌木丛上。尽管它又大又艳丽，拉夫却视若无睹。不远处，一群乌鸦吵翻了天，但它们的聒噪对这位专心搜索目标的枪手毫无影响。

一只石龙子跳起来，沿着小径小跑一段停了下来。发现目标！拉夫整个人都绷紧了。他慢慢地、小心翼翼地举起枪。但那只小蜥蜴也一直警觉地盯着他的一举一动，忽然一跃而起，窜进了林下灌木丛，不见了踪影。

沿着小径看向更远的地方，拉夫发现一只安乐蜥趴在一棵小松树的树干上。那是一只大型雄性安乐蜥，它颈部下面那坨红色赘肉不停地鼓起来又瘪下去，这是雄性蜥蜴发现另一个雄性生物蜥蜴进入自己领地时的本能反应。他俩彼此相距 4 米多不到 5 米，这使那只蜥蜴成为拉夫的理想目标。拉夫转过身去，背对目标，这样他手上的动作就不会被蜥蜴看见。他给枪的杠杆加压，慢慢转回来，瞄准它前肢靠后一点儿的位置，击发。只见那蜥蜴一个倒栽葱掉了下来，落在地面上。拉夫跑过去，把它放在自己的掌心仔细研究，他拉住红色的赘肉，松手，看它慢慢归位。蜥蜴左边肩膀靠后一点儿的皮肤上有一道细小的伤口，导致那儿的皮肤向上收缩。可以明显看出来，靶丸是以一定的角度斜射击中目标后再反弹出去的。拉夫不确定那蜥蜴此刻到底是死了还是吓呆了。于是他动作轻柔地把它放在地上，继续向前搜寻下一个战利品。结果一无所获，过了一个小时，他就回家了。

后来几次远足，他都几乎在那儿待整整一天，吓傻或打死了十几只蜥蜴、小蛇，还把一只树蛙从伸手难以触及的松枝上打了下来。他在自己收藏的一套野外指南里翻查这些受害者的名字。玩腻了这种水平的野外屠杀后，他把目标转向麻雀和其他小型鸟类。在这一项目上，他可是屡战屡败。因为目标通常一直处于运动状态，而且距离太远，即便他走到能走到的最近位置，浓密的羽毛还是很好地保护了鸟儿的身体，大大抵消了靶丸的威力。

这让拉夫越发坚定了想法，务必杀死或至少逮住一只鸟儿。最后他找到一个理想目标。那是一只很小的金黄色小鸟，站在一根较低的树枝上，树枝位于湖边一直延伸到沼泽地带的矮树丛中。它一动不动站在那儿，连续发出单调的叫声——“嘶喂——”，听起来像是英文单词“sweet”的发音，拉夫举起枪，摆好射击姿势，把枪抵在肩头，慢慢地朝小鸟走去。距离它不到 5 米时，拉夫小心地瞄准小鸟的头部，因为他想起了爸爸在好几年前干掉那只珍珠鸡时给出的提示：永远要向目标头部射击。拉夫扣动扳机。噗的一声，小鸟向一侧倒去，从树枝上掉了下来。

拉夫走过去，捡起自己的战利品。小鸟躺在他张开的手里看着他，眼睛里毫无神采。它挣扎着，但站不起来。它的左翼低垂，显然是折断了。拉夫打中了小鸟的肩膀。它双腿微微颤抖，看上去吓瘫了。

拉夫面对两难困境。如果把小鸟带回家，尝试照顾它，直到它恢复健康，爸妈就会发现这小家伙，继而意识到他之前说带枪到市中心给小伙伴看是在撒谎。如果就这样把小鸟丢在现场，那它在死前要忍受巨大的痛苦，并且可能要忍受很长时间。他觉得只有一个解决方案，那就是杀死它，结束它的痛苦。

拉夫把小鸟放在地上，从后裤兜摸出那本印有国家公园管理局字样的笔记本，飞快地画了一幅小鸟速写，还标注上颜色：深黄色，翅膀蓝灰色。然后，他扣动了扳机。他没有触摸它，而是猛然掉头，大步走开，回到自行车那儿，一路骑回了家。

回到房间，拉夫开始查野外指南，找到了跟那只小鸟一模一样的图片，原来那是只雄性蓝翅黄森莺。他干掉了一只蓝翅黄森莺，在它看着他的时候，在它唱歌的时候。拉斐尔·塞姆斯·科迪，一个一流的猎人，干掉了一只蓝翅黄森莺。

那天吃晚饭的时候，跟踪和打中一只小鸟的兴奋已经消失得干干净净。取而代之的是羞耻感。他在试图摆脱这感觉的过程中意识到一件事：有了那支小小的枪，他就把人类的支配力带到了诺科比，捕杀小动物真是轻而易举。他想，如果他拥有一件更好的武器，比如一支步枪——他就认识拥有这玩意儿的男生，只比他大一点点而已，那他就可以更轻易地杀死一只小鸟，爱打哪只就打哪只，把它们统统从树林里打出来。他可以来来回回游荡在林地里，直到干掉几乎所有鸟类，以及一切会移动的活物。所有人都可以做到，所有男生都可以，如果不干掉全部，那也能干掉一部分。

拉夫无可回避地撞上一个令人不安的事实：诺科比根本就不是他小时候一度以为的无尽大自然的一角。它只不过是一片从一头走到另一头只要一个小时的野地。他深爱的诺科比其实是一个脆弱的存在，他今天就以非常欠考虑的方式惊扰了它的美与恩典。

14

虽然拉夫深爱着诺科比一带的各种生物，但他的这些“同胞”却不会对他抱有相同的情感。所有的鸟儿、蜥蜴以及各种哺乳动物全都心惊胆战，不管他在走近的时候多么小心翼翼都无济于事。它们有的直接跑动起来，跟他保持足够的距离，还有的干脆绷紧身体，做好准备以便瞬间起跑或起飞，逃到安全的地方。拉夫发现，无论哪一种动物，想要跟踪它们到足够近的距离然后摸上一把几乎都是不可能的，也就只有在寒冷的冬季才可能偶遇由于低温而反应迟钝的一两条蛇或一两只乌龟，或是看到一两只蛙躲在水草里。毫无疑问，这些小动物一定乐于看到这个体形巨大的入侵者当场倒地毙命。如果他的生命果真在诺科比终结，马上就会有十几种食腐动物上前争抢他的躯体，大口吞噬他的皮肤与肌肉直到点滴不剩，空留一副骨架，最后，就连这副骨架也会由于各种食腐动物四处布撒而七零八落，被腐殖质掩埋在无情雨水形成的小溪流旁。

不管怎么说，诺科比地区对人类来说还是十分安全的。嗯，几乎是这样。你可以花上数天或数周横穿或纵穿整个平原，你可以放心去踩任何位置，甚至可以近距离观察任何足以引起你注意的事物，不需要担心会承担任何负面后果。然而，从统计学上来说，如果你来这儿的次数足够多，并且停留的时间累积到足够长，但你总是不注意脚下，那么，早晚有一个瞬间，出于某个平淡无奇的原因，诺科比会让你残疾，甚至丧命。

拉夫 15 岁那年，就在他跟朱尼尔的奇科比之行过去几周后的一天，这累积的概率就狠狠给了他一个教训。当时，他像往常那样沿着湖边走，看到一只非同寻常的动物在离湖岸 30 多厘米的浅水区潜入水中。那东西看上去应该是一只中等大小的蛙类动物，背上有一个黑色的十字纹。这可是拉夫一直盼望着能够达成的那种大发现！他全神贯注，一边靠近，一边慢慢伸出一只手来，准备一把抓住那个他非常确定目前还鲜为人知的家伙。直到最后一刻他才震惊地发现，离这只蛙不到 30 厘米处还有一条巨大的水蝮蛇。显然，这条蜷在一丛莎草里的蛇和他在跟踪同一只猎物。

仿佛只是一眨眼，这条毒蛇就出现在眼前。拉夫对它的外形再熟悉不过了，只是这场狭路相逢给他带来了前所未有的毛骨悚然感，他离它这么近，以至于它的身子显得如此巨大，令人惊骇，此刻它的身体与水里的莎草丛缠绕在一起，水蝮蛇特有的黄褐色圆环一环接一环地分布在它黑褐色的躯体两侧，背上粗糙有棱的鳞片组合起来就像一套甲胄，而且可以看到它身上是干的，既不黏，也不湿。三角形的脑袋后部被充满毒液的唾液腺弄得鼓鼓囊囊，它的嘴上还挂着一个不开心的微笑。又一眨眼，这条蛇出击了，只见它的头飞了过来，线路笔直，速度极快，就像是谁全力扔出来的一块石头，原本盘曲的脖子现在也被脑袋拉直了。它张开血盆大口，嘴巴周围一圈惨白，像阴影下的雪。折叠在嘴里的獠牙像宝剑出鞘一样弹了出来，整条蛇立刻变身为完美猎食者，一件致命的武器。拉夫下意识地开始向后退，但直到蛇发起攻击，他的手顶多就只收回来几厘米的样子。

水蝮蛇的毒牙没能直接刺中拉夫，而是刺进了他层层卷起的衣袖最外面那一层，将毒液恣意喷射在拉夫的衣服上，这让他躲过一劫。但就在这条水蝮蛇试图收回毒牙之际，它却被拉夫的衣袖绊住了。突然，它愤怒地又一次用力一咬，刚好拉夫也在这时将自己的手猛地向后一抽，结果，不仅这条水蝮蛇得以挣脱，它的两颗毒牙也在拉夫的手腕上留下两道划痕。

随着扑通一声，水面上现出漩涡，水蝮蛇和那只蛙都不见了，各自逃走。拉夫向后跌坐在地上，发疯似的四肢并用扭动着逃离湖边，回到陆地。他非常清楚，刚刚那短短不到5秒里所发生的事情是多么严重，这将永远清晰地刻在他的脑海里。他感受到自己体内有一大波肾上腺素涌上来，脑子却变成一团糨糊。他刚被一条致命的毒蛇咬了！虽然不是结结实实地被咬了一口，但那涂满毒液的尖牙还是刺破了他的皮肤。他完全不知道接下来可能发生什么。也许还没来得及走出诺科比去向任何人求助，他就已经倒下了。他可能小命不保啊！他努力站起身来，开始回头往步道口走去。他记起这时不能奔跑，那样只会加快心跳速率，让毒液更快地通过血液循环流遍全身。那把毒液弄出来有没有用呢？他停下脚步，用嘴在被刮破的伤口处吸了几秒。身上还有一把小刀，他想过也许可以用刀把伤口割深一点，这样就能把伤口周围的血也吸出来。他又记起在哪本书上看到过，这种古老的方法其实并不管用，甚至还有可能把毒液往血流里逼得更深。

在墨西哥湾沿海平原地区的野外，如果不算溺水，那么被一条大型毒蛇咬伤就是最让人感到恐惧的死亡原因了，话虽这么说，实际上几乎没有人真的因为这个原因丧命。拉夫倒是经常想象自己遇上这么一次袭击。幻想中，敌方通常是一条借着伪装色盘绕在枯叶堆里的菱背响尾蛇，沉着地准备在你发现它之前发动攻击。但他从没想过这事真的会发生在自己身上。

他一边小心地缓步走回步道口，一边尽可能用超然的心态盯着手腕上这两道超过 2 厘米的伤痕。每隔一两分钟他就举起手臂仔细观察，看有没有出现肿胀的迹象。他等待着一股麻木感扩散到手掌、手臂，进而弥漫全身，缓慢地让他陷入瘫痪，使他窒息。然而什么事也没有发生。他想，也许那条水蝮蛇并没能把毒液注入他的血管里。终于走到了步道口，拉夫扶起自行车，此时他的心脏还在剧烈地跳动着，手也还在颤抖，但并没有头晕、恶心或是别的什么症状。在骑车回克莱维尔的路上，他还在脑海里一遍遍回放事发全过程。等到家的时候，拉夫基本平静下来了。他在当时乃至以后都没有跟爸妈提过这件事。

拉夫将他跟水蝮蛇的这次狭路相逢收录在了自己与诺科比持续一生的故事中。总有一天，它会变成整体的一部分：随着这次事件以及很多其他事件在记忆里彼此叠加，他对这片野地的热爱变得越发强烈，但同时也越发现实。出于对诺科比荒野地带的热情，他构建出自己的土地伦理。农民可能因为自己的辛勤耕耘可以换来收获而热爱这片土地，猎人可能因为能够捕杀动物并把它们作为战利品带走而热爱这片土地，拉夫却是因为诺科比本身而爱上了这片土地。对拉夫来说，这里成了他看待世界的另一种方式，与他在学校和爸妈那儿听到的不一样。他开始在心里构建一个更宽广的背景，里面开始出现人类以及他自己的画像。这些画像一开始很模糊，但逐渐变得清晰起来。最终他豁然开朗：大自然可不是某种位于人类世界之外的存在。恰恰相反，大自然就是真实世界，人类存在于其中一个又一个的小岛上。

III

去探索吧，年轻人

15

在拉夫准备上高三的那年暑假，有一天，塞勒斯给妹妹打了一通电话。

“马西娅，”他说，“我跟安妮想知道，你们一家能不能找个时间过来跟我们一起吃顿晚饭。有些重要的家事想跟你和安斯利谈谈。”

“当然可以了，塞。我们随时都乐意去，这你是知道的。我们一直很期待回家见见你和家里其他人。你想跟我们谈什么呢？”

“等你们来了再说。这个星期天方便吗？”

“我记得安斯利好像说那天早上要出去钓鱼，不过没问题的，你放心，我们会去的。老时间到可以吗？”

“可以。还有，记得带上斯库特，好吗？”

放下电话，马西娅的脑子飞快地转了起来。当然是因为斯库特，塞勒斯想要谈的就是她的儿子。塞勒斯身体很健康，因此肯定不是谈遗嘱的事。他的女儿们都离家上学去了，家里有了空置的房间，但他应该不会邀请我们搬进玛丽贝尔大宅同住。他可不乐意让安斯利搬到比克莱维尔更近的地方，而且也没打算给安斯利一份更好的工作。因此肯定跟拉夫有关。

马西娅又想了想莫比尔塞姆斯家族的现状，试图猜出塞勒斯到底在打什么算盘。他们的父亲乔纳森 5 年前去世了。作为一名二战老兵，乔纳森被隆重地安葬在玉兰公墓的军人区，墓碑上简单地刻着他曾经服役的部队番号和去世的日期。这一纪念碑对塞姆斯家族来说可比任何摆着天使石雕以及拜伦风格墓志铭的陵墓都更有意义。葬礼上除了鸣枪礼，还有另外一个仪式，那就是在下葬前郑重地把盖在棺木上的美国国旗取下、叠好，再献给他的遗孀伊丽莎白。

星期天的晚餐桌上，塞勒斯很快就把注意力集中在了拉夫身上，马西娅忍不住想："我猜对了，确实是关于斯库特的事。"她吃着饭，心情变得越来越激动。

塞勒斯从那盘秋葵和卡真风味什锦饭上抬起头来时，马西娅的猜想得到了进一步的证实。他扭头看向那位少年，说："斯库特，你快要长大成人了。我很为你骄傲，小子。你有没有想过，之后的人生想要做些什么？"

拉夫几乎不假思索地给出了回应。毕竟，过去这一年里他已经向马西娅和安斯利介绍过自己这套计划了。

"如果能考上大学，那我以后想做一名公园护林员，或者，也可能会当一名博物学者，又或者是在某个地方当一名教师。反正要做一份可以让我经常到户外去的工作。我觉得我挺擅长做与户外相关的事。"

马西娅对他有着完全不同的规划。她早就决定要施压促使儿子选择一条志向更远大的道路。她那套逻辑得出的结论是：这也是为他好，因为这是他与生俱来的权利；等他长大以后就一定会超越自己小时候的理想，转而将眼光转向跟自己所在社会阶层更加匹配的成年生活上去。拉夫在童子军那里取得的成就很让她高兴，她也为他的每一次晋级欢欣鼓舞。她相信，拉夫在那个组织展现出来的强烈的创业精神，为他铺平了道路，一路通往莫比尔塞姆斯家族最看重的职业之一。然而，这天晚上，为了不破坏这和谐的气氛，她决定默不作声。

安斯利可没有这份顾忌。

“塞勒斯，我和马西娅都不赞同他这些想法。我都跟拉夫说过好多次了，喜欢在户外待着不是什么问题。如果不是因为必须留在那破五金店里或忙于其他大大小小的杂事，我很确定我多半也更愿意多去户外跑跑。但像这样在户外晃荡挣不了几个钱。如果我是拉夫，我会试着找一家大公司，在里面努力工作争取升职。如果你能在他起步的时候推他一把，塞勒斯，我觉得他能在莫比尔找到很不错的工作。”

马西娅试图通过皱眉和悄悄摇头来阻止安斯利继续说下去，但他根本没打算就此打住。毕竟拉夫也是他的儿子。

“另一个我想得最多的就是参军。一个男人进部队总归是不错的选择。他不会大富大贵，但至少有个铁饭碗，就像哈利和弗吉尼娅，他们住在埃格林空军基地那边。当然了，如果拉夫要走这条路，他可得老老实实先给我考上军官训练学校再说。”

在座的所有人都很清楚，在努力按期还贷以保住那辆皮卡车和克莱维尔的那套小房子之外，科迪一家已经没有余力再负担额外的大支出了。他们也许可以帮忙付一部分大学学费，甚至可能把房子拿来抵押借钱，但主要还是指望拉夫能申请到某所大学的奖学金。也许他还能在课余时间或者暑假打打工，帮忙再凑些学费，或者申请助学贷款。他们两口子早就把这些可能性都考虑好了，并跟拉夫保证无论怎样都不需要担心学费。在他俩看来，拉夫是一定要去读大学的。

听安斯利说完以后，塞勒斯微笑着说：“我们先去喝杯咖啡吧，如果愿意，再来点甜点，或许再喝点新买的利口酒，我很喜欢这酒。斯库特，你先去图书室好吗？在那儿先等一小会儿。我有些事想跟你爸妈私下谈谈。估计等会儿就能吃到你很喜欢的山核桃派。我会让人给你送些过去，还有热可可，你在那儿先等我们一下。”

拉夫站起身，缓步走出餐厅的双开门，沿着走廊往前走去。他停下脚步仔细观赏曾外祖父约书亚·塞姆斯的油画画像，后者在画像里穿着一战时期陆军的正装制服，肩章上赫然嵌着象征中校军衔的银色橡叶徽。拉夫走进图书室，打开电灯开关，在壁炉旁边的马毛沙发上坐下。几分钟后，塞勒斯家的家庭厨师艾莉就用一个托盘盛着热可可和山核桃派走了进来。吃完甜点，拉夫开始在图书室四处探索。他的目光落在了一排旧的《国家地理》杂志上，他随机抽了 5 本出来，然后回到沙发上坐好，开始一页页翻阅起来。《亚洲的隐秘王国不丹》《罗马尼亚的皇家艺术瑰宝》《被誉为“会飞的热带珠宝”》《带着金属色泽的蓝闪蝶》《路易斯·巴斯德与细菌的秘密世界》《巴西潘塔纳尔湿地的神奇野生动物》——这些文章里有许多野生动物在它们各自的自然栖息地里被抓拍到的绝妙、亮眼的照片。野生动物摄影！他想：“看看，这才是我想要从事的工作。诺科比这儿就有很多不错的摄影对象。还有离诺科比不远的莫比尔—藤索三角洲那片面积广达 700 多平方千米的沼泽地，里面住着熊与鹿。据说，那是几乎难以穿越的丛林。”

又过了大概一个小时，塞勒斯陪马西娅和安斯利回到图书室。他们把椅子拉过来，在拉夫面前围坐下来。拉夫开始感到有些紧张。难道他们发现了他私自去诺科比和奇科比远足的事？这架势怕不是要审问他的谎言与罪行吧？

“斯库特，我们刚刚说到了你，还有你的未来。”塞勒斯说，“我们在想，你有没有考虑过，读完大学以后继续去法学院深造的可能性？你知道，就像我在亚拉巴马大学时那样？”

拉夫松了一口气。原来他们根本就没打算审问他。

“我还没想过呢，”他回答，“我不觉得我会想做律师之类的工作。”

“先不急，我们可以先看一下嘛，”塞勒斯继续说道，“有一点你可能还没意识到，拿一个法学学位不代表你以后就必须当律师。你可以把在法学院学到的知识运用到其他很多地方。可以在大公司里找到一份高薪工作，甚至可以进政府部门就职，你还可以在军队得到一份任命，这一点你爸可是说对了，拉夫。你可以成为某种形式的顾问或者是法律方面的行政官员，万一遇上战争，你也不用上前线。”

安斯利点着头开始发话：“我一直就在跟你说，儿子——”

塞勒斯抬了一下手让他暂且打住，然后微笑着晃了晃手指。

“还有其他一些事情，你可能现在就会说喜欢的。你可以在一个环境保护组织从事一些跟公园以及野生动物有关的工作。换句话说，一个法学学位能让你拥有各种各样的选择。我深信你会学得很好，并且也会学得非常开心。”

“我还真没从这个角度想过这件事，”拉夫说，“我觉得——”

塞勒斯作为经验老到的谈判大师赶紧乘胜追击：“那好，这样，我要给你出个价了。这件大好事你肯定会答应，我只有一个条件：只要你答应我大学毕业之后继续去读法学院，那么，不管你申请到多好的大学，我都会负责你的所有开销，包括你上法学院的开销。”

拉夫被彻底镇住了，坐在那儿一动不动，过了好一会儿，才用手撑在沙发垫上让自己尽可能地坐直，这样一来就让原本放在他身边的两本《国家地理》杂志滑到了地上。他刚想弯下腰把杂志捡起来，又觉得这好像不是此时此刻应该做的事，便又重新坐直身子，带着惊异的神情看着智慧而又强大的塞勒斯舅舅，塞勒斯此时正坐在对面，微笑着，看着他。他扭过头来瞄了一眼安斯利和马西娅。他们也在微笑，还缓缓地点着头。“接受他开出的条件吧，孩子，”他们在示意他，“接受条件吧。”

塞勒斯摆出一副稍显失望的表情，说：“唉，如果你实在不想的话，我也不指望你现在就能打定主意。我知道，这是一个很重要的决定。要不，你再多考虑一会儿，或者干脆先回家，等想好了再告诉我，好吗？”

拉夫一动不动，仿佛又瘫痪了一分钟，他舔着嘴唇，盯着地板，脑子疯狂地运转着。他可不想让这一机会从自己的指缝中溜走。他幻想过类似的情景。在克莱维尔早就有传闻说诺科比湖以及诺科比野地可能会被挂牌出售，用来做房地产项目。在他的白日梦里，自己是一个拯救自然环境的英雄，是那个宣布将这片土地划为诺科比州立公园的亚拉巴马州州长，是那个买下整片土地然后宣布要将其永久保护起来的大财主，是那个引领一场战斗、成功救下这片土地的大自然保护协会主席。

现在他发现，实现这些白日梦的其中一个方法很可能正在变成现实。

于是他抬起头来，几乎脱口而出：“塞勒斯舅舅，不需要更多的时间考虑。我非常感激您，将来我一定会将您给的学费如数奉还的。我会去打暑假工，读书的时候可能也会有办法找些兼职来做。”

塞勒斯摇了摇头，他的笑容此刻变得热情起来：“我觉得你可能还没理解我的意思，斯库特。我可没说要借钱给你读书。我从来没说过要让你还钱给我。我是说我要给你一笔钱。任何时候你都不需要还给我哪怕一分钱。我也不允许你去费力气考虑攒钱还学费的事，因为我要你把全部身心都放在学习以及将来的事业上。我要你成为我认定你能成为的那种正直而又事业有成的人。我要你为我们家族争光。”

说完，他站起身，伸展了一下肩膀和后背："已经很晚了，要不你跟爸妈先回去吧，我们改天再继续聊好吗？不过我还是很高兴你做了这个决定。"塞勒斯可不打算给拉夫任何犹豫的机会。这件事就这么定了。

在开车回克莱维尔的路上，安斯利对拉夫说："还好你当场答应了，斯库特，趁他还没改变主意。"

马西娅温柔地说道："哎呀，你就先别唠叨了。这可是在斯库特身上发生过的最好的事情，而且，实话实说，也是在你我身上发生过的最好的事情。"

马西娅好不容易才压制住自己的情绪。她现在可以说是高兴得近乎歇斯底里。过去这一个小时对她来说有着无比巨大的重要性。她意识到这不仅仅关乎拉夫的教育。塞勒斯为拉夫打开了重新加入莫比尔的塞姆斯家族的大门，因此也重新为她打开了大门。他们就要回到自己的血统所属的那个阶级了。

皮卡车在夜路上继续行进，一不小心碾过了一条巨大的响尾蛇。

安斯利惊呼："我去，你们有没有看到刚刚被我轧死的那条大蛇？"安斯利也正处于狂喜当中：把儿子送进大学，干掉一条响尾蛇，这两件事发生在同一天晚上。

过了不到 10 分钟，皮卡车稍稍左右摇摆了一下，撞上一条流浪狗，将它整个撞飞到路边的野草丛里。

"我去！"安斯利喊道，"我觉得今晚我们就能破了亚拉巴马州的马路杀手纪录了。"

安斯利喝醉了。在玛丽贝尔大宅喝到的那瓶金玫瑰酒庄红酒充满异国风味，他的确有那么一点儿喜欢，加上塞勒斯给他儿子的那笔钱，他就更加上头了。

但拉夫完全没有多余的注意力可以分给那条响尾蛇和那只狗，

甚至连爸妈的发言也顾不上听。他的目光死死盯着在皮卡车远光灯照射下显现的前方道路，思绪早已离开身体，沿着这条柏油马路奔向远方。他将要去往遥远的他方了。

16

位于克莱维尔西部的诺科比县地区高中是拉夫的母校，在他读书那会儿，学校里就已经有一些水平不错且尽心尽力的老师，但即便只在亚拉巴马州南部几个边境县的公立学校里，它也依然排不上号。诺科比县地区高中对学生的要求不算高，尽管如此，拉夫也算不上优秀。他的成绩一直在 B 上下徘徊，偶尔拿几个 A 或几个 C。他知道自己有潜力，可以拿到高得多的分数，但他对学校传统的作业就是提不起兴趣。相反，他一门心思扑在了诺科比这个了不起的户外课堂和童子军的各种活动上。不幸的是，这两者都没有给高等院校写推荐信的习惯。也是基于这一理由，他一度认为，杜克大学、埃默里大学、范德堡大学，这些美国南方的常青藤盟校对他来说已注定可望而不可即。同样与他无缘的，应该还有散布在美国南方各地的二三十所顶级文理学院。

不过，这些选项在这位 17 岁的男孩眼里根本不值一提。即使有舅舅提供的资金做后盾，他也从没正眼看过这些学校，也从没认真考虑过大学的排名或声望到底意味着什么。从一开始他心里就只有一所学校，那就是我任教的佛罗里达州立大学。拉夫已经从我们在诺科比无数个夏日的愉快交谈中得知了佛罗里达州立大学的种种。它在全美的公立大学里是排得上号的——虽然不是顶级学府，但排名也足够高，而且每年都在上升。不过，对拉夫来说更重要的一点在于，这所大学的校区距克莱维尔以及它边上的诺科比湖只有几小时车程。而且，阿巴拉契科拉国家森林公园那片松树林及阔叶林飞地可以说是近在咫尺，只要几分钟就能走到。他觉得阿巴拉契科拉国家森林公园就是放大版的诺科比野地，在他看来那里就是一个巨大的有生命的图书馆。

跟塞勒斯舅舅见面后又过了一个月，拉夫就向佛罗里达州立大学提出入学申请。他把自己作为一个高三学生所能凑到的所有好牌一次全摊在了桌子上，甚至还多打了几张。他私下里是这么想的：一把定输赢，要么上佛罗里达州立大学，要么不上大学，哪怕第一年先不上大学也行。除了那些标准化的申请表，他还补充了自己在自然史方面的经验，还有他在诺科比地区从我这里接受的非正式的生态学训练，也表达了自己以后从事与法律及环境相关的事业的想法。

> 我对爬行动物学特别感兴趣（他在入学申请的导言中这样写道）。在克莱维尔离我家不远的一片树林里，我已经有能力捕捉并辨识 14 个品种的蛇。

清晰陈述了自己在爬行动物方面的专业知识之后，他开始介绍自己对昆虫学的热爱，展现他在生态学和环境保护这两方面兴趣的广度。

我对遍布诺科比湖一带的一种会搭建蚁丘的蚂蚁特别感兴趣，因为我常去那里，所以过去6年我一直在观察这些蚂蚁，并且做了大量笔记。来自佛罗里达州立大学的诺维尔教授在这个课题上给我提供了大量帮助，他告诉我这些蚂蚁不同寻常，甚至有可能是一个新物种。

我在书上读到过，蚁类对环境来说至关重要。把全世界所有的昆虫堆在一起称一下，就会发现蚁类的重量占到了2/3。它们的总重量是所有鸟类、哺乳类、爬行类以及两栖类动物总重量的4倍。

我对长叶松稀树草原及其保护很感兴趣……计划日后继续到法学院进修，从事能为环境做贡献的工作。

最后，拉夫还写了一封私人信件向我求助。这封信的文风相对比较正式，经受得住招生委员会的严格审查。

亲爱的诺维尔博士：

如您所知，我现在是诺科比县地区高中的一名高三学生。我作为鹰级童子军和诺科比县第10童子军团初级助理团长继续参与童子军事务。我把自己的大部分时间都用在探索诺科比湖及其周边的长叶松稀树草原，并且希望可以对此地进行更深入的研究。自您去年来访之后，在稀树草原上修筑蚁丘的蚂蚁已经成为我最喜爱的一种昆虫，我也相信自己已经窥探到关于它们生命周期的秘密。我希望能在大学期间继续研究它们。

我已提出申请，希望来年可以在佛罗里达州立大学修读生态学及昆虫学。非常感激您曾经给予我的帮助。若能与您共同探索，那实在是好事一桩。如您能在招生方面助我一臂之力，我将不胜感激。

您最诚挚的

拉斐尔·塞姆斯·科迪

字里行间依然带点儿天真稚气，却也好像有那么一点点功利，不过，即使真有功利目的，也情有可原。总体而言，拉夫做到了用词准确，语气恰到好处。我也是后来才偶然得知，那篇导言，还有那封信，全都经过露易丝·西蒙斯的润色，对此我本不该感到意外。那是拉夫在诺科比县地区高中的语文老师，毕业于佛罗里达州立大学教育学院，拥有理学硕士学位，同时还是一个狂热支持正确使用语法与句子结构的人。

面对拉夫的志向，我当然必须充满热情地默许。我以个人的名义写信给招生委员会，建议他们不要在意拉夫高中时期的学习成绩："关于拉斐尔·塞姆斯·科迪，必须承认该生没有参与过任何团队体育项目，甚至没有参加过任何一种体育项目。他也不会演奏乐器。他从没离开亚拉巴马州克莱维尔镇超过300千米。然而与此同时我们也都记得，作家亨利·戴维·梭罗也曾有他这样的局限性。跟梭罗一样，年轻的科迪也选择不走寻常路。他的鹰级童子军记录表明，他对自己的目标雄心勃勃，并愿意以独特的方式为之努力。我预测，在今年入读佛罗里达州立大学的上万名新生中，他会是那个在未来某一天让我校感到骄傲的校友之一。"

这样一大波志在必得的攻势，换来了学校在第二年2月就发出那封又大又厚的提前录取通知书，拉夫为此激动不已。通知书还告知拉夫，他已受邀加入佛罗里达州立大学的荣誉项目，这是为有才华的学生提供的进行创新性工作的机会。

马西娅和安斯利对儿子要去的大学离家很近感到高兴。只有塞勒斯舅舅提出了异议："为什么不去我的母校亚拉巴马大学？"但他的态度很快也缓和了。毕竟佛罗里达州立大学总体来说还不错，而且，真正重要的是，拉夫已经计划要在未来继续报读法学院。塞勒斯对起码可以给莫比尔的塞姆斯家族培养出一个有能力的男性后裔感到满意。

到了9月的第二个星期，安斯利和马西娅陪着拉夫，一家人开着安斯利新买的红色皮卡车来到了塔拉哈西，帮着拉夫一路挤过一群又一群学生，找到分配的宿舍。拉夫答应，他会定期回家。如果他对爸妈做过什么可信的承诺，那这肯定是其中之一。毕竟有诺科比：家附近的诺科比对拉夫具有强大的吸引力。

艾丽西亚和我跟科迪一家在塔拉哈西外围一家路边小型餐厅吃晚餐。在索普乔皮小镇，人们往往管这种餐厅叫"咖啡馆"。我们享用了不限量供应的炸梭鱼、芜菁菜以及用玉米面团和洋葱末做的油炸玉米饼。所有人都点了加糖的茶，除非有人说不要糖，因为在典型的美国南部地区，想喝不加糖的茶要向餐厅专门提出要求。安斯利很克制，没有点啤酒或者度数更高的酒。随着夜幕降临，透过餐厅的窗户可以看到墨西哥游离尾蝠在外面灯光照耀下的停车场上空飞进飞出。它们在飞虫群里横冲直撞，划出一条又一条飞行轨迹，幸运的是，蚊子也是它们的捕猎对象。就在这种充满美国南方气息的开诚布公的氛围里，我向拉夫的父母保证，我会帮助拉夫，并且，万一他在大学遇到什么特别的麻烦，我也会立即通知他们。

刚到佛罗里达州立大学那会儿，拉夫就发现学校外面依然围绕着足够广阔的自然空间，尽管当时学校本身已经快发展成为一座小型城市，拥有40 000多名学生、2 500多名教职工和另外几千名各种辅助人员。他在诺科比跟我们聊天的时候就已经知道，如果开车从学校出发，往任意一个方向开，不到半小时，就可以到达各种辽阔的自然生境，那是上天给佛罗里达狭长地带的恩典。在北边，有长叶松浸水林地、长叶松与土耳其栎低洼地、土耳其栎沙丘以及长满阔叶林的陡谷沟壑。若是往西边去，会遇到一系列冲积平原森林，毗邻通向墨西哥湾沿岸的河流。南边有整个美国南部保存最完好的一些沿海湿地。壮丽迷人的阿巴拉契科拉国家森林公园甚至直接跟大学校园接壤，里面拥有中部沿海平原大多数最主要的生境。

在佛罗里达州立大学的前两个星期，拉夫被各种欢迎会、迎新导览以及班级见面会裹挟着。不过，在适应之后，他很快便预约了跟我见面的时间。

在约定见面的时间，我听到办公室门外传来了轻轻的敲门声，一分不差。拉夫走进门来，但看上去跟我之前认识的他好像不大一样。眼前的他步伐坚定、昂首挺胸，宛如到自己的岗位报到的士兵。我跟他握手时，发现他手上汗津津的。这可不是我在诺科比熟悉的那个悠然自得的小朋友。很明显，这是他在一个令人紧张的新环境中对我的职业身份做出的紧张反应。

他就这样站在那儿，我每说一句话，便以“明白，先生”或“好的，先生”来回答。我必须把这种情况纠正过来，于是上前给他一个拥抱，让他在一把椅子上坐下，然后把我的椅子也拉了过来和他面对面坐着。

“拉夫，欢迎来到佛罗里达州立大学，”我尽可能用最热情的语气说道，“你能来我们学校我真是太高兴了。今天能和你见面我也十分开心。”

我先仔细问了他一家人的近况，又打听了他对这所大学的第一印象，想用这番话做铺垫，好让他尽快脱离紧张状态放松下来。我还恭喜他入选了荣誉项目。

“噢，”我又补充道，“我希望你能腾出一点儿时间来旁听我们今年安排的一些特别讲座，还有座谈会。就算你是大一新生也没关系。非常欢迎你来旁听。当然了，拉夫，我说的是如果你能腾出一点时间的话。”

我一边聊，一边仔细打量着拉夫。他身材矮小，个子大概跟安斯利差不多，可能有 1.75 米的样子，但体重应该比他爸要重一些，我猜大概不到 65 千克。我特意读过跟他同名的那个名人的传记，他的身高恰好跟塞姆斯上将差不多。拉夫脸型瘦削，更像马西娅。他的头发梳得一丝不苟，就像礼拜天去教堂时那么郑重，一看就是刚理过没几天，还梳成中分，在诺科比可见不到他这副模样。他的头发是浅棕色的，浅得几乎像金发，当然也可能是佛罗里达夏天的猛烈阳光晒的。

我感觉他今天换上了自己最好的一套衣服：深色的薄羊毛裤，淡紫色的棉质运动衫，外面是一件刚熨过的亚麻夹克。我之后再没见过他穿那件夹克。他在夹克的翻领上别了一枚小小的鹰级童子军银色徽章，我很喜欢他戴了徽章的样子。他穿着米白色的鞋子，配一双白色的厚棉袜。我觉得，如果不是那件夹克和那枚徽章，一旦他混进外面大学城购物中心川流不息的学生里面，也和他们并无二致，难以分辨。说到这点，凭他那略显青涩的外貌，估计还能混进佛罗里达州任何一所高中的礼堂而不被人发现。

不到半个小时，我的努力就见效了：拉夫开始放松下来。我的头衔由“诺维尔博士”变回诺科比时期的荣誉称号“弗雷德叔叔”。因为我非常了解他对自然史的大部分认知，所以我们很快就从教授与学生的师生关系变成资深同事与新人同事般的平等关系。

要知道，博物学者之间强如部落氏族一般的纽带关系，就是由分享无数次实地考察的历险故事编织而成的。没有历险故事就不会有这种交情。在墨西哥湾沿海平原，一个不错的话题切入点是种类多到令人印象深刻的毒蛇。那儿人人都在聊毒蛇，而且，看上去每一个在美国南方乡野长大的人都有跟毒蛇打交道的故事可以分享。博物学者更是如此，这些亲身经历不仅是理想的历险故事，更重要的一点在于它们还是科学的历险故事。拉夫知道，我有过两次从菱背响尾蛇嘴下逃生的经历，其中第二次差点儿小命不保。我这些经历比他跟一条水蝮蛇有惊无险的狭路相逢可是吓人多了。

"我跟你说，拉夫，"我笑着说，"万一你也命里注定要被一条响尾蛇咬一口，千万别挑菱背响尾蛇。我会挑侏儒响尾蛇。你知道，它们是响尾蛇里体形最小的一种。万一被它咬了，最坏的情况可能就是被咬的胳膊或腿肿上一个星期左右。不过，说真的，我觉得我能给你或任何人的最好的建议，就是千万别去招惹毒蛇，没什么好说的。如果你出于某种原因不得不抓一条蛇，哪怕确定不是毒蛇，也一定要用捕蛇棍和袋子。"

"我根本就不打算接近那些有毒的蛇。"拉夫说道。

我感觉他的性格跟年轻时的我非常像，所以并不相信他这句话，但我没有点破。

"那就好，"我回答，"还有，出去从事野外考察的时候如果可以带上同伴总是好事。哦，对了，要确保自己清楚地知道离你最近的哪家医院里有抗蛇毒血清。"

谈话中断了一会儿，因为一个工人拿着一台超大的剪草机忽然从我办公室窗外经过，当时窗是开着的，剪下来的新鲜碎草的气息从窗外飘进来。就在我们等修草工人走远的间隙我突然想到：哈，凑齐了，噪声和草坪，中产文化的一对孪生符号，正是这两样东西蚕食着我们已经所剩无几的大自然。

谈话接近尾声。我看了看手表。但拉夫没有动身离开的意思。

“也不只是蛇，”他说，“诺科比还有种类繁多的蛙类和蝾螈。我想我会去考察一番，看那些长着猪笼草的沼泽里会不会藏有什么特殊品种。诺科比有好些这样的沼泽，只不过我还从没仔细探索过。”

“啊，是的，没错，那应该很有意思。如果有机会的话，不妨瞧瞧猪笼草里面的积水，看你能不能在里面找到活着的蝌蚪，有些树蛙可能会在里面繁殖。如果你能找到，那可太棒了！”

这时，一个笑容灿烂的女学生抱着满怀的书本出现在门口，等着我的下一档预约。她看上去稍微有点儿胖，戴着眼镜，穿着人工做旧的牛仔裤，搭配一件宽松的 T 恤。我起身让她进来。拉夫也站了起来，但直到我们一同穿过办公室他仍在说个不停。

“还有一种东西是我想去看的，长在阿巴拉契科拉断崖地带的榧树。野生榧树只在那里可以看见，并且，据我所知，它们正濒临灭绝。”

“是的，没错，”我开始有点儿不耐烦，“罪魁是某种真菌。这东西已经让美洲栗木灭绝了。”

榧树也叫“臭榧”——因为它们的木材很臭，是大约 10 000 年前大陆冰川后撤之后遗留在美国南方腹地[①] 的一种针叶树。当时绝大多数耐寒植物都随大陆冰川一同后撤，但也有例外——榧树家族就决定坚守原地。

“有人在克莱维尔外围一个苗圃里种了一些这种树。”就在我让那个新来的女生进来并且跟她握手之后，拉夫还在说。“用它们来做装饰很合适，而且，人工培植的榧树不会感染真菌。”

“确实，”我说道，“好了，好了。我们时不时就会去阿巴拉契

① 包括佐治亚州、亚拉巴马州、密西西比州、路易斯安那州和南卡罗来纳州。——译者注

科拉断崖进行实地考察。要不下次你也一起来？到时还会有其他几个学生一起。我们回头见。”

终于，拉夫决定就此结束讨论，转身出去了。这孩子算是来对地方了，我心想。

17

既然拉夫来到了佛罗里达州立大学，我就顺理成章地成了他的第一位导师。他在旁听给高年级本科生开设的昆虫学课程的时候，找到了第二位导师。威廉·阿博特·尼达姆是研究甲壳虫的世界级权威学者。达成这一地位可不简单：甲壳虫目前已知种类多达 40 万，而有待发现的未知种类可能是这个数目的两倍。他还是研究墨西哥棉铃象甲的顶级学者，棉铃象甲这个“小恶魔”曾在 20 世纪早期美国南方的棉田里横加掠夺，为害一方。尼达姆对自己的课题充满热情，加上他在学界的声誉，使得他身边永远围绕着一群敬业的研究生。他们当面称他为“尼达姆教授”，背后则叫他“比尔叔叔”[①]。他对这昵称倒是完全不介意。

尼达姆当时 40 多岁，有着鹰隼一般精瘦的外表，符合普通人对一位经验丰富的田野生物学者的想象，但其实满足这种想象的人少之又少。他说起话来声音低沉，总是小心控制着音量，提到学名

① 比尔通常是英文名威廉的昵称。——编者注

的时候喜欢用准确的希腊语或拉丁语念出来。在他那泰然自若而又小心谨慎的举止下面，藏着一股由衷的热情。

尼达姆只要出门就会戴一顶卷边的平顶阔边帽，帽子是按照他的要求定制的。帽顶是一片织网，透气，有助于给头部降温。在帽檐下面仔细叠着一张驱蚊网，只要拉一根小绳就会掉下来，保护他的面部和颈部免受“吸血鬼”的袭击。按照他的解释，他对蚊子叮咬过敏。他背着一个亮橙色书包，里面除了笔记本和手稿，还有放昆虫标本的瓶子以及一张紧紧折叠的捕虫网，后者是他的另一项发明，能在抽出瞬间像一把小伞一样啪的一下打开。无论任何时候，只要尼达姆发现一只让他感兴趣的会飞的昆虫，哪怕当时正跟一群人在一起，他也会旁若无人地抽出特制的“尼达姆网”，一举拿下这家伙以备进一步的观察。

尼达姆是个如假包换的怪人，我这么说是指他的各种古怪行为并不是装出来的，而只是一种他看待这个世界的方式。在他看来，每一个地方，包括塔拉哈西热闹的中心区以及大学校园，都是聚居了无数昆虫的生境。闯入他视野中的昆虫，绝大多数从名字到习性都在他的全面掌握之中，他往往一眼就能留意到不熟悉的新来者。他常常得到第三任妻子的协助，她之前是他的研究生。显然，在两任妻子先后拂袖而去之后，第三任妻子起码要跟他一样沉迷于昆虫世界。

对于这么一位平易近人的科学家和南方绅士，他身边的学生是很仰慕的。毕竟，多数大学教师只对自己研究的科目感到自豪，热切希望在课堂上传播这些科目的知识，然后回家吃晚饭，从事其他无关的消遣活动。尼达姆可不是这样，他简直沉迷于工作不能自拔。他的助手们都不由自主地被拖进这个由他“不分昼夜统治着”的世界，无一例外。他们跟在他的身边，学会了把人造环境，比如大学校园，看作无数昆虫聚居的社会，昆虫在里面忙着用各种神秘的方式完成自己的使命。没有几个学生能完全进入他的世界，即使有也只不过是短短几个学期而已。但即便这样，在以后的漫漫人生路上，他们最起码可以保留一份昆虫学的基本知识，并记得教给他们这些知识的那位学者的精神。他为他所在的职业增添了荣光，是美国昆虫学会金质奖章获得者，并当选美国东南部大学协会 1994 年度最佳教师。

每个星期三下午 4 点，尼达姆就会打开办公室的大门，欢迎所有人前来参加由他主持的研讨会，会议没有特定主题，大家想谈什么都可以，因此又被称为“昆虫聚会”。他会备好热茶，倒在一个一个的以聚苯乙烯为原料制成的塑料杯里，再配上从超市买的曲奇饼，饼干会从卡纸做的包装盒里被倒出来。讨论往往会从某件新闻时事或上个星期的《自然》或《科学》杂志里的某份重要报告说起，然后话题随机转换，并不会刻意回避更加敏感的大学和国家政治话题。但很快，就会回到昆虫学这一高深莫测的世界中来。尼达姆通常是开启和引领对话的人，但他更喜欢当听众。他说这是自己所受教育的一个重要组成部分。

他喜欢通过自己的回应去鼓励“聚会者”发言，口气并不总是那么客气。比如，他有时会问“你有什么参考文献吗?”或者“这在我听来像是某种回答。那么，问题是什么?”，以及“我这里有一只螯蜂，有人见过螯蜂吗？我敢说你们看见的时候都会认为那是一只蚂蚁”。然后他就会把那只螯蜂从他面前桌子上放的一根玻璃管里抖出来，于是大家都上前围观那小东西忙不迭地在桌面上跑过，从桌子的边缘跳下去。

他同时也很和善，喜欢把缺乏勇气的学生拉出来。“嘿，乔治，你上个暑假不是在泉水洞逮到一只洞甲虫吗？我觉得它应该是盲眼动物中的一种。能看到一只活的真是太棒了。你的生态缸里会不会还留着几只，我们可以看看吗？”

作为荣誉项目的一员，拉夫在大学一年级第二学期就获准提前选修昆虫学。他也慢慢加入了每星期三下午举行的“昆虫聚会”，起先就是过来听听，坐在外围角落的一把椅子上。没过多久他也开始提出问题，而且能用自己在诺科比的丰富体验引发一些惊呼。他有足够的昆虫历险故事可以拿出来分享：一大波巨大的犀牛甲虫袭来，潘豹蛱蝶像战斗机一般陷入近距离格斗，已经废弃的啄木鸟巢穴里来了一大群蜜蜂。

拉夫有足够多类似的趣闻让他可以在高年级学生之中占有一席之地，但说起真正的王牌，还是他关于“死猫头鹰湾”蚁丘的描述。他画出了能找到的所有蚁丘的位置，这是童子军获得昆虫研究勋章的条件。他给其中两座蚁丘的常驻成员做了笔记，记录了外出觅食的工蚁带回的猎物。他还非常幸运地目睹了一场发生在夏季尾声的“婚飞”，当时许多长着翅膀的蚁后与雄蚁从散布地面的多个蚁丘同时起飞，在空中完成交尾。

尼达姆对那些蚂蚁特别感兴趣，就跟我一样。

“我很肯定我在长叶松稀树草原的其他位置见过这个物种，”他说，“可能是一个新的物种。像这样的蚁丘在我国是相当少见的，但就我记得的情况，只要遇到，你就会发现它们密密麻麻地挤在一处。我猜想，每一座蚁丘都是一个独立的种群，但真实情况到底是怎样，我也不确定。”

拉夫热切地回答：“我也觉得它们是独立的。我见过好几次来自不同巢穴的工蚁打架。”

“嘿，要不我们找个星期六直接去一趟诺科比，仔细瞧瞧？”尼达姆说，“我们可以约上几个人一起去，做一次田野考察。”

两周后的星期六，诺科比考察队启程了。拉夫那个周末先回家。他给尼达姆介绍了诺科比的情况，还给了他一份手绘地图，指明了前往诺科比的路。

那天一大早，安斯利就开车带拉夫来到诺科比的步道口，他在那儿等待大部队从塔拉哈西赶过来。尼达姆和“昆虫聚会”的6名学生一到，拉夫就带他们出发前往“死猫头鹰湾”的蚁丘。之后，他们沿着湖的西岸一路向前走，寻找更多蚁丘。他们找到好几处，但没有一处像“死猫头鹰湾”的那处一样拥挤，聚集了数目那么庞大的蚂蚁居民。学生们全都带着网子，随手就把逮到的蚂蚁和其他昆虫投入装有氢化液的杀虫瓶和放有酒精的玻璃小瓶，留待以后研究。

回学校的路上，拉夫和尼达姆在蚁丘周围多转了一会儿，继续观察那些从外面就能看到的蚂蚁的各种活动。然后他们一起坐车回到塔拉哈西，回到佛罗里达州立大学校园。回程路上，尼达姆特意让拉夫坐在他的身边。

“我有一个建议，但你如果没有兴趣，完全不需要勉强接受。我很确定这种蚂蚁从来没有被仔细研究过。如果你打算开始一项完整的研究，可以把这件事也列入你的备忘录。在我看来，这很有可能成为一篇优秀的毕业论文。你做这项研究的条件也很便利，因为你家就在附近。”

拉夫激动地点点头。“好的，先生。”他说。

“我知道你离毕业还远得很，”尼达姆接着说，“但请相信我，要写一篇好的毕业论文，你会感到时间永远不够用。你甚至可以在一份昆虫学期刊上发表一篇论文。如果你想试试，我很乐意给你指导。当然了，这只是一个建议。你可能还有很多更想去做的事，在这里，在诺科比，或在其他地方。但是，这个建议在你看来是不是有点意思?”

拉夫说:“是的,先生,确实如此,非常有意思。我很愿意继续研究蚁丘。”

后来,他们在办公室再次见面,尼达姆再一次重申他之前的提议。“这是一个很有意思的物种。我们实际上也才刚刚开始用合适的方式研究蚂蚁。如果有人跟你说这东西无关紧要,别听他们的。要记住,蚂蚁不仅统治昆虫世界,也统治着一个复杂的社会,就像诺科比的蚂蚁社会,在这个星球上,它的复杂程度仅次于人类社会。”

尼达姆对拉夫说的这番话,就像古代君王对探险者的寄语:“去探索吧。你的一切发现都将是重要的。记录下来。然后回到这里向我、向所有人汇报。”

尼达姆非常清楚自己在做什么。他知道,对于一个刚刚度过青春期的少年来说,最能激发他头脑的时刻,莫过于听见一位权威人士对自己说:“你做得很棒,你喜欢做这件事,这很有意思也很重要。因此我任命你全面执掌。全力向前探索吧。把它变成你的特别任务。”

就是这么一回事,尼达姆明白,生物学历史上的大部分进展就是靠这种精神推动的。比如 18 世纪伟大的瑞典植物学家、生物分类法奠基人卡尔·林奈就是这一做法的受益者。林奈指导最出色的学生出国旅行,充当他的眼睛和双手,并把这些学生称为他的“使徒”。于是,17 位有才华的年轻人去往不同的目的地,包括南美洲、北美殖民地、日本以及黎凡特地区,成为最早在当地收集植物进行研究的人,也是第一批把标本带回欧洲供后来者做进一步研究的人。

查尔斯·达尔文 22 岁那年,有人对他说,查尔斯,我们都知道你沉迷于自然史研究。英国海军的考察船“小猎犬号”正好有一个职位空缺，需要一位博物学者。你完全可以胜任。我们希望你能搭乘这艘船前往南美洲，尽你所能了解当地的地质、植物、动物和人的情况。然后回来给我们说说你的发现。接下来的5年时间，这位伟大的博物学者推演环状珊瑚礁的地质起源，收集无数植物和动物的新物种，不止如此，他还创立了基于自然选择学说的进化论，为科学的发展做出了巨大的贡献。

当拉夫跟爸妈提到他要在诺科比研究蚂蚁的时候，他爸妈对这种学习方式一无所知。实际上，马西娅对他选择这个题目感到难以理解。

“我不明白，斯库特。我知道这是你所接受的教育的一部分，而且，看到诺维尔和尼达姆博士都愿意支持你，我也很开心。但是，蚂蚁有什么好研究的？选一个与医学或农业相关的题目不是更好吗？”

“有很多原因，妈妈。我想在诺科比做一些真正的研究。我对那儿非常熟悉，这你是知道的。我一直在‘死猫头鹰湾’观察蚂蚁。弗雷德叔叔说，他想让您和爸爸都明白这项研究具有重要意义。蚂蚁可能很小，人们会轻视它们，但您要知道，它们是环境的一个重要组成部分。它们是世界上最具社会性的动物。但凡有点儿知识的人都知道，正是通过研究类似蚂蚁这样的生物，我们才加深了对人类社会行为的了解。”

“好吧，”马西娅说，“我觉得你的教授们应该知道他们自己在说些什么。如果他们都不知道，还有谁会知道呢？而且，你可以在家做研究，这可真是太好了。”

安斯利倒不是特别在意拉夫在做什么。对他来说最重要的是他的儿子已经成为一名大学生，未来一片光明。

“见鬼，斯库特，你说的这些，我可完全不懂，但只要我有空，能从店里溜走一会儿，我甚至愿意去诺科比给你打下手，如果你需要我帮忙。我会带上一把铲子。”

拉夫开始做研究没多久，他在“昆虫聚会”中结识的新朋友就把这项研究命名为“蚁丘编年史”。随着时间的流逝，尼达姆也越来越深入地参与到这项课题中，用他的专业知识和洞察力帮助研究在“死猫头鹰湾”的蚂蚁居民中发生的各种事件。就这样，一个月又一个月，只要拉夫带来新的发现，尼达姆就帮他把这些发现和已经得到充分研究的其他种类蚂蚁的社会行为结合在一起。

18

拉夫平时在克莱维尔与塔拉哈西之间往返，这样的日子一转眼就过了3年。离毕业还有两个月，他提交了自己的毕业论文——《蚁丘编年史》，这篇论文已经发展成为一部微型文明的史诗。拉夫发现，蚂蚁的问题也是人类的问题，只不过蚂蚁的版本用更简单的语法写成。与人类社会相比，蚁丘的周期持续时间更短，而且由本能驱动，因此可以说是听天由命。研究表明，蚂蚁社会本质上与人类社会并不同（当然了），但在其他同样重要的方面又十分相似。

生命科学系6位委员会成员审阅了这篇论文，一致认为这是他们见过的最好的论文之一，无论在概念、原创性还是在可操作性上都是一流的。拉夫在论文献词中致敬了这项研究的两位支持者：

> 献给威廉·阿博特·尼达姆教授和弗雷德里克·诺维尔教授，正是他们的慷慨帮助与奉献使这一研究得以完成。

尼达姆和我都很珍惜这一句简短的致谢，在我们看来，这跟专业科学同行在专著或期刊论文上写给我们的致谢具有相同的分量。

拉夫的发现值得保存下来，我在拉夫毕业没多久就着手进行这一工作，其间得到了尼达姆的帮助。我们舍弃了拉夫的统计结果和图表，把他那有点儿刻板的语言用不那么学术化的语言转述出来。这一文本的优点在于，它描述了这些蚁丘在无情的斗争和战争中到底发生了什么，尽可能以蚂蚁的视角来呈现这个故事。

从另一个层面来看，根据我的经验，蚁丘的史诗最能体现诺科比野地里所有生命的能量和活力。关于这一点，自然界的其他生物还有待我们观察。

在研究之初，拉夫就把注意力集中在了诺科比湖步道口的那个大型蚁群上。这是他来到湖边遇到的第一个蚁丘，也是他早些年做了最多笔记的蚁丘。拉夫决定将它命名为“步道口蚁群”，作为自己论文研究的原型。他选择尽可能详尽地记录这一蚁群的习惯与社会行为，并不进行挖掘或以任何其他方式干扰它，这很明智。尼达姆提出了进一步的建议：这些观察结果将作为后续研究的基准，包括对散布在“死猫头鹰湾”的其他蚁群的研究。到时候就有可能为这个物种绘制一幅更加近乎完整的图画。

拉夫童年时期就对这个步道口蚁群有印象，它占据着他们一家野餐地点那片开阔的空间。在每一个温暖无雨的日子都可以看到这个蚁群中的觅食者从蚁丘出发进行巡视，巡视半径达到 9 米或更远。每个小时都会有那么好几次，一些觅食者带着各种新鲜的猎物，比如被其他动物吃得所剩不多的死昆虫碎片、植物的花蜜以及吸食花蜜的昆虫留下的含糖排泄物，回到蚁丘入口。

在就读佛罗里达州立大学之前那一年的年底，拉夫开始认真观察步道口蚁群，不再像以往那样只是看着玩。结果，他注意到这个蚁丘原本高频度的活动开始急剧减少。跟往日相比，越来越少的觅食者从蚁丘出来，带回来的食物也成比例地减少了。拉夫甚至用一个园艺小铲子在土堆表面戳了戳，也只看到少量防御者冲出来防御。强大的步道口蚁群有点儿不对劲。

他在一次“昆虫聚会”上说：“我认为它们生病了，而且情况越来越严重，但我完全想不到可能发生了什么。”

尼达姆点了点头：“听上去像是蚁后去世了。没有蚁后，就没有卵子，也就不再产生幼虫。蚁群不再需要那么多食物，于是工蚁待在家里，有点像退休社区里的老人家。”

“但为什么整个蚁群都撂挑子不干了？”拉夫问道，“他们有追悼会之类的仪式吗？”这在昆虫聚会者中引起一阵赞许的笑声，这可是像拉夫这样的初学者难得收获的敬意。

“嗯，”尼达姆说，“你得明白蚁后对所有工蚁来说是多么重要。一旦她走了，工蚁就会反应迟钝。它们从此就有点儿魂不守舍，可以这么说。”

尼达姆用一根食指在空中画圈，这表明他准备提出一个新想法了，他问道：“你观察那个蚁群有多久了？”

拉夫回答：“好吧，不管你们信不信，我还是一个小孩的时候就开始观察了，大概有 10 年吧。只要去步道口，就很难错过它们。”

尼达姆伸手从他办公桌旁的书架上找到一本书，开始检索索引，然后翻到相应页面，指着上面一个条目说：“这一点儿也不奇怪。与你发现的这个物种相似的蚂蚁，曾经留下蚁后寿命超过 20 年的纪录。”

“20 年？那可比我还大。”

“是的。我承认这对昆虫来说是惊人的寿命，”尼达姆说，“甚至比十七年蝉[①]还要长寿。但这确实在好几种蚂蚁种群的蚁后身上发生过。我的猜测是，这是昆虫界的一项世界纪录。而相比之下，很少有工蚁的寿命能超过两三年。事实就是如此，即使这些工蚁都是蚁后的女儿，跟蚁后具有相同的遗传基因。这真是一种奇怪的情况。对蚂蚁来说，比这更长的时间跨度大概就等同于永恒了。你可能会说，在它们的精神世界中，既没有开始，也没有结束。它们没有母亲蚁后垂垂老矣的概念，她应该一直活着。当死神来临，甚至就连日夜负责照顾蚁后这个老姑娘的侍从一开始都意识不到她已经死了。我建议你密切关注那个蚁群。"

对于"死猫头鹰湾"的蚂蚁，蚁后之死注定会对它们的命运产生重大影响，拉夫记录了它们此后 5 个季节的历史。出于这一理由，尼达姆和我选择将这一事件放在《蚁丘编年史》的开篇。

① 一种生活在北美洲的蝉，这种蝉要在地里穴居 17 年才能羽化而出。——译者注

IV

蚁丘编年史

19

的确，步道口蚁群的蚁后去世了。

在事情发生的最初几天里，从蚁后外表看不到任何表明她漫长的一生已告终结的迹象。没有发烧，没有痉挛，没有告别。她就继续待在尊贵的“王室寓所地板”上，直到某一时刻安静地离开这个世界。并且，跟她活着的时候一模一样，她的身体依旧俯卧，一动不动，腿和触角全都处于放松状态。因而单凭她没动静这一点并不能提醒她的女儿们，一场灾难已经落在她们头上。实际上，她继续睡在那里，好像什么都没发生。她变成了自己的一尊完美雕像。

这一“骗局”是由昆虫尸体的腐烂方式造成的。人类以及其他脊椎动物的骨骼全都长在体内，被软组织包围，这些软组织在生物体死后很快就会腐烂，但昆虫不一样，它们的骨骼长在外面，可以说它们的软组织是被骨骼包裹在里面的。等到昆虫死后，它们的软组织就会渐渐枯萎，直到向内收缩成干瘪的线节和团块，但长在外面的骨骼还在，好比骑士的盔甲，在骑士死去很长一段时间之后依然保存完好。

因此，工蚁们一开始并没有意识到自己的母亲已经去世。她的平静无言跟往常并没有什么两样，而且，她在世时的气味继续从她身上散发出来，传递着同一个信息："我依然与你们同在。"

"闻"起来她依然活着。

这一"骗局"在蚂蚁的世界里可能更加容易达成，因为蚁后即使在活着的时候也从来不会下达命令，或带领自己的子民进行任何形式的活动，哪怕蚁后的大脑经过充分训练，如果她想要那么做的话，确实有能力执行所有这些任务。

从根本上说，她就是一只长了翅膀的膜翅目昆虫，生活在一个既没有生育能力也没有翅膀的社会性昆虫种群中。她这辈子总共只发挥过那么一次主动性，就是在刚刚步入成年期没多久便决定离家出走，离开自己出生的蚁群，将自己的母亲和姐妹统统抛在身后，那时在她面前还有大约 20 年的漫长"蚁生"有待展开。接下来就是交配，而且是一次搞定，以后再也不会发生，由此她便建立起属于自己的一个全新蚁群。在一场非常短暂、完全独自完成的艰难行动里，她几乎进行了她所在物种雌性成员全部的本能行为。不仅如此，她还要完成在一个发达蚁群里通常由不育的工蚁承担的工作。

作为步道口蚁群的蚁后，她的身体里面存储着遗传信息，全都体现在她必须依照正确顺序完成的一系列动作里。这些信息忠实地指导着她采用她的膜翅目祖先例行的做法，她的祖先在一亿多年前一边与恐龙同行，一边演变成第一批社会性蚂蚁。

要想离开自己出生的蚁穴，开始执行这套例行做法，她首先要做的就是张开自己的四个膜状翅膀，向空中飞去。在那儿，她将加入一群同样在飞行的雄性蚂蚁，以及其他同为处女的未来蚁后。会有一只雄蚁抓住她。他会用双腿夹住她的身体，然后他们一起盘旋着降落在地面上。着陆过程中，他用自己身体末端一对大卷须将他们的生殖器固定在一起，完成授精。在5分钟之内这幕表演就结束了，然后蚁后直接把雄蚁甩开。她接收到的所有精液都会流入腹部那个特别的袋状器官，并且一直存放在那里，直到下次产卵，她才会调用一部分精子与她的卵巢的卵子结合。这一等可能就要好几年。每个精子被赋予的潜在生命周期，跟蚁后的寿命一样长。

与此相反，蚁后所有孩子的父亲则被“编入”了交配一结束就立即死亡的程序。他这辈子做过的唯一一件事，就是让姐妹们像对待雏鸟一样通过反刍的方式给他喂食，然后等啊等，最后终于轮到他了，他从自己出生的蚁穴起飞，飞上很小一段距离，进行5分钟的交配。

雄蚁的一生，是从他所在蚁群的蚁后产下的一颗卵开始的。这颗卵孵化出一条幼虫，由雌蚁负责给他喂食。等幼虫充分长大，就变态发育为蛹。这是迈向成熟的最后一个阶段，蛹被整个包裹在一个柔软的暂时性的蜡质外骨骼里，这东西具有一只成蚁的外形，身体分为头部、胸部和腹部三个部分。一对触角和三双腿从身体中生长出来。在他的身体内部，在蜡质外骨骼的保护下，大量尚未分化的组织渐渐发育成体内器官。

一旦完成变态发育，他的外层就会被其他工蚁剥下来吃掉，于是成年雄蚁得以从中走出，完整现身，长着翅膀，眼睛很大，生殖器可以用“巨大”来形容，上下颚尚未发育完全，小小的脑袋里被赋予了一个重要使命，一旦完成使命他就会快速死亡。

简而言之，雄蚁只不过是一枚满载精子的制导导弹。他的一生就是为了完成这唯一一次射精。在高潮一刻来临之前，他一直在母亲的蚁群里过着寄生虫一般的生活，终日无所事事，由姐妹们负责喂食和清洁。他不提供任何公共服务。等到堪称壮举的5分钟交配结束之后，留给他的指令就只剩一条：“不要回来。去死吧！”如果真有必要，他的姐妹也会赶来强制执行指令。

他甚至不会尝试返回自己的蚁穴。他根本就没有生存的机会。他是一个精巧脆弱的生物，没有配备任何防御手段。他没有办法寻找食物，即使偶然发现一些，也没有办法喂给自己。他从命运之神那儿拿到的是一张单程票。他将死于脱水，或被小鸟用坚硬的喙碾碎，或被敌方蚂蚁用上下颚切成碎片，又或是被吸血成性的猎蝽用长长的口器刺穿，慢慢被吸干而死。

至于步道口蚁群未来的蚁后，她大脑发育完全，肌肉强壮有力，这时刚刚完成交配，为了避免落得雄蚁的同样下场，便赶紧开始寻找藏身之地。她在接受精子之后要做的第一件事就是赶紧回到地下。但在此之前，她要先花几分钟的时间才能脱下自己的四个翅膀。要做到这一点，她只需要将中间两条腿向前弯曲，将它们压在翅膀根部，然后使劲折断翅膀。这种切割对她身体的其他部位不会造成伤害，也不会引起疼痛。因为这对翅膀从薄膜到支撑都是由甲壳质构成的，并不是有血有肉的活器官，它们巧妙地以一种易于无痛折断然后丢弃的结构与蚂蚁的身体连接在一起。

这位蚁后就像一名伞兵，在降落时从自己的保护带里滑脱出来。现在她能更快地移动，设法避开敌方蚂蚁、蜘蛛和其他正在草根丛林里转悠觅食的猎食者，它们就在附近。她很幸运，遇到草丛之间的一片空地，位于诺科比湖步道口，面积不大但刚好适合蚂蚁。纯粹就是运气好，她发现这里是一个理想的落脚点，如果来得及筑起自己的蚁穴，那这里就会变成她的家，很有可能一住就是 20 年。她没有迟疑，立即开始在沙质黏土中奋力挖出一条垂直的隧道，或者说竖井。她的动作迅速又精准，短短几分钟之内就把这个竖井挖到超过她身体长度的深度。这给她提供了一定程度的保护。但还是要尽快完工，必须抓紧时间。她的性命一直处于危险之中，一分钟也不能耽搁。

达到某个预先确定的深度（她通过留意自己在竖井里爬上爬下所花费的时间来估算）之后，年轻的蚁后转向竖井底部，开始挖掘一个更宽敞的空间。她一直挖个不停，直到挖出一个比垂直的竖井宽大约 3 倍的圆形房间。这时，她的安全保障得到了加强，但远未达到高枕无忧的程度。猎食者和到处打劫的敌方蚂蚁仍然可以沿着竖井爬下来攻击她。不过，最起码，现在任何胆敢来犯之敌都会被竖井的井壁限制在一个狭窄的空间里，被迫迎头遇上年轻蚁后严阵以待的螯针和强有力的上下颚，只有过了这两关它们才有机会碰到她脆弱的身体。

蚁穴工程完成到这个程度时，周围的松树也在黄昏来临时在步道上投下越来越长的影子，她已经是幸运的 1% 中的一员了。对于离开原生蚁丘去交配并开创一个新蚁群的年轻蚁后们来说，在这重要的一天结束之际，每 100 只里面只有 1 只可以在刚刚开工的新蚁穴底部安坐下来。

虽然取得了巨大的成就，虽然她在建造蚁穴的过程中竭尽所能地追求最大的安全系数，但是在她通往最终成功的道路上依然面对着成堆的挑战。要从白手起家的建筑师变成一个成熟的大型蚁群的母亲，她成功的概率也只有 1% 左右。因此，从概率上说，这位步道口蚁后将是从原生蚁穴飞出的 10 000 只处女蚁后里面，唯一一只最终得以完成任务、建立属于自己的新蚁群的蚁后。也只有到那时，她才可以独自在蚁丘深处的王室寓所安享自己的漫长一生：在一群凶猛女儿组成的军队的保护下，享有地球上任何一只昆虫都梦寐以求的那份安全感。

完成第一个房间的挖掘工作之后，步道口蚁后还有非常繁重的工作要做。首先，她要在土地板上产下一小撮卵，然后，仿佛得了强迫症一般，她会来回舔这些小家伙。这是一项紧迫的任务，因为现在她面临的威胁，除了地面上那些虎视眈眈的敌人，还有在她周围的土壤中不断积聚的细菌和真菌。这些卵必须定期清洗，涂上含有抗生素的唾液，否则很快就会遭到细菌入侵，被吞噬一空。在蚁后刚刚挖出的土壤里，任何一个细菌都能在蚂蚁身上任何一处未受保护的组织上疯狂繁殖，很快就能达到不计其数的规模。

在步道口蚁后周围，其他年轻蚁后也在独自奋力挖掘。但全都失败了，她们一个接一个地被猎食者干掉了。没有一个姐妹能跟步道口蚁后并肩工作，能帮忙的工蚁还没有出生。一旦离开自己的原生蚁群，失去姐妹们的庇佑，大自然在她面前立刻变身无情的战场，每一天、每一分钟都是如此。不仅入侵者会设法把幸存者从小小的蚁穴里挖出来吃掉，就连蚁穴内部也同样存在风险，比如卵没能正确地受精，又或是精子本身存在遗传缺陷。

但命运的骰子一次又一次掷出有利于步道口未来蚁后的结果。微小的幼虫从她的卵中孵出后，她就用从她身上的一个大腺体里分泌出来的高营养物质喂养它们，这个腺体占据了她头部很大一部分，分泌出来的物质通过她的嘴喂给幼虫。这种“婴儿”食品产自蚁后身体后部储存的大量脂肪，也产自翅膀肌肉的新陈代谢，现在这些肌肉对她已经毫无用处。

就这样，年轻的蚁后利用自己体内的储备物资生下 12 只工蚁。它们都是雌性，很小，而且很虚弱，几乎没有办法胜任为维持这个小小蚁群而必须完成的工作。没办法，它们就是以侏儒的形态来到这个世界的。因为假如它们个头儿再大一点，那么这位蚁后能养活的工蚁数目就会减少，结果就是难以提供足够的劳动力，无法满足新生蚁群最基本的生存需求。

在这些开拓者里，有一部分完全出于本能，踏上了觅食之路，毕竟此时根本就不存在可以提供教导的其他蚂蚁成员。其他工蚁，有的留在原地照顾蚁后，照看下一代工蚁直至其发育成熟；有的把时间全都用在扩大蚁穴上。如果他们不能正确执行所有任务，就会连累这个小蚁群走向灭亡。此时年轻的蚁后再也没法提供帮助。恰恰相反，她特别需要先确保自己活下去。她身上那些可有可无的组织消耗殆尽，全都喂给了女儿们，现在她快要饿死了。她的身体只剩下那层甲壳质外壳，里面只有维持生命所需的必要组织。

幸好，小心翼翼地冒险离开蚁穴的第一批觅食者带回来一些食物残渣。它们的战利品包括一只落在地上的蚊子、毛毛虫脱落的一小片皮肤以及一只刚孵出来的小蜘蛛，这些东西足够让整个蚁群存活下来，让蚁后可以恢复部分体重和体力。

下一代工蚁是吃从蚁穴外收获的食物长大的，它们的体形比第一代工蚁要大一些，也更强壮。它们开始在蚁穴内挖掘更多隧道，以便容纳不断增长的居民数量。随着蚂蚁数量和住所的不断扩大，原本面临危机的家园开始变成由许多房间和彼此相连的走廊组成的迷宫。它成了一个能够防御外敌的堡垒：挖掘出来的土壤堆积在蚁穴上方，好像一个小山包一样，不仅加固了屋顶，也有助于吸收来自阳光的热量。

时间一个月一个月地过去，蚁后的身体变得越来越沉重，她的卵巢里面装满了卵，她一步一步向蚁穴深处退去，好让自己进一步远离仍然充满危险的蚁穴外围。她已经成为一名行家里手，不仅能独自产下新的一批卵，还凭一己之力成为这个新兴种群唯一的“人口增长源”。工蚁们负责完成抚养她的后代所需的各项工作，新生的那些蚂蚁也是它们的姐妹。它们不仅成了蚁后的“手脚”和“上下颚”，还要逐步取代她的大脑发挥作用。它们作为一个组织完善的整体协同运作。它们对待彼此是无私的，在分工的时候从不会考虑一己私利。步道口蚁群正变得像一个不断扩张的大型有机体。也就是说，它变成了一个超个体（superorganism）[①]。

从步道口蚁后进行婚飞那天算起，两年后，她开创的这个蚁群就会达到完全成熟的规模，成员包括超过 10 000 只工蚁。再过一年，这个蚁群就有能力抚养新的处女蚁后和雄蚁，从它们当中有机会诞生新的蚁群。到那时，步道口蚁后将以每 15 分钟一枚的平均速度产卵。她的身子越发沉重，她慵懒无力，一直待在深藏在蚁穴底部的王室寓所里，距地表大约 150 厘米，相当于约 400 只蚂蚁首尾相连的长度。对于一只蚂蚁而言，每一座蚂蚁城市的深度都相当于地下 200 层楼，被挖掘出来覆盖在蚁穴上的土丘的高度，相当于在地面上的 50 层楼。

蚁后可能不是蚂蚁种群这个微型文明的领导者，却是它全部能量与增长的源泉。她是这个蚁群成败的关键。她的 20 个卵巢陆续排出受精卵的节奏，就好比蚁群的心跳。所有工蚁夜以继日忙个不停的最终目的，就是设法维持蚁群的健康运行。它们精心建造蚁穴里的迷宫，每天义无反顾冒着生命危险走在外出觅食的路上，并在蚁穴入口展开自杀式的防御作战，所有牺牲都是为了她，为了创造更多像它们自己一样无私的工蚁。

一只工蚁，或者说 1 000 只工蚁，如果不幸死掉，它们所在的蚁群也能继续正常运转，只要同时根据实际需要进行自我修复即可。但如果蚁后出了问题，并且问题得不到及时纠正，将会对整个蚁群造成致命打击。

现在，过去 20 多年之后，灾难终于发生。从步道口蚁群建立以来，它可能面临的最大挑战就是蚁后去世。然而工蚁必须等到蚁

① 用于形容社会性动物中存在的一种社会单元。在这类社会中，个体分工高度专业化，个体无法独自生存，必须协作共生。——编者注

后去世的确切消息传来才会采取行动。它们感觉得到事情有些不太对劲，好像某种说不清楚的东西已然降临在自己头上，但还没意识到问题有多严重。相关的迹象还不够强烈。就这样，步道口蚁群以一贯的忙碌与精确又运行了一段时间。就像行驶在海上的一艘大船，要转弯避开迎面而来的浅滩可不容易。

步道口蚁群得以保持正常运行的原因在于蚂蚁的交流方式很特别。它们因为主要生活在地下的黑暗世界，难以通过视觉或声音交流，所以被迫改用化学信号交换信息。如果说人类是通过声音和视觉来思考，那么，蚂蚁在被迫改用信息素之后就只能通过味觉和嗅觉来思考了。人类无法理解一只工蚁大脑中的化学感觉。对于它构思出来的实体，或是在它头脑内部闪现的语调、说明以及交融的信息，我们一无所知。虽然步道口蚁群在没有专业知识的人类观众面前仿佛悄无声息，但实际上，蚂蚁居民之间的信息素交谈可以说频繁激烈到震耳欲聋的地步。

步道口蚁群内日常使用十几种化学信号进行交流。侍从工蚁平时围绕着母亲工作，此刻依然围绕在已逝的蚁后身边，因为蚁后体内继续释放着好几种信息素，如果翻译为人类的声音，那就如同幽灵一般低声重复一道挥之不去的命令：“到这里来，聚集在我身边，靠近我。”

于是，侍从们继续用自己带肉垫的舌头反复舔她的身体，继续热切地给她清洗，从她身上收拾出大量物质，一路传递到侍从团队之外的蚂蚁居民那儿去。激发它们继续从事亲密护理工作的信息素通过味觉和嗅觉表达以下意思：“帮我洗干净，吃掉从我体内清除下来的物质，要跟你的姐妹分享。”

负责控制这些侍从工蚁服从命令的物质保存在每只蚂蚁的肠道前腔，跟流体食物混合在一起。蚂蚁通过扫动触角，也就是长在它们头上的“感觉器”，可以不断闻到彼此的气味，完成相当于人类鼻子的功能。一只蚂蚁如果吃饱了，肚子里填满大量食物，就会对另一只没怎么吃饱的同巢舍友说：“闻一下这个，如果你饿了，就开吃吧。”如果那只蚂蚁确实走上前来，并且也确实饥肠辘辘，就会伸出舌头，对方作为“施主”会通过反刍将液体直接注入它的嘴里，作为奖励。

蚂蚁姐妹之间的交流就以这样的方式继续进行。整个蚂蚁种群的综合情报源于成员之间如潮水般汹涌的对话。它们用信息素传达早已被规定好的可以发送与接收的全部消息。可以说，蚂蚁种群内部交换信息的方式，就跟一只蚂蚁、一个人或任何一个单一有机体在自己体内通过激素交换信息的方式是一样的。这个超个体通过信息素发出提示、请求和命令。

有一天，在离步道口蚁穴的蚁丘不远处，一只棕林鸫带着一只蚂蚱飞回自己的鸟巢，没想到战利品在路上掉了一节下来，落在了地面上。不到一分钟，就被正在附近巡逻的一只工蚁发现了，由此引发了一连串的行动，这也是步道口蚁群成员做过无数次的事：这只工蚁先对这一小段蚂蚱做了一番检查，很快尝了一下，然后一路小跑回到蚁穴入口。一路上，它不断用自己腹部的顶端触碰地面，留下一层稀薄的化学物质。进入蚁穴后，它朝每一个路过的同巢舍友冲上去，用自己的脸摩擦对方的脸。舍友的触角对气味非常敏感，马上就闻到了它在回家路上留下的气味，以及那只蚂蚱的气味。这些信号宣布：“食物，食物，我已经找到食物了，跟着我的轨迹去找吧！”

很快，一大群蚂蚁跑了出来。它们沿着第一只工蚁留下的轨迹前进，聚集到美味的蚂蚱大腿旁。第一批抵达现场的蚂蚁里有一些赶紧掉头跑回蚁穴，一路上也用化学物质标记自己的轨迹，进一步强化信息，仿佛在说："来吧，快来，我们需要帮助。"

留在蚂蚱残肢旁忙碌的蚂蚁开始将食物朝蚁穴入口拖去。一只灰猫嘲鸫刚好站在附近一棵树的树枝上，看到这一幕，忍不住冲下来看个究竟。它轻轻啄了蚂蚱残肢一下，吓得蚂蚁们四下逃窜，其中几只还因此受了伤。蚂蚁们从各自下颚底部张开的腺体中分泌出一种信息素，顿时，一种化学气体迅速扩散，仿佛大叫着："危险！紧急情况！跑啊！快跑！赶紧离开这里！"

步道口蚁群平时就是通过嗅觉和味觉完成工作的。蚂蚁分泌信息素，偶尔还会通过触摸强化信息。一则消息有时只由一种化学物质构成，有时是同一种物质但浓度发生了改变，有时是由两种或更多化学物质结合在一起构成。信息素的意义还会因为这些物质被传送的位置不同而有所区别。蚂蚁世界中的词汇量随之增加，不同的消息得到了传递。比如：

来，让我舔你，帮你清洁。

干活去，做大家都在做的事。

这是我的等级，这是我的现状。

让我们留下领土信息素，向对手宣示我们对这片土地的统治权。

我们没有足够的士兵；赶紧在育儿室里培育更多人手。

我们的士兵太多了。少养一点。

谁在关键的斗争中领先了，即将成为我们的新蚁后？

可以说，步道口蚁群的成员每分每秒都生活在由信息素构成的云团和激流中，这东西围绕在它们周围，给它们带来各种指示。有些信号，比如发出警告的信息素，传播迅速，但也很快消散，因而只在有需要时引起一个小区域内同巢舍友的注意，并且持续时间很短，不足以在整个蚁群中引起大恐慌。相反，一些气味扩散缓慢，持续时间长。其中就有来自步道口蚁后的王室信息素。即使她的遗体已经开始腐烂，她在世时制造的信息素仍将继续萦绕在蚁群居民的头脑与身体里。

蚁后的尊贵存在还通过另一种方式融入步道口蚁群的信息素里：她的分泌物与其他物质混合在一起，产生了对整个蚁群来说标志性的气味。蚁群中的每一个成员的蜡状表皮都吸收了这一气味。每一个蚂蚁种群都有专属气味，蚁群中的所有成员共享这一气味，并要学会辨认它，对它保持绝对忠诚。只要两只蚂蚁相遇，无论来自什么地方，它们都会用触角来回扫掠对方。这动作发生得很快，人类很难用肉眼觉察，但这两只蚂蚁的大脑几乎立即就处理了这些信息。如果两只蚂蚁气味相同，信息就是："它属于我所在的种群，不是其他种群的蚂蚁。"它们要么继续各走各的路，要么停下来互相擦洗一番，又或是交换食物。如果它们的气味哪怕只是有那么一点点不一样，信息立刻就会变成："不属于一个种群！当心！"就像不认识的狗在街上相遇一样，两只来自不同种群的蚂蚁也会停下来仔细打量对方。然后，要么向对方发动攻击，要么掉头就跑。

没有言语，没有动作，确定一只蚂蚁身份的重要工作便完成了。完全不需要语言和动作，步道口蚁群通过相同的气味就能简单而彻底地团结在一起。如果这种气味消失了，那么这个超个体也会迅速分解成一群迷失方向的单个有机体，它们将互相争斗，敌人会轻而易举驱散它们。猎食者会赶过来，乘虚而入，饱餐一顿。

此刻，步道口蚁后庄严地躺在那儿。这种情况不可能永远持续下去。最终，她的遗体将有一部分被吃掉，其余部分被带到蚂蚁墓地。有那么一个星期左右的时间，其他蚂蚁从她身体舔下来的信息素继续传播着她依然健在的消息。后来，这种化学物质逐渐消散，最终完全消失。

一些化学迹象很早就出现了，但直到去世第三天，蚁后的信息素才开始被微弱的死亡迹象覆盖。她的整体气味变得不再强烈，随之而来的是她过世后释放出的信息。不过，直到腐败的气味出现，蚂蚁们都不知道她其实只剩下一具躯壳。对其他蚂蚁来说，她的外观和一动不动的姿态没有任何特殊意义。蚁后哪怕躺在地上双腿僵直举在空中，又或是变成红色、黑色、有金属光泽的金色或任何其他颜色，对其他蚂蚁来说一点儿意义也没有。相反，蚁后必须“闻”起来去世了才会被其他蚂蚁认为确实去世了。而且这说的可不是尸体里面各种物质的混合气味，尽管那味道会让人类的鼻子感到不适。那气味也不是来自令人厌恶的粪臭素和可以用来分辨人类粪便的吲哚，不是变质鱼类会大量产生的三甲胺。如果碰上此类化学物质，蚂蚁也会发出警报，立即疏散。其他具有挥发性的有毒物质也会引起同样的反应。但只有油酸及脂肪的分解物油酯才是有效的死讯信使。它们对人类的鼻子来说几乎没有意义，但对一只蚂蚁而言，就意味着死亡。只要在一只同巢舍友的尸体上发现这些物质，蚂蚁就会将其捡起并带走丢弃。

在一个星期内，步道口蚁群的居民不断舔蚁后的遗体，使其变成碎片。依然散发着油性化合物恶臭的残骸被一片片带出王室寓所。不知不觉之间，蚂蚁们就告别了自己的母亲。没有任何仪式。工蚁们带着蚁后遗体的不同部位，独自在蚁穴的走道里徘徊，试图找到步道口蚁群的墓地。这一特殊地点没有任何仪式性的标记。不仅没有特殊的形状，也没有任何纪念物。那里只是位于地下蚁穴外围的一个小室。蚂蚁们把各种残留物丢在这里，比如刚成熟的成年蚂蚁丢弃的茧、猎物身上不可食用的部分，以及死去的蚁群成员。

担任尸体运送者的工蚁靠近这个充当垃圾箱的小室后，就把自己肩上的负担转交给在墓地工作的蚂蚁。专门负责墓地的蚂蚁不断重新排列这里的垃圾堆，以便腾出空间放入新的垃圾。它们留守在自己的工作岗位附近，同巢舍友在大多数情况下也会尽量避开它们。

不管是墓地的工作，还是其他活动，步道口蚁群都会以利他主义原则组织分工。蚂蚁所做的一切，某种程度上都受到自我牺牲、利他主义规则的约束。最重要的一点，工蚁至少在蚁后健在时放弃了繁殖后代的机会。它们接受了觅食、守卫以及从事其他危险工种的工作安排，从事这些工作使它们面临更大的风险，通常会导致它们过早死亡。步道口蚁群完全掌控着每一个蚂蚁成员。超个体的福祉是至高无上的，一只工蚁从出生起就被命运赋予必须服从超个体需求的使命。如果一只工蚁死亡，造成的损失只会在某种可测量但相对微不足道的程度上削弱整个蚁群。因为养育一只新工蚁就能快速弥补损失。如果一只工蚁有自私的表现，它一生大部分时间对资源的消耗多于贡献，那它对蚁群造成的损害可能远比一只体面的工蚁被丢弃或死去要大得多。

说到体面，一只残疾的蚂蚁会主动离开蚁群，避免给蚁群增添麻烦。事实上，推动步道口蚁群取得成功的自我牺牲精神，无论在什么情况下都能从所有工蚁执行各项任务的过程中看得清清楚楚。在蚂蚁的世界，病者和伤者一概得不到照顾。实际上它们也会尽量避免引起注意，设法自行转移到蚁穴最外面的小室。同时，残疾蚂蚁也是蚂蚁种群中最奋不顾身的战士。至于已经奄奄一息的工蚁，它们常常干脆彻底离开蚁穴，从而避免将传染病扩散开来。

身体健康但正在接近自然寿命终点的年长工蚁也会逐步移居到蚁穴的外围。在那里，它们更容易承担觅食者的工作，离开蚁穴去寻找食物，但这也加大了它们落入敌手的风险。说到保卫蚁穴，蚂蚁中的长者们是最接近敢死队的群体之一。它们遵从一个简单的真理，也正是这一点将人类与蚂蚁区分开来：人类送年轻男人上战场，蚂蚁让老妇人冲锋陷阵。

这位刚刚故去的步道口蚁后，在相当长一段时间里一直是整个蚂蚁种群的唯一繁殖者，她是所有这些可能在日后开创新蚁群的子民的母亲。工蚁们所做的一切牺牲都只有一个目的，那就是保护她的生命，同时提高她的生育能力。现在，步道口蚁群的生死存亡就取决于能不能找到这位蚁后的替代者。这就要求蚂蚁们动用全部技能来保存实力，直到确立一位新的蚁后。

/

20

/

事情到了这种地步，这个堪称历史悠久的蚂蚁种群似乎已经注定要发生改变。要么增长，要么死亡，这是它们必须遵守的铁律。成员数目的增长与缩减，对任何一个蚂蚁种群来说，都是事关整个种群生死存亡的头等大事。种群成员数量稳步增长，育儿室里的生产力日益提升，是这个超个体得以存续的基础。在蚂蚁世界，无论是社群生活，还是个体生活，都是为了服务这一核心目的。原因很简单：蚂蚁种群越大，其增长净值也越大，这就意味着这个种群有能力贡献更多新蚁后和雄蚁，用于组建下一代新种群。促使蚂蚁种群基因遍布这片土地的使命，由整个物种承载。如果不幸未能具备这种能力，就会遭遇达尔文进化论中赢家的步步紧逼而不断退缩，最终消逝在生物史的长河里。

步道口蚁群的忠实臣民本能地知道自己遇到麻烦了。随着时间的推移，蚁穴最外围的化学信号已经降低到几乎难以觉察的水平。不过，即便如此，这台基于本能的机器并不会就此关闭。信息素继续传递着消息。蚂蚁与蚂蚁之间不断传播着最新的新闻、八卦，以及这个蚂蚁国度的发展状况与富足程度。工蚁阶层一如往常埋头苦干，觅食者们仍然坚持每天一大早就离开蚁穴踏上征途，在蚁穴周边寻找食物。但步道口工蚁的行为已经开始以微妙的方式发生变化。整个蚁群的活动开始逐渐减缓，一点一滴，渐露颓势。

蚁后的健康状况在她死前好几个星期就每况愈下了。线索遍布她的四周：产卵数量急剧下跌，最后干脆停了。需要喂养的幼虫数量越来越少。越来越多负责育儿工作的工蚁无所事事，整个蚁群的增长速度已经放慢。外出的觅食者数量也减少了。

但其实这个蚁群依然保有一线希望。即使在蚁后仍然活着的时候，她日渐稀少的信息素就足以使驻扎在蚁穴的年轻兵蚁体内发生微妙变化。兵蚁作为工蚁阶层里块头最大的成员，有着肌肉有力的大脑袋，布满尖牙的双颚就像锯齿状的剪线钳一样吓人，由肌肉控制开合。它们是这个蚁群的钢铁之师，代表它的武装实力，代表它发自本能的凶残。兵蚁的作用就是抵挡入侵者，守护蚁穴的安全。有时它们也会跟普通工蚁一起行动，一同沿着气味轨迹去蚁穴外面，守护大量的食物来源，以免其落入敌对蚁群之手。但它们也有繁殖能力：它们大容量的腹腔里面藏有6个卵巢，只要经过进一步的发育就能变大，最终产出可供孵化的蚁卵。这些剽悍的女中豪杰，一转眼就能从战士变成母亲。

蚁后的信息素数量刚刚开始减少那会儿，这些兵蚁就收到了警告。它们触角远端的感官细胞觉察到了这种变化。信息沿着神经细胞一路接力传送到兵蚁的大脑。大脑内部的神经回路负责把各种指令传送到位于头部其他位置的各个内分泌腺。从内分泌腺分泌出来的激素刺激这些年轻兵蚁体内的卵巢开始发育。不久，一排排蚁卵开始在卵巢里成形。起先看上去就像卵巢外端出现了一些微小的团块。之后，卵子慢慢向卵巢开口处移动，同时卵子也在一点一点变大，在被产出前达到最大尺寸。

此时，有潜力成为步道口蚁群新蚁后的兵蚁便不再受现任蚁后分泌出的信息素的束缚，而是直接弃守日常岗位。随着卵巢因为卵子发育不断变大，它们也开始往蚁穴的深处迁居，直到接近那些数量日益减少的幼虫和蚁蛹。就在老蚁后遗体的最后一片碎片被挪往墓地之际，这些要来夺权的后继者也开始产卵了。它们现在处于兵蚁后阶段，是这个蚁群得以恢复增长、东山再起的唯一希望。

围绕在它们身边的普通工蚁接受了这些兵蚁后的新身份。工蚁对兵蚁后的容忍标志着这个蚁群作为整体在行为上出现了一种深刻的转变：假如原来的蚁后依然健在，并且继续散发她的特殊气味，那么，这个蚁群对任何一名试图篡权者的反应都将是迅捷而猛烈的攻击。步道口蚁群向来遵守蚂蚁王国的基本法则：严禁在蚁后健在时私自繁育。这类冒犯权威的行为几乎没有侥幸成功的机会。那是一场危险的赌局，敢于上赌桌的兵蚁也屈指可数。假如一名试图篡权者胆敢在健康蚁后的卵旁产下它的卵，甚至只是开始具备产卵能力，它就会受到同巢舍友的攻击：它的姐妹开始拒绝将食物反刍给它；它们会爬到它身上，把它压在底下，撕扯它的腿和触角；它们可能会用自己的螯针致使它残疾，甚至杀死它，又或是将有毒的分泌液喷溅到它身上；它们还会将它产下的卵子统统吃掉。只有等到蚁后去世，禁令解除，才会对少数蚂蚁网开一面。

但是，当这一禁令在步道口蚁群的蚁穴内解除之后，第二个危机接踵而至。这几位候选者为了争夺控制权开始互相角力。它们聚集在育儿室里，为争取有利位置而互相推撞。它们会竭尽全力把所有对手压在自己身下。在这些遭遇战里赢得胜利的蚂蚁往往一把抓住对手的腿和触角，把它们拖出育儿室。跟住在同一蚁穴里成千上万的其他普通蚂蚁不同，这些兵蚁后会将彼此视作单独的个体。随着时间的推移，一个新的统治结构形成，就跟鸡群中的啄食顺序以及狼群中的等级秩序一样。最终在竞争中脱颖而出的那只步道口蚁群的雌蚁，换句话说就是能赶跑所有对手的那只兵蚁赢得了负责蚁群繁衍的高位。蚁穴里的蚁卵生产与幼虫哺育终于回到了正轨上，虽说数量还未恢复到原先的水平，但还算有序。这次危机在一场角斗中结束了。

如果步道口蚁群无法了解本物种的历史，那它对自己当前的处境又能有多少认识？它怎么能为自己的生存做出正确选择？事实上，步道口蚁群知道的可多了。那些工蚁可远远不只是在地面上忙着跑来跑去的一堆自动化小黑点那么简单。即使蚂蚁大脑的大小还赶不上人类的百万分之一，但一只蚂蚁学会走出一个简单迷宫的速度，也能达到实验室小白鼠速度的一半，并且，它们在离开蚁穴外出觅食时能记住多达 5 个不同方向的目的地。每只工蚁探索完一处新的地形，都能将自己之前走过的那些看似混乱、充满弯曲的轨迹串联起来，然后奇迹般地沿一条直线走回它的蚁穴。它能学习并记住自己所在蚁群的气味。有些种类的蚂蚁，其中的工蚁能在地面的气味轨迹上辨认出自己的气味，只要之前留下了自己的信息素。

若将步道口蚁群每一只工蚁的学识与思想全都汇集在一起，那这个蚁群作为整体的聪明程度以昆虫的标准来说可谓名列前茅。当蚁群内部来自蚁后的凝聚力消失，成员数量急剧下跌，它就需要调用群体智慧，设法推动蚁群回到正轨。

等到其中一只兵蚁后战胜所有对手成为新的蚁后时，这个蚁群似乎踏上了复兴之路。蚁卵被成串地产下。幼虫开始填满那一度闲置的育儿室。这些幼虫的气味与它们释放的饥饿信号，和新兵蚁后的信息素结合在一起，渐渐在整个蚁穴散播、弥漫。新的朝代已经开始。工蚁们重新找到了工作的动力。越来越多的觅食者踏上了去蚁穴外觅食的路。

带头恢复蚁群秩序的其中一只蚂蚁，就是在前任蚁后弥留之际陪侍左右的精英工蚁之一。只有大约 10% 的工蚁能获得这一头衔，它们也终生以此自居。它们全靠劳动获得这一身份，没有一只精英工蚁来自兵蚁阶层，兵蚁专门负责战斗，只有在蚁群受到外界的威胁时才会接到出动的命令。精英工蚁的动作看起来总是紧张而又活力四射。跟其他工蚁相比，它们会发起更多的任务，干活更努力，也更持久，并且通常都会专注于手头的工作，直到工作圆满完成为止。蚁群的其他成员主要就是由这些精英工蚁带动，加入由它们安排的各项工作。精英工蚁并不仅仅从统计数据上看处于活动曲线的顶端，它们作为一个独立的阶层表现出色，在活动曲线的顶端形成一个突出的鼓包，它们的存在即使对一个苟延残喘的蚁群也是非常重要的。

比如这只参与带头恢复秩序的精英工蚁，就具备它所在阶层所特有的充沛精力与能动性。它离开已故蚁后，径直前往蚁穴入口，希望找到新的任务。此时蚁穴的食物即将告罄，普通工蚁变得无精打采，越来越少外出觅食。散布在蚁穴周围的哨兵力量日渐稀少，削弱了蚁群的防御力。这只精英工蚁很快就意识到自己的同伴疏于职守，便决定独自出发去周围巡逻，先是紧靠着蚁穴周边绕圈，再慢慢绕到离蚁穴越来越远的外围。

然而，由精英工蚁带领的这一波恢复行动没能持续多久。这个蚁群注定只有死路一条，判它死刑的是蚂蚁的一个遗传特质，一个比工蚁的利他主义以及把这个蚁群团结在一起的信息素纽带都更基本的特质：步道口蚁群的蚂蚁成员跟侏罗纪晚期蚁类出现以来存在过的每一种蚂蚁一样，用一种奇特而优雅的遗传学方法，在每一个蚂蚁个体诞生之际决定其性别。一边是受精卵发育而成的雌性蚂蚁，它们之后再进一步变成蚁后或工蚁，另一边是由未受精的卵发育成的雄性蚂蚁，它们除了向雌蚁授精之外，毫无用处。

兵蚁后在临危受命开始产卵之前从未交配过。它的后代全都诞生于它产下的未受精卵，因此都是雄性蚂蚁，对蚁群的福祉没有半点贡献。它们双颚羸弱，脑袋细小，却有着巨大的眼睛以及生殖器。它们绝妙地进化成非常适合飞行、以备与处女蚁后交配的生殖工具，但即使蚁后真的肯陪它们飞上天，对步道口蚁群来说依旧于事无补：这些产自兵蚁后的雄蚁拒绝跟它的母亲或同一种群中其他潜在的兵蚁后交配，相反，本能早就限定了它们只会在远离蚁穴的地方婚飞时交配。

因此，对步道口蚁群的蚂蚁成员来说，出路已经全被堵死，蚁群陷入了非常糟糕的困境。那个维系它作为社群存在的关键中枢已一去不复返，也无“蚁”能替代。就像一出希腊悲剧里的演员。一系列事件的发生将它引向死亡，而这些事件则是由它自身无法改变的自然规律所造成的。成也萧何、败也萧何，曾经让这个蚁群大获成功的主要因素如今摇身一变成了它的致命缺点。理论上，这个蚁群通过生产更多的雄性蚂蚁，能给“死猫头鹰湾”一带所有蚂蚁种群共享的基因池再做一段时间的贡献，并且通过此举再从进化论机制中榨取一点好处。但对于自身的生存大事，它却再也无能为力。作为一个超个体，它正随着每一天的逝去而变得越来越脆弱，不堪一击。

正当步道口蚁群在这个无情的世界垂死挣扎时，其他蚁群早已对它的地盘乃至每个成员的肉身虎视眈眈了。它不可能只是慢慢萎缩，直到蚁穴里只剩最后一名工蚁独守空房。恰恰相反，更有可能发生的是，周边蚁群得知它正走向衰落，伺机点燃战火。而当战争降临，因为失去蚁后而变得群龙无首的步道口蚁群的获胜机会可以说是十分渺茫了。

21

有那么一段时间，步道口蚁群虽然遭受重创，但仍保留了大部分的军事力量。成年成员里有 15% 是兵蚁，主要担任装甲步兵，也就是重装步兵。兵蚁的外骨骼是普通工蚁的 2 倍大，那实际上就是一套重型装甲：粗壮、坚韧，同时局部有凹陷，就像一面充满韧性和力量的盾牌。一对刺从身体的中部向后突出，目的是要保护兵蚁们柔软的腰部；从身体中部向前延伸的尖刺负责保护颈部；头部的后缘向前弯曲，将外露的这部分表面变成一顶头盔。如果遇到攻击，这些重装步兵可以把腿和触角收进来，绷紧身体各个部分，将整个身体表面变成盾牌。

普通的步道口工蚁虽是为劳动而生，但也可以投入战斗。它们的作用相当于轻步兵。因为它们的外骨骼要比担任装甲步兵的兵蚁薄得多，所以不大可能在战斗中坚持太久。相反，它们会利用自己柔软身体的敏捷性，在敌人周围跑来跑去，进进出出，牢牢抓住敌人任何可以抓住的腿或触角不放开，迫使对手不得不放慢速度，这样自己的同巢舍友就有机会赶上来再抓住一个蚂蚁的身体部位。当敌人最终被制服并呈大字形被按倒在地时，其他舍友就会聚集过来，一波接一波地咬、刺或用毒液喷它。这种由一群战士同时冲向一个强大的对手的群发式攻击，跟狼群绕着一头驼鹿打转又或是人类步兵攻击敌方火力基地的做法没有什么两样。

正是这最初由 10 000 只蚂蚁凝聚成的战斗力，保护了步道口蚁群的蚁穴免遭所有敌人入侵。但现在，年富力强的成年蚂蚁数量开始减少，而幸存的蚂蚁，年纪都越来越大。

最近的一个邻居，暂且称为“溪边蚁群”，一直密切关注着步道口蚁群的衰落。这是一个相对年轻，因而显得更加强大的超个体，它们已经做好准备，要从这倒霉邻居身上攫取好处。

一天清晨，溪边蚁群的一名精英工蚁带领一群同巢舍友，离开了自己的蚁穴，前去评估步道口蚁群的现存实力。要做到精确估计敌人的力量是很困难的。这两个蚁穴之间的距离有十几米，相当于大约 2 000 只蚂蚁首尾相连的长度。蚂蚁侦察兵如果可以在光滑的表面上做直线运动，就很有可能在不到 6 分钟的时间里走完这段路程。但直行其实是不可能的，因为这片区域布满障碍物，这些障碍物对人类来说小到几乎难以觉察，但对一只身长约 1 厘米的蚂蚁来说就是艰巨考验：在蚂蚁的微型世界里，草丛就像树木和灌木丛构成的小树林，枯叶和细枝就像倒下的树干。光滑的沙子表面，在蚂蚁看来就是一堆乱石，鹅卵石就是大型巨石。雨是一种致命的威胁。一滴雨落在蚂蚁身上，就像消防水龙头喷出的高压水柱打在人身上。至于雨水流过泥土后留下的浅浅凹陷，对蚂蚁来说就相当于一股山洪在沙漠里冲出的一道深谷。

当溪边蚁群的精英工蚁带队踏上新的旅程，它相当精确地记得这条路线。它以前就去过步道口一带，而且记得怎么走。它的脑子里有一个指南针，以太阳为参考坐标。如此依赖太阳本来可能成为蚂蚁犯下巨大错误的一个根源，因为太阳每天东升西落，在天空划出一道轨迹，所谓正确的角度也会随之不断变化。但每只蚂蚁的脑子里还有一台生物钟，准确以一天 24 小时的周期设置，相比之下，人类的大脑如果没有其他知识或设备加持，方向感是要远远落后于蚂蚁的。此刻，蚂蚁侦察兵用生物钟不断改变自己对准太阳的角度，从而一路确保自己走在正确的方向上。

太阳轨迹本身在时间和空间上是完全可靠的。在诺科比地区，太阳在天空划出一道堪称完美的弧线，从湖岸东部上升，刚好从“死猫头鹰湾”蚁丘正上方经过，最后向西落下，消失在远方的森林里。但是，与太阳的移动轨迹不一样，蚂蚁读取的方位就没那么准确。因此，蚂蚁侦察兵偶尔也要停下来，仔细打量它在先前旅行中记住的某个突出特征。一对松树树苗就是第一个路标，第二个是树冠上的圆形开口，第三个是冬青灌木丛下的一道暗影。

接下来还有气味地形。蚂蚁侦察兵会把之前旅行中遇到的化学线索一点一点记下来。在运用这种能力时，蚂蚁跟人类的差别大到根本无法想象。这名蚂蚁侦察兵一边匆匆爬过地面，冲出两毫米的距离，一边不断地、精确地嗅着地面。它的头上长着一对触角，触角外端就是鼻子。它将这些超敏感的部位向下调到足以触及地面的位置，然后左右摆动，检测到的气味具体到组合成分、浓度和梯度变化，提供了描述它所在位置和行进方向的详细信息，相当于人类野外工作指南和地形图的二合一。

附近的松针堆散发出刺鼻的气味，与蚂蚁种群觅食范围内的腐殖质气味混合在一起。它在这边迎头碰上一种特殊的混合气味，又在那边遇到另外一种。当下强烈的背景气味时不时地就会被不知什么东西带来的一种截然不同的气味掩盖，虽然只是一闪而过，很快就消失了，但会让蚂蚁记住一段时间。

此刻正在小跑前进的溪边蚁群蚂蚁的嗅觉世界包含的内容可远远不止一份看不见的路线图这么简单。从它们身体下面以及上面各个方向扑过来的是在土壤中栖息的各种生物的气味，这些生物的密度是如此之大，占据了土壤物理体积的很大一部分。真菌菌丝和细菌在这里无休止地增长。每一个都释放出自己最具标志性的气味。和蚂蚁大小相近或比蚂蚁更小的昆虫、蜘蛛、潮虫、线虫和其他无脊椎动物，在数量上遥遥领先。每平方米土壤里有 25 万只之多，它们的气味越来越强烈。蚂蚁左右摇摆的触角在这些混合气味里拾取的一条线索提示，可能是有一个潜在的猎物，另一条则警告说一只蜘蛛正在等待机会，另一个捕食者正准备伏击。

人类的大脑根本就无法想象，一只走在路上的蚂蚁如何通过大脑中化学刺激的震荡，设法在自己一生的每一个瞬间找对方向，从而得以生存下来。我们没法理解，这只蚂蚁必须随时随地准备巧妙躲避的致命危险，正以多么高的频率向它袭来。

这会儿，溪边蚁群的侦察兵正匆匆穿过这片充满各种气味的嗅觉宇宙，无暇他顾。它的目的地在敌方蚁穴那个方向，但不是蚁穴本身。它在有意识地朝一片平坦而开阔的区域走去，那地方正好处于两个蚁穴中间。在那儿，这名侦察兵与一群已经抵达的同巢舍友会合，并且还非常随意地跟来自步道口蚁群的侦察兵近距离接触，这对蚂蚁来说是一个非同寻常的事件。在这群敌方蚂蚁里面，有只刚到的精英工蚁，就是之前担任步道口蚁后随从的那只。

在一段很短的时间内，来自两个不同蚂蚁种群的代表似乎跳起舞来。但这可不是人类所说的表演。相反，它们来这里是要参加两个蚂蚁种群之间的比武大会。此刻，蚂蚁侦察兵正在收集信息，以便对敌方步道口蚁群的实力进行准确评估。它们可以一边利用这些信息，一边向敌对蚂蚁种群展示自己的实力，同时又不会有死亡或受伤的危险。简而言之，此“舞蹈”非彼舞蹈，而是高度正规的探究与交流，目的是要加强各自蚂蚁种群的安全保障。

在这天的比武大会中，溪边蚁群作为超个体正处于鼎盛时期。它足够强大，有能力挑战附近任何一个蚂蚁种群，对付已经走下坡路的步道口蚁群更是不在话下。溪边蚁群的蚁后只有 6 岁，相当于人类的 30 岁。她正处于年富力强的黄金时期，体内卵子爆满，散发着专属于她的甜蜜的王室信息素。她所在蚁群的蚁穴位于一片人迹罕至的落叶灌木林地边缘，那儿的土地坚固又富饶。树林附近的小溪成为蚁穴一侧的天然防线。蚁穴另一侧是一个微型溪谷，四面足够陡峭，潜在对手根本没办法在上面建立蚁穴。溪边蚁群并不是出于保护自己而挑选了这一理想地点。只不过是因为幸运女神的意外垂青，它们的蚁后母亲当年正好降落在这里。

溪边蚁群的侦察兵渐渐聚集到竞技场时，发现对手步道口蚁群也聚集起数量相当的士兵。有的蚂蚁爬上鹅卵石，充当哨兵。双方首批遭遇敌人的侦察兵，第一反应都是跑回家去招募援兵。它们铺设气味轨迹，以激发并引导同巢舍友，与此同时，它们也会在自己身体表面带上淡淡一层敌人的气味，用于识别对手。不到一小时，几百只来自两个蚁群的蚂蚁开始绕着对方转。最早到场的一批侦察兵体形都相对瘦小，很快，体形更大也更结实的兵蚁便加入了。

两支敌对力量全都小心翼翼，避免引发战斗。但它们却采取了与目的相悖的策略：它们正在进行的展示相当于人类军队带有竞争意味的阅兵仪式。它们希望敌人看到自己的实力。

比武大会就这样开始了。每一个参加者都要使自己看上去尽可能地高大，从而显得最具威慑力。它们向腹腔内注入液体使其膨胀，再伸直双腿形成一对高跷，趾高气扬地迎向自己遇到的每一个敌方工蚁，有时甚至会一头撞过去。还有一些蚂蚁会爬上鹅卵石，在那里摆出居高临下的姿态，使自己显得更加高大。它们从未威胁要发起进攻。这些正在进行的努力，本意是要让对方相信自己所在的蚁群拥有大量士兵。一些小型工蚁充当了计数员，它们并不参加阅兵，而是在参加阅兵的蚁群里四处走动，以估算士兵队伍的规模。敌军的规模越大，这些计数员就会付出越大的努力，尽可能吸引己方同伴前来参加比武大会。招募工作稍有闪失，就等于向敌对蚁群暴露自己的弱点。这在对方看来可是一条意想不到的令人振奋的线索。

甚至早在步道口蚁后去世前，这一蚁群的军队气势就开始走下坡路了，蚁后去世加速了这一进程。在那只精英侦察兵和几个同巢舍友信号的引导下，步道口蚁群的蚂蚁在大约一个星期的时间里谨慎地、分批次地从第一道领土边界后撤。它们希望可以在离蚁穴较近的地方开始比武大会，在那里，它们的士兵以及充当替补士兵的较小的蚂蚁，就能更快地响应征召赶到竞技场。但是，溪边蚁群的精锐侦察兵和前线士兵没有上当，反而更加猛烈地向前推进，越发明显地展示自己的实力。步道口蚁群的蚂蚁无计可施，只能后撤，日复一日地后撤，从而拱手让出了自己的一些觅食领地。

不过，撤退本身算不上落败。步道口蚁群依然有机会取胜，或至少跟对方打个平手。因为随着比武场地越来越靠近它们的蚁穴，抵御的士兵就能更快到达现场。它们可以精确到分钟来调用增援力量。而溪边蚁群不得不面临一项劣势：要想继续参加比武大会，它们得先爬过两个蚁穴之间的几乎整段路程。由于行进路线过长，溪边蚁群部队的任何调整都会变得缓慢而不精确。现在，实力较弱的步道口蚁群继续缓慢后撤，双方渐渐接近一种新的平衡。如果这种平衡真的出现，步道口蚁群就有可能将对手一直挡在这里，也许能一直抵挡到觅食季结束。对于一个成员数量正在减小的蚂蚁种群来说，失去一部分领地是可以接受的代价。

步道口蚁群这时已经把自己蚁穴东面的领地全部拱手相让，那正是溪边蚁群蚁穴所在的方向。溪边蚁群很有可能会对此感到心满意足。它们已经取得伟大的胜利，并且双方都没有一只蚂蚁丧命。如果它们就此喊停，那么，因为长期僵持不下而取得的和平，或者说“蚁类统治下的和平”，就会降临到两个蚁群的领地之上。

然而，握手言和可不是诺科比蚁丘的蚁群愿意采用的方式。经过 3 个星期的预演，比武大会的地点终于来到步道口蚁群的蚁丘边缘，战争已是一触即发，来自溪边蚁群的“舞者”突然转换模式，对步道口蚁群发起全面进攻。没必要再打宣传战，也没必要再虚张声势了。

这场进攻由溪边蚁群阅兵部队内部一连串计划之外的连锁反应诱发。当时，每一只蚂蚁都在每天的阅兵中变得越来越兴奋，看上去似乎正在一步步接近那条把针锋相对的武力炫耀与公然开战分隔开来的敏感红线。它们绕着对手步道口蚁群转的圈儿越来越小了，更加猛烈、也更加频繁地向对方撞去。

终于，在一场比武大会开始前，当步道口蚁群的蚂蚁们挤在它们蚁丘前一片只有一米多宽的空地上时，溪边蚁群那位富有经验的精英侦察兵一步跨过了侵略的门槛，单枪匹马挑起战争。它攻击了自己遇到的第一只步道口蚁群蚂蚁，把警报信息素和有毒分泌物组成的混合物喷向对方。这些物质的气味刺激到离它最近的同巢舍友。它们随即也跨过了侵略的门槛，各自发起进攻。参加战斗的工蚁很快就从两只变成三只，再变成四只，数目一路攀升，暴力就这样在为比武大会而集结到此的溪边蚁群队伍中呈指数级蔓延。步道口蚁群的一些蚂蚁迅速离开战场，跑回蚁穴召集增援部队，其他蚂蚁则坚守阵地，反击敌人的进攻。

很快，战斗演变成了一场激烈的致命混战。步道口蚁群的蚂蚁实力太弱，难以招架。眼看敌方溃不成军，溪边蚁群大部队长驱直入，攻击能抓到的每一个对手。双方的所有蚂蚁都放弃了比武大会模式。它们将自己的腹部缩小到正常大小，将双腿从僵硬的高跷状态放松下来。双方的战士都争相爬到对手的身上，用锯齿状下颚抓住对方的腿和触角，对有机会触及的对方的任何一个柔软的身体部位又咬又刺。只要两只或多只溪边蚁群的战士有办法同时抓住一只步道口蚁群成员，它们就会把它摊成大字形按在地上，让不断冲上来的己方战友用致命的毒牙咬下去，或用毒针刺过去。很快，双方已经丧命或正在垂死挣扎的工蚁就遍布战场。大部分伤亡都出自步道口蚁群。其中包括那名精英侦察兵兼已故蚁后的随从，它被刺死，然后肢解。

越来越多幸存的步道口蚁群战士放弃了战斗，向蚁穴入口的方向撤退。那些犹豫不决的蚂蚁马上就被敌方蚂蚁撞倒并消灭，就好像它们落入了其他昆虫之手，变成了猎物。

当然，它们实际上就是昆虫的猎物。它们的遗体得到的待遇，跟蚂蚱和毛毛虫的遗体一样：一旦战斗结束，死者和伤员就会被征服者收集起来吃掉。这种同类相食的行为并不仅仅是征服的结果，事实上，它将征服本身变成了一次觅食探险活动。

步道口蚁群的防守不到一个半小时就土崩瓦解了。一些幸存的蚂蚁为了躲避追捕者，不得不在自己的蚁穴和主战场之间来回奔跑，从而在一定程度上对这场灾难的严重性有了切身体会。它们中的最后一批终于完全撤回到蚁穴。靠近蚁穴入口时，其中一些蚂蚁还会转身掉头继续战斗，以确保身边这一小片区域里没有敌人进入。在其他同巢舍友的帮助下，它们将附近的土壤、木炭和落叶一点一点拖过来，堆积起来，形成一个塞子，放在蚁穴入口的顶部。

步道口蚁群的蚁穴现在变成了一处封闭的、隐蔽的掩体。取得胜利的溪边蚁群现在遍布步道口蚁群的蚁丘表面，其中一些侦察兵开始埋头探索这片新征服的土地。

对步道口蚁群蚁穴的包围开始了。在第二天以及随后的几天里，步道口蚁群的觅食者抓住机会短暂地溜出去，寻找一切被正在附近做地毯式搜索的溪边蚁群巡逻队忽略的食物残渣。结果有的被抓，有的被杀，其他的又撤回太快，没能完成觅食任务。

不到一个星期，步道口蚁群开始饿肚子了。于是，担任护理工作的蚂蚁干掉了最后一批幼虫和蚁蛹，然后用反刍的方式把它们的体液和组织喂给其他成年蚂蚁。最后，全部储备告罄，只剩下挤作一团的幸存者体内残存的脂肪。

溪边蚁群毫不留情，要将这次征服进行到底。大批工蚁正在步道口蚁群领地外围探索这片新地盘。它们可不能容忍这里继续留有步道口蚁群。只要侦察兵能找出蚁穴新近隐藏起来的入口，它们就会召集大军攻入内部。如果它们获得成功，那么，这两个蚂蚁蚁群之间的冲突就会升级，并能迅速结束。

在这种情况下，步道口蚁群根本就不可能藏得太久。毕竟，此刻龟缩在蚁穴里的蚂蚁数量太多，它们散发的气味也太过浓烈。战前，步道口蚁群的工蚁为了确定地盘，在蚁穴入口附近的表面铺设了厚厚一层分泌物，现在这成了敌人的指路明灯，明晃晃地指向己方蚁穴的入口。从前用于引导工蚁返回家园并对外来入侵者发出“危险勿近”警告的化学信号，现在变成触发步道口蚁群覆灭的元凶。

在步道口蚁群这边遭到挫败的策略，在它的另一个邻居那儿却取得了相反的奇效。那是温顺的小林地蚁群。这个蚁群比溪边蚁群还要更靠近步道口蚁群。因为深受（曾经）强大的步道口蚁群的压迫，不得不委曲求全，躲在一个又小又隐蔽的蚁穴里。因此，它们没有办法扩大蚁群规模，只能在一波接一波的被发现与被破坏的巨大打击下勉强存活，一直维持到现在。

与此形成对比的是，曾经的步道口蚁群随着成员数量不断增长，在防御和虚张声势方面投入大量资源。它们组建了一支大规模的士兵部队，投身于耗费精力的比武大会。它们使用领土信息素为自己的蚁穴大造声势。而在落败后，早期的优势已经变成致命的负累。

林地蚁群在步道口蚁群消亡的时候存活了下来。它们规模太小，没有能力参与蚂蚁世界的大战。要想活下去，只能指望蚁穴的隐蔽性，而且它们在离开蚁穴去觅食的时候要尽量偷偷摸摸，避免引起任何敌方蚂蚁的注意。虽然战争就在隔壁打响，但参战双方并没有留意到它们。林地蚁群不打仗。它们参不参战都不会影响大局。弱点就这样变成了优势，至少目前看来是这样的。

林地蚁群在一旁稳如泰山，步道口蚁群却在继续走向末日。溪边蚁群在大获全胜后又花了 3 个星期的时间，让自己的侦察兵在步道口蚁群蚁穴设好防护的入口处集结起来，毫不犹豫地发起最后一轮攻击。一些成员短暂地离开，去招募更多的同巢士兵。集结在此的部队先将对方拖来充当防御屏障的各种碎片扯到一边。步道口蚁群的士兵从蚁穴里涌出，为保护自家入口做最后一次顽抗。随后的短兵相接导致双方都有许多士兵陆续被打死或打伤。最终，遭受重创的步道口蚁群部队开始撤退。体格弱小的成员纷纷放弃抵抗，转身沿着蚁穴的主走廊逃去，一路进入蚁穴深处的侧廊和房间。

但是步道口蚁群的兵蚁没有撤退。它们重新聚在一起，在巢穴入口形成一个紧密的圆圈，头全部朝外，准备战斗到最后一只蚂蚁死去为止。它们用不断开合的上下颚奋力抵抗，使得进攻者直到靠近傍晚之际都没能前进半步。一开始，它们看上去就要成功扭转败局：随着日光渐暗，溪边蚁群充分证明了蚂蚁是忠于自身内置生物钟的典范物种，它们开始撤退，踏上回家之路，战争也不能让它们改变主意。

不过，这次回撤可不是溪边蚁群的撤军，对步道口蚁群来说也不代表取得胜利。这一夜步道口蚁群内部可以说是一片混乱，它们感觉到，也认识到，自己目前深陷困境。作为一个蚁群，它们对“败退”毫无概念，但那只不过是因为它们还从来没有遭受过这样的事。之前溪边蚁群试图攻入步道口蚁群蚁穴入口时，双方都留下了各自表示警报和招募更多士兵的信息素，现在这些气味正在步道口蚁群的蚁穴内部弥漫开来。这就导致步道口蚁群的战士们纷纷染上外来入侵者身上的气味。也就是说，它们不仅看得见敌人的战旗，还能听见仿佛通过扬声器高声传来的尖利警报声。

整个蚁群由此陷入恐慌。焦虑不安的蚂蚁们在蚁穴的房间和走廊里来回奔跑，却又没有任何特定目的。这个蚁群还没能意识到自己情绪和行动的最终意义，但出于本能正忙着为最后一次行动做准备，这是一场自杀式的反击，可能有机会挽救一部分成员的性命。它们依然可以选择倾巢而出，作为单个蚂蚁各自逃命。如果足够幸运，有一些成员会幸存下来，在另一个地方重新集结并重启种群的复兴。但这只能在它们当中有一位真正的蚁后的情况下发生。然而，它们此刻只有一位力不从心的兵蚁后。

在这绝望的最后时刻，最老的步道口蚁群的工蚁们想起了去年夏天发生的另一件非同寻常的事件。那时它们还很年轻，现在在场的其他同巢舍友有一多半还没出生。那天阳光明媚，步道口蚁后身体健壮，营养状况良好的幼虫挤满了育儿室的地板和墙壁。大量的觅食者进入了田野，其中包括年龄大到刚好足以离开护理岗位开始第一次户外探索的工蚁。

当时，太阳在晴朗的天空中渐渐接近最高点，突然，有什么东西遮住了它。随后，太阳又突然出现了，然后又突然消失，如此反复了很长一段时间。这时觅食者们用其微弱的视力看到巨大的细长物体正在投下阴影。那些东西好像是要直达天庭的高大树木，但正在移动！然后，从高处某个位置传来了奇怪而又响亮的声音，与鸟、松鼠或歌唱的昆虫发出的声音完全不同。某种嘶嘶声和咕哝声混在一起，来回交换，音量时高时低。与此同时奇怪的气味也弥漫到了地面上。这在步道口蚁群长者毕生的经历当中都是从未有过的，带来的危机就像它们经历过的任何一场风或暴雨一样猛烈。大多数觅食者赶紧逃回蚁穴。一些觅食者一路追赶那些正在移动的树木，试图爬上去攻击它们。

这其实是一个人类家庭的到访，他们无忧无虑地在步道口蚁群的蚁穴附近开启了一顿丰盛的野餐，一直吃到下午过半。然后一切戛然而止。奇怪的声音渐渐消失在远方。气味开始变淡。等到步道口蚁群的工蚁敢于再度出发，它们发现自己面前出现的场景跟那些巨大的幽灵本身一样诡异。之前留在外面的一些同巢舍友被碾碎在地面上。更离奇的是，整个蚁穴表面，还有周围一带，洒了一地的食物颗粒，而且是蚂蚁们之前从未遇到过的类型，有些跟一只工蚁一般大，有些还要大上数十万倍。没有一个看上去像是死去的昆虫、植物的一部分或步道口蚁群成员可以记住的其他任何东西。但它们就是纯粹的食物，富含蛋白质、脂肪和糖。蚂蚁们发现，这些从天而降的礼物甚至比蚜虫的排泄物还要美味，比刚刚死掉的蟑螂还要富有营养。它们可是走了好运，这几个粗心的人类访客直接将自己的午餐垃圾一股脑儿倾倒在步道口蚁群的领地上。

一个蚂蚁种群的情报主要存在于蚁群中年长蚂蚁成员的记忆里，这跟单纯的本能和情感不同。在今年刚刚出生不久的一只年轻蚂蚁看来，前辈们对上一年某个事件的记忆是一种神秘的蚁类古迹，如果这事当真可以在它们之间用来进行交流的话。

但对于步道口蚁群这个超个体的一些前辈来说，那年所见的移动树木属于生活在蚂蚁宇宙之外的力量，相当于人类理解的神灵。这些前辈认为，那些“移动的树神”在以某种无法解释的方式关心它们。此时此刻，在步道口蚁群危在旦夕之际，它们可能会再次显灵，伸出慈悲的援助之手。

其他前辈倒不这么想。对它们来说，那些神灵和湖面上刮起的一股强风或一阵强烈的雷暴等这些蚂蚁种群的过往经历过的灾难没什么不同，只是不太常见。说到底，这不是一种与蚂蚁命运有关的活的力量。还有一小部分蚂蚁继续怀疑神灵是否真的存在过。它们认为众神只是很久以前形成的一种强烈幻想，相当于人类的时间中的好几十年前。

伤感与希望在步道口蚁群的居民之间交织着。蚂蚁们就像被围困在城市里的人一样，感到命运早已注定。它们失去了统一的目的，社会机制也停止运转。它们不再觅食，不需清洁，不用喂养幼虫，没有蚁后把它们团结起来。作为后继者，年轻兵蚁后的信息素依然太弱，没有办法将大家聚拢在一起。蚁群的秩序正在瓦解。蚁穴外面，它们痛恨的那帮卑鄙而不守蚁类规矩的溪边蚁群对手，正目标坚定、摩拳擦掌。最终，步道口蚁群全体成员知道的就只剩下恐惧，以及依然存在的一个选择：它们可以选择与这种恐惧一战，或干脆逃之夭夭。在它们的大脑里再也没有其他想法了。

设法欺骗和恐吓敌人，合力建造最坚固的堡垒，谋划策略，加强队伍，做好防护，抢占先机，乃至迁移到一处更好的地方安家，这样一些举动本来有可能挽救它们。但现在什么都来不及了。

22

第二天清晨，冉冉升起的太阳温暖了“死猫头鹰湾”一带的草地，晒干了草地上的露珠，诺科比湖边的蚁丘复活了，溪边蚁群的军队再度发起进攻。步道口蚁群的兵蚁又在自家蚁穴入口附近组成一道防御圈。这次步道口蚁群没有未成年成员加入战斗。先前由身形较小的工蚁在士兵圈外构成的缓冲区不见了踪影。溪边蚁群发动的这次进攻目标明确、规模巨大，并且不屈不挠。不到一小时，现场投入的兵力就达到了最高峰。步道口蚁群的士兵感到越来越难以招架，一个接一个地倒下。再也没有新的兵蚁接替它们，防御圈很快就被冲出一个缺口。溪边蚁群的兵蚁和未成年工蚁跟在冲锋在前的精英侦察兵身后，一起冲破步道口蚁群最后仅存的少量守军，潮水般涌进了步道口蚁穴的中央隧道。

溪边蚁群作为征服者长驱直入，进入步道口蚁穴的外围走廊和各个房间，一路上几乎没有再遇到任何反抗。发出警报的信息素和它们作为外来蚁群的气味，这两者的浓度都在不断增加，充满了步道口蚁穴内部，吸引它们继续深入。相反，步道口蚁群陷入了彻底的大混乱。现在作为守军成员的工蚁们全都只关心自己能否幸免于难。幸存的工蚁队伍变成一个惊恐而无助的蚁群。它们向上逃去，设法突破聚集在那儿的敌军工蚁，一路逃到外面的空地。很多蚂蚁在试图冲过从相反方向奔跑进来的溪边蚁群大军时陷入了困境。没有蚂蚁在做进一步的通信努力。它们不再有任何机会可以作为一个有组织的团体卷土重来。没有了蚁后或蚁穴这两者中的任何一样，步道口蚁群将不复存在。它所有的土地，包括地下蚁穴，现在全都属于溪边蚁群。

从步道口蚁群逃出的难民，大部分都在地面找到了临时避难所，躲在落叶下面或土壤的裂缝中。少数成员有过偶然的相遇，可能还一起住了一段时间。尽管如此，它们还是会被猎食者和敌方的蚂蚁一一干掉。它们试图躲闪，竭力逃窜，设法再度躲起来，但因为缺少气味轨迹和视觉标记作为引导，它们哪儿也去不了，也没有蚁穴作为目的地。那个曾经用来定义蚂蚁属性的社会组织现在已经荡然无存。它们单独生活的时间只有几个小时，再长也不会超过几天。一个被狼蛛一把抓起，另一个掉进了雨水坑，还有一个跟一队行进中的行军蚁走得太近，被它们抓住，并被切成碎片吃掉了。

溪边蚁群成员作为入侵者进入被步道口蚁群遗弃的蚁穴内部进行搜索，很快就抓到一批刚孵出没多久的成年工蚁，它们还太虚弱，无力跟年长的同巢舍友一起从蚁穴里逃出去。溪边蚁群会先把这些俘虏毫发无损地带回自己的蚁穴。它们中有一些会被吃掉，但大多数会被用作奴隶。作为它们的新主人，溪边蚁群利用了所有蚂蚁的一个基本特性：每一个蚂蚁都会记住并接受自己从蛹里孵出从而进入活跃成年期最初那几天所居住的蚁群的气味。在那短暂的一段时间里，不谙世事的步道口蚁群的年轻工蚁就会带上溪边蚁群的气味。从那时起，那些被带入溪边蚁群蚁穴但又未被当作食物吃掉的蚂蚁，就成为这个“奴隶制造者”蚁群的一部分。此后，它们将与俘虏自己的蚂蚁平等地生活在一起，齐心协力攻击任何带有异族气味的蚂蚁。

通过俘虏能够记住蚁群气味的年轻成年蚂蚁，大获全胜的溪边蚁群没花多大力气就为自己增加了劳动力。这批“奴隶”弥补了溪边战亡工蚁留下的那部分劳动力缺口，毕竟这就是“奴隶”的职责，它们将全心全意为胜利者服务。

假如步道口蚁后活到了战争爆发的时候，并且落入溪边蚁群的突袭者手里，她立即就会被撕成碎片。事实上，一旦一个蚂蚁种群在战争中落败，它们的蚁后就没机会多活哪怕一分钟。在蚂蚁的世界里，从来不会放弃对绝对主权的坚持。它们不会容忍另一个蚁群当权，尤其不会容忍一个异族蚁后，因为这是对自家主权的威胁。由此可见，蚂蚁种群之间不可能达成任何联盟。蚁穴的重要性是绝对的，是超个体的生命核心。蚂蚁种群存在的第一定律就是，必须不惜一切代价保护自己的领土。

但是，在蚂蚁种群的参照系之外存在另外一些力量。就在 3 个星期以前，步道口蚁群战败之后，溪边蚁群的蚁穴也来了一批访客，就是那些“移动的树”。整个过程就跟被它们击败的步道口蚁群在前一年的经历差不多。巨大的怪物不知从哪里冒出来，然后突然离开，没有给出任何蚂蚁可以理解的理由，同时留下一地的奇特食物。所有这些事件结合起来，再加上礼物如此丰厚，使得那批无法解释的访客也成为溪边蚁群成员眼里的仁慈之神。蚂蚁们认为神灵是专为它们而来的，这的确是一份极大的赐福。蚂蚁和人一样，懂得关联式学习，此刻它们把这些神灵视为自己扩大了的社会的一部分：“它们像我们一样思考（不存在其他思考方式，也不可能构想出另一种方式去思考这件事），它们是我们力量的一部分。”

溪边蚁群击败了步道口蚁群，然后，与《旧约》中记述的一些部落会彻底消灭被击败的族群相仿，溪边蚁群开始对未归顺的敌方进行大屠杀，这是蚂蚁世界的种族灭绝行动。就像在迦太基的罗马征服者通过彻底毁灭对手来确保其永远没有东山再起的机会一样，现在，溪边蚁群的居民遍布被它们征服的领地，忙于铺设自己的气味轨迹，用湿润的含有它们特有的领土信息素的粪便在地面做标记。但它们没有占用落败一方的宽敞蚁穴。就目前而言，它们满足于继续以原来的蚁穴为总部。它们在新的领地上巡逻，努力收获各种食物，包括猎物、含糖排泄物和节肢动物的躯干。随着食物供应不断增加，溪边蚁群的规模增长得更快了。

蚂蚁们就这样被召集起来参与战争，在需要的时候，战死沙场。胜利方征服了敌人，拥有了奴隶，占领了自己蚁群觊觎已久的土地。它们听从直觉，成功完成了自己所在物种维持生存所必不可少的循环。

23

这时，在大获全胜的溪边蚁群以东，沿“死猫头鹰湾”岸边离步道口更远一点儿的地方，在溪边蚁群一无所知之际，这里的环境已经发生了一种不祥的变化。再也听不到鸟儿和昆虫鸣叫的声音。在这片荒芜的土地上觅食的松鼠、田鼠以及其他哺乳动物越来越少。蝴蝶和地面植物的其他传粉者濒临灭绝。

抑制这一切的动因是一种蚂蚁数量的暴增。它们跟在诺科比湖沿岸生活的溪边蚁群和其他蚁丘的建设者属于同一物种，但经历的一种简单的遗传突变造成了它们的社群变化。这突变来得如此明显，以至于它们从表面上看就像是完全不同的物种：多个往日容纳 10 000 只工蚁和一只单身蚁后的蚁群被这个“超级蚁群”取代，这是一个由数百万只工蚁和数千只蚁后组成的庞大社会。因为没有领土需要保卫，没有比武大会需要举办，也没有在自家广阔的领地上争夺食物的必要，所以，超级蚁群在所有可居住的土地上建造了多个相互连接的蚁穴。

来自超级蚁群的觅食者不断地在每一寸领地上巡逻。它们探索土壤中的隧道和裂缝，检查每只蚯蚓和甲虫幼虫的洞穴，吃掉它们能从蛛网上拉出来的每一只蜘蛛。它们绝对不能容忍在自己的领地上存在其他任何种类的蚂蚁。与溪边蚁群以及其他同一物种的蚂蚁形成的普通蚂蚁种群不同，这些蚁群的蚂蚁会冒险爬到附近的长叶松树干上，在较低的树枝之间搜寻。超级蚁群的蚂蚁会在稀疏的灌木丛和多年生草本植物的下层巡逻，这是一般蚂蚁种群从未有过的行为，它们把诺科比湖岸边高地长叶松稀树草原的很大一部分变成其他生物无法涉足的蚂蚁毯。

像这样的“蚂蚁帝国”时不时就会出现在世界上某个地方。偶然从南美引入的一个产生了突变的红火蚁种群就带来过一种类似的变化，这种突变随着红火蚁占领美国南部大部分地区而在该物种里蔓延开来。诺科比超级蚁群的起源可以追溯到蚂蚁遗传密码当中区区一个碱基的改变。这一突变没有使蚂蚁的大脑和感觉系统产生新的进程。恰恰相反，它关闭了其中几个进程。结果，超级蚁群与同一物种的其他蚂蚁种群相比，对蚁群气味的敏感度要低得多。虽然它仍然可以通过气味来区分其他种类的蚂蚁蚁群与没有发生突变的同类蚂蚁蚁群，但它没有能力在自己的边界内进行领土划分。

与此同时，通过削弱超级蚁群的嗅觉，这种突变还削弱了工蚁探测蚁后气味的能力。这就导致现在它们可以容忍同时存在大量蚁后，这与非突变蚁群只允许存在一只蚁后母亲的做法形成了鲜明的对比。这些“小蚁后”——我们暂且这么称呼它们，广泛分布在超级蚁群蚁穴由许多走廊和房间组成的巨大网络里。小蚁后的体形都比非突变蚂蚁种群的蚁后小。它们不会飞出去进行交配，也不会努力去建立自己的新蚁群。相反，等到了交配时间，它们只会跟蚁穴表面遇到的雄性蚂蚁交配，其中包括它们自己的兄弟和远近程度不同的表亲，然后立即返回蚁穴内部准备产卵，确保超级蚁群继续成长。

具有讽刺意味的是，基因错误加上身体残疾恰恰成为超级蚁群取得成功的关键。没有了内部领土的划分，新蚁后源源不断地出现使超级蚁群的规模迅速扩张，而且具备了生生不息的可能性。与同一物种的未突变蚁群相比，这一突变还使超级蚁群具有了从环境中提取更多资源的能力。这些蚂蚁有更多空间用来筑巢。种群的巨大使它们有能力征服更多的昆虫和节肢动物成为自己的猎物，并且有能力消灭企图与它们争夺食物的其他蚂蚁物种。

这种突变不仅改变了承载这一突变的蚁群的社会结构，而且改变了参战规则。超级蚁群像蒙古人的部落一样降临在敌对蚁群面前。就在溪边蚁群击败步道口蚁群之后的第一个早春，新近落在溪边蚁群手里的领地东部边界来了第一批超级蚁群巡逻队。第一批遇到巡逻队的溪边蚁群的工蚁对自己此刻面临的情况毫无概念。对这些蚂蚁来说，这可是它们能想象到的最严重的自然威胁。超级蚁群大军通过一个简单的做法来拓展自己的领地：在新征服的土地上建造蚁穴，然后派出侦察兵探索附近较小半径内的地形。只要一支足够强大的远征军能在边界上完成集结，它们就会毫不犹豫地向邻居发起进攻，消灭一切妨碍它们的蚁群。

随着超级蚁群侦察兵出现的频率越来越高，溪边蚁群主动提出举办一次比武大会。遵照蚂蚁的古老习俗，它们鼓起腹部，将双腿伸直变成高跷，试图从气势上压倒入侵者。超级蚁群的侦察兵没有做出任何回应。如果是独自遇到对手，它们会立即逃离现场，向家的方向留下一道气味轨迹，以招募更多同伴过来帮忙。如果是成队行动，它们会立即发动攻击。

类似这样的出击与不对等的反应持续了好几天，最靠近溪边蚁群领地的超级蚁群蚁丘里的蚂蚁无论从兵力还是兴奋程度上看都达到了足以进行一次军事远征的水准。到这时候，一些侦察兵已经向前推进并且直接找到了溪边蚁群的蚁穴。往家走的侦察兵留下的气味轨迹、它们广播的警报信息素，以及侦察兵身上带有的敌人的气味，都在吸引更多的超级蚁群的工蚁来到前线。具有入侵能力的超级蚁群的战士数量增长得越来越快。有那么一会儿，溪边蚁群的守军提议进行一场比武大会，得到的回应却是超级蚁群的侵略者咄咄逼人地向前推进。

最后，溪边蚁群放弃了外交斡旋，转而对来犯之敌给予反击。但从倒霉的溪边蚁群的守军角度看，反击开始得太晚了，反击力度也不够强。因为这时敌人的入侵部队已如决堤潮水一般汹涌而来。每一天都会发生一大波致命的战斗，一路向溪边蚁群的蚁穴入口蔓延过去。在和平与繁荣时期用来充当双手的下颚，此刻全都变成战士的利剑，由数量庞大的超级蚁群的侵略者肆意挥舞着一路冲杀过来。膜翅目先祖用来帮忙产卵的螫针现在变成了针尖带毒的武器，用于猎食和战争。

短短几个小时后，战场上已尸横遍野，到处是七零八落的肢体，双方都有蚂蚁死伤。溪边蚁群的战士数量有限，这在蚂蚁种群中属于常态，但超级蚁群就没有这个问题。溪边蚁群的参战队伍规模日渐缩减，而超级蚁群投入战场的兵力却在继续增长。在防守的溪边蚁群这边，相对弱小的工蚁开始向蚁穴方向回撤，与此同时，许多兵蚁采取了这一物种最具特征的做法，它们开始在蚁穴入口围成一个圆圈，头朝外。当一个强大的蚂蚁种群跟另一个强大的蚂蚁种群对阵，而且双方采用同一作战方法时，这一套战术往往是行之有效的。但这一次却彻底失败了。超级蚁群的部队规模一路增长，在诺科比一带筑巢的蚂蚁此前从未在普通战斗中见过这样的阵势。

进攻一方一举突破溪边蚁群的兵蚁形成的保护圈，继而蜂拥进入对方蚁穴内部。它们一路向地下推进，进入地下如迷宫般排布的许多房间和走廊，制服并杀死可能发现的每一只敌方蚂蚁。它们找到了作为溪边蚁群母亲的蚁后，她一直待在蚁穴最下面的一个房间里，由大队禁卫军和较小的工蚁护士层层叠叠围绕起来。但侵略者迅速拿下了这最后一道防线，干掉了全部敌方蚂蚁。十几只蚂蚁一拥而上，抓住蚁后，把她按在地上呈大字形。一只兵蚁砍下她的脑袋，其他同伴开始拖着她的尸体向上走，开始了前往超级蚁群蚁穴的漫长旅程。它们要把她当作食物吃掉。在超级蚁群对溪边蚁群的蚁穴入口发起最后一轮进攻不到一个小时后，战斗就结束了。

作为征服者，超级蚁群部队没有从溪边蚁群活捉任何一只幼虫或刚刚孵出的工蚁。这是因为超级蚁群本来就有得天独厚的超强繁殖能力，这种能力还能经常得到新近征服土地丰富资源的加持，所以超级蚁群根本不需要奴隶。它们当场就干掉了所有的年轻俘虏，将它们的尸体带回超级蚁群的蚁穴作为食物。

溪边蚁群得以侥幸从最后的战斗中逃命的蚂蚁寥寥无几，此时正躲在附近的植被里。跟当年步道口蚁群的难民一样，它们这是从自己的蚁群里被赶了出来，大多数蚂蚁在短短几个小时内就死掉了。

在这年夏天余下的时间里，诺科比湖畔的其他蚂蚁种群接二连三地遭遇同样的厄运。到了仲夏，“死猫头鹰湾”沿岸约 400 米半径范围内的蚂蚁种群，连带蚂蚁王国余下的一大部分，都被这个连绵不断的巨型超级蚁群取代。这个蚂蚁帝国所向披靡。现在，这一区域呈现出一种新的奇异的平静。

帝国的和平与稳定终于降临在这个位于长叶松稀树草原的小地方。在这里，至少在蚂蚁这个物种内部再也不会发生蚁群间的争斗，不会有战争，蚁群之间也不会纠结谁有权繁殖并因而发生冲突。再也没有任何一种类型的蚁群分界。忘了单靠一位蚁后母亲维持生存的老皇历吧。现在有供给充裕的新蚁后源源不断地接替蚁后之位，她们当中任何一位都可以平静故去而不会给蚁群造成任何明显的不良后果。和平覆盖这片大地，此地所有的蚂蚁公民都是完全平等的，帝国具有了永生的潜力，这就是社群结构一次偶然改变带来的回报。

仿佛只是弹指一挥间，随着一个微小突变从天而降，一个时代就宣告终结，新的时代拉开帷幕。诺科比生态系统的这一部分，在稳定性和生物多样性这两个方面都发生了转变。

24

不过，即使一路高歌猛进，超级蚁群作为一个帝国其实并不健康。它与大自然的关系已经失衡。庞大而密集的蚂蚁给生境带来了难以承受的重压。在工蚁们可以成群结队进行扫荡的范围内，许多种类的动植物开始减少，有一些干脆完全消失。最早吃到苦头的是其他种群的蚂蚁。原本跟超级蚁群一样占据相似蚁穴的蚁群一个接一个地被赶走了，或者直接被干掉了，变成食物。那些依靠相似食物维持生存的蚂蚁发现自己的食物供应正在迅速减少。它们的侦察兵和收获者被无处不在的超级蚁群的工蚁赶到其他地方去觅食。一度被列为诺科比地区蚂蚁主要捕食者的蜘蛛和地面甲虫现在却变成了蚂蚁的猎物。

超级蚁群的工蚁肩负着寻找更多食物的重任，目的首先当然是要供养正在不受限制地产卵的小蚁后，还要供养育儿室里长得像蛆一般的饥饿的幼虫，这样的育儿室遍布整个巨型蚁穴。为此，工蚁们甚至渗透到周围一度被其他种类的蚂蚁嫌弃的某些地区，那些地方被认为不仅危险，而且食物有限。它们沿着湖的水位线狩猎，这对蚂蚁来说属于危险的生境。它们爬上树干，地毯式搜罗较低的树枝，寻找出诸如毛毛虫、叶蜂幼虫、树蟋蟀和其他一切可能捕获并杀死的活物。它们直接抓走或无意中吓跑了开花植物的传粉者，种类十分丰富，包括曾经在这一带成群结队飞舞的蝴蝶、飞蛾、蜜蜂、黄蜂、食蚜蝇以及花甲虫等。

少数物种能抵御这批暴徒的袭击。其中包括装备有最厚重盔甲的甲虫、蜈蚣以及马陆。诸如螨虫、弹尾虫和其他体形小到够不上“猎物”标准的节肢动物也是相对安全的。蚯蚓不仅行踪隐蔽，还全身覆盖着厚厚的黏液，因而得以幸免。这些幸存者就相当于在人类周围茁壮成长的麻雀、野鸽和老鼠，它们要么并不好吃，要么很难被抓住。

有极少数生物确实喜欢超级蚁群，并且后者也报以爱的回应。这些生物包括介壳虫、蚜虫和粉蚧等，属于细小而又迟钝的小昆虫，它们会用空心的喙刺穿植物，吸取汁液。此刻它们受到蚂蚁的保护，道理就跟人类饲养家畜一样。超级蚁群在自己的领地范围内培育了许多像这样的植物汁液吸食者。蚂蚁为它们提供保护，使它们免受敌人侵害。这些敌人包括专门在植物汁液吸食者体内产卵的寄生蜂，以及能够直接杀死和吃掉这些小昆虫的瓢虫。植物汁液吸食者的种群因此变得异乎寻常之大，这便抑制了受侵扰植物的健康生长，植物的叶子开始变黄、脱落。

由于几乎不存在竞争对手，而且以蚂蚁为食的猎食性动物在此地少得可怜，超级蚁群的成员总数和密度都在迅速增长。很快，蚂蚁的数量就超过了诺科比湖沿岸地区单位面积土地可以支撑的水平。往日蚁穴零散分布、蚁穴之间有大片空地间隔的情况一去不复返，现在这些土地变成几乎连成一片的蚂蚁城市。从根本上说，确保超级蚁群吃饱喝足，就跟支撑一个人口过剩的大城市一样困难。

到了夏末，超级蚁群的增长已经开始放缓。生态系统作为一个整体，作为它们的生命支持系统，已陷入困境。大多数侥幸存活的植物都太虚弱而无法结籽。在地面觅食的动物，包括褐噪鸫、北扑翅䴕、松鼠、兔子、田鼠、蜥蜴与蛇，都陆续逃离此地。驱使它们背井离乡的原因，一是本地食物已告短缺，二是要跟这群侵略成性的蚂蚁抢食物，必须忍受它们的尖牙和毒刺，实在是太可怕了。

超级蚁群也成为人类谈论的话题。来“死猫头鹰湾”野餐的人和渔民在数百个蚁穴堆积的土堆之间穿行。这里最早的一批原住民，包括早已消失的步道口蚁群和溪边蚁群，在前几年几乎没人留意到。只有少数几个人，通常都是小朋友，会停下来看几眼那些醒目而又分散的蚁丘。而现在，几乎每个人都在关注这个令人目瞪口呆的超级蚁群。人们一致认同：“那里出现了一种新型蚂蚁，比红火蚁还可怕。”还有一些人补充道：“只需一个职业杀虫员就可以根除问题。”

超级蚁群已经掌控了这里的环境，制服了竞争对手和天敌，增大了领地范围，开发了新的能量来源，蚂蚁的产量也刷新了纪录。

但真相却是，超级蚁群并没有获得“死猫头鹰湾”的永久控制权。从漫长的生态历史来看，它能确定拥有的也就只有那么短短几个季节的霸业。实际上，当它们拿自己家园的可持续性去换取对更广阔空间的支配地位时，它们的基因就犯下了可怕的错误。这里必然附带一个必须偿还的代价，起初是由生态系统承担，但随着支撑超级蚁群的生态系统日益衰退，超级蚁群自己也在劫难逃。那年夏天超级蚁群的生命力达到顶峰，一方面是进入了繁殖高峰，蚂蚁数量增速达到最大值，而另一方面，蚂蚁的生活质量正在下滑。由于过度消耗能源和物资，它们欠了大自然一大笔债务，这笔债务或许可以推迟一段时间偿还，假如它们可以征服更多领土就更是如此，所谓“拆东墙补西墙”，但在这之后它就要征服更多领土，没完没了，因为只有这样才能勉强维持现状。如果工蚁在新占领的领土上发现新的食物来源，债务偿还期限也可以再推迟。然而，发现新食物来源这么难得一见的事即使当真发生了，其结果也只是继续增加“人口”密度，从而导致“债务”继续增加，而不是减少。

因此，超级蚁群即将面临一场重大危机就一点儿也不令人惊讶了。每一个物种在生态历史的长河里都在走钢丝。一旦上路，只有一种方式可以使自己继续前进，另外还有成千上万种方式让你跌落深渊。这就是进化的运作方式，也是自然世界作为一个整体的运作方式。驱动蚁丘前进的本能一度大获成功，并且屡试不爽。为这份本能编程的基因是由过去一连串特定事件选择的。不过，无论是本能还是基因，都没有办法规划未来。这就意味着，眼前的环境一旦发生重大变化，又或是出现类似超级蚁群基因里的那种突变，都有可能立刻引发灾难。对一个想在特定环境中无限生存下去的物种，它们实在太需要精确性和好运气了。在这个至关重要的方面，它像极了位于它上方和周围的巨大的人类。

超级蚁群从钢丝上掉了下来。随着超级蚁群走向末日，它的命运落在了那群神出鬼没的“移动的树神”手里。

25

在 8 月下旬一个万里无云的下午，为年度最重大事件做好准备的超级蚁群的居民对自己即将面临的危险一无所知。它们马上就要举行一场大型交配聚会，这将是它们所有活动的最高潮，是它们作为种群存在的核心意义。正是这一活动使它们得以生生不息。无论季节还是天气都非常合适。两天前，一场雷暴从墨西哥湾向东北移动，在诺科比野地倾泻了超过 5 厘米的雨水。这天早晨，地面依然湿润，由于仲夏干旱而枯萎的植物开始重现春季的丰盈与青翠。阳光将杂乱无序的蚁穴周围的土壤晒得很热，潮湿的空气变得厚重，稳稳停留在蚁穴表面。

早上 10 点左右，内置于超级蚁群的蚂蚁大脑的一台生物钟触发了这场婚礼。成千上万只工蚁从各个蚁穴的洞口涌出，散布在蚁穴表面，工蚁们兴奋地四处乱窜。几分钟内，就有一群带翅膀的处女蚁后和雄性蚂蚁加入其中。没有一只飞走。交配马上开始。每一只处女蚁后的身上都压了好几只互相推搡的雄性蚂蚁，它们都在设法逼近自己心仪的对象，努力完成交配大任。即便一只雄性蚂蚁已经成功地将自己的生殖器与一只蚁后的生殖器牢牢地结合在一起，围绕这一对儿的骚动仍在继续。遭遇失败的雄性蚂蚁陷入疯狂。毕竟，在这个精确的时间和地点交配一次，是它们作为雄性蚂蚁存在的唯一目的。晚几秒钟找到蚁后，又或是没有竭尽全力争夺机会，就意味着落败以及死亡，而且还不能留下半点儿自己的血脉。

接下来，雄性蚂蚁全都飞走了，无论是赢家还是输家，都要飞走，然后孤独死去。那天晚上，成千上万的蚂蚁尸体堆积在诺科比湖路附近一处农舍门廊的灯下。黎明时分，小鸟会飞来饱餐一顿。早上晚些时候，农舍的主人，一位上了年纪的女士，会一边喃喃自语“这到底是怎么回事”，一边将残余部分从门廊扫到前院。

跟雄性蚂蚁相反，蚁后们没有理由感到绝望。她们当中的每一只几乎都注定可以交配。跟一只或多只雄性蚂蚁完成交配之后，她们立即折断干燥的膜状翅膀，尽快爬回蚁穴内部。如果好运持续，她们很快就能加入超级蚁群正在不断产卵的繁殖队伍。

但今天不会发生这种情况。完全出于巧合，那些被蚂蚁们视为移动树木的神灵偏偏选在蚂蚁交配的大日子，并且还偏偏就在交配开始的时刻，来到这里从事环境“修复”工作。当神圣的神灵抵达现场，蚂蚁们掀起的婚礼狂潮正从超级蚁群蚁穴的穹顶上平复下来。前一分钟还没有“移动的树木”到来的迹象，下一分钟它们就在那里了，身体高耸入云，树干的附属物轻快移动，它们的影子和气味笼罩在超级蚁群的蚁穴上。这次来的神灵有点多。在它们身旁，还有巨大的物体飘浮在空中。大地随着它们的前进而颤抖。奇怪的声音从高处飘落，不像雷声，更像一阵强风吹过大树的枝干。

神灵继续前进，直到越过超级蚁群蚁穴区的东部，几分钟之后，便再也没有任何它们的踪迹了。

约莫过了一个小时，仍在蚁穴外的蚂蚁感觉到那些神灵又在往回走。但这次它们没有看到巨大的神灵。相反，它们侦测到一种奇怪又难闻的气味。蚂蚁们警觉起来。它们对待这气味的态度，就如同对待自己释放的警报信息素，这种由己方成员释放出来的信息素好比用气味发出的高声呼喊，提醒大家灾难即将来临，快跑！只见它们开始四下走动，画出各种弧线和圆圈，试图寻找敌人。但什么都没发现。不到一分钟，一团淡淡的化学云悄悄从它们头顶掠过，好像有毒海洋表面流动的雾。那些还在地面上的蚂蚁好奇地抬起头来，挥舞着触角。短短几秒钟之内，它们倒下了，瘫痪了。几分钟后，它们全都死了。随着雾气越来越接近地面，众神出现了，带着仿佛飘浮在身边的装备，将致命的液体倒入蚁穴入口。

第二天清晨，一度欣欣向荣的蚂蚁大都市陡然变成一个死亡区，一个杀戮场，一次蚂蚁灭绝行动的遗址，一片墓地，这里陷入全面的死气沉沉，寂然无声。没有蚂蚁，一只也没有，也没有其他种类的小生物在里面活动。没有鸟儿、蜥蜴或松鼠愿意来这片废墟玩耍，尽管它们仍然在这以外的广阔地带繁荣生长。之前没被那些神明一般的访客踩过的植被依然完好，但在它们上面或四周看不到任何一只昆虫的踪迹。四下无声，只能听到风吹过湖面、穿过周围的松树树冠发出的沙沙声和波涛轻拍湖岸的声音。

26

在一片光滑冬青灌木丛里，在两棵树的树根之间形成了一个天然洞穴，小小的林地蚁群藏身此处，侥幸躲过一劫，没有像它们的霸道邻居一样遭遇毁灭。超级蚁群全军覆没的杀戮场此刻一片死寂，这场屠杀的影响范围刚好止步于林地蚁群位于“死猫头鹰湾”的领地边上。这一带之前先后由步道口蚁群以及后来居上的溪边蚁群统治，两大蚁群的侦察兵有时也会冒险推进到森林深处，到达林地蚁群的蚁穴入口附近。它们从未发现这个小蚁群。但有一些侦察兵已经走得很近很近，近到足以吓坏林地蚁群居民的地步。林地蚁群的居民只敢在家门口不远处觅食，因此不得不依靠数量很少的食物碎屑，主要是死去的昆虫维持生存。自从超级蚁群接管此地，林地蚁群的处境进一步恶化。超级蚁群的侦察兵的突然袭击比之前两个蚁群来得还要频繁，其中一些突袭者逼近到相当危险的距离。林地蚁群的觅食者没有办法，只能继续后撤，待在离蚁穴小小入口更近的区域。即便如此，还是有一些觅食者落在超级蚁群侦察兵的手里，被它们干掉了。

超级蚁群被意外摧毁之际，林地蚁群实际上也因其他原因命悬一线。在林地蚁群，工蚁的数量已经从步道口蚁群时代的近 100 只下降到现在蜷缩在蚁穴内部的 20 只。根本就没有兵蚁。蚁后快要饿死了。她的卵巢萎缩，不再产卵。工蚁的死亡率无情地上升，出生率却降到了零。像近邻超级蚁群一样，这个小小蚁群看上去也活不过这个温暖的季节。

然后“移动的树干”就来了，蚂蚁眼里的神，它们奇迹般地将超级蚁群一扫而光，使得林地蚁群头顶的致命压力瞬间烟消云散。事实上，就在众神降临时，超级蚁群还有一些侦察兵在杀戮场外继续搜寻，但它们不会构成进一步的威胁。因为它们在试图返回家园的路上触及了仍然带有毒性的土壤，而它们并不知道这里发生过什么，结果，所有的侦察兵都在几小时内死去。现在，不到一个星期，它们在林地蚁群蚁穴附近留下的气息已经荡然无存。

原先胆怯的林地蚁群工蚁慢慢开始从自家蚁穴门口向前推进到更远处去觅食。它们找到数量更多且质量更好的食物，大部分是死掉的昆虫，或是容易捕获的昆虫，这些食物之前一概被它们的霸道邻居捷足先登，从来到不了它们手里。与此同时，生活在附近下层植被里的蚜虫也在不断丢弃含糖排泄物。

到 9 月下旬，天气依然温暖，植被也绿油油的，林地蚁群蚁后的卵巢终于得以恢复。她又开始产卵，健康的幼虫开始填满这个隐蔽蚁穴内的育儿室。

到次年 4 月，随着残冬寒气从土壤更深层渐渐退去，春天即将唤醒植物恢复生长，林地蚁群的觅食者也开始去往更远的地方搜寻食物。它们所在的蚁群具备了更强大的活力，呈现一派蒸蒸日上的景象。短短几天，林地蚁群的第一批侦察兵就进入了曾经属于超级蚁群领地的废墟。当时投放的杀虫剂已经消散殆尽，昆虫和其他小型无脊椎动物正陆续回到这里，忙于各自的觅食。它们当中有很多是林地蚁群轻易可以搞定的猎物。

这片曾经的废墟现在看上去就像一个新种植的花园，因为，说来也很讽刺，正是超级蚁群先前的占领为此刻的繁荣打下了基础：超级蚁群蚁穴中的走廊和房间使这片土地疏松透气，大量蚂蚁渐渐腐烂的尸体使土壤富含养分，因而非常适合植物生长。长叶松平地上的原生植物包括青草和药草，它们挨过蚂蚁的末世天劫之后，现在再度萌发。到了 6 月，复活的地面植被就在废旧的蚁穴表面铺上了一层厚厚的绿地毯。夏季生长最快的草本植物在 6 月初就盛开了花朵，一众作为授粉者的昆虫纷纷登门提供服务，包括花甲虫、食蚜蝇、隧蜂、眼蝶、菲粉蝶、白粉蝶、蓝灰蝶、弄蝶以及凤尾蝶，它们纷至沓来，好像这里从未发生过任何暴力与死亡事件。

进入盛夏，那片草根丛林里已经住进好几百种昆虫，各自占据一个生态位（ecological niche）[①]。许多不同种类的蜘蛛随后赶到，以它们为食。蜘蛛们各显神通，有的在球型网或缠结网中捕食猎物，有的从丝织的隧道全速冲刺过来，扑向毫无戒心的路过的昆虫。还有一些经过伪装后一动不动躺在花朵顶部，专门伏击一不小心降落此处的蜜蜂和其他授粉昆虫。而且蜘蛛们形状各异、大小不一，既有娇小如大头针尖的皿蛛，又有足有人类半个手掌那么大的狼蛛。

奇怪的是，蜘蛛虽然没有翅膀，却是在超级蚁群旧址恢复生机之际最早来到这里定居的动物之一。它们当中有一些是走进来的，但多数先行者是坐“气球”来的，这就更离奇了。坐“气球”旅行在蜘蛛的世界里不仅历史悠久，而且早已普及。当一只具备这种能

① 生态学概念，指一个物种在某个生态系统中所处的位置，既形容这一物种生存所需的条件，也指它在这一生态系统中所发挥的作用。——编者注

力但尚未发育成熟的蜘蛛想做一次长距离旅行时，它就会爬到一片草叶或一根灌木小树枝上一个可以自由出入的地点，然后，提起身体后部，将顶部的吐丝器指向上方，分泌黏液形成一条丝线。纤细的小线便要充当小蜘蛛的“气球”。气流一路抬升并牵引着“气球”，直到幼小的蜘蛛也感受到了拉力，然后它逐渐拉长这根丝线。当风的拉力超过了小蜘蛛自身受到的重力，它就会松开全部的脚，开始在空中飞翔。一只小蜘蛛可以飞到好几百米的高度，有时甚至顺风飞上好几千米。如果想要降落，它就会拉回丝线，一毫米一毫米地放进嘴里吃掉，一路调整方向，准备开启一场轻缓但也充满危机的着陆。一路上承担的风险也为它带来了好机会：小蜘蛛搭乘由自己吐出的丝做的气球旅行，很有可能降落在尚未挤满蜘蛛、因而不必相互竞争的土地上。新近刚刚变成废墟的超级蚁群领地就符合这一宜居条件，至少在最近一段时间都是这样。

27

林地蚁群的蚂蚁就像人类探险者在一个无人岛登陆一样。废弃的超级蚁群领地为快要饿扁的林地蚁群带来了种类丰富且短期内源源不断的食物。林地蚁群有那么一段时间可以不必担心来自其他蚂蚁蚁群的争夺。但它们要拿到这些美味大餐也不容易。蚂蚁要捕的猎物一紧张就会四处乱窜，跟成熟灌木丛里坐等被享用的低垂果实可不是一回事。蚂蚁必须使出百般武艺加上身手敏捷才能搞定。随着林地蚁群的巡逻队在附近地表分散开来，它们的目标猎物也会在遭遇它们时拿出自己的对策——经过数百万年进化过程不断完善的身体与行为保护机制。这些防御手段千差万别，其中一些是专门为抵抗蚂蚁而设计的。即使是按人类的军事标准来看，有很多也称得上机智精巧。林地蚁群的女猎人遇到了行动缓慢的甲螨，这虫子有点类似蜘蛛和乌龟的杂交产物，看上去像是手到擒来的食物，但它们有坚硬外壳作为保护，即使是蚂蚁的强大下颚也难以击碎；马陆是值得垂涎的美食，但同样也全副武装。它们细长的身体就像中世纪的骑士一样，外表覆盖了一层由铰链连接起来的护甲，因而具有一定的柔韧性。如果这样一副装甲提供的保护还不够，马陆还能释放包括氰化物在内的多种毒物，可以将其喷向来犯之敌。潮虫作为陆生甲壳动物，也有类似的链接装甲，还能把自己卷成一团难以穿透的球。弹尾虫的身体细小而柔软，但却总是处于高度机敏和紧张状态。它们的底部装有带弹簧的杠杆，轻易就能腾空而起，飞越相当远的距离——对于蚂蚁而言，它们这一跳飞过的距离足有一个“足球场”那么长，因而得以脱离危险境地。线虫是地球上数量最多的动物，在土壤里可以说是无处不在，但它们实在太小了，连蚂蚁都无法有效收集。步甲虫需要的食物和空间类型与蚂蚁类似，是蚂蚁最强劲的竞争对手。事实证明，步甲虫堪称全能战士：不仅有装甲，而且在地面行动敏捷，在危急关头可以起飞逃脱；还有，作为最后的武器，它们的下颚锋利有力，如果遇上昆虫对昆虫的肉搏战，完全可以将一只蚂蚁一口咬成两半。

林地蚁群的女猎手最擅长猎捕的猎物具有身体柔软、行动迟缓和美味这几个特点，但这样的猎物实在太少。当它独自遇到一只从天而降的毛毛虫或其他完全符合以下这套标准的无脊椎动物，即无毒、不会猛然亮出强大下颚、不会光速逃离现场，同时体积大到值得它们全力以赴将其收归己有的动物时，它会热情高涨。它会在回蚁穴的路上一路留下化学气味轨迹，会用前肢快速轻拍同伴，尽快向蚁群报告自己的发现。机灵的工蚁们随后赶到现场。如果它们发现猎物很有吸引力，就会自行发起攻击。如果猎物个头儿太大，轻易就能把一只工蚁扔出去，它们就会集结起来，一起冲上去降服对手。

在林地蚁群探索新领土的过程中发生过一起事件，当时它们的一支部队应召前去对付一只蝼蛄若虫。尚未发育成熟的蝼蛄之于工蚁就相当于母牛之于人的大小。事实证明，首批抵达现场的十几只工蚁足以完成任务。只见它们当中有几只齐心协力抓住仍在挣扎的蝼蛄若虫，把对方整个摊开按在地上，其他几只一拥而上，专门挑选对方甲壳质装甲之间的柔弱缝隙用螯针刺进去。

林地蚁群侦察兵发现的另一个目标，堪称这个星期的大奖，那是一只已经长到幼虫阶段的天蚕蛾，跟蚂蚁相比，它的个头儿就像鲸鱼之于人类一样夸张。这次需要动用好几百只工蚁，外加好几十只兵蚁助阵，才能制服这个大怪物，将它拖回蚁穴。

林地蚁群采用这种方法，抢在对手前夺取和回收已经死掉的大型动物。这样一次成功行动带来的食物回报可能是巨大的。有一次，一支工蚁部队聚集在新发现的一只蜥蜴的尸体周围。它们是由林地蚁群最具进取心的一只精英侦察兵带到那里的。这份惊喜的食物足以支撑林地蚁群过好几天。然而，突然之间，一个红火蚁兵团也发现了这份令人垂涎的大餐。这些红火蚁是由它们自己的侦察兵将它们从相对遥远的另一个蚁群召集过来的，并且做了红火蚁最擅长的事情：它们迅速集结力量，向一切会动的目标发动攻击。而且它们在战斗中的表现非常厉害，团体作战更是所向披靡。战斗开始了，很快，双方死伤数量都在增加。林地蚁群勉强占了上风，主要因为它们的蚁穴近在咫尺，可以更快补充兵力。现场本来就有它们的兵蚁，这一点也有帮助。作为蚂蚁中个头儿较大的成员，兵蚁不仅可以给红火蚁致命的一刺，还能用剃刀般锋利的下颚将对手切成碎片。就这样，林地蚁群的蚂蚁们通过一番奋战，彻底清除了爬在蜥蜴尸体上的红火蚁，再一点一点地将这份奖品拖回到自己的蚁穴中。

到了这个时期，林地蚁群已经具备充分的军事力量。蚁群每一只重装步兵都像一台威力巨大的蚁类战斗机器，不仅可以保卫自己的蚁群免受入侵，还能护送带回食物的工蚁。这些兵蚁身体厚实，肌肉发达，心形的脑袋与身体相比大得不成比例。它的后脑肿胀，里面全是发达的内收肌，这使它可以用足够的力量将上下颚一口咬紧，像铡刀一样切开大多数昆虫的甲壳质外骨骼和肌肉。在它上颚和下颚的内缘还各有 8 颗锋利的牙齿。其中要数下颚骨末端那颗牙齿最长，足以充当一把匕首刺伤对手，还能作为一把钩子，在等待其他同伴冲上来帮忙之时，一把钩住对手，让对手动弹不得。在它的身体中部，还有一对棘刺从上表面向后延伸出去，保护其纤细的腰，大大降低了这只兵蚁在战斗中被切成两半的可能性。

作为蚂蚁世界的士兵，兵蚁满脑子想的就是打仗。在它们上颚和下颚底部的每一个腺体里，都携带了足够数量的警报信息素，一旦遇到敌人，它们就会把这些物质喷向空中。如果遇到挑战，那么，这些士兵不仅会比普通工蚁分泌更多的警报信息素，而且也会对这种信息素更加敏感。哪怕是侦测到了非常微量的警报信息素，它也会迅速四下寻找敌人。战斗中的兵蚁也会引来其他兵蚁。在行动地点是一片警报信号高度集中的区域时，它们就会疯狂地绕着圈子跑起来，随时准备朝任何一个会动的外来物体猛扑上去。致命的威胁以及寡不敌众的局面对这些士兵毫无意义。它们就是自家蚁群的敢死队。

之前，在林地蚁群还很小的时候，它们没有能力供养这些士兵。若能进行这项投资，就能加强蚁群的防御能力，降低被一个危险敌人一网打尽的风险。但是，增加劳动力对蚁群的成长更为重要，而快速成长是攸关蚁群存亡的头等大事。作为一个蚁群，它们可以赌一把，赌自己不会在蹒跚学步时期就遇到足以致命的敌人，但它们不能拿蚁群的成长打赌。随着专门收集食物和喂养年轻成员的工蚁的数量日益增加，蚁群的成长速度也会加快。而且，成长越快，它就越有机会挨过新的一天，然后又挨过一天，就这样一天一天活下去，直到终于有能力将蚁群的一部分时间和精力分出来，用于繁殖处女蚁后和雄性蚂蚁，从而开创新蚁群。在这过程中兵蚁也在增加，但这些军事专家的数目会受到严格限制。如果数目太少，那么蚁群遭到敌人毁灭的风险就很大，这在它们跟相同物种的蚁群开战时表现得特别明显。如果数目太多，蚁群的成长就会放慢，自己领土收获的粮食开始变少，失败也会再次逼近。一个不能让自己的军事投资处于均衡状态的蚁群，无法与一个在投资时尽可能同时满足存活与发展这两方面需求的蚁群长期抗衡。如何使负责防御和负责生产的劳动力达到适当的平衡，这对一个蚂蚁蚁群来说是生死攸关的重大问题。

林地蚁群只能在工蚁数量达到约 200 只的时候开始培育自己的第一批兵蚁。在夏季漫长而又炎热的日子里，该蚁群增长快速。当成员总数达到 1 000 只时，蚁群的兵蚁也增加了。就这样，在超级蚁群瓦解之后的第二年，林地蚁群的成员总数已接近 10 000 只，这其中有 500 只是兵蚁，它们随时准备着，只等一声令下就能投入行动。有它们在，抵挡红火蚁或其他敌人发起的入侵可以说是十拿九稳，搞不定的也就只有犰狳或挥舞毒药的众神。

这年夏天，昔日温顺的林地蚁群达到了一个蚂蚁种群的全盛期。蚂蚁们发现，它们刚好处于超级蚁群被众神灭掉以后留下的那一大片有待探索的蚂蚁大陆的边缘。随着它们不断以蚁群的蚁穴为中心，以 20 厘米左右为单位一点点扩大领地半径，这个蚁群作为一个整体的智力也在提高。不是每只工蚁都能共享蚁群的精神生活。任何一只工蚁的所知所想，都只是这个蚁群所知所想的一部分而已。蚂蚁蚁群的智慧与其居民成员之间的关系，跟人类智慧与人类大脑的脑回、脑叶和神经核之间的关系是相似的。林地蚁群的一名工蚁骨干了解蚁穴外领土的某一个特定部分，另一名骨干熟悉另一个特定部分。参与修筑蚁穴的工蚁团队依然记得它们在修建过程中怎样路过蚁穴边界的一些路段，还有一些工蚁得知了蚁后产卵的情况。不同的资深女猎手经历过包括下雨、对敌作战以及从蚜虫和其他植物汁液吸食者身上获取食物等在内的不同情况。一些侦察兵记得通往蚁群不断扩张的领土边界的路。

林地蚁群作为一个整体就是以这种方式学习的，它们收集知识片段，按需要将它们拼在一起，再通过信息素进行交流。因为超个体比任何一只蚂蚁知道得都多，所以它也更加聪明。

林地蚁群一边享受着自己的好运气，一边体会到繁荣其实也是有代价的。原来的藏身之所很快变得拥挤不堪。工蚁们在原来蚁穴的下面和周围开挖新的隧道和房间，每次挖一小片土壤，大小刚好能让一只蚂蚁用上下颌骨夹住搬运。但这个蚁穴所在的位置地面腐殖质贫乏，而下面的土壤不仅太干燥、也太易碎，难以成为蚂蚁的理想居所。周围的小根也太粗、太硬，工蚁无法切割。更糟糕的是，那儿有一片互相缠绕、树荫浓密的灌木林地，实在不适合觅食。

侦察兵一路探索来到超级蚁群留下的鬼城，很快就发现了由先前居民留下的庞大且广泛分布的隧道和房屋系统。而且这个系统还自带许多出口，尽管现在大多数出口都被坍塌的泥土堵住了。一些侦察员一边探索新的地形，一边开始留下气味轨迹，从灌木林地的自家蚁穴一路连接到依然可用的出口。一些同伴沿着这些轨迹过来了，不过，终于抵达侦察兵们一路广而告之的超级蚁群曾经的蚁穴出口时，它们的反应却不大热情。它们要么铺设信号微弱且断断续续的气味轨迹，要么掉头回家，并且没有把信息传递给任何其他同伴。

但这时林地蚁群的住房问题正在变得越来越严重。于是蚁群成员开始认真寻找一处更好的位置。它们在越来越多的潜在位置留下气味轨迹，带着不同程度的活力沿这些轨迹前往考察，然后，对摆在它们面前的候选位置进行投票。一些候选位置获得了几票，其他位置一票也没有。起先，它们的努力未能在任何一处位置激发一大波建立气味轨迹的热情，于是，随着时间流逝，大部分工蚁募集工作干脆停了下来。直到8月中旬的一个早晨，一些侦察兵发现了一个相当有利的位置，离原来的步道口蚁群蚁穴中心很近。它们一路挖掘，一头钻进封闭原先主入口的土壤塞子里，闯入底下已然部分空置的巢穴时，它们的热情一下子就高涨起来。一些蚂蚁开始往自家蚁穴带回这个好消息，并且传递间隔越来越小。抵达现场的其他蚂蚁忙于留下自己的气味轨迹，这就形成了合力，气味轨迹变得越来越明显，一些侦察员变得更加激动，开始将头上的触角伸到自家同伴身上进行敲击，表示强调。这就相当于以紧急的语气高声发出了下列消息："请跟我来！跟着我！"投票结果随后也明确支持这个新的受到偏爱的位置。在两个蚁穴之间来回奔跑的工蚁数量成倍增长。留下的气味轨迹越多，侦察兵用触角对同伴进行的敲击就越多，就有更多自家伙伴离开蚁穴前来察看新的位置。蚂蚁世界的选民很快就拿定了主意。在它们中间回荡的情报分明写着："就是这里！"它们满怀激情地投入了新蚁穴的挖掘工作。到了当天中午，清理干净的竖井已经接近一米深，新的横向走廊和房间开始建造，旧的走廊和房间重新开放。居住空间逐渐呈现出蛇的骨架外形，中心轴是脊柱，横向走廊像肋骨一样向各个方向延伸出去。

纵观整个换巢过程，从早期最为声势浩大的募集工作到后来的挖掘工程，精英工蚁一直处于带头地位。只要有一个这样的领导者动手挖掘一条隧道，立刻就能引来其他同伴帮忙把隧道加深，或者干脆自己另挖一条隧道。精英工蚁就是这样不断激发追随者的热情，带领大家投入更多类似的工作，直到每一项任务逐个完成。整个蚁群仰仗精英工蚁发起改变，并且让其他工蚁投入工作。

临近黄昏，随着长叶松在林地蚁群领地如今欣欣向荣的中心区域投下越来越长的影子，新蚁穴的地下建造工作也接近完成，移民行动随即展开。林地蚁群必须抓紧时间。假如夜幕降临之际大部队依然走在从老宅到新家的路上，那么，一旦遇到危险的夜行猎食者，就很有可能全军覆没。走在前头的工蚁拖着那些并不愿意踏上旅途的同巢舍友。懒散是整个蚂蚁蚁群面临的一大问题。蚂蚁蚁群固然可能有精英群体担当领导重任，但同时也有打不起精神的落后分子，需要大力鼓励才能有所行动。

每次运输都以相同的方式进行。负责募集的蚂蚁面对需要被它带走的蚂蚁同伴时，会轻轻拉一拉对方的下巴。这触碰会让对方安静下来，变得驯服，于是募集者可以更牢固地抓住它的下巴或头部的另外一个部位。接着，被募集的蚂蚁将自己的双腿和触角收回到靠近身体的位置，看上去就像一个完全不会动的蛹，这使它变得易于抬起，被募集者绕在自己身上。这就是说，它整个变成了一个不会动的包袱，可以被轻松地搬到新的蚁穴。

随着移民行动达到高潮，绝大多数工蚁都在积极地转移蚁群里的其他成员。蛹和长得像蛆的幼虫也由募集者轻轻用上下颚咬住运了出来。蚁后新近产下的一簇簇尚未孵化的卵，也得到了精心的运送。

接着，蚁后本尊出来了，她看上去行动迟缓、谨慎而又胆小，拖着笨重的塞满了卵的腹部。担负护理工作的侍从工蚁如同高级警卫一般一拥而上，把她围在中间，挡住她的身躯。其中一些工蚁通过轻轻拉扯她的下颌骨来引导她。她又大又重，谁也没有能力像抬起一只工蚁那样搬动她，哪怕出动一队护工也不行。她痛苦的迁移过程是整个蚁群移民过程中最关键的一步。万一被一只鸟或蜥蜴看见，把她当作食物直接叼走，又或是一队敌方蚂蚁冲破了警卫防线，直接干掉了她，那么林地蚁群就全完了。蚂蚁种群很少尝试搬家，但只要尝试了，多数时候都能成功。这次也一样，蚁后顺利抵达了自己的新家。

黄昏时分，这片长叶松绿洲渐渐暗了下来，蚁后和蚁群的几乎所有成员都在新的巢穴定居下来。还有几只蚂蚁继续在因反复强化而气味变得越来越浓烈的轨迹上来回穿梭，但这些行为也没什么意义。

与上一年夏天那个几乎快要灭绝的小蚁群相比，此时的林地蚁群已经发展成一个“巨人”，很快就达到蚂蚁这一物种里任何一个超个体都希望达成的规模，估计只有昙花一现的超级蚁群例外。由神灵赐予的土地大大超出了这一蚁群的能力范围，它们根本无法全面占领。林地蚁群的侦察兵常常比“死猫头鹰湾”其他蚁群的同行走得更远。

因此，不可避免的事情发生了。第二年开春，林地蚁群最大胆的一位探索者，同时也是一名精英侦察员就遇到了来自另一个蚁群的侦察兵。这是这位精英侦察员第一次见到和它们属于同一物种但带有不同蚁群气味的生物。两位陌生蚂蚁用自己的气味测试触角反复扫过对方，小心翼翼地彼此查探。然后它俩分开了，朝着各自遥远的蚁穴一路奔去。

随后几天，更多的林地蚁群成员沿着前一位侦察兵留下的气味轨迹一路跑了出去。它们同样遇到了来自另一个蚁穴的陌生蚂蚁。随着咄咄逼人的交流的频率不断上升，气味轨迹变得越来越多，距离也越来越长。对方蚁群也出现了同样的情况。日子一天天过去，来自两个蚁群的大批工蚁开始在有争议的地区巡逻。

就像“死猫头鹰湾”见证过的早期战争一样，这些侦察兵试图假装成士兵来威吓对手。它们纷纷抬起腹部，拉直双腿好让自己的个头儿看上去更大一点儿，它们还会在小卵石上摆好姿势，希望在对方心里留下体形更大的印象。真正的兵蚁也出来参与到这场实力展示中。蚂蚁世界比武大会的本能模式已经在这个新的地方确立下来，同样包括画圈、嗅探以及相互碰撞等项目。任何一个蚁群都不想将其升级为彻底的近身攻击。双方都在等待对方选手露出疲软的迹象。

一道领地边界确定了下来，但意义不大。林地蚁群的蚁后还很年轻，蚁群的居民数目高于蚂蚁这一物种的平均水平，蚁群所在的地方土地肥沃、物产丰富，无论从实力还是耐久性来看都无可匹敌。

那年夏天，林地蚁群开始生产处女蚁后和雄性成员。王室成员如期离开蚁穴进行交配。之后，生殖力旺盛的年轻蚁后离开自己的家园，飞越领地边界，来到遥远而未知的土地上。林地蚁群正在复制自己。它赢得了达尔文所说的进化比赛。

林地蚁群的分布式智慧只能理解为是它取得巨大成功的一部分原因。最老的成员依然记得那些突然消失的本来足以让自己致命的敌人。它们已经意识到，突然落在自己手里的广阔领土拥有丰富的资源。它们和自己年轻的同伴已经探索并且掌握了其中很大一部分的情况。在集体头脑中已经有了一张地图。如果还能搞清楚那些“移动的树神”是怎样的存在，它们很可能可以推测出来，这些跟暴风雨和闪电般的地火相比毫不逊色的神秘力量是怎样赐予它们如此巨大的福气的。

《蚁丘编年史》就此画上句号。一连串的循环已经完成。“死猫头鹰湾”的微型文明走过一个完整的发展周期。最早的步道口蚁群住过的领土经历了两次毁灭性战争，接着发生了由蚂蚁眼里的神一手造成的灾难。这一带的生境，在诺科比野地算是很小的一个部分，如今已经恢复到一开始的状态。一切都过去了。现在，一个在蚂蚁世界相当典型的新的蚁丘型蚁穴在步道口蚁丘的原址建立起来。巧的是，它的居民不是超级蚁群，而是由最早的居住者步道口蚁群的一个女儿建立的蚁群。古老的长叶松生态系统强大的复原力在这里遭受检验，结果证明它可以支撑下来。

这一循环链条继续运行，就像过去几千年一样。但现在可能会有所改变。像树干一般巨大的神灵来了，而且到处都是。他们只要一时兴起，就能把一切都带走。纵观诺科比的历史，这还是它第一次以一个包括蚂蚁、蚂蚁蚁群和生态系统在内的整体面临威胁。

那年冬天，连续的大雨把诺科比一带的长叶松稀树草原浇了个透。发生了三次冰冻，林地蚁群的蚁穴穹顶也覆盖了一层冰，蚁群的成员在蚁穴最深处的房间里密密麻麻地蹲伏着，睡成一团。在它们的正上方，在它们不知道的情况下，众神来来回回地走动着，测量着，规划着，用奇怪的嗓音交谈着。

V

现实世界的运行法则

28

现在，诺科比一带全体生物的命运都取决于一个家庭的决定：杰普森县的杰普森家族拥有诺科比野地，目前已经传到第五代手上，在过去 150 年里他们一直把这个地方视为一份户外传家宝而爱护有加。因为这片土地给他们造成的负担，不过是定时向县里缴纳小额税款而已。杰普森家族的主要财富来自棉花种植以及外部投资，因此，尽管长叶松木材很有经济价值，他们仍旧决定，不去砍伐哪怕一小片长叶松林。但是，时移世易，到 20 世纪末期，杰普森家族的年轻一辈几乎全部离开了墨西哥湾沿海平原，而他们占据了杰普森信托基金的多数席位。他们跟着财富的流动陆续定居亚特兰大、迈阿密和纽约这样一些大城市。只要诺科比野地的市场估值达到一定水平，他们就很可能把它卖给出价最高者。

“你认为这什么时候会发生？”拉夫坐在舅舅塞勒斯·塞姆斯办公室的沙发上问道。他在佛罗里达州立大学读大三，对自己的未来还没有明确的想法，却对诺科比的未来感到越来越焦虑。

“我也说不准。”塞勒斯回道。

他拉过一把椅子，直接坐到外甥对面。然后点起一根哈瓦那雪茄，将眼镜从鼻梁上往下挪了一点儿，从镜片上方盯着拉夫，说："你为什么会问这个？你是打听到了什么我还没听说的消息吗？"

"不是的，先生。我只不过是想多了解一点儿这边的情况而已。"

塞勒斯把头往后一仰，闭上双眼，吐出一个烟圈。他继续保持这个姿势，仿佛陷入沉思，然后开口说道："好吧，我能告诉你的就是，人们都说县里打算在未来两三年内动工铺设诺科比湖路。这会提升整个诺科比地区的价值。我猜杰普森家族的人也知道这件事，所以会留着那块地，直到路铺好之前都不会卖。"

"那你觉得买下这块地的人会用来搞开发吗？我的意思是，他们会把树和其他一切全部砍掉，在上面盖房子吗？"

"那是肯定的，斯库特，"塞勒斯身子往前一探，把雪茄靠在旁边咖啡桌上的烟灰缸上，"那是他们可以收回买地成本的唯一方式，更别提人家可是冲着赚大钱的目的去的。"

"但那可是亚拉巴马州最漂亮的区域之一。您自己也这样说过，难道就没有什么方法可以……"

"哎呀，"塞勒斯打断他的话，"它要被用来搞开发并不代表它就会变得不漂亮。你也跟你爸妈去过德斯廷那边，见过沿海湾建的那些度假村，还有住宅开发区什么的，多高档漂亮啊。都跟周围的风景很完美地融为了一体。"

"但它们不是自然的呀。还有，所有的树和动物该怎么办呀，还有……"

"斯库特!"塞勒斯再次打断他，脸上的表情也从慈祥变成了不耐烦。

"斯库特，我知道诺科比野地对你有多重要，你爸妈也知道，我也因为这一点非常佩服你。如果我是一个超级大富豪——可我并不是——可能我也会想把那块地买下来，这对我们家族来说也是一笔相当稳健的财务投资。我不知道你想把话题带向哪里，也不知道你在做什么打算。我甚至不知道你为什么要提起这个。你不是要反悔什么事情吧？”

“没有，先生。我只不过是……”

“哼，如果你真要反悔，打算只学生物，把自己的后半生留在诺科比湖，那对你可没什么好处。我知道你有可能成为一名顶尖的野生动物管理者或教授，但不管是什么职位，它们对诺科比野地、对其他那些你也想拯救的大好地方来说，又能起到多大作用呢？”

“可我们至少得试着做点什么吧？”

“你大概忘了当初咱俩达成协议时我说的一番话。如果想保住这片土地，你就得有权力、有能量。那就意味着你得有很多很多钱，又或者身居要职，让你有能力左右土地交易以及商业开发。我知道这需要你付出很多很艰苦的努力，接下来你必须接受的那些课程以及培训，你肯定不会都喜欢，但如果你想要得到真正的权力，这也是我所期望的，你就得在这套体制里取得成功。听着，我的意见就是这样，你只管继续沿着现在这条路往前走，毕业后去完成法学院的学业，尽你所能去做吧，我会尽我所能助你一臂之力。”

拉夫感到身陷困局。他早就知道但一直没能直面的事实是，舅舅提出的解决方案也许就是那个能让他同时满足两股相反力量的需求、带他走出这个进退两难的境地的唯一方法。这需要他拿出践行一个长期目标并为此付出巨大努力的决心，但他在心里也对自己说：“你能拿出这份决心的。”

“您说得对，您说得对，确实如此……我想要感谢……”

“还有一件事，”塞勒斯又开始说了，“你可能不想接受这个事实，但不管别人做什么，诺科比野地早晚都会被开发。我不知道具体时间，也没人说得准，最早可能是在5年内，但最晚，毫无疑问，也不会超过10年。”

拉夫整个人愣在那儿。他屏住呼吸盯着舅舅，心想：“来了来了，肯定是有坏消息要来了。”

“拉夫，我本来没打算告诉你，但我觉得还是应该让你知道，森德兰公司已经把‘死猫头鹰湾’那块地买下来了，而且出价非常高。德雷克·森德兰这个人肯定已经打定主意要拿下诺科比野地整个西部区域，否则不可能搞这么一个大动作。现在就等杰普森家族把这块地产挂到市场上去。这是铁定要发生的事，只要他们家信托基金处理完一些细节问题，诸如要价多少，以及钱到手了该怎么分等，到那时森德兰就会果断出手。他会像小鸡啄六月虫一样稳准狠，你就等着看吧，拉夫。他一定会高价跟拍，而且一旦拿下这块地，就会把那些树全砍了做木材，先收回前期投资，他一定会雷厉风行地办完这件事，然后调动资金来开发整片地产。”

“我就想不明白。为什么就不能放着诺科比不动，让它保持现状呢？”这个问题问得很天真，拉夫自己也尴尬地意识到了这一点，但他还是抓着这根稻草不放，他没有更多选择。

“你这问题很低级啊。你怎么问得出这样的问题。杰普森家族想挣钱啊！”

“那为什么亚拉巴马州不能把它买下来作为保留地呢？”

“啊，那可真是太棒了，不是吗？但你说的可是两千万美元的投入，如果把诺科比湖畔也算上就不止这个数了，可能变成三千万美元。然后政府还得花更多的钱来养护升级周边路面，为现在还没有但将来肯定要迎来的巨大车流做好准备；还得花更多钱来建立公园设施并且加以维护。但我们所在的这个州，我很抱歉我必须这么说，已经穷得叮当响。州里已经有多个州立公园要养活，不可能再用纳税人的钱在一个公园上投入那么大一笔数目，更别提那是在既偏远又交通不便的诺科比地区。”

“好吧，那有什么办法应对呢？”

“唉……实话跟你说，做什么都没用。你要明白，森德兰在这一类的土地收购和开发上有着非常成功的历史。现在看来诺科比对他们来说应该是很重要的一个布局，这一票买卖甚至可能关乎他们整个公司的成败。斯库特，看着我。我知道你热爱那里的森林，那确实是一处美丽的地方，也是你爸妈最喜欢的野餐地点，但如果我是你的话，我可能会另外找个别的地方来保护。”

塞勒斯停顿了大概有半分钟，但在拉夫看来却似乎有一小时那么漫长。塞勒斯清了清嗓子，同时用一只手中间那三根手指揉了揉头顶秃了的位置，这是他在商业谈判进入千钧一发之际的习惯动作。

“斯库特，”他继续说道，“我这是在开诚布公地跟你讨论这件事，并且也是为你着想。这段日子我非常担心你。我觉得你有些脱离正轨了。相信我，我也年轻过，也理想化过。在越南的时候我差点就被自己的理想化害死了。我觉得我能理解你的感受。但你得意识到，你已经有些钻牛角尖了。你看不到全局。听好了，没有人想要害你，斯库特，但在这个问题上我只是恰好站在德雷克·森德兰这一边。诺科比县跟杰普森县同在亚拉巴马州最贫穷的县市名单上，我可没有瞎说，是真的非常穷。”

“确实先生，这也的确是事实。”拉夫表示同意。

“那里的森林大部分都是灌木，除了制成木屑或者打成纸浆之外没啥大用，或许里面还有些鹌鹑和火鸡，还有响尾蛇。大概 100 多年前，有那么一小部分人，像布鲁顿那边的米尔布鲁克斯家族，靠砍伐长叶松赚了很多钱。那样的日子早就一去不复返了。而且那两个县离莫比尔也有点儿太远了，分沾不了多少经济效益。你爸多半也能根据他那家五金店的业务情况告诉你同样的结论。既然现在你已经上大学了，我就希望你自己也能搞明白这一点，认识到这两个县都需要有更好的中小学。开发诺科比，如果做得好，我也相信可以做好，将给这个地区尤其是克莱维尔的经济带来有力的提振。这附近的很多人慢慢就都会认为克莱维尔周边的房产是很好的投资项目了。”

“他们为什么会那样认为呢？”拉夫问道，稍微振作了一点，觉得自己在这段说辞里找到了一个逻辑漏洞。“克莱维尔离莫比尔和彭萨科拉还有好一段距离呢，而且在莫比尔和彭萨科拉，一直到墨西哥湾那边都已经有各种各样的休闲娱乐场所了。”

“斯库特，你的问题啊——当然我也不怪你，毕竟你还年轻——就是没有远见。确实，现在的诺科比是很偏僻，它的娱乐设施可能永远也没法跟莫比尔和彭萨科拉附近的相提并论。这判断甚至可能直到诺科比的住房项目以及湖边码头建成以后依然成立。但墨西哥湾沿岸地区这一头的居住人口正在变得越来越多。并且新增人口也不仅仅限于那些在棉田里干活的小佃农。新来的人大多受过良好的教育，工作努力，有着不错的稳定收入。”

拉夫试图继续追问他认为自己找到的那个漏洞：“可是，让那么多人涌入这个地区为什么会是一件好事呢？”

“看着我，斯库特。你想让诺科比县，还有杰普森县，永远保留‘红脖乡下佬天堂’这个定位吗？这是你想要的吗？你得明白，什么事都没法阻止墨西哥湾沿岸迈向进步。我们本来就是阳光地带[①]的一个重要地区。哪怕就阳光地带的水准来说，莫比尔跟彭萨科拉的扩张速度都是很快的。我说得对不对？”

---

① 阳光地带是美国的一个地理区域，贯穿美国南部和西南部。20世纪60年代以来，由于许多人追求阳光明媚的气候，这一地带的人口大幅增长。——译者注

拉夫略有迟疑，他近乎耳语般地轻声细语道：“是的，我猜您是对的，先生。”他并不愿意认同舅舅的观点，但他想不到别的说法，同时还得保持礼貌。

“现在我们来对比一下我们曾经拥有的和我们现在拥有的。”塞勒斯开始就这个话题深入下去，“在你外公‘大狗’还是小朋友的时候，莫比尔以南差不多所有地块全是未开发的森林和沼泽。你可以从多格河开车一直开到锡达波因特，一路上只会偶尔见到几栋房屋。甚至这条路的最后一段还没铺上柏油。当你去到锡达波因特，你可以遥望远方的多芬岛。那可是个漂亮的地方，岛上有几个沙滩，岛的一头还有一个南北战争时期的老堡垒，不过你得租一条船才能过去。那岛上有很多地方根本就是闲置的空地，什么都没有。现在，从这儿到多芬岛之间大部分地方已经得到开发，成为亚拉巴马州经济当中一个蒸蒸日上的组成部分。还有一座桥一路连到多芬岛上，开车只要几分钟就能抵达。听好，这才叫进步，斯库特。那是真正的进步。你难道看不出来吗？”

拉夫已经输掉跟舅舅的这场战斗了。“是的，先生。”他说，目光向下盯着自己的膝盖，接着又抬起头来。

他意外地发现，原来舅舅还没说完，恰恰相反，说得正起劲。塞勒斯把手里那支雪茄直接摁灭在烟灰缸里，然后摘下眼镜，朝拉夫挥了一下。

“斯库特，美国可不是单靠一屁股坐在那儿一动不动就变得这么强大的。我们必须变得坚毅而且必须艰苦奋斗。说句大白话，我们是靠战争发家的。你看看美国的历史好了，我指的可不是学校告诉学生的那套‘娘娘腔’的左翼版本的历史。我们曾经要靠反击印第安人才能得到上帝打算赐予我们的土地。我们要靠跟墨西哥打仗将国土面积翻番。那一仗可是让国土直达太平洋啊。我不会说我们做过的这些事情是正确的或者是好的，但事情就这样发生了。不是扩张就是毁灭！我们，尤其是塞姆斯家族、科迪家族，还有附近那些古老的家族，都是历史的赢家，这就意味着一定还有输家。我们不是靠坐在自然公园里写诗取得这些成绩的。斯库特，你是塞姆斯家族的人，我知道你有我们家族人的本事。我可不想看着你迷失在自由派说的什么世外桃源理想乐土里。”

拉夫举起手，像课堂上的学生一样：“但是——”

但舅舅可没打算让他插嘴。“斯库特，让我来告诉你墨西哥湾沿岸这一整片地区的发展走向吧。彭萨科拉指定是要继续扩张它的城区和在它西边的那些卫星城的，直到接上从费尔霍普以及鲍德温县其他地区扩张过来的开发项目。莫比尔将要往北发展，超过萨摩定居点的范围，同时往西扩张，直至越过密西西比州边境，把那边的海湾沿岸也囊括在内。只要 50 年，莫比尔和彭萨科拉就会合二为一，变成一个由富裕的城郊住宅区围绕的都市区。我预测，到那个时候，我们这里就会变成一个大都市，像佛罗里达州另一端的黄金海岸，又或是圣保罗和明尼阿波利斯组成的双子城。”

就在塞勒斯这段演讲进入尾声之际，他的秘书辛迪·休·劳绍轻轻敲了敲门后走了进来。这是一位身材高挑的黑发女郎，40 来岁，穿着一条浅棕色的宽松长裤，搭配一件带皱褶饰边的白衬衫。作为第二个女儿，家里按照南方习俗给她取了两个名字，其中一个作为中间名。她的姓氏显示她可能是卡津人[①]，又或是原法属莫比尔地区的人，但后面这种可能性稍低一点。她说起话来声音柔和，语调低沉。

“不好意思打扰了，塞姆斯先生，您的教练来电话了。他问您

① 居住在路易斯安那州的法裔加拿大人后代。——译者注

今天能不能赶上下午 4 点的预约？”

塞勒斯瞄了一眼手表，一边从椅子上站起身来，一边说：“告诉他我这就出门。”

“我得走了，斯库特。我最近在上拳击课健身呢。拳击可是最棒的一种健身方式。我在试着像专业运动员一样去练。”

拉夫借着跟舅舅一起走向门口的机会做了最后一次尝试：“在这新的双城规划里难道就没有留出任何地方给自然保护区吗？”

塞勒斯猛地停下脚步，转过身来，直接面对拉夫：“怎么说呢，如果规划得当，当然会有的。会有大量的公园，并且全都交通便捷，供人们放松身心，欣赏自然风光。我们可以像迪斯尼乐园那样安排导游路线。会有很多花园，跟贝林格拉思花园一样漂亮。我还希望可以在莫比尔这边扩建映山红小径，让它再现从前的荣光。这对旅游业将是一个重大利好。”

“但就没有什么留给本地动植物的真正的野外区域了吗？”

塞勒斯停下来，思忖了一会儿这一概念，才继续解释：“是这样的，斯库特，我觉得你已经足够成熟，能够理解我们面临的情况是个大事件，而且还是一件大好事。德雷克·森德兰和我，还有莫比尔跟彭萨科拉其他一些商界和政界领军人物成立了一个非营利组织，叫墨西哥湾区门户同盟。我们的目标就是要帮助引导区域发展，当然了，要帮助它形成长期的发展，同时让这一发展保持正确的步调和方向。我们要让热爱大自然的人高兴。说实话，我一直希望，有一天你也会在我们这项工作中扮演一个重要角色。”

说到这里，他转过身走出门外。“我明天一早回来。”他告诉辛迪·休·劳绍。劳绍朝他晃了一下手指，但视线并没有离开自己的电脑屏幕。

拉夫开始跟着走出去，中途放慢了脚步，抬头打量办公室门口上方那片空间，他每次来舅舅办公室都会这么做。那上面挂着一条足有 1.5 米长的短吻鳄标本，那是舅舅在莫比尔—藤索三角洲一处沼泽里打猎时射杀的。这只爬行类动物正用一只黄色的玻璃眼与拉夫对望。

拉夫想起奇科比河边弗罗格曼那条 4 米多长的“大本”。他对着墙上的标本嘟哝了一句：“很遗憾，你还这么小就被人宰了。”

走出洛丁大厦那扇用花岗岩包边的大门，拉夫朝着布莱德索街的方向看过去，想要找到舅舅，他看到舅舅就在 50 米开外朝着市中心的方向轻快地走去。他并不打算追上去，就在原地停留了一小会儿。拉夫感到午后的太阳透过湿热的空气照下来，随即穿过这条狭窄的街道，站到对面一棵巨大的木兰树的树荫底下。这里离洛丁大厦更远，从这个角度再次回望布莱德索街，能看到一排建于 19 世纪中叶并从此一直由莫比尔各家族居住的小房子。每一栋小房子的前门旁都钉着一个小小的纪念章，表明每栋房子的历史价值。拉夫走向这些房子，在排头那栋房子旁的树荫下的一张长凳上坐了下来。

刚坐稳，就听到头顶传来一阵叽叽喳喳的声音。他抬头一看，在跨街的电话线上发现了一只松鼠正像杂技演员一样在电话线上走钢丝，试图到马路对面的另一个树冠里。在那边，从浓密的树叶里传来另一只松鼠的叽叽喳喳声。拉夫的注意力一下子就集中到这两只动物身上。它们在干什么呢？

他很快就想起来了：地盘！这两只松鼠是在争夺地盘。拉夫记得他在诺科比野地里听到过这种叫声。此刻站在电话线上的松鼠是入侵者，在树冠里的那只是防守者。拉夫从长椅上站了起来，以便靠近观察，随后便联想到了刚刚跟塞勒斯的一番对话。对土地的所有权，以及这份所有权可能带来的权力与安全感，驱使这两只松鼠准备投入战斗。还有那些蚂蚁种群兴衰的更迭循环。这也正是塞勒斯一直试图告诉他的事情，关于这个世界的运作规则，只不过塞勒斯采取了一种很悲观的态度。

像诺科比这样的保留地没有任何保护者。栖息在那儿的万物无法用有效的领土防御措施阻止敌人的入侵。此刻，这片土地正无可奈何地一步步落入开发商的手里。如果在这片土地上即将陨落的生命说不了话，那谁又可以替它们发声？拉夫再次起身向市中心走去。现在他终于知道自己该上哪儿去以及要做什么了。

29

他来到《莫比尔新闻纪事报》五层高的办公楼前，走进拥有绿色墙面的大堂。像一个博物学者走进一处全新的生境一样，他首先要做的就是四下打量，把眼前一幕仔细记在心里，然后再继续向前走。大堂对面有一个带玻璃柜门的奖杯展示柜，里面摆着两层的奖章与奖杯。柜子左边的墙面上挂着一份精心装裱起来的《莫比尔新闻纪事报》头版，由于风化而变成泛黄棕色的页面上印着大标题“纳粹入侵波兰”。旁边还有一份精心装裱的报纸，大标题写着“日本投降!”

在奖杯展示柜与电梯之间就是接待处和电话总机。拉夫跟接待处的一位年轻女性打听，看能否找比尔·罗宾斯先生谈谈。对方当即就帮他连线到那位环境新闻记者兼自然史随笔作者。记者先生刚说完“我是罗宾斯”，拉夫就抢着用事故目击者打电话报警一般十万火急的语气报告说自己是一名来自克莱维尔、正就读于佛罗里达州立大学的大学生，眼下遇到一个与环境相关的严重问题，希望可以立即跟对方见面商讨。

5 分钟之后，罗宾斯就走进了大堂。他把拉夫带进电梯，一起来到楼上的编辑部总部楼层。拉夫隔着办公桌坐在罗宾斯对面，第一次仔细打量这位他从高一就开始狂热拜读其文章的记者。罗宾斯跟他想象中的模样倒也没差多少：中等身高，体重在平均水平，年龄可能快 40 岁，留着林肯式的短胡子，梳着整洁的深金色头发。这天他身穿一条斜纹布裤，搭配一件有两个胸袋的灰褐色户外男式衬衫，其中一个胸袋底部有一小块墨渍，肇事者是一支漏墨的笔。他没有打领带。好极了。领带这东西会让年轻的拉夫心神不宁。

拉夫开始一股脑儿将诺科比的来龙去脉倾诉出来，罗宾斯一直专心致志地听着，一直听到拉夫把刚刚跟舅舅进行的那番对话也说了出来。罗宾斯全程面无表情，稍稍向后靠在自己那把椅子上，眼睛半闭着。他手上慢慢转着一支铅笔，就像那是一根指挥棒似的。

等终于说完这一整篇故事，拉夫成功地让自己陷入了绝望之中。他紧绷的情绪眼看就要变成泪水决堤而出。“我真的不知道我还能做些什么。原以为我可以向自己的舅舅寻求帮助，结果却大失所望。很抱歉我在我们还不认识的情况下就这样贸然跑过来找您，但您所有的专栏文章我都拜读过，我觉得您大概有兴趣了解这整件事情，并且给我一些指点，接下来我该怎么办。我觉得我的舅舅塞勒斯并不了解情况。又或者，他是了解的，但他一点儿也不在乎。那就更糟了。他对自然环境到底意味着什么可以说是一无所知，而且，他看上去已经决定了要做什么，我甚至觉得，哪怕他确实明白，他也不会帮忙的。”

拉夫说话的时候，满腔的怒火也稍微平息了一些。这股怒火现在被渐渐弥漫开来的负罪感稀释。他可不想让塞勒斯知道他此刻在进行的这番对话，于是赶紧亡羊补牢一般加了一句：“这次对话可以保密吗？”

罗宾斯点了点头，轻声说道："当然可以。"然后，他放下铅笔，抬起双手，张开十指摆出一个安抚的手势。

"听着，放轻松点儿，小伙子。你这是要把整个事情全都压在你自己的肩上，如果继续这样做，迟早会被它压垮的。拉斐尔，我先开宗明义跟你讲，你可不是一个人在战斗。我可以叫你拉斐尔吗？"

"嗯，我还是更喜欢别人叫我拉夫。"

"行，拉夫。很显然，你也不会认为你是亚拉巴马州唯一一位自然环境保护者。我现在想要特别跟你强调的一点就是，有很多人都在关注诺科比。他们很清楚，那里是原始长叶松林在这个州里最后仅存的也是最好的一片根据地。并且，不知道你是否了解，那里面还栖息着好几个濒危物种呢。换句话说，这是一个代表生物多样性的重点地区。同时，诺科比湖还增加了当地的水生生物多样性。这一切我们全部都要保护起来。每一个人，只要了解这一情况，就会认同这一点。"说完，他停了下来。

拉夫继续沉默，低头看着自己眼前的地板，等待这位记者做进一步的阐述。

"但尽管这样，尽管有我前面提到的这一切，"罗宾斯果然继续说了下去，"有一点你舅舅却说对了。那就是，整片诺科比野地可能在转瞬之间就灰飞烟灭、消失无踪。要做到这一点实在太容易，只要出动伐木用的巨型圆锯一台，外加推土机两辆，再来一小队熟练工，那儿立刻就会被夷为平地，快到你甚至来不及赶到现场。像我们这样一直密切留意整件事发展方向的人，一度寄希望于杰普森信托基金会考虑把诺科比当作保护区捐给亚拉巴马州政府，以此为条件换取从州政府那儿享受巨额的减税优惠。可是，很不幸，基金会的成员早已不在这一带定居，很难想象他们在早已迁居远处之后还能有多在意这件事，更别提愿意帮忙做点什么了。更糟的是，我听说，基金会里有两个关键人物在别的项目上遭遇投资失败。他们需要解套尽可能多的现金，并且越快越好。”

拉夫刚刚开始变好的心情马上又以同样的速度掉回谷底：“那到底还有谁真正在意诺科比呢?”

“很多人，有很多人呢，拉夫。巧得很，假如你想在这个话题上获取资讯，你可算是找对人了。我去年秋天写了一篇关于这片野地的文章，挺详细的，还真起了一些作用。你没看到这篇文章让我感到很惊讶。不过我猜那是因为你跑到佛罗里达州立大学读书去了。这篇文章在全国环境记者协会还得了一个奖呢。与此同时，在莫比尔以及海湾沿线各地，每次只要做“最后的胜地”讲座，我都会提起诺科比。此外还有若干对保护诺科比抱有特别兴趣的私人组织。比如亚拉巴马自然保护协会、长叶联盟以及三角洲保护联盟等。一定介绍你跟这些组织的人认识一下。对了，在本地以及佛罗里达狭长地带还有好几位有钱人对当前的形势相当熟悉，如果他们感到这一整片野地都遭到威胁，很有可能出资把它买下来。”

“如果每一个人都出手帮忙，大家能凑得出这么大一笔钱吗?那个标价数额在我看来可是相当大啊!”

“我觉得吧，把所有这些因素考虑在内，当下我们的胜算大概是50%。最大的问题是有太多的土地开发商正围着这块肥肉团团转，随时准备出击。他们不缺钱，而且出手很快。说难听点儿，他们就是一群秃鹰，就等着诺科比死去。这里面最关键的一位玩家就是德雷克·森德兰。你刚才也提到过他。他是我们最大的威胁，更不利的是，他早在几个月前就通过买下‘死猫头鹰湾’地块，一只脚迈进了成功的大门。”

罗宾斯开始用一根食指轻轻敲击着桌面，似乎是在强调当前形势的残酷。

“在他背后还有湾区门户同盟，这一点你舅舅也跟你说过。这个同盟的成员全都是这一带的商界和政界大玩家，对他们来说除了金钱，还有其他值得追求的东西。他们心中有一个远景，或者说至少他们自称有这么一个远景，这对他们来说有点儿像是宗教信仰。事实上，他们就是把它视为宗教信仰了。”

“我舅舅塞勒斯看上去确实是很受这种远景鼓舞呢。”

“可不是嘛，他们都觉得自己手里有一个宏图大计。这些人希望，未来人们列出的心目中的大城市应该包括休斯敦、新奥尔良、迈阿密、亚特兰大，或许还有伯明翰，以及——别笑——莫比尔—彭萨科拉双子城。他们甚至已经开始跟捷蓝航空商量，将莫比尔—彭萨科拉双子城打造成一个新的航空枢纽。”

“他们的哲学就是，”罗宾斯继续说着，皱起眉头，轻轻摇了摇头，“地球是为人类而创造的，《圣经》里提到的治理自然万物对他们来说就意味着要让人来取代大自然。他们将这个世界分成两个部分。一部分是我们生活居住的地方，而远离我们的另一部分就是大自然，那些小动物、昆虫以及野生植物生存的地方。在他们眼中，大自然是可替代的。我就见过一个本地的银行家，他当面跟我提到他认为足够买下诺科比的价码，他说：‘两千万美元就足够了，一两个濒危物种根本值不了那个价。’”

“好吧，那教会呢？他们难道也不关心自然吗？”

罗宾斯再次摇了摇头：“说出来你可能不信，这一带很多极右翼基督教徒可是坚决反对建立自然保护区的。他们认为保护野外环境根本就是一个彻头彻尾的坏主意。别误解我的话。我认识的绝大多数福音派教徒都是支持环境保护的。他们相信上帝的旨意是要我们保护他所创造的万物或他创造的这个美好的绿色地球。但还有那么一小撮极端分子坚定地认为，上帝的旨意是要我们做相反的事情。他们的说法是：‘赶紧把那些自然资源都消耗掉啊，越快越好，反正耶稣都要降临了。世界末日快要到来了。只要地球被毁坏得再厉害一点儿，耶稣就会马上出现了。魔鬼想要把我们永远困在这个地球上，而耶稣想要带我们升上天堂，或者至少想要把那些真正的信徒带上去。’他们说这都是《启示录》里的内容。”

“啊，那也太可怕了。我在电台上也听到过类似的言论。是挺糟糕的。”

“那可不！唉，不管怎么说，这至少是一个潜在的复杂因素。亚拉巴马州这一地区，以及隔壁的佛罗里达狭长地带，可以说在宗教和政治上处于极右翼的位置。幸运的是，我认为这些极端分子只占极少数，你多半只能在一些乡下小教堂见到他们，但他们当中有些人一直在电台上传教，影响力可是远远大于他们的人数。而且，他们的行为越来越接近以上帝之名宣扬暴力了。遇到这种人最好退避三舍。要按我说，能不招惹他们就不要招惹他们。甚至，不要跟他们当中任何一个人交谈。”

“塞勒斯舅舅说过，如果他买得起，他也想把诺科比买下来。”

“嗯，我相信他会的。可是——别误会我的意思——买下以后准备用来干什么呢？不管了，我们要振作起来。综合我听说的情况，在这些偷天换日的大动作开始之前，我们应该还有个三四年的时间，或许更长一些。我听说杰普森家族里面有些人想要再捂一捂这块地，等价钱涨一点儿再说。就在这段等待过程中，民意可是完全有机会来一个 180 度大转变的。万一事情真的走到最坏的一步，诺科比真要落入森德兰或别的哪个拍出高价的开发商手里，那么，本地的环境保护主义者也一定会组成一个特殊联盟，合力在法庭和公共舆论上向这些开发项目发起挑战。”

这时，罗宾斯站起身来，向拉夫伸出一只手。“与此同时，你能为诺科比做的最有用的一件事就是上法学院深造。你舅舅给你的这个建议确实直击要害。学成之后记得回来找我们。我们将来应该需要你在法庭上代表大自然发声。不必为我们这次会面感到担心。我不会向任何人提起这件事。我不想因此导致你们家庭内部出现风波，特别是不能破坏你跟你的舅舅的关系。”

拉夫笑了，一个劲儿地点着头。“谢谢您。十分感激。我觉得我现在没那么悲观了。”

“很好，那就好，”罗宾斯回答，“咱俩必须保持联系，怎么样，拉夫？我保证，只要听说任何性质严重的事，我会第一时间告诉你，我也希望，你学成归来后能参与到我们的行动中来。”

30

分别跟塞勒斯舅舅和罗宾斯聊完之后，拉夫下定决心，不仅是一定要去读法学院这么简单，还要尽一切可能去最好、最受追捧的法学院。他把余下所有选修课的学时全都用在了大家普遍认为最适合法学预科生选修的科目上。

“跟您说实话吧，弗雷德叔叔，”有一天他这么说起来，“自从我到这里上学以来，我发现那些课程都还挺容易对付的。我曾经以为佛罗里达州立大学是类似某种高强度训练营一般的存在，就像传说中的麻省理工学院以及加州理工学院那样。没错，这里确实有一些要求严格的课，但学生们全都知道是怎么一回事儿，只在对某个课题非常感兴趣的时候才会选相关的高要求的课。我这么跟您说吧，在类似诺科比地区高中这样的学校，同学们根本没法想象一所大学到底应该是什么样。在这里你有各种选择，可以上很难的课，也可以自始至终只选那些容易的课来打发时间。我觉得这基本上取决于每个人到底有多大的野心。我真的很享受在这里读书的时光，而且现在，我觉得我在法学院也能学得不错。”

任何一个足够了解拉夫的人，只要他们还记得这位同学即使在管理松懈的诺科比县地区高中也只能拿到平平无奇的成绩，就会觉得他在佛罗里达州立大学的表现简直令人刮目相看。他居然有资格提前入选美国大学优等生荣誉学会。他的塞勒斯舅舅为此特意对他表示祝贺，还送上了一块昂贵的欧米茄手表。他那篇描写蚁丘编年史的学位论文在老师们中间广受议论，被认为很有可能跻身本校有史以来由本科生提交的最出色论文之列。

"你这表现进入全美任何一个研究生项目都轻而易举啊，"尼达姆跟他说，"当然了，前提是如果你决定留在生物学界的话。倘若你改变主意不去法学院，我们这里肯定可以给你找个位置。我毫不怀疑，你在3年，最多4年内就会拿出足够的成果，顺利成为一名博士。"

但拉夫现在可不能从法学院再分心回到生物学上去。可以留待以后慢慢来。因此，大四那年秋天，他向全国十几家法学院提交了申请，一半投给地处南方的法学院，一半投给其他地区的法学院。他的成绩达标，还有一份不同寻常的科学背景加持。他也留意选修了一些法学预科科目。他表达了要致力于解决环境问题的意图，表示如果必要，他会考虑参与公益服务。还有佛罗里达州立大学一些老师的极力推荐为他背书。另外，墨西哥湾沿海中部地区历来就没出过几个了不起的学者，因此，作为在这里出生长大的孩子，拉夫属于地理上的少数派，这也给了他一点额外的优势。

到了次年4月底，拉夫陆续收到他申请的大部分学院的录取通知。让他吃惊的是，拒绝他的学校中居然有埃默里大学，而给他发录取通知的学校居然包括他的首选：哈佛法学院。听到这个发自坎布里奇的消息，他的朋友和导师一起办了一场派对为他庆祝。多数来宾都在头上戴着用铁丝做成的模仿蚂蚁触角的饰品。塞勒斯舅舅也给他寄来一封贺信，字里行间洋溢着的欣喜若狂，差点儿超出这个习惯于不动声色的男人所能承受的范围。

这年的盛夏时节，就在他计划着要搬往北方继续深造之前，他抽空又一次回到诺科比湖，进行朝圣之旅。他绕着湖走了整整一圈，在一个他知道有短吻鳄居住的地方停下脚步，然后就瞄到它在那儿，躲在浮萍下面，只把眼睛和头顶露出水面。他仔细记下四周花开繁茂的植物群的模样，接着仔细打量那些高大的长叶松，直到看到一只红顶啄木鸟在树冠与树冠之间一闪而过。动身离开之前，他默默向这片心爱之地重复了一遍自己的誓言。

过完 9 月的劳动节，一周后，安斯利和马西娅从克莱维尔开车送宝贝儿子去莫比尔地区机场，他将开启人生中的第一趟飞行之旅。这里离塞勒斯以及湾区门户同盟设想和展望的国际枢纽还差十万八千里呢，但也已经相当繁忙，足以让航站楼东边的航线跻身全美最拥堵航线之列。

拉夫搭乘达美航空的飞机先来到亚特兰大，一落地，巨大的机场就让他惊叹不已，之后，他在前往波士顿航班登机口的路上差点儿迷了路，为了在不同的航站楼之间转机，他还搭乘了人生中的第一趟火车。

从波士顿的洛根国际机场出来，拉夫又在波士顿的通勤铁路里体验了人生中的第一趟地铁。让他感到无比尴尬的是，作为佛罗里达州立大学美国大学优等生荣誉学会成员，以及哈佛法学院的新生，他居然要连问三个工作人员，才可以确定怎么去哈佛广场，并且那三个人还一个比一个显得不耐烦。当他拖着沉重的行李箱，背着塞得满满当当的背包，终于从出口出来的时候，不得不再一次厚着脸皮问了好几个人，才找到了去往牛津街研究生公寓的路。帮他指路的其中一个人带着很重的东印度口音。还有一个人穿着邋遢，只会讲西班牙语，而且看上去像是被他吓了一大跳。这一路上他都在留心听周围的路人说话，看能不能听出闻名遐迩的哈佛腔。

“哪有什么哈佛腔，”室友是来自非洲加蓬的黑人牧师之子，在拉夫好不容易抵达位于理查兹楼的宿舍时室友说道，“那根本就不是这个地方的特色。欢迎来到哈佛。”

31

“哈佛是全球最好的大学。”这里的人就是这么说的。当然，最起码它的确是一所全球性大学，跟亚拉巴马州小小的克莱维尔之间的地区文化差异，可能大到足以成为美国境内任意两地文化差异的天花板。哈佛大学的特色并不完全在于数不过来的博物馆和图书馆，或者如实验室老鼠迷宫一般让人感到晕头转向的狭窄街道，而在于诉说着几个世纪历史的时空压缩感。

乔治·华盛顿站出来领导殖民地军队的地方就离剑桥公地不远，后来成为哈佛大学的主校区，名叫哈佛园。1969 年学生们在这里高喊“权力属于人民”的口号抗议越南战争。由此上溯 200 多年，1766 年英国爆发食物骚乱期间，他们的前辈在这同一片小小的地方跟着高喊“看啊！我们的黄油都是臭的”。哈佛大学建于 1636 年，其原址现在叫旧园，旧园对面是大学礼堂，礼堂上挂着来访过的各国元首的国旗，国旗旁边是装饰着 VE-RI-TAS[①] 字样的猩红色哈佛校旗。大学礼堂后面有一片开阔空间，是三百周年纪念

① 拉丁语，意为真理。——译者注

剧场，剧场左侧是哈佛大学纪念教堂，正前方是赛弗楼和爱默生楼，常有大传道士和大哲学家在两栋楼里出没；剧场右侧是巨大的怀德纳图书馆，由一户富贵人家为纪念他们不幸随“泰坦尼克号”葬身冰海的年轻继承人而捐赠。这座图书馆既是全校学生和一些世界顶尖学者聚会的地方，也是一个盗贼紧抱哈佛大学收藏的古腾堡《圣经》[①]跳窗逃跑时受了重伤的现场。每年 6 月的毕业典礼，多达 24 000 人会从三百周年纪念剧场一路挤着排到图书馆，许多人就在图书馆门前的阶梯就地坐下。典礼的标志性活动是给最多 10 位名人授予荣誉学位。获得荣誉学位者的身份一直保密，直到典礼前一晚才会在庆祝晚宴上揭晓。晚宴在洞穴一般的纪念堂里举办，有好几百人出席。纪念堂是在 1872 年为纪念在南北内战中阵亡的哈佛人而建的——拉夫发现，这座纪念堂只纪念北方军中的哈佛人，并不纪念南方军里的哈佛人。纪念堂采用英国维多利亚风格，建筑结构包括一座钟楼，那儿曾是一群游隼的庇护所，直到这一物种由于农药中毒而几近灭绝。

从钟楼往东南方向过去就是好几个全美最具盛名的艺术博物馆，往西则是充满现代感的科学中心，从设计上看，科学中心采用新金字塔形神塔风格，富丽堂皇，专门留给本科生接受科学教育。从纪念堂往东北方向再走一个街区，是一座比科学中心还要高耸、如同一座小摩天大楼一般的威廉·詹姆斯楼，这是社会科学各学科学者的大本营，每到冬天大家都会绕道而行，因为它的四周一直刮着肆虐的北极风，这跟这栋建筑在设计上采用的外形以及离群独立的位置有关，不经意间它就变成了一个风隧道，并且风是由里向外

---

① 15 世纪在神圣罗马帝国美因茨出产的第一部通过活字印刷术印刷发行的《圣经》。——译者注

吹的。从这儿继续往北走，一路来到神学大道与牛津街交会的路口，就会看到一处有许多人进进出出的建筑群，这就是人们口中的“科学城”，分子与细胞生物学学科专属的闪闪发光的玻璃宫殿成为当仁不让的主角。这里永远人头攒动，从体量上看也把那栋历史悠久的神学楼远远甩在后面，而在19世纪有大量伟大的思想家从后者走出。至于其他同样古老的木结构建筑，哪怕它拥有全世界最大的私人动植物收藏品，此刻也在建筑新贵面前失去了存在感。在比较动物学学科的博物馆里，有一具来自新西兰的长度超过3米的恐鸟骨骼、目前已发现的32具已灭绝大海雀标本中的2具、全世界最大的龟化石、刘易斯与克拉克在1804—1806年间进行首次横跨美国大陆往返考察活动期间捕获的一种新鸟类的参考标本，以及超过500万份来自世界各地的昆虫标本，全都在这里得到精心保存。最后，沿东北方向再往前走一点，这个偏远而又静谧的地方从地理和人文角度都可以说是处于大学的边缘位置，这里有一座建筑长得像压扁了的大教堂，那就是神学院，里面有令人叹为观止的藏书，这些藏书有时候也会被周围科学家里面的怀疑论者称为“信息披露图书馆”。

从整体来看，这里好比人类社会的一个蚁丘，一个由各种专家组成的万花筒，这些专家的生活早已注定，就是要通过服务并造福全人类来确保他们自己的福祉。对拉夫来说，最让他这位南方墨西哥湾沿岸之子感到困扰分心的问题，就是当地漫长而寒冷的冬季。每年都有长达4个月的时间，新英格兰地区[①]会定期遭遇东北飓风的袭击。风暴总是从大西洋沿岸地区一路向北席卷而来，让新英格

---

① 美国东北部6个州的总称，包括缅因州、佛蒙特州、新罕布什尔州、马萨诸塞州、罗得岛州与康涅狄格州。——译者注

兰地区遭受一场持续 3 天的折磨。风暴抵达时由于携带相对而言温暖湿润的水汽，当地便会下大雨、冻雨，甚至下雪，这些雨雪再由强风裹挟呼啸而过。波士顿就这样跻身全美风最大的 3 个城市之一。这些东北风还要继续向外转移到北大西洋，一路上拖拽着一股又一股北极风，往那些倒霉的居民身上扑过去。每一次，风暴来的第一天，坎布里奇的街道和两侧的人行道上到处都是积雨和烂泥洼。进入第二天，这些街道就会被黑冰[①]覆盖，冻结起来的烂泥也会形成一堵又一堵小小的矮墙。从第三天开始，当地人熟悉地唤作"蒙特利尔快车"的强风带来了风寒效应，气温直线下降，越来越多路人在狭窄的人行道的黑冰上摔个东倒西歪。

在这名副其实让人"闻风丧胆"的时节，室外除了少数穿着厚重衣服的人继续匆匆行走于尖声呼啸的北极风中，还有几只绝望的鸽子以及家麻雀，这之外几乎就看不到任何生命迹象了。这些鸽子，还有家麻雀，跟它们的欧洲祖先不太一样，它们的羽毛能够向外蓬起而保暖，此刻它们正四处跳跃着想要再找到一点儿食物碎屑。拉夫也被搞得垂头丧气，开始怀疑人生："怎么会有人想要待在这种鬼地方？他们脑子有问题吗？"

拉夫觉得，刚来时舒适怡人的秋天现在看来相当具有欺骗性，自己初到哈佛时的那股兴高采烈劲儿，很快就被这份折磨人的疏离感抵消了。他永远都摆脱不掉这份疏离感；他永远都感到自己是一个外人。总有一天他会发现，在哈佛，所有人都是外人，至少他们每隔一段时间就会产生这种感觉。

拉夫全新生活的中心就是法学院那栋灰色的石头建筑，他的哈

---

① 覆盖在地面上的很薄的结冰层，因为可以看到下面黑色的路面而被称为黑冰。——译者注

佛生活便围绕这栋楼以令人眩晕的方式展开，如同激流中的旋涡一般。放下学习去体会一把这种生活，就跟试图从消防水管里接一口水喝一样刺激。一个又一个由聪明人组成的战队，以及他们大力推崇的各种思想，叫人晕头转向。大多数学生在来到哈佛以前就已经得到智力超群的评价。在前一个母校当过毕业生代表以及得过全美优秀学生奖学金，这些荣誉在哈佛的本科生看来再普通不过了。美国大学优等生荣誉学会成员身份是研究生的标准门槛。在哈佛的领地上，思想以及为了维护这些思想而进行的咄咄逼人的辩论才是硬通货。

拉夫在动身北上哈佛之前，曾这样安慰自己：哈佛这所学校虽然很明显跟佛罗里达州立大学存在一些区别，但事实应该可以证明两者在本质上是一样的。他原本觉得，哈佛可能就是佛罗里达州立大学的一个升级加强版。但他很快就了解到一个重要的不同的真相：任何一个有组织的系统，不管是一所大学、一座城市，还是有机物组织起来的任何一种集体，只要达到足够大的规模，里面的居民具有足够的多样性，而且有足够长的时间不断进化，那它就会达成质的区别。

原因说起来也很简单。系统内相互互动的组成部分越多，从这些互动过程中产生的新的现象也就越多，这样一来，师生们每天有意外发现的机会就会变得越来越多，世界作为一个整体也会变得更加新奇有趣。这个规律对不同的蚂蚁种群也同样适用，尼达姆在佛罗里达州立大学跟拉夫这么讲解过。大型的种群，比如诺科比地区那些蚁丘内的蚁群，具有复杂的劳动分工，里面的蚁后无论是从个头儿还是从身体构造这两方面来看都跟普通工蚁存在巨大的差别。

拉夫很快就在校园里发现了一个现象，跟这一令人肃然起敬的大原则完全相符。这一现象就是盖亚军[①]——一个激进的学生环保运动团体。他们在哈佛校报《深红报》（*Crimson*）上发布的一则通知里宣布他们即将举行秋季学期第一次会议。

盖亚军

兹定于9月25日星期三晚上8点整在洛厄尔楼公共休息室举行会议。盖亚军作为一个由热心学生通过民主方式组织起来的团体，将会讨论"自然优先！为了全人类的福祉"的话题。

在拉夫这位来自边远亚拉巴马州的小伙子看来，这个团体可能就是为他而设的。毕竟，他也算是激进环保主义者——多多少少算是吧，至少在莫比尔时确实如此。

等他来到洛厄尔楼的会议现场，他发现盖亚军里还有一个出乎意料的迷人人物——乔兰·辛普森，一个才华横溢的本科生，主修社会学，并且来自恰好同样来自美国南部的小地方——阿肯色州的费耶特维尔。辛普森凭借高中时期无可挑剔的全A成绩，手握奖学金入读哈佛大学。辛普森的爸爸是基督教一个教会的牧师。大一学年即将结束之际，她就跟她老爸来了一个180度大反差，直接摒弃旨在确保她能长成一名"年轻优雅的基督教女士"的南方传统家教，转而将南方传统的另一部分，将自己个性里代表坚定意志的部分打磨成社会主义变革的矛头。她的政治光谱左到再过一点儿就会被人视为癫狂的程度，这还是基于哈佛那本来就十分宽松的标准做的诊断。

① 命名源于古希腊神话里的大地女神盖亚（Gaia）。——译者注

不过，这位乔兰·辛普森同学一边鼓动改革像费耶特维尔以及哈佛大学所在地坎布里奇这样一些地方的各种不公制度，一边却大大方方地继承了她爸爸的道德义愤和修辞风格。基本上就没有一个难啃的主题是她不曾抱有独特见解的。她最激烈的情感专门留着对付环境破坏者，她亲眼见过这些人在她的家乡阿肯色州公然大肆破坏。

辛普森宣称自己永远不会投票支持某位领导人。她判定没有一位国家领导人有能力引领拯救人类所必不可少的变革，包括那位刚刚结束总统任期的她的同乡比尔·克林顿，甚至也包括拉尔夫·纳德（Ralph Nader）①。她试着丢掉自己的南方口音，因为在她看来，这让她听起来很无知，并且更糟糕的是，听起来像是政治上的保守派。但她偶尔还是会尴尬地发现，自己一不小心就会冒出一些南方味儿十足的用语。

这天晚上，拉夫来到盖亚军的会场时，辛普森就径直朝他走过去，先做了一番自我介绍。这是阿肯色州有教养的年轻女性绝不会做的事，但对于来自人称“坎布里奇人民共和国”的一名思想解放的年轻女性来说，却属于最基本的礼貌。

“你好，我叫乔兰·辛普森，很高兴您能加入我们今晚的会议。”

“啊，谢谢你，女士，”拉夫用一口地道的亚拉巴马口音回道，“我对一切为环保做贡献的组织都很有兴趣。”

原来是南方人啊，辛普森想道。她一把抓住拉夫的胳膊，又给他拿了一杯饮料，把他带到会议室一角。很快两个人就热烈地聊了起来。她不得不承认，尽管自己现在已经是一名乐于拥抱所有不同种族的全球公民，但还是会偶尔受到思乡病的折磨。而且，不管怎

① 美国政治活动家、律师，因参与消费者保护、环保主义事业而闻名。——编者注

样，拉夫可是法学院的学生，在盖亚军日后的行动中可能会有政治方面的用处。目前盖亚军的绝大多数成员来自英语或社会学专业。

这天晚上，辛普森在这个小型集会余下的时间里几乎只和拉夫待在一起，他俩兴奋地交流各自的背景与哲学观。辛普森很快就对拉夫的特质做了一番评估，并对他印象很好。他不但跟自己一样，也是一名环保主义者，并且还有着明确的使命。作为一名地道的南方人，他说话的方式也让她备感亲切，哪怕她已经跟自己的南方背景一刀两断。另外，他在年纪上多少也比她大一点儿，没有浮夸的一惊一乍。他还穿着夹克，打了领带。他的头发修剪得干脆利落，最重要的是，他公开表达了对自己圣公会信仰的质疑。

简单说来，在辛普森看来，拉夫跟那些幼稚的、穿圆领长袖运动衫的加州人形成了鲜明对比，那些人现在自命为盖亚军的核心人物和前卫先锋。拉夫具有领导者的气度，她想，也许这个组织最急需的正是像他这样的人。盖亚军基本上可以算是美国 20 世纪 70 年代新左派的延续，组织里的其他成员普遍认为自己是新社会主义革命正统信仰的卫道士。与此同时，所有人都必须严格遵守组织规定，不能有半点违反。他们坚持着一套思想体系：组织的领导席位是轮值的，通过让不同性别以及不同少数族裔轮流当值来保证思想体系的纯粹性。但事实表明这么做的作用微乎其微，因为所有的组织决定都是在各种会议中由与会全体成员共同做出的。

盖亚军的目标是要推倒旧秩序，然后重建一个在他们看来设计得当的新秩序。至于这个新秩序应该是怎样的，当然就要交由大家讨论，反复讨论，在未来还会有更多讨论，以此确保这次变革能把方方面面安排妥帖。到目前为止他们只确立了一条原则：性别与种族完全平等。

接下来的剧情就是拉夫被辛普森迷住了，当然这也是难以避免的。任何一位富有魅力并能如此自信地从芸芸众生中一眼选中他的女生，都会让他不由自主地产生兴趣。他像任何一位异性恋男生打量偶尔路过自己视线范围内的漂亮女生一样打量着她，不管这个女生路过的时间是多么短暂。这一次，他这飞快的一瞥也是按照基因编程的正常步骤进行的。出现在他面前的新样本是这样的：第一，她几乎跟拉夫一样高。第二，年轻，整个人看上去几乎像是青春期少女，身材纤瘦，可能有点儿太瘦了，但跟她那利落的、易兴奋的性格倒是很搭。辛普森有一副敏锐聪慧的长相，小下巴，宽间距的双眼，高颧骨。她深褐色的头发剪得有点太短了，不晓得是出于变革派的中性打扮需要，还是单纯因为她对女性装扮感到厌恶。她的无名指上空荡荡的，看不到戒指。而从说话的语调和肢体语言发出的多个信号综合判断，拉夫认为此人并非同性恋者。

对拉夫以及大多数高知男性来说更重要的一点是：他俩都相当机警，而且都遵循目标导向原则。他俩都急切地想要跟对方诉说自己的童年经历，并且都能很自在地拿自己的家教开玩笑。那天晚上，他俩的私密谈话持续了半个多小时，会后又继续进行了半小时，引来其他盖亚军成员的异样目光。他们就这样聊啊聊，一直聊到聚会结束，现场人群开始慢慢散去。整个过程都没有辛普森的哪位男性朋友跑过来要加入他们，散会以后也没有人走上前来说“走吧，乔兰，我送你回去”，这让拉夫松了一口气。后来，他才渐渐意识到，这次对话没有被谁以“名花之主”的身份跑来打断，很可能只是证明该组织的确把性别歧视行为视为禁忌，这一禁忌基于他们的一种信念：睾丸素驱动的行为是环境破坏者的典型特质。

过了两天，拉夫和辛普森在纪念堂地下室的学生中心碰面，一起喝咖啡。这次他俩又聊了很久，只不过内容更加严肃，全都围绕环保行动主义以及世界时事之类的话题展开。依然没有来自盖亚军的男性对手出现。之后的那个星期六，他俩一起去了法学院，来到拉夫的地盘，又聊了很久。再之后的那个周末，因为拉夫的舍友去参加一场加蓬自由集会，他跟辛普森干脆把天聊到了床上。

跟他在佛罗里达州立大学的大多数同学不同，拉夫在来到哈佛之前从来没有过性生活。他个头儿太小，外表不成熟，很难引起大多数女生的注意。更何况，他又很害羞，也害怕让某个女生意外怀孕或是跟对方形成某种情侣关系而影响他早已做好的职业规划。即便没有前面提到的这些原因，他不会开车也是一个问题，会开车在美国可是谈朋友的最基本的前提。

不过，他在佛罗里达州立大学倒是跟几个女生在校园或校园周边约会过，吃饭、聊天、看电影。有那么两次，他在女方宿舍门外跟对方互相爱抚，因为他们见到的其他情侣都这么做。他常常在脑海里反复回味这些与女生的接触，发展成各种性幻想。他梦想过要有更多这类接触，但在现实里却一如既往保持克制，只是默默等待。

这回与辛普森的激情简直是一次质的飞跃。他之前在佛罗里达州立大学结识的年轻女士基本上都非常谦逊忠贞。她们都希望只跟一位或少数几位伴侣发生性关系后，就能找到最终成为她们的丈夫或者最起码可以委婉地称作男朋友的那个人——无论具体是这两种情况里面的哪一种，她们就是要找到此生所爱。拉夫有着同样的家庭观。

辛普森的想法却大相径庭，她一心要从性爱过程中榨取她能得到的每一丝快感。她的家庭观源于激进女权主义无畏的、勇于试验的精神。与追求纯粹的身体欲望比起来，她这么做更接近于要提出某种政治主张。她的意识形态赋予了她打破枷锁、抹除限制的通行证。性爱在她看来就跟大清早先来一杯咖啡差不多，是一件特别轻松随意的事儿。

就这样，辛普森使劲拽着拉夫越过了他最狂野的性幻想边界。她是莉莉丝[①]，她是阿佛洛狄忒[②]，是一股自然之力。拉夫没有办法用他那由逻辑主导的世界观来理解这段求索禁果的冒险旅程。但是，作为一名正常的青壮年男子，他不假思索地放开了自己，加入辛普森这些自由形式的实验，好奇这些实验最终会把他们带向何方。

除了汹涌澎湃的性能量，能在类似哈佛这样一所顶级名校谈一场恋爱本身就属于一场无与伦比的非凡体验。拉夫和辛普森幸福地放纵自己迷失在这个由各路天才组成的蚁丘里，穿行于不断变化的迷宫里，里面有不同的班级和学习小组，有跟各自或共同朋友会面的场所。但是，无论什么时候，只要能找到一两个小时私密甚或半私密的时间，他们就会尽情利用。

两个人都带着不断加深的满足感，在哈佛大学以及周边地区的生活里发现了一种全新的诱惑力，并且乐在其中。在美国最高法院一名大法官为法学院开设的主题为“宪法与国际谈判”的讲座上，辛普森居然咯咯笑出了声，拉夫赶紧“嘘”了一声制止她。他俩花一个小时在福格艺术博物馆欣赏伦勃朗的素描以及标志性的拜占庭艺术。拉夫一边想着接下来的约会，一边又许诺自己一定要找时间好好研究一下艺术史，他也知道自己隔天多半就会忘掉这一承诺。

这对情侣之后又花了两个小时去听一场无调性音乐会[③]。拉夫根本听不懂，但包括辛普森在内的其他观众好像都听懂了，于是他决定闭口不提。他们在科学中心牵着手听了一场讲座，题目为“真

① 美索不达米亚神话中的人物，被认为是风暴的化身。——译者注

② 希腊神话中代表爱情、美丽与性欲的女神。——译者注

③ 现代音乐的一种表现形式及重要流派，与有调性的传统古典音乐形成对比。——译者注

相大白：有花植物的起源与谱系”，演讲者是某大学一位蜚声海外、造诣很深的植物学教授。他们还结伴参加了一场集会，主题是“解放缅甸”，然后一同琢磨当地军政府到底要拿当地的雨林做什么。两个人都对纽约的世贸双子塔遇袭[①]感到愤怒，却又同时希望阿富汗的人民不会过度遭殃。他俩还在哈佛广场旁边的一家小餐厅里共进晚餐，初次尝试埃塞俄比亚菜，但也是最后一次。

他们会一起嘲笑身边哈佛人的各种稀奇古怪的行为。比如，来自牛津大学的客座教授操着一口牛津口音，会在《纽约书评》（*New York Review of Books*）上发表文章，而一位美国教授同样操着牛津口音，却在《伦敦书评》（*London Review of Books*）上发表文章。还有，学校在官方的《哈佛校报》（The *Harvard Gazette*）上强行煽动学生们对哈佛校足球队的热情，而哈佛学生很少会穿带有本校校徽的运动衫或外套，相反，出于匪夷所思的某种逆反的虚荣心，他们更愿意把别的学校，比如佐治亚理工学院或宾州滑石大学[②]的校徽戴在身上。

令拉夫困扰的是，在他认识的人里面，除了辛普森，没有一个人知道拉斐尔·塞姆斯上将是谁，哪怕辛普森也仅仅是依稀听说过而已，还有点儿不屑一顾。但哈佛法学院带有魔力的氛围很快就让他忘却了这小小的耻辱。等到第一个学期结束，拉夫已经结交了好些新朋友，跟辛普森的恋情也在急速升温，他觉得，自己这辈子可能达到的最圆满、最均衡的状态也许就在此时。他有时甚至会漫无目的地想象，假如抛下一切去当一名哈佛流浪汉又会怎样：溜进各种大型讲座和活动的后排座位，免费旁听各种课程；混进几个招待

① 即“9·11事件”中恐怖分子劫机撞向纽约的世贸双子塔。——译者注

② 位于宾夕法尼亚州。——译者注

会去蹭吃蹭喝，甚至还能趁著名的教授俱乐部挤满学生的时候闯进去；打零工维持生计；找一位长久的爱人，也许就是辛普森；步入中年的时候蓄起花白胡子，留着马尾辫；成为哈佛广场半专业棋手中的一员（竖个牌子，上面写着“跟高手下棋：只要5美元”），学会足够多的经典棋路，快速干掉业余选手，到了晚上就去广场周围找一家高档餐厅饱餐一顿。但这些只不过是幻想而已。拉夫继续坚毅地向前迈进。

拉夫和辛普森的兴趣爱好在许多方面都有重合，但个性上的区别终究让两个人渐生嫌隙。令人不安的是，分歧恰恰出现在环保行动主义这个关键议题上。辛普森想要的是一股强大的摧毁性的力量，她渴望进行一场变革。她倾向于开动宣传机器狂轰滥炸，通过抗议游行与暴乱发起正面进攻。她才看不上拉夫那种谨慎守法的做法。

辛普森试着避开两个人之间的矛盾。这压制了他们在私下聊天时表达各自想法的自由。他们都在弱化自己的某些意见，也默契地绕开了好几个话题，包括种族话题和经济话题。拉夫发现，肉体上的亲密妨碍了他们的智力交流，也导致两个人的性生活不像当初彼此还很陌生时那么自然而然。

终于，一天晚上，就在拉夫开始谈论诉讼与解决冲突的方法时，辛普森爆发了。

“那些开发商太强大了，拉夫！你根本没法让那些人让步。他们要钱有钱、要权有权，不仅如此，他们还总说这么做是为了国家。如果这些手段都没用的话，他们会说这就是上帝的旨意。上帝就是野生动物管理员。你怎么应对这一点？你没法跟他们斗，拉夫。不可能跟他们讲道理。他们每次都能碾压你。相信我，唯一能做的就是悍然出击。我从我爸那儿还是学了几招的。你得同时具备热情和胆量，拉夫，还要舍得在战场上做出一些牺牲。而且，我们的时间也不多了，拉夫。”

他可不喜欢像这样被人逼迫，仿佛自己的男子气概受到质疑。“辛普森，我明白你是想让我当一名出庭律师，帮盖亚军的成员以及其他冲锋陷阵的人洗脱牢狱之灾。但我心中另有规划。”

“有什么规划?”她问道，然后突然安静下来。

“我以后会告诉你的，亲爱的。”他并不想让这次争吵继续下去。

辛普森被刺痛了。她可不习惯在论战正酣之际被对方硬生生地掐断，当然她也同样放弃了争论。

拉夫已经没什么可以做的了。他难以适应这种咄咄逼人的辩论，“生态战争”这个概念也让他非常反感。最重要的是，一想到可能要违反法律，他就没法忍受。这并不是因为胆小，而是因为他非常清楚，违法的后果有多严重，并且还会导致事与愿违。他本以为辛普森肯定也能认识到这一点。往花旗松树干上打钉子，以此弄坏砍树的电锯，这在他这里可行不通。在推土机前躺倒，无视禁令，冒着坐牢的风险，被带出法庭时对着电视镜头挑衅地大喊大叫，这样的事情他也是一件也做不出来。

或许，每隔好一段时间，发起非暴力不合作运动，甚至偶尔的暴力反抗都是很有必要的。从亨利·戴维·梭罗、马丁·路德·金，到牺牲在列克星敦①和康科德②的民兵，拉夫认同这都是令人敬佩的英雄。但他对辛普森以及盖亚军其他成员支持的行事方式抱有哲学意义上的更深层次的不满。无论如何他没法将环保圣战与民权斗争画上等号。这里是美国，可不是哪个愚昧动荡的国家。树木和熊并不是被剥夺权利的人民。斗争会在而且必须在法律范围内取得

① 马萨诸塞州小镇，1775 年 4 月美国独立战争的第一枪在这里打响。——译者注

② 新罕布什尔州首府，1775 年 4 月当地民兵发起了美国独立战争中针对英国人的首次暴力反抗。——译者注

胜利。

拉夫开始寻求知识与情感上的支持，希望借此弥合他与辛普森之间的分歧。他找来找去，终于在与罗素·琼斯的一次见面中找到了答案，这位先生是哈佛大学环境法专业的约瑟夫·布拉德讲席教授。

他们约在琼斯的办公室碰面，那是一个长方形的大房间，正好俯瞰剑桥公地。办公室的一面墙上放满了书，书的上方是一道饰带，上面是 19 世纪印制的西印度群岛和南美洲鸟类版画。另一面墙上挂着一堆奖状和照片，包括琼斯与哥斯达黎加总统奥斯卡·阿里亚斯的合影，还有他跟其他拉美环境改革先行者的合影。

琼斯是一个身材高挑的男人，尽管年近六旬，依旧状态良好，随时可以参加一场长途跋涉的观鸟之旅。他中等长度的银发乱蓬蓬的，留着诗人般的发型。在应召来到哈佛之前（T. S. 艾略特[①]和 A. L. 洛厄尔[②]所在的时代就是这么形容哈佛大学发出的教授聘请通知的），他曾在美国国务院担任拉美环境与交易政策专家，能说一口流利的西班牙语和葡萄牙语。

他们各自找了一把椅子，黑色的椅背上全都印着金色的哈佛校徽，一看就知道坐上去并不舒服。两个人将椅子拖过松木地板，一直拖到办公室唯一一扇窗户边上，弄出很大的刮擦声。

"作为一名环境律师，我可不是经常接到学生提出的面谈申请呢，"琼斯说，"如今法学院的学生似乎着迷于两种极端，要么为公民自由无偿打官司，要么就是给华尔街卖命，大把大把地挣钞票。"

拉夫感谢他同意接受自己的拜访，然后直奔主题，描述了诺科比的现状。他说，照目前情形来看，那些开发商恐怕要胜出，诺科

① 在美国出生而后加入英国国籍的诗人，1906 年入读哈佛大学，后成为哈佛大学教授。——译者注

② 美国教育家、法学家。1909—1933 年出任哈佛大学校长。——译者注

比无价的自然遗产会遭到毁灭。“有朝一日我也很愿意成为一名环境律师，但我现在就想帮忙拯救诺科比，还有美国南方像诺科比这样的地方，越多越好。南方已经失去了很多这样的地方。时间不等人呀。”

“好吧，”琼斯说，“跟这儿常见的法学院学生相比，你显然属于不同类型的寻求真理者。所以，我给你的答案是，这事确实非常棘手，没错，尤其在你家乡更是如此。但你说得对，我们可以在法律框架内应对这类情形。”

“但是，适用哪一种法律呢？”拉夫问，“假使一家公司拥有一片本该确立为自然保护区的土地，并且这片土地既地处偏远又无人监管，有什么办法可以阻止这家公司将它整个推平呢？”

拉夫一边问，一边忍不住对自己感到有些恼火。他最近留意到自己的亚拉巴马口音渐渐消失，尤其是在和权威人士对话的时候表现得更明显。他会下意识地加快语速，将某些单词最后一个音节的发音缩短。他不想自己有这样的改变。但每当他试图改回原来的口音，又总会不自觉地夸大南方口音的软绵感。他觉得自己听上去就像从南卡罗来纳州来的。

“是有这方面的法律，”琼斯说道，“并且存在不同的释法空间。”他停顿了一下，好让拉夫有时间消化这句话。“如果某些释法方式带有强烈的道德前提，并且获得了公众的支持，那么，这些释法方式就有机会在法庭赢得官司，哪怕过往判例似乎指向相反的结局。我希望，这是你在法学院已学到的东西。法律上本来就有一系列法律论据可以用来保护土地。并且用这些论据是可以胜出的，哪怕要把官司打到上诉法庭，甚至，至少从理论上来说，要一路打到最高法院。流程与对刑事判决提起上诉很相似。”

“老天保佑，”拉夫说道，“要像为某种犯罪行为辩护一样在法庭上为大自然辩护，这也太糟糕了吧。”

“这个嘛，记住你是在跟普通法打交道，普通法是非常复杂的，并且在一定程度上总要基于道德理由。就你所描述的情形来说，这一特点表现得尤其真切。这是因为，这场争议源于合众国两个神圣法令之间的冲突，一个关于私人财产权，一个关于美国的自然遗产。如果你拥有一片土地，你可以按你的意愿随意处置它，但也要在一个限度之内。你不能对这片土地做出损害公众利益的改变。你不能在里面埋藏铀核燃料，你不能在里面拦河设坝。如果这片土地对环境保护来说具有至关重要的意义，那么，开发它就很可能伤害到我们的公众利益。这就是说，你必须代表诺科比野地，证明开发它会损害我们的自然遗产，并且，这种损害大到了某种程度，足以抵消开发项目可能带来的就业机会与薪资上涨等好处。”

“这也太主观了。”

琼斯表示同意：“对，我也认为这非常主观。并且，你要知道，在环保观念落后的地方，比如亚拉巴马州，这事更加难办。当你碰上像湾区门户联盟这种将开发作为一种主要公众利益来推动的组织，就更是难上加难。说到底，我可一点儿都不看好你眼下的情形。”

“我也不。”拉夫回答。

他起身谢过琼斯，步行回到附近的理查兹楼宿舍。加蓬舍友又出去了。那家伙跟他的一些同胞最近好像几乎就住在肯尼迪政府学院了。或许他们是要策划一场革命，谁知道呢？拉夫躺在床上，盯着天花板看了好一会儿，思考着刚刚的那番对话。好吧，他想，我得去学习一些新科目了。

他决定去查找那些通过解决双方冲突来结案的案子，尤其是那些通过州法和联邦法来裁定的案子。他设计了一套自认为效力强大的方法论，即通过解决冲突或施压来寻求胜利。不仅要达到保护环境的目的，如果当真有可能的话，还要满足开发商与土地所有者的利益。如果满足他们的利益是不可能的，那就退而求其次，去跟像盖亚军那样的环保战士组成联盟。若真要走到那一步，就得做好准备，运用抗议和集体诉讼等手段来给开发商和土地所有者施加压力。但不管哪一个具体方案可能出现怎样的进展，都绝对不要自愿放弃任何一片本就硕果仅存的宝贵的荒野之地。

一天晚上在洛厄尔楼，拉夫决定向盖亚军的一群成员讲述他的哲学。他知道，向这帮自诩为环保主义突击队员的人提议走谈判与协商之路根本就是在赌博。这就好比拿一个雪球朝魔鬼的脸上砸去，但他也很好奇，想看他们被砸以后会有什么反应，并且，他也必须承认，自己这么做是为了给辛普森留个好印象。

很明显，这步棋走错了。他看得出来听众早已不耐烦。他还没有讲完，就有一个穿着斜纹布裤子、瘫坐在前排椅子上的加州人高声打断了他。

“老天爷啊，兄弟，你讲的都是什么啊？你当你是内维尔·张伯伦[①]？你觉得你这是在干吗？你是不是那帮开发商的走狗？要么你就是个彻头彻尾的胆小鬼！不管你是什么，反正就是满嘴屁话。”

在场的每一个人都愣住了。拉夫也一时说不出话来。这可不是哈佛学生的行事风格。这是街上的小混混才说得出来的污言秽语。

足足有那么一分钟，这两个年轻人互相瞪着对方。拉夫的惊讶情绪很快就被愤怒取代。然后，他又奇怪地感到一阵轻松。他之前也遭遇过这样的局面。他是在比这儿落后很多的克莱维尔长大的男生，小时候好几次被牵扯进校园冲突，也就是那种通常由校霸欺负别的小孩时引发的打斗中。他自己参与的那次冲突以一名教师或高

① 1937—1940 年担任英国首相，以积极主张绥靖政策闻名。——译者注

年级男生把双方拉开而告终。这种冲突的典型结果，往往是双方僵持不下，互相辱骂，但谁也不动手。而围观的人群则会在旁边齐声喊："一个吓破胆，一个乐呵呵！"

拉夫仿佛回到了他在克莱维尔时的状态。他冲着那个加州人向前迈了一步，对方同时也站了起来，但没有往前走。

这就是大自然的法则，拉夫想。动物们真正打起来的时间很少，它们把更多时间用于炫耀和虚张声势。即使是他热爱的那些蚂蚁，也会通过举行比武大会来解决它们那个世界里的领土争端，并且在大多数情况下这些争端都无须挥洒一滴蚂蚁的血液，就能彻底解决。

他俩就这样又僵持了半分钟。其余的组员依旧保持沉默。拉夫暗忖，这家伙是在按兵不动。他的个头儿比我高大，但不一定比我健壮。他平时抽的大麻、灌的啤酒，可能早就使他反应迟钝，或许他自己也很清楚这一点。

透过灵长类动物无言而又原始的情绪流露，拉夫很清楚，如果此时转身离去，他就会失去在盖亚军的地位。更重要的是，他会在辛普森面前蒙受羞辱。辛普森或许会告诉他转身离开是对的，她很高兴拉夫没有将事情诉诸暴力。但这可不是真心话。

关键时刻还是安斯利当年对年仅10岁的拉夫说的话起了作用："只要你认为自己在理就绝不退缩。"在房间后排就座的盖亚军成员已经开始站起身来，至于他们是要起身离开还是走上前来，拉夫无从判断，但他已经开始听到一些窃窃私语。拉夫认为自己了解眼前这个对手。是时候揭穿对方的虚张声势了。他也准备付出被揍出一脸鼻血的代价。拉夫又向前迈了一步。两个人此时相距不过一米多。拉夫的胳膊依然垂在身体两侧，但他已经攥紧了双拳。

接下来就该角逐胜负了。"臭小子，你懂个屁！"拉夫低声吼道，

“给你个忠告，你要继续照现在这样办事的话，小子，早晚有一天你要进监狱。如果你真被抓进去，那倒人人都好了，免得天天面对你这个可笑的大话精。”

这回轮到这个加州人目瞪口呆了。他坚守阵地，但唯一能挤出来的只有一句“去你的”，典型的懦弱者的败退宣言。拉夫没有回应，就当两边打成了平手。

两个人同时转过身去，都做出一副对对方的不义之举感到震惊的表情，不住地摇着头。睾酮并没有在这次冲突中占据上风，两个人之间并没有发生暴力冲突，但这一插曲也向拉夫表明了几个仅靠自省不可能得出的结论：一是他绝不是胆小鬼，二是他遇到的这位身穿斜纹布裤子的加州同学也并不愚蠢。

直到此刻拉夫才终于反应过来这一幕是多么荒谬。无论在什么情形下，从来没有人在哈佛大学洛厄尔楼的公共休息室里打过架。但拉夫对今天的结果仍然十分满意。

事情结束之后，浑身轻松而又十分自豪的拉夫散步送辛普森回到她位于莱弗里特楼的宿舍。他决定，是男子汉的话就不要向辛普森提起他跟这个加州人的冲突，一句也不说，这么做的潜台词则是：“啥？你说刚刚那事儿吗？那不算什么，搞定这种事情对我来说易如反掌。”但让他感到困惑的是，辛普森对此也绝口不提，甚至连一个向他表达自己站在他这边的信号都没给出。两天后，他们在纪念堂咖啡厅再次碰面，同样没人提起。那时拉夫已经将那次冲突置于脑后，只是辛普森对此事的沉默依旧困扰着他。

两个星期后，拉夫还是顺道去参加了盖亚军的下一次会议，决意展示自己并没有被那个加州人的敌意吓住，同时他也想继续维系他跟其他几位成员的友谊。他四处张望试图找到那个加州人，想要尽可能跟对方保持距离。没必要再来一次类似的冲突。终于看见那个男生时，他却惊讶地发现这家伙正热切地跟辛普森说着话。这时辛普森也看见他了，于是便停止聊天向他走了过去。

拉夫努力找着适合对辛普森说的话，同时一股妒意涌上心头。他想，为什么我的女朋友会跑去跟这个混蛋聊天。妒意渐渐退去后，留下的是一股酸涩的恨意。

又过去几天，拉夫的不满日渐增长，随之而来的是他对辛普森信任的退潮。辛普森依然没有对他表示支持。她开始忙于洪水般涌来的作业，根本顾不上跟他约会。拉夫尝试为她情绪上的变化找出理由。他想，他爱她，爱她现在展示出的那种无畏的自由精神。他凭什么认为自己占有了她？尽管如此，为了搞清楚辛普森到底在想什么，拉夫开始在夜里辗转反侧。似乎没有办法可以同时保持他的尊严而又能解开这个难题。

最后还是辛普森亲手给他们的关系画上了句号。那天，在莱弗里特楼的公共休息室喝过咖啡之后，辛普森邀请拉夫陪她去查尔斯河边散步。在朗费罗桥上走到一半时，她停下了脚步，那里是情侣们偶尔会选来见面的地方，就在他俩凝视着下方的河面时，辛普森转身面对他，扬起了头，吻了吻他的嘴唇。

"拉夫，我已经决定毕业后要做什么了。我加入了'美国海地之友'。他们在哈佛有个分支。我要去那儿看看能为当地人民做些什么。可能会投身农业或植树造林。你知道的，为环境做些贡献。老天知道，他们需要这些东西。聚沙成塔，对吧？"

说完这最后一番话，辛普森便朝哈佛的方向独自走去，把拉夫留在身后。拉夫想，这就是辛普森会做的事。激烈果断，然后昂首阔步继续生活。他觉得自己再也找不到一个像乔兰·辛普森一样集智慧、大无畏的精神以及热情于一身的女人了。

拉夫受到的伤害深到连他自己也不能理解，他再也没去参加任何一场盖亚军的会议。他只能暗自设想，辛普森会不会带上那个加州男生一起去海地，或者说，她最后会不会真的动身去海地？当然这一切都不重要了，他现在的首要任务是恢复自己的正常节奏。他要重新开始钻研法学了。

32

日复一日、月复一月，随着拉夫在哈佛的学习时光渐近尾声，他更加深切地体会到在一所顶尖学府的顶尖法学院就读带给他的一个了不起的优势：他在这期间建立的朋友圈关系网以及结识的专业人士具有一股潜在力量。拉夫不需要在全国奔波就能见到自己该见的人。因为这些人会到哈佛来参加会议，主持研讨会，查阅图书馆资料，寻找同来拜访的同行。为方便日后获得资讯与协助，拉夫特意跟大自然保护协会、塞拉俱乐部、美国环保协会[①]等组织取得联系。与此同时，他还了解到在联邦政府司法部和内政部都有哪些办公室、哪些人值得拜访。他跟亚拉巴马州州议会办公室的几位职员交上了朋友。他开始整理各位环保领军人物以及他们在亚拉巴马州、密西西比州沿岸县市、佛罗里达狭长地带等地的一些私人支持者的地址和电话号码。

他学会了处理私权与公众利益在环保领域以外发生冲突的案

① 均为美国环境保护组织。——编者注

件。他变成了普通法领域除环保问题外各种此类冲突的专家。他确信可以用自己在这方面积累的知识，应对在他位于墨西哥湾区中部沿海地带的家乡出现的最棘手的难题。

拉夫提升了自己处理冲突的能力，他构建出不同的场景，与其他学生就这些场景进行争论。他比以往任何时候都更加坚信，保护大自然的一方与提供工作岗位的一方之间的矛盾不能仅仅通过简单地判其中一方胜出来解决。无论其中哪一方胜出，都只会让另一方心怀怨恨，并在下一次出现矛盾的时候卷土重来、加倍奉还。比这好得多、也更堂堂正正的做法，是达成一个令双方都满意的共识。但促成这一共识的最佳做法是什么呢？这是一个更为难解的问题。面对这一难题，人们往往忍不住退而求其次，让法庭作为美国版的所罗门王①，在仔细听取双方陈词之后，选出胜者一锤定音。

但还是有理由对中庸之道保持乐观。拉夫发现了由内政部以及非营利组织美国环保协会在过去几十年间研究总结出来的几个看上去颇有成效的诉讼程序。举个例子：假如一片具有生态价值的野地的所有者想要保持这片土地的完整，却又迫于现实所需不得不将它出售给早就虎视眈眈的开发商。某些案例显示，解决方法很简单：通过用一片生态价值较低但对开发商来说同样具有开发价值的土地跟土地所有者交换，让土地所有者将换来的土地以同等甚至更高的价格卖给开发商。又假如，在另一个情境中，土地所有者想要保护好这片土地并将它代代相传下去，却担忧后代可能会因为要向州政府支付地产税而不得不卖掉部分甚至整片土地。这时候，如果有可能，就设法协商出一个无限期的税款递延，只要这片土地一直保持

① 古以色列传奇君主，被誉为智慧之王。以“智断亲子案”闻名。相传两个女人争夺一个婴孩时，所罗门王下令将婴孩劈成两半，一人一半，以平息纷争，并以此判断出为婴孩求情的女人为孩子真正的母亲。——编者注

原始的自然状态，那么这些税款就可以一直递延下去。

关键是，上述解决方案是结合每个案例具体分析达成的策略，而不是通过自上而下对宪法进行某种抽象的应用达成的。这一一成为拉夫精心挑选的武器，收进他的兵器库，以应对即将到来的大战。

乍暖还寒之间，春天不知不觉地来到新英格兰地区。4月是一个爱下冷雨的月份，偶尔还会有暴风雪，只不过持续时间十分短暂，简直可以说老天爷在大发慈悲了。东北风仍旧时常光顾，刺骨的寒风将气温一再压到冰点以下。终于，到了4月末5月初，遍布波士顿和坎布里奇那些狭窄街巷两侧的连翘树丛开出了灿烂的黄花，木兰花白色和紫色的花瓣也像地毯一样落满了一个又一个被严冬折磨得不成样子的花园。在花园里，番红花也勇敢地冒出了头，忙不迭地赶在被绿草掩盖以及被小狗粪便压垮之前绽放出鲜艳的花朵。但是，在这万物苏醒的愉悦时节来临之前，任何想要见到植物萌芽生长的人都得驱车下乡，穿过灌木丛来到路边某个湿地旁，搜寻那一簇簇的臭菘。

一想到这是在哈佛的最后一年，拉夫就能愉快地熬过这如同后冰河时期一般的漫长冬天。从4月中旬开始，他陆陆续续收到多家律师事务所发来的信件，这些律所位于亚特兰大、孟菲斯、伯明翰、迈阿密以及纽约等大城市，有的只是来信打听情况，有的甚至提出雇用意向。他的专长最近刚刚转为卖家市场。根据法学院教职工圈里流传的说法，那些大事务所都在储备有能力处理环境诉讼的人才。

拉夫礼貌而又谦逊地回复着那些信件，希望给自己多留一条路。但他知道自己的职业生涯恐怕永远也不会走上那条路。不管能不能给自己找到一份工作，他都要回家，回到莫比尔。

两个月后正式毕业之际，他的决心依然坚定不移。根据传统，哈佛的毕业典礼定在每年6月的第一个星期四。拉夫邀请他的父母前来参加典礼。典礼头天晚上，他带他们去他最喜欢的那家印度餐厅吃晚饭，餐厅位于马萨诸塞大道，离哈佛广场只有一个街区的距离。安斯利明显对坎布里奇的各种事物都很不适应。他从莫比尔长途跋涉来到这里以后就感觉不太舒服，心情烦躁。看爸爸戴上眼镜，花了很长时间研究那份菜单，最终只问出一句“他们就没有一些油炸的东西吗”，拉夫的内心不禁涌起一份强烈的柔情。

第二天，与往年相反，也有人说是有违天意，哈佛所在的马萨诸塞州东部地区居然下起了一阵小雨。随着学校周边地区所有教堂同时响起钟声，全美最盛大、也最令人仰慕的毕业典礼拉开序幕，校长劳伦斯·萨默斯在哈佛大学董事会和监事会成员陪同下从旧园出来，向着被雨水打湿的三百周年纪念剧场走去，与此同时，回荡着的钟声也带来了幸福、快乐与阵阵欢呼。来自各院系的教职员工披着如孔雀开屏一般招摇的各色长袍，打着雨伞，跟在后面步入剧场。

这一行人从毕业生人群中间留出的一条狭长走廊里穿过。两侧成千上万的学生家长和宾客挤成一团，人们相互打着招呼，一起跟着欢呼。随着舞台上的人们陆续就座，米德尔塞克斯县治安官和他的办公室成员一起走上舞台中央，在中空的木地板上使劲敲击三下，迸发出如同步枪开火一般的声音，并宣布大会马上开始，欢呼的人群突然安静下来。

接下来，全场齐唱美国国歌。随后是一段祈祷，祷文经过精心删改，力求适合所有的基督教派；然后演奏《法兰西王国颂歌》；最后是学生致辞，分别用拉丁语和英语进行。这是传承自17世纪的固定仪式。这一套完成后，还有更多的唱诗班合唱和乐器表演节目等待出场，最后是将人文学科和科学学科的优秀本科生一一召唤上台。

萨默斯校长开始一个学院接一个学院地授予哈佛大学学位。现场的气氛也从平静转为欢腾。医学博士们脖子上挂着还未被用于任何患者的听诊器，商学院的毕业生也独树一帜地将早已攥在手里的大把的一美元钞票抛向空中。拉夫跟同班同学一道接受了学位。正如校长所说，他现在已经真正领会到了“那些使我们得以保持自由的睿智的约束”。拉夫一站起来就试图从人群里找到他的父母，却没找到。有那么一瞬间，他还感受到一种出乎意料的渴望，推动着他在本科毕业生中找寻辛普森。但他是不可能在挤满了毕业帽的茫茫人海中找到她的。

终于，到了给 9 位杰出毕业生颁发荣誉学位的环节。他们在一轮轮礼节性或雷鸣般的掌声中逐一起立。每一位都会听到一段关于他们的事迹的赞辞，行文诗意、简明扼要，完全可以用来做墓志铭。

舞台上的人逐渐退去，排着一字队形沿毕业生人群形成的那道狭长走廊原路返回，这个由哈佛庆典人群构成的巨型蚁丘也就此解体。马西娅和安斯利来到哈佛广场，在约翰·哈佛[①]的雕像下等拉夫。

等待间隙，安斯利走到雕像跟前，伸手摸了摸雕像上一只鞋的鞋尖，在他之前早就有成千上万慕名前来瞻仰的游客这么做过，将这两只鞋的鞋尖摩挲得锃光瓦亮。他看到一名黑人老头儿就站在旁边，倚着一根银头拐杖，说话彬彬有礼，带着南方口音。安斯利上前搭讪，得知对方是一名教授，来自哈蒂斯堡的南密西西比大学。在他旁边等候着的是他的孙女，凑巧也是哈佛法学院的应届毕业生。她承认跟拉夫碰过面，但两个人不熟。安斯利问她未来有什么

① 哈佛大学创始人，马萨诸塞州查尔斯城的一名牧师。——编者注

规划，她说她准备在密西西比州从政。听到安斯利对爷孙俩说“但愿你们也有机会来我们乡下这边转转。我们可太用得着你们了”，马西娅吓了一跳。

第二天，拉夫一家一起游览了坎布里奇和波士顿。在马西娅的坚持下，他们用大部分时间参观波士顿美术馆。第三天一大早，科迪一家三口就启程回家了。到了莫比尔地区机场，安斯利取回新买的那台让他备感骄傲的紫红色丰田皮卡车，三个人驱车回到了克莱维尔。那天晚上，拉夫喊来了仍然住在附近的诺科比地区高中的几位老朋友，跟他们打听最新的消息和八卦。接下来那天是星期天，他和父母开车去布鲁顿参加圣公会教堂的礼拜。

那天下午剩下的时间里，拉夫舒舒服服平躺在自己的床上小睡了一会儿，旁边放着一份还没翻阅的当天的《莫比尔新闻纪事报》。吃过晚饭，全家坐在一起喝咖啡的时候，拉夫问爸爸，最近有没有什么关于诺科比野地的消息。

“据我所知没发生什么事情。它又跑不掉。”安斯利说。

经过一年多的酝酿，拉夫已经做好准备，决意实施他的计划。过去几个星期这件事一直萦绕脑际。事不宜迟，他想。不能再磨蹭了，得马上行动。第二天一早他就致电塞勒斯的办公室，预约见面。

两天后的早上 7 点，他从克莱维尔搭乘公共汽车来到莫比尔。他希望这是自己这辈子搭乘的最后一趟公共汽车。他跟爸爸说过，找到工作后，他要买的第一样东西，就是一辆属于自己的汽车。从比恩维尔广场附近的车站下车后，拉夫步行来到洛丁大厦，搭电梯来到顶楼。

塞勒斯在接待处与外甥见面，拥抱了他。

“老天作证，斯库特，我都没法形容我有多为你骄傲！我觉得现在怎么也得改口管你叫拉夫了吧，或者叫科迪先生，如何？我们可以把斯库特这个绰号留给你的儿子，如果你有的话，我当然希望你会有儿子。我知道你爸那边的科迪家族也是非常非常为你骄傲的。这么跟你说吧：你在你家乡那帮人面前绝对是一颗巨星。听着，我要带你去大都会俱乐部吃午餐。我想让你见见我们家族的一些朋友，以及，如果你不介意的话，我们可以稍微聊一聊你的未来。”

于是他们像父子一样聊着天，一起走过5个街区，来到班克黑德大厦。两个人搭乘电梯来到顶楼，这里设有门禁，属于莫比尔商界及专业精英的圣地。迎接他们的是热情的问候和握手，还有人亲热地抓住他的胳膊和肩膀，或善意地推搡他并发出笑声。这些男士大多人到中年，肤色像6月婚礼的婚纱[①]一样白，清一色的西装革履，打着领带。现场还有莫比尔市市长，以及零星几位非裔领导和商人。在这里，几乎所有人都操着一口南方口音。即使是来自国内其他地区的人，来到这里后也跟南方人一样放慢了语速，把人名缩成双音节来念，还丢掉了后鼻音。“星期六一起来嘛，弗雷，”拉夫无意中听到有人对另一个人说，“我打算去比洛克西那边钓一些鲷鱼。”

其间还有一些穿着考究的女士。从她们跟男士谈笑自如的举止判断，这些女士当中有好些人本身就是专业人士或高级主管。至于其余几位，她们在这种场所只跟自己认识的同性好友聊天，几乎可以肯定都是陪同先生前来的正室夫人。万一哪天有人胆敢把自己的情妇也带到大都会俱乐部，那他就没机会再以会员身份在这里露面了。

服务生把塞勒斯领到一个可以俯瞰莫比尔河的角落，拉夫紧跟在他身后。拉夫走到两侧的窗前，向外看去。他先是看向位于12

---

① 6月英文June的词源是Juno，即罗马神话的天后朱诺，她是婚姻与家庭的守护神。在西方文化中6月婚礼有格外圣洁的意味。——译者注

层楼下面马路上的车流，再往前眺望库珀河边公园以及新建的会展中心。往南边远处望去，可以看到平托岛和莫比尔湾西北岸。在那片水面上的某个地方，安斯利在船上当工程师的曾祖父由于船上突发火灾而命丧沉船。拉夫试图想象悲剧发生的画面，但不久又把注意力转向一列正缓缓离开莫比尔站向北驶去的货运列车。列车鸣了一下笛，那声音让人想起半夜3点的离别，无论什么时候都能唤起一丝惆怅。

从亚拉巴马州码头驶出一艘引航船，向南边的多芬岛浅滩驶去，在那儿它要从沙洲区的引航员手里接过一条货船，带这条船沿着已经清淤的航道安全穿过莫比尔湾的浅水区。

拉夫可算回家了。他现在拥有了正确看待事物的眼光，此刻，从顶层俯瞰家乡的实体全貌，他开始想象，早在玛丽贝尔大宅刚竣工那会儿的老莫比尔是怎样的，当时靠帆船进出的商人们应该在桅杆林立的港湾那头挤作一团吧。那时在不远的北面和南面应该还有连绵的原始长叶松稀树草原。住在市中心的人可以搭乘四轮马车来到海港边，在未被污染的水里捕捞螃蟹和牡蛎。那时亚拉巴马州的经济引擎仍在飞快转动，沿着大河两岸一路延伸到此的种植园和永久产权土地全都呈现出一派欣欣向荣的景象。成捆成捆的棉花和烟叶沿河而下，来到码头。糖、朗姆酒与热带阔叶树木材从西印度群岛运来，各种各样的加工制成品也从大西洋沿岸乃至更远的欧洲运送过来。在下面，离班克黑德大厦不远处，在政府街的街尾，曾经有一个开放的奴隶市场，非洲人被带到这里再被贩卖出去，一个个家庭就这样被永远分裂，奴隶们陆续被送往河流上游的各个种植园和码头做苦力。

“漂亮吧？”塞勒斯的话打断了拉夫的沉思。

拉夫回到座位坐下，两名服务生给他们送来了水和菜单，互相还轻声用某种外语说着什么。是西班牙语。在这儿可以听到西班牙语倒是新鲜事，拉夫想。

他们开始吃午饭：蟹肉秋葵浓汤、龙虾凯撒沙拉。龙虾是长满尖刺的加勒比海品种，不是美国北部长着巨大螯肢的品种。

他们先是聊起拉夫在哈佛法学院的求学经历，以及他对那里生活的印象，塞勒斯不时用自己在亚拉巴马大学法学院的求学往事进行比较。

饭后是咖啡和甜点，甜点是某种由巧克力和白兰地混合制成的食物，拉夫也懒得分辨。塞勒斯从大衣的内口袋里掏出一根哈瓦那雪茄，拆开包装，点着了。他叼起雪茄深深吸上一口，习惯性地抬头冲着天花板吐出一个完整的烟圈，接着开始找烟灰缸。桌上没有烟灰缸。塞勒斯这才想起来，大都会俱乐部已经很少有这些用具了。现在用烟灰缸的会员比以前少了很多，俱乐部董事会的一些年轻托管人甚至开始讨论要把大都会俱乐部改造成无烟场所。他们当中有人这么评论过："这哪里激进了？很久以前俱乐部还为嚼烟叶的会员摆好痰盂呢。你想把那一套也保留下来吗？"

来这里用餐的顾客如果吸烟，就常常用咖啡杯碟充作烟灰缸。塞勒斯可不愿跟这种不得体的举动沾上边。他指了指雪茄向一位服务生示意，后者很快给他端来了一个烟灰缸。

"搞不好哪天我还得在兜里揣上自己的烟灰缸到这儿来。"他说。

接着，他转向拉夫，直奔主题。

"好吧，你会不会已经有了计划？你想做什么？我能说的是，我和很多在这里的朋友都希望不管你想做什么，都不要离莫比尔太远。"

拉夫紧张起来。他演练过自己的回应，还练了好几次，但他并不知道会得到怎样的反应。

“嗯，先生，我知道接下来我要说的可能会让您有些诧异。我收到过一些很棒的邀请信，可能比您想象的还要好得多，都是外地的工作。但我真正想做的是，留在莫比尔，在森德兰公司做法律顾问。事实上，我希望您能替我跟森德兰先生打声招呼，除非您觉得这样不合适。”

他知道，这两个人不单单是商场和政界的盟友，他们之间还有一种在传统南方地区十分重要的纽带联系。莫比尔的塞姆斯家族跟森德兰家族存在紧密的社交联系，至少已经延续四代。两家之间的一切承诺、协议乃至握手，都受到荣誉感的有力约束，更别说两家在历史上早已结过姻亲，这将两个家族的历史紧密地联系在了一起。

塞勒斯愣住了，他头朝前倾，两眼紧紧盯着拉夫。等到终于开口说话时，又努力压低声音，唯恐被旁人听到。

“你是认真的？这不是什么哈佛式的幽默吧？”

“是的，我非常认真。”

“你知道自己在说什么吧，嗯？我们几年前才聊过这件事，你我都知道德雷克·森德兰可是打定主意，一等诺科比野地挂牌出售就把它买下来开发。他已经买下‘死猫头鹰湾’的关键地块。而你现在却跟我说你想要帮他？”

“我的确是在说我想为他效力。”

“可这是为什么？你怎么保证你能光明磊落为他效力？”

“我现在就是在跟您说，我能光明磊落地为他效力，不仅要做到让大家都满意，并且还能保住诺科比野地。”

说到这里，拉夫沉默了。他抿了一口咖啡，打定主意要有所保留，先就此打住。

塞勒斯也没有作声，而是转身看向窗外，绞尽脑汁想要搭建出一个能使拉夫刚才这番话变得有道理的情景。可他做不到，于是决定暂时搁置，先不去纠结此事。他也从拉夫这段简短的回应中看出，哪怕继续追问，他这个外甥也不会透露更多。

好吧，塞勒斯对自己说，要么就信任自己的血亲，要么就把这家伙打发走。他选择了信任。但在这之前，他必须先让拉夫有所表示。

“行，”他继续说道，“可以。事实上，我很高兴看到事情似乎有了转机。对我和安妮，当然还有你的父母来说，你能留在莫比尔工作那真是再好不过了。但在我开始帮你做任何事之前，甚至在我开始考虑去找德雷克·森德兰之前，我要你庄严地保证，我要你发誓，你将只为森德兰公司的利益工作，并且，你绝对不会、永远不会以任何方式损害森德兰。你能做到吗？要想清楚，拉夫，你押上的可不仅仅是个人的荣誉，还有整个家族的荣誉。”

拉夫闭上双眼，深深吸了一口气。他已经一脚踏上了道德险境，但这也是不可避免的。这本来就是他要面对的挑战。

等了大约 10 秒，他才长长吐出一口气，然后睁开双眼。

“是的，先生，”但又马上更正了称呼，“是的，塞勒斯。我保证，决不食言。”

塞勒斯拿起雪茄又吸了一口。这回他噘起嘴唇，缓缓地吐出，烟袅袅升起。他这辈子总共就只有那么寥寥几次没法评估自己将要做出的重大决定会有什么后果，而今天就是其中一次。他无从计算背后的风险与回报，但也别无选择，而且犹豫不决也会有损颜面。

他仿佛要把焦虑全都通过这根雪茄发泄出去，只见他俯过身去快速而又烦躁地摁灭雪茄，自言自语道：“去他的。”

“好了，拉夫，我明天就去跟德雷克·森德兰说一下，如果他在的话。他对你是非常了解的。我们在他面前都把你夸到天上去了，那会儿你还在哈佛呢。”

然后，塞勒斯严肃地点点头，伸出中间三根手指揉了揉头顶秃了的部位，这才找回了一点原有的平静。

“但我也要提醒一句。哪怕有了我的帮助，你也未必能得到这份工作。森德兰公司一直雇用一家第三方律师事务所。招一名内部法律顾问将是首开先河。不过，话又说回来，若能招到一名哈佛法学院毕业生，而且这位年轻人是本地人，还有着良好的家族背景和很强的科学背景，这听上去确实很有可能让他们有兴趣一试。如果他们真的决定要你，你也要知道，进去以后必须先通过一段试用期。当然，在哪儿都是这样，想要加入任何一家律师事务所，都得先通过试用期才行。”

VI

保卫家园之战

33

事情就这样办成了，尽管困难重重，还有各种不利的外在因素，拉夫还是顺利加入了南亚拉巴马地区最豪横贪婪的土地开发商之一的森德兰公司，成为其法律武器。从步入新工作的第一天开始，他就陷入了一种危险而不稳定的处境中，在两股针锋相对的势力间保持平衡。他很清楚，只要稍不小心往哪一方偏了那么一点点，他就会被打上变节者的烙印，不是森德兰公司的破坏者，就是环保主义阵营的叛徒。不管是前者还是后者，对他来说结果都一样，再也不会有人愿意相信他，而他殚精竭虑构思出来的通盘计划也将毁于一旦。因此，从今往后，他每走一步都要聚精会神，三思而后行。

他在上午 9 点准时来到办公楼。首先在门口稍停了一下，抬头瞄了一眼大门上方那组巨大的方形钢字，用大写字母写就的“森德兰公司”。接着，他伸手抚平了新买的普莱诗牌亚麻外套两侧的褶皱，正了正栗色哈佛领带的领结，确保领带跟浅蓝色密织牛津纺衬衫的带扣翻领对得整整齐齐。确认过自己身上没有一丝从亚拉巴马小镇克莱维尔带来的气息后，他深吸一口气，挺起胸膛，穿过旋转门，走进了大堂。

大堂里有一位女士正等着他，并自我介绍说是他的私人秘书。

“早上好呀，科迪先生，见到您真高兴。楼上森德兰公司的各位都期待着要见您。我叫萨拉·贝丝·杰克逊，往后就是您的助手了。”

“我也非常高兴见到你，”拉夫回道，“我们以后还有很多重要的工作要一起努力完成呢。”

萨拉·贝丝，他想，这是多么典型的亚拉巴马名字。他又记起来，给家里的第二个女儿连起两个名字是南方的传统之一。

萨拉·贝丝是个话痨，哪怕是一小会儿的安静都忍受不了。“我希望您跟我一样也过了一个很棒的周末，”就在他们走进电梯的时候，她说道，“我跟家人到帕斯卡古拉钓鱼去了。钓到两条很大的刺鲅。趁新鲜烤着吃，真的十分美味。您之前尝过刺鲅吗？”

拉夫皱起眉头，慢慢摇了摇头，仿佛因为自己没有尝过而伤心一般。实际上他甚至很难回忆起刺鲅到底长什么样。他只记得那是一种大型的捕钓鱼，偶尔会出现在餐馆的餐桌上，并且，即使是在莫比尔这样一个位于海港的城镇，大家多半也会对它感到新奇。

他们来到4楼，穿过大门，进入高层办公室，大门的磨砂玻璃上用金字印着“森德兰公司”字样。前台的桌上摆着一个大型手写牌子，上面用大写字母醒目地写着：欢迎，科迪先生。

萨拉·贝丝将他领到位于楼层另一头的办公室。他走进办公室，四下打量一番，然后走到窗前向外看去。窗外是密集的柏油屋顶，下面是狭窄而拥挤的街道。他推断这层楼另一面的办公室应该坐拥莫比尔湾的景致，这推断是正确的。此刻他的办公室里看不到书本和纸张的影子，但他知道这情形挨不过今天，甚至挨不过下一个小时。萨拉·贝丝递给他一份手写笔记。他3小时后要参加一场午餐会，跟总裁德雷克·森德兰以及副总裁兼首席财务官理查德·斯特蒂文特见面。午餐会就设在森德兰的套间里，位于这层楼的另一面。

公司里的职员纷纷停下手里的事情，当时他们多半拿着一杯晨间咖啡在闲聊。他们或单独或三五成群地过来跟新来的法律顾问见面，向他表示欢迎。跟他扯东扯西地闲谈一会儿后，就转身离开，走之前都不忘留下一句“如果有什么事需要我帮忙，尽管开口就是了”，或其他类似的话。

不管这些人是不是敷衍了事，拉夫都仔细聆听他们每一个人的话，努力尝试记住他们的名字，分辨他们话里的弦外之音。他注意到有好几个人说话时语气略带愤怒，并且过于详尽地给他解释各位高层主管的职能，同时强调只要拉夫感到有必要，他们可以随时给他建议。

拉夫理解，这暗示的其实是他们对拉夫的嫉恨，眼看一个25岁的小伙子居然一进公司就得到一个高于自己的职位，他们当然会心怀不满。他想提醒他们，法律顾问这个职位在森德兰公司属于新事物，游离于公司现有等级体系之外，除了萨拉·贝丝·杰克逊一个人之外，他不打算成为任何人的上级或主管。只可惜没能当场改变他们的看法。他暗自记下那些多少流露出一些担忧的人。他觉得，明智的做法是想办法接近他们并取得信任。

之后，拉夫在午餐会上遭遇了另一场性质更严重的危机。当时三个人已经陆续用过午餐，闲聊也渐渐收尾，马上就要进入认真谈话的环节，斯特蒂文特直奔主题。

“拉夫，森德兰先生和我都希望开门见山，跟你就一个特定议题确认清楚态度，一劳永逸。我们想要百分之百地确定，在公司内部不会发生任何利益冲突，即使只是表面看上去像也不行。我相信你也不想看到利益冲突。”

“是的，先生，我绝不想看到发生利益冲突，”拉夫回答，“这种事情一旦发生就会削弱公司的运作根基，在某些情况下甚至有可能导致我们面临诉讼。不过，我能不能先确认一下我们此刻要谈的到底是什么，以便确保我的理解完全准确？”

拉夫其实相当清楚斯特蒂文特到底要谈哪方面的事情。他发现，自己涉足危险领域的时间比之前预计的还要早一点。

“是这样的，我们都知道你是一名相当资深的博物学者，”斯特蒂文特回答，两只手拱成尖塔的形状，“你在哈佛也花了大量精力研究环境相关法律。当然，这一切对公司都有好处。请不要误解我的意思。这段时间环境相关议题变得越来越重要，在商界也一样，我们需要你的专业知识，帮助我们应对可能会变得相当棘手的状况。但关于你要站在哪一边，我们非常希望听听你的想法。我是说，万一情况所迫，我们必须应对某种环境议题。假设森德兰公司的某个项目受到某个环保组织的强烈反对，搞不好还会引发新闻媒体铺天盖地的报道，可能还有记者要采访你。那时你打算怎么应对？”

这就来了。斯特蒂文特的问题可以说是直白得不能再直白了。拉夫心里跟明镜似的，自己眼下给出的答案，很可能就要决定他跟斯特蒂文特和森德兰这两位实权人物的关系，以及日后他在这份新工作上能不能有所作为。

“斯特蒂文特先生，”他开口说道，举起双手，然后摊开，“我很高兴您问了这个问题。”

“里克，叫我里克就好，咱们在这儿就不要这么客套了，拉夫。”

“好的，里克，我很高兴您问了我这个问题。相信我，我早就对此再三考虑过，现在只想让您和森德兰先生都能彻底放宽心。”

事实上，他并不是在背稿。

“我向你们保证，在我接手的任何一件案子上，都不会发生利益冲突，哪怕只是看上去像利益冲突的情况也不会发生。请让我再强调一次。我确实有意要跟本地区的环境保护组织合作，推动环境保护。我希望你们能同意我这么做。本地区迫切需要环境保护。但我也要构建最合适的解决方案，确保你们同样感到百分百的满意。我觉得，你们也会发现，我跟各环境保护组织的联系终将证明对公司很有好处。”

三个人都沉默了有一分钟那么久。然后斯特蒂文特低声说道：“好吧，我觉得我可以代表德雷克·森德兰以及我表个态，我们对你的回答是满意的。”

“是的，”森德兰立刻补充，“谢谢你。现在，如果我们都很满意，那就整队开干吧。只要你准备好了，我们就推进到议程的下一项。”

入职第一个星期结束时，拉夫仍全神贯注于先前送到第三方顾问手中的法律文书。他发现，在大多数情况下，自己都能相当轻松地搞定落在手里的新任务，于是便松了一口气。他预估，按他完成这些工作的效率，总体上是可以帮森德兰公司省钱的。多数工作都跟买卖市区和郊区的地块有关，还要审核这些地块上的建设项目的合同。到目前为止，这些任务还没有超过哈佛合同法入门课程的水平。

几个月后，拉夫对自己的新职位渐渐感到胸有成竹，于是申请加入亚拉巴马大自然保护协会以及奥杜邦学会[①]在本地的州级组织。他从加入之初就主动提出要为当地代表提供免费的法律咨询，此举得到了热烈回应。那些工作既不难办，也不是特别重要。到目前为止还没遇到任何可能跟森德兰公司商业利益形成冲突的决议。在环境保护方面，他遇到的绝大多数情况，都能通过标准的谈判手段加

① 美国非营利民间环境保护组织，以美国著名博物学家约翰·奥杜邦（John Audubon）命名。——译者注

以解决。

与此同时，拉夫还悄悄开始研究本地及亚拉巴马州在政界、商界与土地管理等领域的关键势力，并想方设法争取机会，跟其中一些最有分量的人物见面。他是在有意识地做准备工作，因为他很清楚，日后可能遇到的冲突中一定会有很小的一部分需要他拿出超凡的技巧，付出大量的心力。他决意遵守自己向森德兰和斯特蒂文特做出的承诺。公司在这些冲突里会有输有赢，不可能事事顺遂。不过，他预计，很少会有冲突可能产生严重的长期后果。最令人感到苦恼的要数诺科比野地的前途。拉夫知道，这将是决定胜负的关键一役。

在这段时间里，除了业务午餐会和酒会，拉夫的社交生活跟他在森德兰公司的同事没有什么交集。相反，拉夫把闲暇时间花在环保方面，在那儿默默构建起自己的朋友圈。

毫无疑问，最关键的联系人就是比尔·罗宾斯，这位记者在《莫比尔新闻纪事报》的办公室离森德兰公司的办公楼只有5个街区。罗宾斯与拉夫很快就从师生关系变成亲密朋友和伙伴。他们开始形成习惯，一起去叛逆者咖啡与简餐餐厅吃午饭，这家餐馆就在布莱德索街上，刚好处于两个人上班地点的中间位置，他们家的炸鲻鱼、油炸玉米饼以及蟹肉秋葵浓汤都很有名。比尔的妻子安娜·珍妮·朗斯特里特·罗宾斯，偶尔也会在有空的时候过来和他们一起吃饭，她在市中心的西尔斯百货担任经理。

他们聊的话题相当广泛，通常都会包含州里的一些政治八卦：一名州长因挪用公款被起诉；一位知名橄榄球队教练因调戏手下一名员工将被解雇；一名州议员跟一个男性性工作者一道离开比洛克西一家赌场时被人拍了照片。

但话题总会回到南亚拉巴马州环境保护前线的最新事件上来。

罗宾斯随身带着一幅折叠地图，上面描绘了仅存的一小片一小片冲积平原柏树和长叶松原生林。“那些小小的地块可是所有事情的关键所在。”他这样说道。

第二次见面的时候，拉夫决定把自己拯救诺科比的完整计划和盘托出，这样他俩就能从长计议。这是他们两个人的秘密，只有罗宾斯可以知道。他甚至不会告诉安娜·珍妮，对塞勒斯更是绝口不提。拉夫实在太想跟一个真心在意亚拉巴马州自然保护的人分享自己的想法了，并且他也急需这位见多识广的新闻人给出一些实用的建议。他对有关调查报道的一个得到广泛应用的方式十分了解：诱敌深入，然后再无情地背叛。但他百分百信任罗宾斯。他们是绝对的伙伴，因为同一个目标而走到一起。

但是，直到拉夫加入森德兰公司一年后，诺科比项目还是一切待定，拉夫忍不住越来越为诺科比的命运感到担忧。他意识到，很多人会认为他对诺科比的这份沉迷是不健康的。但他已经在这件事上投入了太多时间与精力，这也是他的个人追求，实在做不到就此放手。他希望杰普森家族能把诺科比挂牌出售。这样他就能开始实施计划，参与推动此事以某种方式确定下来。他对罗宾斯说，他觉得自己就像一名士兵，等待着一声哨响，就跳出战壕向前冲锋，又或者，换一个更恰当的比喻，像一个阶下囚站在法庭上等待宣判。他想要听天由命，想知道诸神到底做了怎样的选择，打算怎么解决这件事，究竟是死是活，末了是否还能带来某种和平。

“有好几次，”一天，他对比尔·罗宾斯说，午餐依然是煮螯虾、秋葵浓汤以及芝士玉米糊，“我甚至想过干脆扔个硬币定输赢算了。这样我就不用继续操心这件事了。”

“听着，我的朋友，相信我，我能想象这件事是怎样让你备感煎熬的，但你得这么看：杰普森家族越是这么拖下去，公众舆论就越有机会进一步偏向支持保护这最后一片长叶松生态系统。只要杰普森家族拖得足够久，加上诺科比正迅速晋升为南亚拉巴马仅存的最后一块保护完好的林地，那么，森德兰或别的任何一家开发商想要毁掉诺科比就很可能变得更加困难。莫比尔的人民，还有南方这些县，以及佛罗里达狭长地带那些县的人民，可能都会将诺科比视为他们的长叶松保护区。”

拉夫说：“你是说你觉得那些开发商可能考虑干脆搁置收购诺科比的计划，转而把钱投去其他地方。换句话说，这给他们省下很多麻烦。”

“没错，”罗宾斯答道，“假如像森德兰这样的大玩家退出了，那么，这个地块的要价，或者更准确地说是起拍价，恐怕就得往下掉。到时候，谁知道呢，或许诺科比就会被亚拉巴马州政府或者像大自然保护协会这样的环境保护组织给低价捡了去呢。”

“噢，没错。其实我自己也经常这么想。这是有可能发生的呀。”拉夫把一只螯虾掰成两截，把里面的肉嘬了出来，然后灌了一大口啤酒。“但这也同时意味着可能会有某个投机者团体趁机抢到这个地块，鬼知道他们要拿这个地方做什么。可能会把它改建为一个养猪场。”

“我觉得这也太悲观了吧，”罗宾斯回道，“这里面涉及的资金量太大。不管怎样，我很肯定我们还有点儿时间。我一直等着告诉你，目前，对于应该如何处置诺科比地块，杰普森家族内部恐怕还得吵上好一阵子。”

“这我可是头一回听说。你是怎么知道的？”

“我在《亚特兰大宪政报》（*Atlanta Constitution*）有一两个老朋友，杰普森信托基金的成员们开会时，他们总能帮我打听到一点儿风声。除了诺科比地块，这个基金会在本地以及佐治亚州还有很多地块压在手里急需解决。他们最近就一直在争论这些地块到底是应该卖掉还是搞开发，吵得最不可开交的地块之一就是诺科比。”

拉夫问：“为什么会这样，你怎么看？难不成杰普森家族里还有人想自己开发诺科比？或者他们只是想抬高起拍价？”

“不，不。都不是。原因并非如此。其实事情说起来很简单，有那么一两个杰普森成员希望现在就套现，但其他人想要通过等待最佳时机，结合最优收款程序，确保他们在诺科比野地的收益最大化。一旦像这样纠结起细节来，整个事情就得搁置很长一段时间，可能要好几年。”

“啊，去他的！”拉夫脱口而出，伸手从另一个碟子取了一个炸玉米饼，用勺子把它切成两半，然后将它们搅进芝士玉米糊里。“我问你，为什么老天爷不让我投胎做一个亿万富翁的儿子，这样我只要花点零用钱就能直接买走整个地块，然后整件事就此一了百了？”他边说边嚼着玉米饼。

“反正不管怎么说，我们耐心等就是了。”比尔·罗宾斯说着掸走了落在他膝盖上的牡蛎饼干碎。

34

能做的也只有耐心等待了。终于，他们在叛逆者咖啡与简餐餐厅那场谈话过后，又过了两年四个月零一天，亚特兰大那边传来了消息：除去早已被森德兰公司买下的“死猫头鹰湾”地块，整片诺科比野地挂牌出售了。

在这一刻之前，拉夫也没有浪费半点儿时间。他小心翼翼地玩着平衡术，在森德兰这两年倒也混得不错。他大大地扩张了朋友圈。在哈佛法学院刻苦进修的那段日子早已远去，他也已经将更痛苦的部分抛诸脑后。他偶尔会想起乔兰·辛普森，好奇她此刻会在哪里，但也没有好奇到要打电话给哈佛校友办公室打听一番的地步。工作依旧以日常事务为主，他开始有能力挤出越来越多让自己放松一下的时间。

这一年拉夫 28 岁，已经适应了一个跟他孩童时期完全不同的世界。从文化上看，克莱维尔与莫比尔之间的差异，可以说比莫比尔与克利夫兰或奥尔巴尼[①]之间的差异还要大得多。而且，与他在

① 分别为俄亥俄州城市和纽约州首府，均为北方城市。——译者注

哈佛时期的生活方式完全不同，拉夫现在是高档餐厅的常客，还经常出席电影首映礼，观赏古典音乐会与摇滚音乐会。除此之外，他的爱好还包括在海湾与河流里钓鱼，以及加入当地其他博物学者组织的实地考察。他时不时也会和女生约会，却从来没想过要认真发展。相反，他设法逃避，不跟那些可能会把他过早拖进婚姻殿堂的年轻女性发展关系。他从没约过秘书萨拉·贝丝，尽管她总是对他报以轻快的笑声，哪怕他刚刚说的话只能勉强算是有那么一点儿好笑而已。他也没跟公司其他同事约会过。不到一年，他这位秘书就嫁给了卢斯代尔一位离过婚的银行经理，那是密西西比州的一座城市，离本地不远。自那以后她的笑声也变得没那么张扬了。但她依然坚持每天通勤来森德兰上班，继续让拉夫的办公室里充满从不间断的欢快的闲谈。

拉夫来到莫比尔不到一年，就成为当地环境保护社群里备受尊重的人物。他定期参加好几个组织的会议，继续给大家提供免费的法律咨询，那些案子大多跟他在森德兰公司的业务完全不沾边。有少许几个环保主义者同伴曾经担忧他供职于森德兰会不会引发一些利益冲突，但他给出的建议总是准确而有效，而且他也从来没有言行不一的表现。

拉夫不再去教堂参加礼拜，取而代之，他接受了美国童子军的一个领导职位。因为这个组织使他的个人教育以及人格发展受益良多，所以他一直对它忠心耿耿。他出任莫比尔第 43 军团的团长，每两个星期就要在布罗德街与多芬街交界处的第一卫理公会教堂阁楼举行一次会议。他在这些小男生有需要的时候给予忠告，也负责批准童子军徽章的颁授以及个人级别的晋升。除此之外，他偶尔还会带领他们去诺科比野地进行考察，让这些小男生着迷于这里的自然史。

每个星期大概有两到三次，拉夫要去莫比尔行政中心健身房锻炼，因而身材健硕。偶尔，如果碰到工作繁忙需要加班，他就会利用午休时间前往位于橡树街的亨利枪械与射击馆打打靶。他最喜欢的武器是一把单发步枪。

环保运动圈里的一些朋友对此感到很不解，想不到他们当中这位冉冉上升的新星居然会热衷于实弹射击。他向比尔·罗宾斯做出简单的解释，并希望能说服对方。

"是这样的，我其实非常希望大家能够理解，我是在一种枪支文化里长大的。还是小屁孩的时候我的枪法就已经很不错了。相信我，屠杀无助小鸟和小动物对我而言毫无意义。不过，咱们可以很坦白地聊聊这点。比如，每隔一段时间你总得去猎只鹿。人类已经把它们的天敌都猎杀光了，于是鹿群的数量就出现了爆发式增长。住在郊区的人们可以忍受猎人的存在，但如果换成由野狼和美洲狮来控制鹿群数量，那些居民估计忍受不了。至少现在还忍受不了。"

"好吧，那鹌鹑、鸭子和火鸡呢?"罗宾斯问道。

"这就有点儿夸张了，比尔。我们都不会拿鹌鹑来练枪法，但你心里跟我一样清楚，正规的猎人是我们在环境保护运动圈以外可以结交到的最好的朋友。他们跟我们一样都希望这些生境能够得到保护。所以，面对事实吧，他们就是另一种类型的环境保护主义者，肩负的使命跟我们一样。这么说吧，我不认为一只库氏鹰吃掉一只鹌鹑与一名猎人打死这只鹌鹑有什么区别，只要我们能够拯救这只鹰和这只鹌鹑居住的树林。"

但其实拉夫去亨利枪械与射击馆还有另一个他没有跟罗宾斯或其他任何人解释的原因。对他来说，实弹射击，尤其是用步枪这种自弓箭发明以来跟人类身形最匹配、也最精准的武器来打靶子，是他修禅放松的一种方式。一旦戴上护耳开始朝固定靶开火，他的脑子就彻底放松下来。这项运动将他带入一个只由枪和标靶构成的世界，意义不言自明，却又只有拉夫知道。笔直的视线、靶子正中央黑漆漆的靶心标志、屏息凝神、轻扣扳机，这一切在他俯卧在射击位上开始射击时就成了他的整个世界，也是唯一的现实。所有杂念都被抛出脑外，除了手臂上不受控制的细微颤抖以及手指轻扣扳机的动作，所有其他动作全都停止。唯一的变量就只有射击距离，是20米还是50米。发射出去的子弹几乎无法被觉察。拉夫内心想做到的就是人枪合一，他的精神紧跟着这枚弹头一起呼啸着冲向靶心，然后完美击中。尽管很少能正中靶心，但这过程中进行的认知调节才是最重要的。他的目的就是要将所有的感官都集中到一个极其简单的目标上，然后将其余所有凡尘杂念全都抛在脑后。

因为这种清心寡欲的体验，也为了对猎人们在环保方面的作用表示欣赏，拉夫加入了全美步枪协会。

这让比尔·罗宾斯警觉起来。“你这是在发送错误的信号，拉夫。你能不能至少把步枪协会的贴纸从车尾的保险杠上撕下来？”

“你不懂，比尔。这关乎诚实，以及问心无愧。”

一天，他射击完后站起身来，放下枪，摘下护耳，就听见身后有一个声音说道：“打得不错啊。你参过军吗？”

拉夫转过身来，看到身后站着一个男人，他两手叉腰，看起来大概40岁，身材瘦削，穿着一套不合身的深蓝色西装，打了一条图案设计得像美国国旗一样的领带，衣领被撑得稍稍有点隆起。外套的左边翻领上还别着一枚设计简洁的金色十字架。他的头发精心打理过，脸上的胡子也刮得干干净净。他笑容灿烂又热情，可同时他又眯起双眼，脑袋奇怪地歪向一边，仿佛正在打量着拉夫。

他身后还站着一个男人，看上去跟拉夫年纪差不多，穿着一条蓝色牛仔裤，一件正面带有三条红色竖条纹的白色运动衫。他看上去有足足 3 天没刮下巴上的胡子，唇上还留着墨西哥式的小胡子，一头长发向后梳着，发尾能够到衣服的后领。他的右眼下方还有一个泪滴文身，脖子两边各有一个蓝色火焰文身，仿佛随时要蔓延吞噬掉他的整张脸。他像牛反刍一样慢慢咀嚼着什么东西，也许是烟草，但拉夫认为更可能是一大块口香糖，毕竟他的嘴巴周围没有什么被烟草染色的痕迹。

“不，不，我从来没有参过军，”拉夫回道，“我就是打小喜欢射击而已。”

“我叫韦恩·勒博，”站在前面的那个男人说道，“这位是博·雷尼。”

拉夫跟这两个人都握了握手。

“他是韦恩·勒博牧师。”雷尼补充道。

“啊，是的，我是勒博牧师，”第一个男子说道，“但也不必纠结这些细节。我在门罗维尔那边有一些信众，我们是永世救赎教会的。你多半没有听说过这个教派。”他轻声笑了一下，又往下拽了拽他的外套，然后补充道：“我们的信众只有大约 50 人。我的主业是在门罗维尔惩教所工作。”

说完他停了下来，于是拉夫说道：“哦，勒博牧师，我叫拉斐尔·科迪，很高兴认识你。请问我有什么可以为你效劳的吗？”

勒博笑了笑，又把头歪向一边：“我们在想，你是否有空一起喝个啤酒。有些事情想请教一下你的意见。”

拉夫也回以微笑：“可以。不过我只有几分钟时间。半个小时后还得回办公室，还有个会。”

勒博带路来到位于亨利枪械与射击馆后面的酒吧。里面除了百威、银子弹、米勒这些大品牌的啤酒之外，还有一些普通美国人会喝的地方品牌啤酒。在这家爱国氛围浓厚的酒吧里，不卖任何精品啤酒或进口啤酒。酒吧屋顶上吊着一个大吊扇，此刻正缓缓转动，搅动着温热厚重的空气。一股松节油混合着香烟的气味包裹着他们。

在挂着美国国旗和亚拉巴马州州旗的一面墙边，他们在一张桌子两侧的长椅上面对面坐了下来。收银台侧面贴着一张南方邦联军战旗的照片明信片。看它四边卷起分层的样子，应该贴了有些日子了。

“你在哈佛学到了挺多东西的吧？”勒博问道。

拉夫犹豫了一下，然后回答道：“你对我的了解明显超过我对你的了解，牧师。没错，我在哈佛是学了些东西。那也没什么大不了的。我们这里也有不少好大学。我可不想在这里拿哈佛做些讨人嫌的比较。不过——你为什么要这么问？”

“因为你正在成为莫比尔的一个重要人物，我们的信徒想要多了解你一些。”

拉夫想，从门罗维尔大老远跑来就为了了解我？

他还没来得及回应，博·雷尼就清了清嗓子问道：“哈佛那边教的是进化论吧？”

拉夫心想，原来是要了解这个。“当然了，”他说道，“哈佛教的就是进化论。进化论是扎实可信的科学。有很多证据支撑。当然，我知道在附近以及美国其他很多地方，有很多善良的人不相信这一理论。”在拉夫的冲突解决手册里，首要原则就是，避免在非必要的时候激怒对手。

勒博牧师没有理会他的回答，继续问道：“他们同时还教《圣经》？”

“那当然了。”拉夫回道，开始有点儿明白他们大概想干什么了，因此稍稍放松了一点儿。这两个人恐怕就是比尔·罗宾斯提醒说要远离的极右翼分子吧？“那儿专门有个神学院，在过去的 370 年里哈佛可一直在培养牧师呢。”

不过，他立刻就后悔用这么居高临下的态度向勒博他们展示哈佛崇高神圣的地位了。因为他想起了第二条原则：避免炫耀，不要用任何方式表达出对对手的轻视。要保持谦卑。如果做不到，那至少也不要表达出任何态度。

对方还没来得及继续盘问，对话就被一阵从射击馆一直回荡到酒吧的响亮枪声打断了。有人在用自动步枪进行短点射击。每响起一阵枪声，拉夫就要瑟缩一下。他讨厌这种武器。它的作用跟步兵在近距离作战时偶尔会用的那种截短霰弹枪一样。这两样武器都没什么技巧可言，也不讲究精准度。只需胡乱扫射一通，期望打出去的子弹里有那么一两发能击中目标就行。等待枪声停下来的间隙，拉夫想道，既然没有时间好好瞄准，倒不如干脆先开火再说，争取尽早把目标击倒。这些武器合法吗？应该不合法吧。不过这一款肯定是合法的，不然亨利也不会让他们在自己的场地里用这种枪了。如果我参过军的话，在部队里肯定更愿意当一名狙击手——用一把带有瞄准镜和消声器的步枪一击命中，然后悄无声息地溜走。

过了一分钟左右，枪声停了下来，勒博接着问：“你相信你在《圣经》里读到的东西吗？”

拉夫开始有点儿不耐烦了，想找个借口离开。但这么做肯定会得罪他们，而且，搞清楚勒博到底想要干什么，其实也没什么坏处。

“嗯，《圣经》里的有些事情肯定是真的，”拉夫说道，“但有些事情只是有可能是真的。不过，《圣经》肯定是值得学习了解的。”

“我们换个说法吧，”勒博继续说道，“别着急，我会讲到重点的。我觉得我要说的话对你个人来说很重要，这也是我跟博要来拜访你的原因。先耐心一点。”

“行吧，你继续。”

“谢谢。我们先别再称其为《圣经》了。直接点出它的本质吧，它是上帝说出的以及他通过他的圣子耶稣之口说出的圣言。”

“你非要这么形容的话我也不反对。犹太人以及不同基督教教派之间对它的解读都各有不同。这也是为什么我们会有宗教自由，不是吗？为什么民主社会要那么在意《圣经》的本质呢？”

勒博进一步紧逼：“我来告诉你为什么。你要么相信上帝之言就是真理，要么认为自己可以自由随意地曲解它好让自己好受点。”

拉夫不喜欢神学，也不喜欢勒博的语气，但还是继续奉陪：“好吧，你这话说得有点极端了，不过我觉得你说的多少也是对的。不过，还是那句，这又如何？对我们又会有什么影响？”

“拉斐尔，我可以这样称呼你吗？是否介意我问你一个私人问题？”

“呃——”拉夫刚想说，介意，很介意，但勒博很快又发问了。

“拉斐尔，你是否被耶稣拯救过？”

“我是一名圣公会教徒，至少有时候是。这个算不算？”拉夫看了看手表，皱起眉头。

勒博完全没有理会这个动作。“你可能是加入了那个教会没错，拉斐尔，但这并不代表你的灵魂深处是忠于耶稣的，也并不意味着你死后就能进入天国。这对你来说难道不重要吗？”

“我不同意你的说法，”拉夫回道，“或者说我根本不明白你在说什么。说实话我甚至不认为我在意你要说什么。我也无意冒犯，但你能不能说明一下我们这番谈话的目的到底是什么？”

“我想说的是，你加入了一个很不错的俱乐部，而且你信上帝和他的圣子耶稣，你也会去教堂做礼拜、祷告，但你还没有被拯救啊，我的朋友，你还没有献身给耶稣啊。”

拉夫再次低头看了看手表，这次动作更明显，然后说道："这话又到底是什么意思？你为什么要跟我说这个呢？为什么我们还要坐在这里呢?"

"这么跟你解释吧，"勒博说道，"这个世界上的人分两种。一种人信仰不加修饰的上帝之言，他们把自己的身心都献给了耶稣，上帝的圣子。还有一种人是不信上帝之言的，至少不全信。不管他们怎么做、怎么想，都是没有被拯救的人。难道你希望在审判日到来之际，站在上帝面前说'您的话我只信一半'？真正的基督教徒都在等待耶稣的再度降临，他们深信上帝赐予的每一个段落、每一个句子，甚至每一个词语。他们将促使他人信教视为己任。他们想让尽可能多的人能够跟他们一起步入天国。"

"我猜你接下来是不是要说我们已经时日无多，得尽快动手做这件事了。"拉夫说。他知道勒博马上就要说出末世警讯这种陈词滥调，但还是不明白为什么勒博单单要挑他出来传教。

"你知道我们的时间已经所剩无几，拉斐尔。如果你能多看看《圣经》而不是他们在哈佛让你看的那些垃圾，你就会发现我们已经没有时间了。所有预示耶稣再次降临的迹象都已经出现。犹太人已经回到自己的家园，混乱的秩序在全世界蔓延，环境也变得如粪坑一般脏乱。听好了，拉斐尔，环境问题不过是又一个迹象而已。所有这些都只意味着一件事，那就是耶稣要降临了，孩子。不是百年以后的事情。很快，就在眼下。也许就在明天。等到上帝降临，那些以他之名被拯救的人的肉身就会升上天堂，余下的人则会被丢在后面，他们会因此遭受痛苦的折磨。他们的境地会十分糟糕，因为整个地球都将变成炼狱一般。他们死后会去到真正的地狱，而且永世困在里面。"

"我并没有不尊重你的意思，牧师，但我不认为事情真的是这样的。如果再次降临的迹象真的如此明显，那为什么其他人不这样认为呢？尤其是那些刚刚被你说成没有被真正拯救的绝大多数基督徒？”

“我很高兴你问了这个问题，拉斐尔。这也是我要亲自过来警告你的原因，因为撒旦已经来了。那位敌基督，他就在这里。他正在以他的方式为即将到来的与耶稣及上帝的圣天使之间的大战做准备。他正在组建军队。你不知道他是谁，因为他是我们最不会怀疑的人，而且他已经有一支庞大的军队隐藏在我们当中。又或者你确实知道他是谁。大多数人都没有见过撒旦，却都在为他的事业出力。撒旦并不认为自己会输掉那场决战。相反，他认为他会赢得战斗，一举夺取上帝的宝座。在上帝与撒旦的战争中，无数人将会殒命。”

“牧师，我认识的很多人是相信你说的这些的。我还没有见过敌基督，不管这个词到底是什么意思，都谢谢你。但请你告诉我：如果上帝真的全知全能，而耶稣是上帝的化身，是三位一体的一部分，是我们生命当中代表伟大的爱与宽恕的力量，那为什么上帝和耶稣还要允许战争与人间疾苦继续存在呢？”

“哈佛佬，我建议你赶快回家好好读一读圣约翰的《启示录》。它是《圣经》的最后一部典籍，供所有人阅读，里面有耶稣的预言，耶稣自己的话。你或许已经被人洗脑，认为主总是那么仁慈与宽容。哼，一派胡言！耶稣是提着剑来找约翰的。他说他憎恨那些诓骗他人的人以及那些拒绝接受他的规则的人。他说他会杀了他们。是的，他会杀戮这些人以保护上帝的子民——那些选择相信上帝之言的人。这就是我们面临的战争，拉斐尔，除非人们能够立即将自己的灵魂交与耶稣，否则我们就不会有任何办法击败撒旦。”

终于，拉夫开始担心眼前这位“奇人异士”和他身边那位有文身的同伴可能会做些什么了。

“好吧，牧师，我大概明白你在说些什么了。你会对任何一个不信这一套的人说刚才那番话吗？我最后再问一次，为什么单单挑中了我？这一切到底都是为了什么？你认为我是在为恶魔和敌基督办事吗？不论他是谁？”

“给我听着，小子，你心里清楚自己在替谁干活。你很聪明，也受过很好的教育，不可能不知道正在发生什么。话说回来，你为什么要回到南方？”

“我怎么会站在恶魔那一边呢？你知道我是谁吗？你看上去应该知道，我是这一带努力拯救上帝造物的人中的一员！”

“我看你还是没搞对重点。也许你是故意的。也许那就是你的目的。上帝把他唯一的圣子送到人间可不是为了拯救虫子和蛇的。他是送他来拯救灵魂的。上帝才不在乎这片土地和生长在这片土地上的其他生物，他只在乎他的子民如何利用这片土地。这儿只是他们步入天堂或地狱前的一个落脚点。任何违背他意志的东西，都是恶魔的杰作。”

拉夫起身要离开，但勒博并没有被他的举动打断，还在喋喋不休：“你想要答案吗？答案就是你作为在这里出生长大的人，却跑到北边去读哈佛大学，然后现在又变成了一个狗屁无神论者。你这个科学的忠实拥趸，他们跟我说你天天就在那里鼓吹科学。你在这里的影响力已经越来越大，但你并不是上帝和他的子民的朋友。”

拉夫默默从勒博和雷尼身旁走过，朝酒吧门口走去。自动步枪的射击声又响了起来。

勒博追在他身后大吼：“你是欺诈者中的一员！也许你笨到都不知道自己其实是在替敌基督做事。你正在让人们背弃上帝的旨意以及上帝之言！”

拉夫已经来到大门边，但勒博居然赶了上来，用正常的声音在他耳边说道：“你最好给我听着，拉斐尔。趁还有时间，赶紧给我改邪归正！”

35

拉夫离开了酒吧，以最快速度走过橡树街，差点儿跑了起来。他转入布莱德索大街，一直走到森德兰办公大楼的入口，然后挤进电梯，里面全是吃完午餐回来的员工。到达公司高层所在楼层之后，有一名职员拿着一个文件夹向他走来，但他挥手示意对方稍后再说，径直走进自己的办公室，关上门，跌坐在转椅上，速拨了比尔·罗宾斯的号码。

电话答录机告诉他这位记者目前正外出执行采访任务，预计第二天回来。罗宾斯也不喜欢手机，他说："那东西会把鸟儿吓跑。"拉夫随后记起，罗宾斯应该是跟一小群生态学者一起去了莫比尔—藤索三角洲北部的雷德丘陵，去探索一处偏僻的地区，那里的溪谷残存着古老的长叶松稀树草原以及阔叶林。

拉夫留言："嘿，比尔，有要事。请回电。急。"

放下电话，他意识到，眼下这段时间，除了努力让自己冷静下来，好像也没有别的事情可做。于是，他走出办公室，拿到刚才那个文件夹，又回来把它放在已经堆在桌上的一堆文件夹上。他花了好几分钟凝视着自己面前这堆文件，双手交叠放在膝盖上。然后站起身来，走到窗前。他漫无目的地看向窗外，心里不断重演刚才自己与韦恩·勒博牧师的离奇相遇，但这好像也没能带来什么新思路。过了一会儿，他再次坐回办公桌前，开始埋头处理那些文件。

那天深夜，准备上床睡觉前，拉夫在电视上看 WBC 次中量级拳击冠军争夺战，借此分散自己的注意力，罗宾斯终于打来了电话。他说他快累死了，恳请拉夫先放过他，并提议第二天一早过来见面。

第二天一大早，他们在森德兰办公大楼一楼的自助餐厅一起吃早餐。一坐下，拉夫就说："我想我刚刚受到了一次死亡威胁。"然后，他尽可能一字不差地复述了他与勒博的对话。

"恭喜你。你刚刚见识了'复仇之剑'，"罗宾斯说，"我记得关于这帮人我之前提醒过你。现在看来，他们似乎认定你在这里是个重要人物，于是开始动脑筋向你施压，希望你乖乖按他们说的去做。我对他们那套把戏还算有点儿了解。罗布·戴维斯在第 8 频道新闻里就时不时提到他们。勒博属于典型的自大狂挑事者，这类人在这一带就像雨后的蘑菇一般不时冒出来几个。但他其实受过相当不错的教育。他在奥本大学待了几年，你能想象吗？而且专业是宗教学。他不是真正的牧师，至少我听说过的所有地方都没有任命他当牧师。他实际上是门罗维尔监狱的一名警卫队长。我听说，他一直对囚犯不停地说找寻耶稣之类的话。他刚刚接管了附近一个很小的教堂。叫什么名字来着？"

"永世救赎教堂，我记得他是这么说的。"

"是吧。反正，勒博可是个难对付的角色。而且你也看到了，他所在的亚拉巴马南部地区离我们并不远。附近有很多乡亲，尤其是在莫比尔及其周边地区打工的人，或多或少都有跟他差不多的想法，认为耶稣在我们这一代人的有生之年就会降临，我们最好尽快做好准备。这就是所谓的‘基督教末世论’——得救者的肉身会在耶稣带领下直升天堂。勒博只不过是这一预言的极端信徒而已。真正令人担心的是，他越来越有攻击性，而且还吸引了一大批追随者。他那座小教堂每个星期天都挤得水泄不通。他和他的信徒都摩拳擦掌，渴望跟魔鬼交战。天知道教堂里原先那位牧师去哪儿了。戴维斯可能知道事情的来龙去脉。我会尽量记得问他，或者，只要你愿意，也可以直接去找他谈谈。”

拉夫的呼吸变得粗重，此刻更是从紧咬的牙关里倒吸了一口冷气。眼下这番说辞根本没能帮他放松下来。他把椅子推后，为腿腾出更多空间，然后紧紧闭上双眼。

“不管怎样，”罗宾斯接着说，“这是一种古老的福音派传统，带有某种军队色彩。不知道你有没有听说过20世纪20年代美国最重要的传教士比利·森戴？我在一份老旧录音里听过他讲话，他会说：‘我将与罪恶斗争到底，直到再也不能挥动自己的手臂，那时我会用牙咬，等到牙齿都掉光了，我也要用光秃秃的牙床死死夹住它。’好家伙！”

“正好你提到这个，”拉夫边说边睁开眼睛，从椅子上坐起身来，“跟在勒博身边的那个家伙看上去可不简单。我起先还以为他只不过是个保镖，或者一个肌肉猛男。我还好奇他为什么会在那儿。他显然不是特意跑来充当祭坛助手的。”

“的确，如果你还没有想到的话，我们先在这里做一点儿区分。我的看法是，那些称自己为红脖而又嘲笑这种说法的人，有很大一部分是好人，他们是真正坚强的公民，大多来自工人阶级。至于白人垃圾，他们属于下层阶级。他们的前院里放着废弃的汽车，还有杂种狗从厨余残渣里翻找觅食，到处乱跑，即使在高速公路上被无意中轧扁了也没人会在乎。那些家伙喜欢泡在脱衣舞俱乐部，大喝啤酒和威士忌，他们晚上也就只能消费得起这些。如果你羞辱了他们，他们会拔刀把你砍倒，顺便说一句，盯着他们或他们的女朋友多看一会儿，都算是在羞辱他们。他们是种族主义者，这没啥好说的。但在大多数情况下，他们都妄自尊大而又囊中羞涩，还总发神经，一直如此。”

“是的，我猜让他们火冒三丈的最佳做法，就是使劲踹他们的摩托车，或是勾引他们的女朋友。这是我们这里传统的一部分。”

“但是，你也知道，”罗宾斯继续说道，“也许这也是你的看法：他们妄自尊大，但他们不是怪物。如果能跟其中一位交朋友，没准儿他会脱下身上的衬衫给你，与你称兄道弟。我想说的是，他们没有受过任何教育，很容易听信任何一个自称代表上帝说话的人。如果你想看看这些人聚集起来的样子，可以去门罗维尔监狱，那里面的人可全都被耶稣拯救了。”

拉夫补充说：“这让我想起了三 K 党。你知道，这些人的祖上可不就是给三 K 党打头阵的吗。我认为，两者的不同之处在于，三 K 党宣扬赤裸裸的种族主义，而类似‘复仇之剑’这样的团体更倾向于宗教偏执。”

罗宾斯将两根食指一起指向拉夫，强调他对这一点表示同意。他说：“但要纠正一点，三 K 党，以及战斗着的‘再度降生’派信众，也就是你现在面对的那帮人，其实都是种族主义与宗教偏执合二为一，只不过比例有所不同。”

“行吧，不管怎样，”拉夫说，“我此刻要向你提出的问题是，我应该担心吗？勒博和他那帮人会不会对我个人造成危险？你怎么看，我该怎么办，要不要去一趟警察局？我猜可能还不需要。当时勒博也没有真的做出威胁我的事。他只是给我做了一场关于地狱之火的布道。”

“戴维斯跟我说过，勒博对包括学者、高中校长以及当地政客在内的几个人也用过这套说辞。因此你不是唯一被他选中的人。不过，作为某种形式的说教，以“到耶稣这里来”为口号，这些事实让我觉得他可能根本就没在跟你说话。他想做的其实是要打动他的追随者。你知道，就是那些十字军、耶稣的战士。他是在对他的人说：‘看我如何给那些自由主义无神论者中的大人物施压。’”

“有道理，”拉夫说，“但是，他们危险吗？他们有没有真的袭击过任何人？”

“好吧，没错，那帮人的确很危险。我之所以这么说，是因为之前发生过多起斗殴事件，以及尚未破案的谋杀和失踪事件。勒博和他的教会成员从未由于这些事情受到指控，至少到目前为止还没有。据我所知，受害者全是他们内部的叛教者，你懂的，就是试图反抗或叛逃的人。还没有出现过像你这样的局外人。”

拉夫说：“听起来就像一场权力斗争。也许这就是勒博如此咄咄逼人的原因。这也可以解释为什么他会带上那个有文身的家伙了。他应该是在孤注一掷。”

“有可能。无论如何，如果我是你的话，我会多加小心，还会跟戴维斯谈谈这整件事。你可能还需要向警方报案，如果以后再遇到勒博，让他知道你这么做了。谁知道呢？也许是有人想要杀了他。”

36

决定诺科比前途的日子在9月下旬悄然而至，墨西哥湾沿海平原每年一到这会儿就热得不得了，让人忍不住怀疑，秋季是不是从这里被驱逐出去了。上午8点，三名身穿亚麻西装的公司高管先后进入森德兰办公大楼顶层的会议室。公司总裁兼首席执行官德雷克·森德兰径直走过会议桌，来到屋子尽头，那里早已摆好了欧式早餐。他先拿起一杯咖啡，加入脱脂牛奶，不加糖，再用一张纸巾拿起一个表面洒了糖霜的甜甜圈，然后一屁股坐到桌子旁边最近的一把椅子上。他今年55岁，有些超重，右颈动脉有一处血管部分阻塞，但当时还没有被发现。

第二位走进来的是公司的首席法律顾问拉夫，他身材矮小瘦削，28岁，身穿普莱诗牌夏季西装，搭配衬衫和领带，他选了牛角包、酥油和水果作为早餐。第三位是副总裁兼首席财务官理查德·斯特蒂文特，他60多岁，一头乱蓬蓬的白发，腰围很粗，足以显示他很享受他的美好生活，他犹豫一会儿后，选了跟拉夫一样的早餐。他俩都在总裁对面就座。

德雷克·森德兰皱起脸来，摆出美国南方白人男性常有的那种自信微笑说："拉夫，我很高兴看到你赶来了。真的很高兴见到你。你得出了什么结论?"他一边说，一边挺起身来，在椅子上坐直。今天上午的气氛十分紧张，这是毫无疑问的。此刻总裁的眼里再没有佯装的幽默。三个人都知道，这对森德兰公司而言将是一场至关重要的会议。

拉夫默默提醒自己：保持冷静，保持专注。他开口说话前先静静地深吸了一口气。"先生，我有一些好消息，不过，也有一些不太好的消息，或者说，遇到至少一两个问题，需要我们解决。"

森德兰抬起头来，把眼镜沿鼻梁推下来一点，好从镜框上缘看出去，仔细打量拉夫的脸。

拉夫说："好消息是，我们拿下了诺科比西区的暗标。杰普森的律师在30分钟前给我打了电话，按照之前的约定报告了结果。不仅如此，我们的出价仅仅比第二高的投标者高出5%。因此，我们可以说是险胜，这次做得很漂亮。"

森德兰向前俯过身来，脸上的表情再次变得明亮。他握起两个拳头，举了起来，就像当年在奥本大学看橄榄球比赛时那样，但这天上午却少了几分坚定。

"很好，真是棒极了！那么，坏消息是什么?"说着他皱了皱眉，撇了撇嘴。

"嗯，先生，您可能已经猜到了，又是环保人士。他们对此很不满意，不会轻易罢休。我认为我们低估了这些人不满情绪的严重性。诺科比西区属于他们说的'生物丰富'地区。"

斯特蒂文特副总裁说："这到底是什么鬼意思?"

拉夫不理会对方这个问题，继续说了下去："他们已经将这片地方指定为当地生物多样性的一个'热点地区'。我向州环境管理部查询过，以下是他们的回复：诺科比湖西区有两种罕见的蝾螈、一种罕见的鸟以及一种被《濒危物种法》列为濒危物种的龟。更棘手的还在后面。还记得那片与国家森林接壤的捕虫草沼泽吗？那儿有两种本地特有的植物物种。是本地区特有的。我的意思是，这两种植物在地球上其他任何地方都找不到。"

副总裁斯特蒂文特忍不住打断他，气急败坏地说："好吧，伙计们，这该死的蝾螈和猪笼草。高尔夫球场可建不成咯。"

"恐怕还有更多东西需要放弃，"拉夫继续说道，"长叶松不能砍伐。根本动不了。我们原本假设，既然在整个美国南部都能找到长叶松，那么，砍掉诺科比的长叶松应该不会有任何问题。但没想到西区那片长叶松林是原始林，整个美国目前依然存活的原始林中，那种规模的只有大约 2%。我也知道诺科比的木材价值超过 100 万美元，但我们不能砍伐取利。"

斯特蒂文特再次打断拉夫。他想，是时候跟这家伙讲讲道理，好让他清醒过来了，他已经过线了，这让大家的日子都不好过。斯特蒂文特猛地把双手拍在桌子上，但并没有十分用力，毕竟他离老板森德兰没多远。"你在说些什么鬼话？是说我们要整个退出吗？这可是我们公司有史以来最好的一笔交易。人们正开始大举进入房地产领域。房地产价格正在上涨。诺科比西区项目将为我们带来前所未有的高利润。"

他特意停了一下，好让拉夫有时间充分理解，接着，他平静地说道："这么说吧，现在整个地区可能都是松树林，但只要过上几年，它就会大变样，变成像莫比尔和彭萨科拉周围的郊区一样，变成一处真正宜居的好地方。'新南方'那套说辞你应该懂的。我们可以对它进行房地产开发，建设学校、购物街，铺设很多道路。谁也阻止不了这些事情发生。因此，不管是濒临灭绝的物种，还是你所说的那些鬼话，都阻挡不了，明白吗？为什么我们不能只留下那片沼泽地，外加大概几万平方米的松树林呢？也许在任何一位法官或任何一个陪审团看来，建立一个小小的自然中心应该就足够了，我们只要向环保人士展示与官方达成的协议就好。让他们自己消化这一事实去吧。正如埃默里大学的人说的那样，这已经是既成事实，不可逆转。”

斯特蒂文特是个好人，是一个有道德的人，他做过南方浸信会牧师，对妻子从未有过不忠。在他心中，信仰赋予他力量，使他可以保持内心的平静：无论发生什么，好事或坏事，可知的或难解的，那都是上帝的旨意。但他同时拥有埃默里大学的工商管理硕士学位，以及一个以第十一条戒律为底线的灵魂。有不少人的工作职位都指望着他呢，而以年人均净产出计算的经济增长，一直是美国发展的基础。区区几种珍稀物种的命运，在他们的优先级清单上永远占不了前排位置。

斯特蒂文特感觉自己看到森德兰点了点头，便决定向前再逼近一步，搬出他那套教会核武器。“这就是神的意图，”从他绷紧的嘴唇里挤出这么一句话，“你可以在经文里看到这段话：他授予我们对地球的统治权——不是让我们无所事事、东张西望，而是让我们去利用，共同繁荣，不断繁殖。”

拉夫对此早有准备。他早就知道，上帝一定会找到机会“介入”这场讨论。“我懂你的意思，里克。但想一想，人们追求高质量的生活，诺科比西区恰好遍地都是高质量生活的标志。这么说吧，如果我们鲁莽行事，这一大笔生意很可能会在眼前灰飞烟灭。不知道你有没有看过《莫比尔新闻纪事报》的环境记者比尔·罗宾斯的文章，他绝不会放过这类事件。那家伙不仅熟知这一带每一种植物的名字，对大多数动物也是如数家珍，并且对沼泽和原生长叶松林怀有特殊的感情。只要我们走错一步，他一定会像老鹰抓一只独脚鸡一样扑过来。大型环境保护组织也将加入进来，比如塞拉俱乐部、大自然保护协会、长叶联盟以及这一带许多你从未听说过的人。”

斯特蒂文特挥起双手，准备给拉夫一记沉重的回击：“这是我听过的最片面的一套说辞。你是不是忘记了，这一带还有很多人并不喜欢松树林。如果一定要实话实说，绝大多数人都不喜欢。我们生活在全美最保守、最笃信宗教的地方之一。你确实会发现很多人喜欢到树林里去打猎或钓鱼，但他们同时坚信，万一人与自然发生任何利益冲突，应该优先考虑的是人。他们可不想看到一堆到处都是警卫的自然公园出现，不希望政府插手干预自己的生活，也不希望远在蒙哥马利和首都华盛顿的那帮自由派官僚制定规则，对他们的行为指指点点。他们相信耶稣是来拯救人类灵魂的，而不是拯救昆虫和蛇。”

最后一句话让拉夫猛地睁大了眼睛，这听上去跟勒博说的一模一样，几乎是逐字复述。

斯特蒂文特继续说道：“他们非常确定耶稣会再次降临，末日很快就会到来。不管这是对的还是错的，如果我是你，我绝不会嘲笑他们。全国各地都有很多人抱有这种看法，在这里尤其普遍。如果我们继续这样占用像诺科比这么高品质的一片地产，他们很可能会闹翻天。我告诉你，那可能是一场战争。”

德雷克·森德兰转过头，再一次从眼镜上方盯着拉夫。他开始变得坐立不安。这可不像在大都会俱乐部玩扑克，精英们在那儿会面，然后谈成令人感到舒适愉快的大生意。这也不是《莫比尔新闻纪事报》财经版块报道的那类商业新闻。他想，如果之前没有把这个天才少年招进公司，也许日子会好过很多。但他马上又想到，不，不，那是不可能的。拉夫知道规矩。他知道树木将向哪个方向倒下。

他问对面的两位男士：“我们真的需要担心一群《圣经》声援者和啄木鸟吗？”

“德雷克——”斯特蒂文特表示抗议。

森德兰举起一只手让他闭嘴：“等一下，里克。”

森德兰正在考虑最坏的情况。如果森德兰公司在他的带领下同时陷入财务和公共关系危机，那么，他的大名以及他们家族的股份可能都不足以挽救他。这个比尔·罗宾斯到底是什么人？他很好奇。这记者和他那帮同事可能变成大麻烦，就是他们。

森德兰喃喃说道，仿佛是在耳语：“好吧，拉夫。你有什么建议？我相信对此你已经考虑了很多。”

斯特蒂文特又开始讲话：“看在老天的份上，德雷克——”但是森德兰再次举手让他闭嘴。

拉夫点了点头，伸手去拿随身携带的一个公文包，将它放在桌上。就快搞定了，他对自己说，就快了。集中注意力，集中，再集中……

“森德兰先生，嗯，德雷克，还有里克，我相信我们可以通过调整策略来解决这一问题。我们可以做到，并且我希望结果会让大家都感到满意，包括我一直非常尊重的、我们的财务官里克。做法就是改变做预算的方式，就这么简单。假设我们没有把那些生境连同里面的物种作为不利因素记在总账的成本栏。假设我们把它们记在利润栏。”

这时，他打开公文包，取出早已准备好的3页备忘录，递给另外两人每人一份。

“我一直在核查。高端退休社区和度假别墅都设法将自然环境变成自己卖点的一部分，这一做法在全美范围内正变得越来越普遍。正如二位在第一页上看到的那样，这一趋势始于20世纪60

年代，在90年代加速流行。现在成为一种全国趋势，并且势头不会衰退。我对南部各州做了详细分析，从中可以看出这一趋势在这里也正顺利生根发芽。”

“目前我还没拿到确切数据，但很明显，有两个因素似乎对盈利能力具有重要影响。开发项目离主要人口中心越近，以及项目周围的自然面积越大，该项目单位面积的利润就越高，这在高端住宅项目中表现得尤其明显。我已经直接跟全国各地许多土地管理专家和大型房地产开发商进行了核查，他们在这一点上的看法几乎是一致的。已经列在第二页上了。在第三页，我非常简要地总结了我认为我们应该做的事。”

拉夫停了下来，以便森德兰和斯特蒂文特可以专心浏览文件。

“好了，说说底线。我认为我们目前的情况是，建造少于原计划数量的房屋将是值得的。比如，在诺科比西区大部分地方建一排相对较小的房子，建在湖边，配一条带有大门的私家道路。每套房子都有各自通向湖泊的通道，同时在大约中间的位置建一个社区码头和船库。作为配套设施，我们还会增添一些自然步道，除此以外不做任何变动，就让诺科比野地的大部分地区保持原样。我们不需要任何已开发的土地，因为每套房子的一侧都是湖泊，另一侧是保护区。这么做的优点在于，我们可以享用由湖泊和内陆自然世界带来的便利，同时完全不会遭到声讨。而且，初始建筑支出和要价实际上可能低于大多数高端房地产项目。这是好事，毕竟当下房地产市场依然不景气。因此，这就是值得公司采纳的稳健策略，无论短期或长期都一样。富人总能买得起房，中产阶级可不一定。”

德雷克·森德兰面无表情地认真听着。拉夫已经做好亮出绝招的准备。他喝了一口水，清了清嗓子。

“还有一件事要考虑。公共关系的潜力绝对是巨大的。凭我们挽救下来的濒临灭绝的生境和物种，我们可以登上头条。宣传这一概念。让诺科比闻名遐迩。在保护濒危物种方面，有几个开发项目，尤其是我们这个州的开发项目敢说自己有所贡献？更不用说，有几个地方可以让你在家门口就能看到濒危物种？我们可以为住户设计自然步道上的观光路线，提供小册子介绍诺科比环境的美丽与价值。让州长在我们的剪彩日前来助兴。这对双方来说都是增加曝光率的大好机会。甚至可能让这块区域最好的部分被亚拉巴马州政府宣布设为州立植物园，获得大额税收减免，并由州里负责管理。”

拉夫留意到，他说话时，斯特蒂文特变得越来越坐立不安。他的脸变得通红，他用手背一把将备忘录从自己面前推开，爆发了。

“哦，看在老天的份上，这是什么鬼？世界地球日？我之前说的话，你一个字也没听进去吗？亚拉巴马州南部以及一直延伸到佛罗里达狭长地带的地区跟美国其他地区可不一样。它们和你这些图表里提到的地方不同。我一直在提醒你，这是美国最保守、最笃信宗教的地区。周围这些人全都相信他们在那本好书[①]里读到的内容。他们最讨厌政府的控制，也肯定不喜欢一些富裕的环保主义者跑来这里夺走最好的土地，抢走他们的饭碗。”

森德兰的嘴巴略微张开，仿佛是惊呆了，正在搜肠刮肚寻找合适的回应。拉夫早有准备，对方的爆发让他松了一口气。斯特蒂文特已经乱了阵脚：他感到困惑，开始发牢骚。他显然没有料到拉夫会拿出这么一个提议，也没有为此做过任何准备。他现在的反应是情绪化的。

拉夫的生活准则有三条：好运总是青睐有准备的人；人们愿意跟从清楚自己前进方向的人；控制中场，因为这是两极最终相遇的

---

① 即《圣经》。——译者注

地方。

“里克，我说过，我非常理解你的立场，”拉夫继续说道，“但请听我说完。我同意，假如时光倒流 20 年或 30 年，我现在提的这个做法很可能会挑起事端，你刚才说得完全正确。但你也要承认，事情正在迅速发生变化。许多进入高端住房市场的人都是这边沿海地区的当地人，不完全是外来者，他们当中有很多人也是笃信宗教的保守派，就和你一样，我们必须尊重这一政治立场，这是肯定的，还要对这一点进行充分的考量。但还有很多其他人正日益支持环保主义，退休人士当中比例更高，而这跟他们的出身无关。”

斯特蒂文特故作镇定，听到拉夫彬彬有礼的回应，他反而受到了鼓舞。“你说的这些，用来形容一群早餐吃格兰诺拉麦片[①]的左翼分子可能是准确的，但你凭什么认为，亚拉巴马州南部和佛罗里达狭长地带的多数保守派也是如此？这些人可是打小喝着保守主义思想的乳汁长大的。”

这是一记大力投球，但拉夫接住了。“你说得对。这是事实。但请仔细看保守主义与环境保护这两个词。它们来自同一个拉丁语词干 conservare，意为保卫、维持，”他微笑着补充，“等等，不要跟我说这是我从哈佛学来的。实际上，我是在这边的佛罗里达州立大学学到的，那儿有一位教授，是南方人，他恰好在这两个课题上都是专家。他在课堂上提问：不搞环境保护的保守主义还算什么保守主义？在环境保护缺位的情况下，我们将如何达成能源独立，节约自然资源？这两个问题很值得深思。一位作家最近是这样说的：绿色就是新的红、白、蓝[②]。”

① 一种更天然、无加工的健康麦片。——编者注

② 即指美国国旗。——译者注

接着，拉夫举起双手做出恳求的姿态："你得承认，不是每个人都想打高尔夫。很多人想要生活在大自然附近。在我们这里，你和我一样清楚，几乎全年，大家都可以穿着短裤和 T 恤外出享受大自然的乐趣，只要人们愿意。"

斯特蒂文特早已不再聆听，他正在拉夫给他的备忘录背面乱涂着什么。

森德兰大声清了一下嗓子，叫停他们的谈话，然后站起身来，向位于日出方向的那扇落地窗走去。早晨的天空依然是一望无际的蓝。太阳已经升起，照耀在莫比尔河上，河流从黑色变成了浅棕色。在阳光下，这座城市大大小小的建筑物也从黎明时分的青铜色变成绚丽多彩的颜色。一群银鸥吸引了森德兰的目光，它们正从楼下的停车场飞起，开始在莫比尔湾上空盘旋。原来是一辆正在驶近的汽车惊动了它们。

森德兰转过身，看向南面几百米开外的班克黑德大厦，那里仍是本市最高的建筑物，顶部的楼层里拥有本市顶级的豪华公寓，可以居高临下俯瞰市区其他大楼的屋顶。大厦顶端挂了一面巨大的美国国旗，此刻随着一阵微风扬起，稍稍展开，又低垂下来。那就是我们公司最伟大的成就，他沉思，我父亲的成就。

拉夫还没说完的时候他就下定了决心。现在，他正尝试组织语言。

"我们可能会做类似的事。"他说，眼睛依然看着窗外。

然后，他转身走了过来，低头看着拉夫说："但是，环保人士愿意相信我们吗？毕竟，在他们看来，这家公司就是一个大坏蛋。我们在诺科比项目上已经留下了污点。'死猫头鹰湾'地块的失败让事情变得难以收拾，而那是我们对这里做出的唯一一个跟环境相关的决策。他们可能永远不会知道我们其实别无选择。当时，如果当真顺其自然的话，那些蚂蚁就要把整个区域活活毁掉，即使是人类也没法在那儿停留超过几分钟。因此我们不得不喷药，或是采取类似措施。是的，事实表明这种方法是错误的。我也承认这一点。有一半的毒素被冲入湖中，杀死了'死猫头鹰湾'沿岸的一切生物。死鱼漂浮在湖上，步道周围到处都是死去的鸟儿。环保人士和当地人都把我们骂个半死。人们认定我们会给他们带来癌症。至于为什么我们还没有因此面临天文数字的罚款或起诉，我是永远不会知道了。"

"所以，我就问你一件事：假如那些蚂蚁卷土重来，而这回我们不能再喷药了，那该怎么办？"

"我认为这不太可能发生，先生，"拉夫回答，"我在佛罗里达州立大学上学的时候研究了这些蚂蚁好几年。这碰巧就是我相当了解的一个课题。当时在那些蚂蚁身上发生的是一种罕见的基因突变。我不敢打包票，谁能对类似的事情很有把握呢？但据我所知，此前蚂蚁从来没有发生过这种突变，而且我相当肯定这种事不会重演。"他其实不是非常肯定，但现在必须这么说。

森德兰转向首席财务官："怎么样，里克，试一把？"

斯特蒂文特语带讥讽地说："也许你可以说服科迪先生，把船屋和坡道建在那儿，这样整个地方就会被盖在水泥和草坪下面，那就可以阻止那些蚂蚁回来啦。"

说完，他做了个鬼脸，举起双手。"见鬼，德雷克，这事你说了算。但我不会改变主意。我可不想让人觉得无理取闹，但我甚至认为这有点危险，毕竟我们周围还有某些人。但是，就这样吧，关于这个话题我最后要说的就是这些。我不会为你们挡子弹。我要做的是管好这个项目的账目，希望一切顺利。"

他转过来，故作严肃地盯着拉夫看了好一会儿，心想：嗯，我猜眼前这个人就是本地未来的有权有势之人了。我不希望公司倒闭，但我当然想看这个小混球有朝一日摔个狗啃泥。

“谢谢你，里克，”森德兰说，“我猜我们这是做出决定了。”

会议结束了。窗外，云在西边的地平线上积聚起来。傍晚可能会下点儿雨，因为还有另一道对流锋面翻滚着朝海湾这边移动。在这片美丽的土地上，天气总是如同侵略军一般从堪萨斯州、伊利诺伊州或美国其他某个遥远地区赶来。

三个人一起走出房间，斯特蒂文特走在最前面。到了门口，森德兰让拉夫稍稍停步。他眼睛半闭着，表情阴郁。

“拉夫，在这件事上，我准备跟你站在同一阵营。当然了，这是一场赌博，我们不能自欺欺人，但我认为这是有可能取得成功并且引起最小麻烦的唯一做法。我向上帝祈祷，希望进展顺利。跟你说实话，如果成功了，我们就有了引以为豪的事迹。我其实从来就没想过要用一堆俗气的房子占据诺科比野地，关键是我们能不能找到更好的做法。尤其是在眼下，我们可能会因为在一个项目上投资太大而破产。”

拉夫郑重地点点头：“是的，先生，谢谢您。谢谢您这么说。”

“但我同时必须警告你，拉夫，斯特蒂文特的话让我非常沮丧。那些话可能有些道理。在我们这里，发展总是带有宗教意味，二者混在一起。有人说上帝要我们充分利用他赐予的土地，这就意味着开发。有人说上帝要我们保护他所创造的万物。一旦任何一方的狂热分子占了上风，我们就有大麻烦了。我不希望诺科比变成一个庭辩战场。因为新闻媒体铁定会把我们写成一群跳梁小丑。”

“所以我要跟你说一件事，不要让我们陷入任何形式的公共关系方面的麻烦之中。不管是因为你在环保圈的朋友，还是因为任何热衷《圣经》的狂热分子，都不要。尤其是那份该死的《莫比尔新闻纪事报》，我希望你能让他们停止对我们穷追猛打。我说得足够清楚了吗？还有一件事，只要我发现要出问题，我会马上撤回项目，比一只青蛙从热炉子上跳下来还要快。我会利用这块地去弄一笔贷款，然后一小片一小片地把整块地都开发掉。”

拉夫严肃地点点头：“明白，先生，您说得很清楚了。”

37

六个月后的一天，拉夫在诺科比湖草木青翠的岸边跪下来，好像祈祷一般，其实他是在给一朵淡紫色的野花拍照片。在他的四周，诺科比之春到来的各种迹象争先恐后地冒了出来。野生映山红沿着湖岸一路盛开，绽放出一片又一片鲜艳夺目的猩红色。最后一丝寒意早就从大地深处消散了，地面植物陆续苏醒过来，给大地铺上一层由淡绿色的嫩芽和叶子组成的薄毯。

他代表这片保护地取得了彻底的胜利，比他此前设想的结果还要好。在森德兰公司内部，每个人都同意现在可以启动诺科比计划了。建筑图纸就在森德兰公司各位高管的办公桌上。与城中多个工地承包商的商谈正在进行，其中一处工地就在沃尔顿堡海滩。预售活动已经开始，陆续有人打电话过来咨询。除了湖边要盖的那片房子，诺科比野地几乎 90% 的地方都将保持原状。水过滤装置有助于保护湖泊免遭污染。原本住在西岸的两只鳄鱼也在人类的协助下被请到东岸安家。

与此同时，事实证明拉夫在很重要的一点上说对了：森德兰的规划吸引了大量的关注，并且，到目前为止所有宣传报道全都有利于森德兰公司。《莫比尔新闻纪事报》记者比尔·罗宾斯撰写了3篇文章进行系列报道，标题是“两个世界的杰作”。《亚特兰大宪政报》发表社论指出，诺科比项目选择的折中做法堪称“南方开发建设与荒野保护的范本”。人们开始押注，罗宾斯这一系列报道将要入围下一年普利策奖调查报道奖。有传言说森德兰公司有机会获得大自然保护协会颁发的“绿叶奖”。拉夫也收到邀请，在莫比尔和彭萨科拉一带的民间团体和教堂发表讲话。

尽管如此，只要有时间回来探望父母，拉夫还是愿意独自一人回到诺科比，在湖滨地带被开发之前闲逛一番。他沿着早已存在的步道来回溜达，这条步道从“死猫头鹰湾”一直延伸到外流小溪周围的沼泽。他就这么一点点地向前走着，仔细考察已经用测量师专用木桩标记起来的路段，木桩顶端都被涂成了红色。他给那儿的植被拍照片，做笔记，收集了一些植被片段以备后续识别。等到链锯和推土机真正到来的时候，他就会拥有一份关于原生湖岸生境生物多样性的地理图谱。这会被收录到南亚拉巴马州大学位于莫比尔市的档案馆，供以后的博物学者研究——既然他做不到把诺科比这个角落保护起来，那么，他至少可以做到让后人记住它的模样。

傍晚时分，随着夕阳西下，松树的影子拖得越来越长，湖边枝蔓缠绕的植被变成一片深绿色，拉夫也顺着步道向自己的车子走去。快到车子跟前时，他惊讶地发现，有三个男人正在那里等着他。他立刻认出了韦恩·勒博牧师，以及他的助手博·雷尼。我去，又来了，他心想。他们身后还有一个不到20岁的年轻人，他两颊留着时髦的短胡茬，鼻梁上架了一副墨镜，头上戴着一顶宽边帽。勒博自己身穿一套正装，但这次没打领带。雷尼跟那位新来的牛仔一样，穿着斜纹布裤子和白色短袖衬衫，衬衫没被扎进腰带里面。这三个人此刻站在拉夫和他的汽车之间，看着他，一言不发。

拉夫一看到他们就警觉起来，差点儿陷入惊恐之中。他想过直接掉头跑进树林里，但又觉得这么做看起来太过愚蠢。谁知道他们来干什么呢？也许是来求和，或是提出某些合理的问题，或者只是想要再争论一回。但为什么要一次来三个人？那个戴牛仔帽的小孩是什么人？

他边迎上前去，边对勒博说："您好，是勒博牧师吧？有什么需要我帮忙的吗？"

"我们要跟你谈谈。"勒博回答。

拉夫不喜欢对方这么粗鲁地跟他说话。"我很乐意，"他说，"但我接下来还有一个会议，马上就要迟到了。如果您愿意的话，我们可以改期再约。给我打个电话就行。"他开始绕过他们。

"不，我们现在就要跟你谈。"勒博说。

"不行啊，实在不能再耽搁了。我们一定可以很快再见面，在您方便时见面，牧师。我会带您去吃午饭。反正我还欠您一杯啤酒呢。"

"不行，必须现在谈。"勒博回答。

这时，雷尼漫不经心地抻了抻衬衫上的褶痕，拉夫瞥见他腰带上插着一把短管转轮手枪。

我的天！拉夫暗想，无论如何我得假意逢迎一把，好为自己争取一点儿时间，消解他们的怨气。"好吧，说吧，如果真有那么紧急的话。"

"我们想先给你看样东西。"勒博一边说着，一边猛地朝步道口方向摆了摆头。

他们要给我看什么？拉夫想。这是要威胁我，迫使我对诺科比相关计划做些什么？当初要是早向警方报案就好了。

现在，他们簇拥着拉夫，四个人默默走向步道口，继续向前走进西侧的步道，勒博和拉夫走在前面，雷尼和“牛仔帽”紧紧跟在后面。勒博完全没有放慢脚步的意思。

“我们这是要去哪儿？您到底要给我看什么东西？”拉夫问。

“你会看到的。”勒博说。

“好吧，我们这是要去哪里？”拉夫又问了一遍。

“到河边去。”勒博说道。

噢，天哪，这更糟了，拉夫想。他们甚至不担心让我知道他们到底想要干什么。他们这是要杀了我，再把我扔进河里。让我消失得无影无踪。这帮疯子。

拉夫的脑子里飞快转过一个又一个可行的逃跑计划。他必须立即采取行动。拉夫估计，雷尼，也许还有“牛仔帽”，这两个人都有枪，但勒博没有带武器。必须在他们拔枪射击之前找到摆脱他们并尽快找到掩体躲起来的办法。那是唯一可能逃生的方法。动作要快，要在我们走得更远之前行动。

拉夫对诺科比地区了如指掌，此刻正是凭借这份深厚的了解，他很快就确定了可行的逃跑地点。现在他们仍然离湖很近，走在阴凉的树林里。只要开始靠近外流小溪，就会在步道西侧看到一个圆顶，那是在春季才会出现的生长在水池周围的一小片阔叶灌木林，长势茂盛。在它后面的另一边，跟拉夫想的一样，有一小片空地，空地后边是一片茂密但还能穿过的阔叶树和松树林。如果他能借圆顶躲避子弹，直到顺利进入茂密的树林，他就有机会逃命。

等来到步道上他认准的正确位置，拉夫突然停住脚步说：“哎呀，我得赶紧解个手，实在憋不住了。很快就好。”他尽量让自己听上去很平静，努力装出一副还没意识到自己所处困境的神态。

勒博此时倒是愿意对一名“戴罪死囚”表示出一丝人道：“行吧，但只能走开几步，不要试图耍花招。桑奇，”他对“牛仔帽”

说道，“你跟着他，如果他胆敢逃跑，开枪打他。”

他话音未落，拉夫就走下步道，拖着小心翼翼的僵硬步伐，一步步靠近圆顶。桑奇紧紧跟在身后，如影随形。拉夫一直在移动，直到已经处于圆顶范围内的低矮灌木丛中，离开步道有五六米的距离。他已经在脑子里仔细规划好接下来在圆顶周围冲刺的每一步。

桑奇粗暴地朝他背上推了一把，说：“这就够远了。”

拉夫站住，一动不动，过了一会儿，他背对桑奇，动了动胳膊，好像在拉开裤子拉链。几秒钟后，他将上半身转过来，瞅一眼桑奇，后者跟他只有一臂之遥，他发现这位年轻人还没有拔出枪来。与此同时，在步道那一边，雷尼正跟勒博轻声说着什么，他的枪也还在衬衫下面，没有拿出来。

拉夫开始整个转过身来，同时开始讲话。

“别动，桑奇，那儿有一条蛇……”

当时拉夫已经转过足够的角度，他毫不迟疑伸出双手，冲过去竭尽全力推了桑奇一把，然后掉头就跑。年轻的枪手猝不及防，仰面朝天向后倒去，狠狠摔向地面，他大喊大叫，两只胳膊乱舞一气，头上的帽子也掉了下来，滚到了一边。等桑奇终于跌倒在地，拉夫已经抵达圆顶的边缘，开始全速冲刺。雷尼的反应也很快，不到5秒就完成拔枪、瞄准、开火这一连串动作。拉夫勉强赶在他开第一枪之前绕到圆顶后面，从他的视野里逃脱出去。雷尼试图计算拉夫穿过植被的前进速度，对着浓密阴影中的枝叶又开了几枪。他只在捕猎飞奔过森林的鹿时用过这种战术，也只是偶尔击中，这一次他的战术也失败了。

拉夫按照自己计划好的路线继续拼命地向前跑，借圆顶的掩护穿过后面那片小小的空地，进入前面的灌木丛。等追杀他的人终于绕过圆顶，他也刚好消失在灌木丛里。雷尼和刚刚爬起来加入追杀行动的桑奇都没再开枪，都在等一个一枪命中的机会，但没有等到，这时勒博也追了上来，三个人不顾一切要把拉夫找出来。

这时，拉夫的领先优势还不到50米。全靠长满茂密叶子的植被提供掩护，他才不至于在刚刚进入灌木丛的头一两分钟里就被击倒。但他知道他完全有能力拉长这段距离，因为他太熟悉诺科比荒野的地形了，可他们不熟悉。他知道，在诺科比野地，林下灌木丛的开口都在什么位置，在倒下的树木横七竖八缠绕而成的废墟周围都有哪些路径。等他穿过阔叶灌木丛进入更开阔的松树稀树大草原，他已经把领先优势扩大到将近100米，并且继续沿着近乎笔直的路线前进。当追捕他的人也都进入开阔地点，他们只能隐约瞥见他的身影在前方闪现。

没过多久，拉夫注意到那几个人开始呈扇形散开，同时互相叫喊。起先他以为他们找不到他了，正试图定位他在哪里。接着他便意识到了一个可怕的事实：这三个人知道他在哪里，最起码知道大致的方位。现在占上风的是他们，而不是他。几乎可以肯定，勒博和他的手下都是经验丰富的猎人：他们大喊大叫，并不仅仅是相互交流。实际上他们正在划分区域，要把追赶的猎物赶到他们选定的一处狭窄空间。他们要将他逼向河岸，这是捕猎一头野猪的战术。如果他继续直奔河岸，那三个人也将汇聚过来，越来越近，直至“收网”。

拉夫拼命在跑，不顾一切试图寻求突破陷阱的方法。他想过要不要先赶到河边然后一头跳进水里，但他的游泳技术相当糟糕，即使没有立即淹死，也不得不在水面露出头来，给岸上的枪手提供最方便的标靶。

这时，一个计划像闪电一般掠过他的脑海。从追捕者的喊声判断，勒博应该在他的左边。之前他就十分确定勒博没有带枪，而且这位牧师比另外两位都要年长，在拉夫看来体格也不健壮。如果向左斜切跑去，同时再把冲刺速度提高一点点，他就很有可能击败勒博抢先到达奇科比河，再沿着河岸向左奔跑，跑到整个追捕小队前面去。万一来不及达成这一目标，他依然有机会在面对面的搏斗中击倒并挣脱勒博，在其他两人赶过来之前继续沿着河流跑下去。

他一个左转，不到 3 分钟就用之字形路线穿过稀树大草原最后的一片植被，进入冲积平原的次生柏树林，比想象的还要快一些。幸亏他及时做出决定，因为勒博几乎也同时赶到附近，两人只隔了不到 30 米的距离，而且勒博还在奋力向拉夫冲过来。拉夫从他前面经过，牧师紧紧跟在他身后，大喊让其他人赶紧过来。

现在，拉夫的右边是奇科比河，左边是他并不了解的泥滩，他被夹在了中间。他想回到冲积平原的森林里去，尝试在那儿甩掉身后的追捕者，但马上就想到，他们肯定也会一路追踪过来，然后再次把他围在中间。并且这一路上还有许多与河流平行延伸的泥沼，他很可能被泥沼阻挡而难以继续全速前进。一旦发生这种事，他就会落入手枪的射程内，只要对手一枪打过来就什么都完了。

拉夫的希望之一就是留在河岸边。如果他能找到一个人就好了，无论是谁，在岸边或是在水面上都可以，勒博和他的杀手就很可能掉头撤退，因为害怕有其他人看到这一幕。但这种可能性实在太小了，因为河岸这一段离最近的道路和码头都很远，属于奇科比河流域最人迹罕至的区域之一。

在奇科比河岸边可能遇到的第一座房子，除了渔夫的棚屋之外还会是什么呢？此刻他能想到的就是弗罗格曼，传说中的奇科比食人狂魔。他的房子可能就在差不多 5 000 米外。如果拉夫能在这么长的一段距离继续保持速度，他就有机会活下来。这种可能性也许很小。弗罗格曼看上去非常凶狠，甚至可能真的是个疯子。但现在拉夫把所有这些想法全都抛在脑后，只管向前跑。

跑着跑着，他突然留意到自己再也听不到那三名追捕者的声音了，这在河岸追逐开始以来还是第一次。他们放弃追捕了，还是落下太远，已经赶不上他了？毕竟他们也在跑同样的障碍路线。也许他可以停一会儿喘口气。于是他停下脚步，把自己半藏在一个柏树桩后面。但很快他就发现这是一个错误。两声枪声猛然响起，太近了！砰！砰！差点击中！拉夫跌跌撞撞继续没命地向前跑。

这远非直线奔跑这么简单，而是一场之字形路线的障碍赛跑。拉夫时不时就要在一个又一个泥沼中挣扎，又得设法绕开这些泥沼，总之要竭尽全力把自己的双脚从黏胶状的泥巴里挣脱出来。他不得不手脚并用爬过柏树巨大的基座和那些倒地的横七竖八的原木，他已经没有力气跃过这些障碍，更别说扩大自己的领先优势。

但他终于抢先一步来到弗罗格曼的门前。他想着哪怕只要稍停片刻就会从后面飞来一颗子弹，于是径直冲上那个简陋的码头，跑过小路直达前门。弗罗格曼一定早就听到拉夫在走近，此刻正站在后面房间的入口处。他看上去跟拉夫记忆中的样子一模一样，只是现在胡须变长了，花白一片。他穿了一条裁掉膝盖以下部分的牛仔棉布裤，上身是一件脏兮兮的白色 T 恤，上面印有奥运五环和已经褪色的“亚特兰大 1996”字样。现在，他等待着拉夫，像石雕一般纹丝不动。

“求求你，”拉夫上气不接下气，“能帮帮我吗？有人在后面追我，拿着枪，要杀了我。”

弗罗格曼仔细打量着他，带着一丝冷漠。他朝短短的门廊一侧的一个壁橱指去。透过开着的壁橱门，拉夫可以看到里面有一半的地方已经堆满了工具、抹布和渔具。

“去那里，关上门，别出声。”

不到两分钟，雷尼和桑奇就一前一后穿过前门，两个人都气喘吁吁，雷尼对弗罗格曼说："我们是警察。正在追捕刚刚跑到这里的逃犯。过一会儿我们的警长就到了。"

弗罗格曼没答话。

他们就这样静静站着，大约又过了 3 分钟，勒博进来了，他汗流浃背，大口大口喘着粗气。

雷尼对牧师说："长官，我刚才跟这位先生解释了，说我们是追捕逃犯的警察。"

"没错，"勒博依然喘得厉害，但还是跟上了雷尼的节奏，"我们是州警察局的。正在追一个逃犯，他抢劫了加油站，还开枪打死了现场的工作人员。他朝这边跑过来了。你有看到吗？你能帮帮我们吗？"

"你们有证件吗？"弗罗格曼问。

"刚才留在车上了，在河的上游。当时实在是十万火急，一时顾不上。帮帮我们吧？"勒博一边说，一边看到雷尼朝他点了点头。他们都知道拉夫就在屋里。

"当然可以。"弗罗格曼说。他走回门廊，从一个架子上拿起一把泵动式霰弹枪。然后，转向壁橱的方向，大声说道："来吧，出来，你这个小混蛋。"

拉夫没有理会，弗罗格曼再次发出命令，这次是用吼的："现在就给我出来，否则我会给你藏身的那扇门来上一发。"

拉夫出来了，半举双手表示投降。他怕得要命，因为早已筋疲力尽，此刻处于半清醒状态。他感到震惊，又疲倦透顶，几乎无法理解面前的这一幕。

弗罗格曼正对着他，泵动式霰弹枪对准他的胸部。勒博和另外两个人紧挨着站在他身后，雷尼和桑奇已经把他们的左轮手枪推回腰带里，还抚平了衬衫。他们的衣服，就跟拉夫的一样，上面全是泥点，而且撕破了好几处。

弗罗格曼微微转过头说："你们，找个人下去看看，有没有人在河上，然后喊话，报告情况。"

雷尼看向桑奇，弯曲拇指朝河的方向指了一下。这个年轻人转身朝大门走去，现在头上没了帽子。

过了大概一分钟，桑奇大喊："没人！"

说时迟、那时快，弗罗格曼一把调转霰弹枪的枪头，朝雷尼的胸膛开了一枪。这声枪响几乎震聋了拉夫。雷尼的身体应声弯折，整个向后倒去，双腿直挺挺的，双臂顺势向外甩出，周围鲜血流淌，骨头碎片四散。

勒博刚想转身开溜，弗罗格曼早已将下一发子弹泵上了膛，他又开一枪，击中勒博左侧腰部位置，让他原地转了一圈。一团破裂的肠子从创口飞溅出来，落在勒博身边的一摊血中，勒博脸朝下扑倒在地。

至于桑奇，听到第一声枪响就赶紧拔出手枪沿着步道飞快朝房子这边跑来，还大喊着："嘿！嘿！嘿！发生了什么，发生了什么？"

结果这成了他的遗言。他刚飞奔进前门，就向后飞了出去，因为他被一整发 00 号鹿弹[①]击中前胸。他的手枪抛向空中，啪的一声落在小小门廊的地板上。

拉夫呆若木鸡，双手仍然半举着，摆出投降的姿势。他会是下一个目标吗？这时，弗罗格曼转过身来，看着他。

"这几个该死的狗杂种，居然胆敢带枪跑到这里来，还对我撒谎。想要杀了我，夺走我的土地，把它和所有这一切统统毁掉。"

---

① 鹿弹是常用的霰弹枪弹药规格，每发 00 号鹿弹根据弹壳的长度不同，可能装有 8～18 颗直径约合 8.38 毫米的小铅球弹丸。——译者注

他停了一下，回头环视刚刚大开杀戒的现场，接着说：“我不会杀了你，小子，但如果再让我见到你，我一定会杀了你。你以为我不记得很久以前你来过这里吗？如果你胆敢跟任何人提起这里发生的事情，我是说任何人，我就会追杀你，干掉你和你的家人。明白了吗？”

拉夫想不出还有什么话可说，只能喃喃说道：“是的先生，是的先生！”

他的双手还在发抖。汗水早已湿透了衬衫，还不断从鼻尖滴落。他渴得要命，但依然足够清醒，还能留意到弗罗格曼已经开始从容地用指甲剔起门牙。是时候离开了。就是现在。但他体内同时卷起一股宽慰与感激之情，以至于他觉得走之前有必要再多说点什么。他必须做点什么。他甚至有点儿反常地想跟这个刚刚救了自己一命的野蛮人成为朋友。

他很快地瞥了一眼雷尼和勒博的尸体，两个人全都被打出窟窿。拉夫声音颤抖地说道：“如果有人回来找他们，你准备怎么做？”

“没有人会找到这里，”弗罗格曼平静地回答，“他们根本想不到要到这里来，没错吧，所以就只有你知我知。但即使他们有朋友确实知道这里，也没有人会说出去的，因为他们也会落得同样的下场。”他向后走去，把霰弹枪放回架子上。

“但如果你把尸体丢进河里，尸体可能会在哪里冒出来。”

“哦，这些家伙肯定是要下河的，不过没事，我有办法，根本就不会有任何尸体会被发现。

“赶紧给我滚，记住我跟你说过的话。无论现在还是以后，在任何时间、任何地点，我都可以像杀死这些狗杂种一样麻利地干掉你，而且我永远不会因此感到良心不安。”

拉夫立即掉头朝外面走去，小心绕过勒博、雷尼和桑奇这三个人的尸体。他跌跌撞撞往河边走去，想着自己是不是随时都有可能被身后一发霰弹击中。但他觉得那也不错，最起码，他会当场丧命，再也无须忍受持久的痛苦。没关系，什么都不重要了。他实在太累了，也被吓得意识模糊，什么都想不清楚。但在这一刻，他的身体再度有了一点感知能力。

在奇科比河边，拉夫转身，拖着沉重的脚步，走上了短短几分钟前逃命时跑过的路。他的头脑渐渐恢复意识，这会儿正剧烈翻腾着，把恐惧、宽慰以及那三个屠夫凶神恶煞的模样搅成混乱的一团。

拉夫终于踉踉跄跄地走回了从诺科比湖流出的那道小溪边。水边的灌木丛用光滑的深色叶子欢迎他回到生机盎然的世界。他跪倒在清澈的水边，朝脸上泼水，又用双手合成碗状，捧起水来大口大口喝了下去。

喝完后他站起身来，穿过熟悉的地形向溪流上游走去。夕阳西下，光线越来越弱，一只斑马纹凤尾蝶从他面前飞过，扑扇着带黑色条纹的翅膀，长长的尾巴拖在身后。令他惊讶的是，他能看得如此清晰，以至于它身体和翅膀的每一个细节都在变大，身上的图案也愈发明显。它们强行挤进他的意识，就像暮光时分半梦半醒之间会有的画面，赶在幸运入睡之前浮现。

他继续向前走，脑子里只有蝴蝶。他开始搜寻更多个体、更多品种。其他一切都被他从脑子里赶了出去。在诺科比的林地上只剩下蝴蝶。它们是那样美，足以把恐惧关在外面。现在，在他看来，蝴蝶是唯一重要的事情。

他让自己沉迷于这美丽的昆虫，一路走过诺科比步道，从几乎跌落死亡深渊的生死关头捡回小命回到人间。他看到一只狗脸粉蝶落在一根树枝上。他停下脚步，看两只小蓝灰蝶围绕着对方，飞舞在一片空地的繁花之间。他继续前进，很快来到救了他一命的林地圆顶。一只林中精灵蝴蝶飞过，翅膀一开一合，向深处的树荫里飞去。他在那儿站了一会儿，头脑开始变得清醒。

他注意到桑奇的牛仔帽还落在灌木丛那边。他把帽子捡起来带在身边。他会在稍后丢掉它，同时清理干净那三个杀手留下的痕迹。他要保护弗罗格曼。

这时，在靠近步道口的地方，一只巨大的凤尾蝶披着灿烂的棕黄两色，高高地从他的头顶飞过，它落在步道上，然后一转弯，一头钻进湖边一片树林里去了。它这是要回到某棵高高的树上过夜。

“嘿，你好呀，Papilio cresphontes（大凤蝶）。”他喃喃自语，特意用拉丁学名称呼它，以此表示恰如其分的尊重。嘿，你好，你好，他继续咕哝着，直到有点头晕目眩，同时感到自己有点傻里傻气。我也准备回家啦。我们俩都还活着，平安无事。他坐进车里，深深吸了一口气，这才转动车钥匙，把车开了出来，开上通往克莱维尔的路。

随着这天最后一缕光线渐渐消失，拉夫回到了父母的家，在靠近前院的一处拐角他停了下来，静静坐了一会儿。他问自己：“我为什么要到这里来？”他想起来了。他必须亲眼看到自己的父母，只有这样才能确保他们是安全的。

拉夫稳稳坐在汽车座椅上，与此同时他的思绪变得越来越清晰。夜幕低沉，他环顾四周。一只蝙蝠在屋顶飞舞，一下子就消失在周围的树冠之中。一只斑衣蜡蝉正一下一下地闪着光，发出求偶信号，它一路飞过后院：点，点，点，横杠，点，点……他专注于它的信号，问自己，我理解得对吗？是“点，点，点，横杠，点，点，横杠”吗？能以这种方式返回安全而又可预测的大自然是多么令人感到安慰的一件事啊。他发现自己又要陷入幻觉，于是强打起精神来。

他完全可以走到前门，走进客厅，给父母一个拥抱。他强烈地想要这么做。但不敢冒险。他知道，自己此刻看上去就像一个刚从车祸现场爬出来的幸存者。这可是需要做一点解释的，但他不敢解释。没必要让安斯利和马西娅为他刚刚经历的恐怖一幕忧心忡忡。更糟的是，他担心弗罗格曼可能会以某种方式得知他告诉了别人，然后从沼泽那边追杀过来，再来一场大规模的谋杀。真要是那样的话，拉夫可就变成了一个邪恶的灵魂，四处散布死亡的诅咒。

因此，他选择安静地坐在车里，努力通过前挡风玻璃看看自己的父母。几分钟后，客厅的窗户开始有光在闪烁。这表明爸爸正坐在最喜欢的椅子上收看晚间新闻。他想起来，这些日子安斯利很少四处走动。爸爸在去年冬天有过一次轻微的心脏病发作，正在服用治疗高血压和心绞痛的药物。尽管他还是会在一大早出发，继续经营那家小小的五金店，但另外几项日常活动，比如外出打猎、钓鱼旅行，以及在低级酒吧消磨一晚上，已经受到严重的限制。烟也没以前抽得那么多了。马西娅尝试了几乎所有办法，就差提出离婚，就希望他能完全戒烟，但到目前为止还没有成功。

此刻拉夫特别想要见妈妈一面，确认她依然健康地活着。自从塞勒斯 10 年前将大学教育费用作为礼物送给拉夫以来，马西娅对自己的生活越来越满意。她参加当地第一卫理公会教堂的社交活动，并且带着越来越高涨的自信，比以往更加期待在玛丽贝尔大宅举行的家庭聚会。她渴望的身份现在已经到手，可比简单的“科迪夫人”有分量多了。她同时也是和丈夫住在克莱维尔的莫比尔的塞姆斯。

今晚，厨房里的灯亮着。马西娅现在大概是在准备晚饭。在她走到水槽边的时候，拉夫透过玻璃窗看到了两次她的头。

然后，拉夫再次转动车钥匙，开车穿过克莱维尔，沿着每到晚上就变得空荡荡的主街道行驶，再沿另一条平时走得比较少的两车道公路开到莫比尔。即使已经上路，他还是想要一个人躲得远远的。一定不能让弗罗格曼和那帮勒博教徒知道他在哪儿。他把车停在阿特摩尔以南一家酒类商店，买了将近一升的尊尼获加金标，这是货架上最昂贵的威士忌。沿着这条路，他驶入一家名叫“南方招待所”的汽车旅馆，他记得以前旅行时从这家店前路过。它看上去安静又便宜，橙色霓虹灯闪烁着“有房”二字。

拉夫手里抓着那瓶尊尼获加，进去开了房。负责接待的服务员暗想，这家伙是喝醉了吧，能开下马路到这儿来也是命大。他一进房间就把门上了双锁，接着脱掉衣服，冲了澡，赤身裸体瘫倒在大号双人床上，然后打开电视机，将音量调小到勉强听得见。他压根儿就没留意电视上在放什么，只是想让自己觉得身边还有很多正常人。第一条新闻报道了巴基斯坦的自杀式炸弹袭击事件，医护人员在伊斯兰堡的街道上运送残破的尸体。他打了一个冷战，换台浏览其他频道，直到遇见一档脱口秀节目才停了下来，节目里大家都在微笑和大笑。他打开威士忌，直接对着瓶口喝了起来。他凝视着墙，努力什么也不去想。这很容易，因为身体早就疲惫不堪。不久，他便昏昏欲睡，好在总算赶在睡着以前拧好瓶盖，把酒瓶扔在边上。

第二天早上，刚过 11 点，拉夫醒了。他头疼得厉害，好像有谁用一把锤子一下一下在敲打他的脑壳，他感到恶心，还渴得要死。他洗了一把脸，猛灌了一大杯水后才穿好衣服，出门来到汽车旅馆的大厅。他先从早班服务员那儿要来一片阿司匹林，再走到大厅另一头一台写着“免费咖啡”的机器前，就着咖啡吞下了阿司匹林。

三杯咖啡之后，头还在疼，但拉夫还是从汽车旅馆退了房，开车回到莫比尔。到达后，因为恐惧依然让他处于近乎瘫痪的状态，他没有回自己的公寓，反而把车开到布莱德索大街停车场，然后走进森德兰的办公大楼，乘电梯来到公司总部。他直奔自己的办公室，路上朝萨拉·贝丝摆了摆手，打消了对方试图在这时问他一个问题的念头，他知道周围好些同事盯着他衣衫不整的外表，但只能选择无视那些目光。

拉夫走进办公室，随手锁上门，在办公桌前坐下，闭上双眼，仔细听自己的心跳，这跳动正在转化为一阵一阵的头疼。他将注意力集中在这一现象上。重击，重击，重击……活着，活着，活着……他想知道为什么他会在办公室。然后意识到，原来他希望一直有人在身边。万一弗罗格曼或勒博教徒来找麻烦，首先必须经过这些人形成的重重关卡。

最终，愤怒涌上心头，把恐惧和绝望统统挤到一边，拉夫开始用更理性的方式思考。他在森德兰公司的克星斯特蒂文特会怎么对他？那家伙说的话跟勒博一样：耶稣降临是要救人，而不是救虫子和蛇。斯特蒂文特跟勒博教徒有没有勾结，会不会出卖他？可能不会。那句引语很可能只是很普通的一句福音派大话。

拉夫努力从各种不愉快的情绪里挣脱出来。最后，他发誓：我已经 28 岁了。该来的就来吧，不管是什么。我要找个合适的人结婚，不再到处寻欢作乐。我要成家。做个普通人。让别人去战斗吧。我什么都不在乎。

就在这时，电话响了。是比尔·罗宾斯。

“你还好吧，哥们？”

“我还活着。”拉夫说，声音沙哑。

“你到哪里去了？我昨天找你找了一整天。我就是想祝贺你，诺科比计划已经敲定可真是个好消息。多亏有你，能让森德兰这么彻底地支持这项规划，这毫无疑问是你的功劳呀。我们要在这个星期天再发一篇特别报道。我可一点儿也没有夸大，拉夫。有很多人都很感激你所做的这一切。”

“谢啦。”拉夫说，没想到这两个字居然足够激起另一波头疼，恶心的感觉也卷土重来。他不想再说下去了，但也不能直接挂断这位挚友的电话。“我真的非常非常感激。我们稍后再讨论好吧。”

“拉夫？”罗宾斯说，“你还好吗？怎么听上去无精打采的。我知道这一定很难。一路走来你经历了太多。也许应该休个长假，好好休息一下。这是你应得的。”

“确实很难，好吧，比尔，非常艰难。比你能想象的还要艰难。”

拉夫实际上永远不会告诉比尔·罗宾斯前一天到底发生了什么。他敏锐地想到，如果说了，就会让自己最好的朋友陷入困境。作为记者和公众人物，这种两难困境会让罗宾斯格外痛苦：如果罗宾斯听说了这件事，但又选择保持沉默，那他就不仅仅是压下一个故事那么简单。万一有朝一日事情曝光，他这么做就是隐瞒事实，背弃公义，有可能面临起诉。但如果告诉了哪怕一个人，那他就是在拿拉夫和他家人的性命冒险。弗罗格曼和急于报仇的勒博教徒都在外面等着呢。他们当中谁会第一个找上门来？这些都不重要，因为比尔·罗宾斯是永远不会知道的。

然而，拉夫知道，他迟早都会告诉弗雷德叔叔的，那是他在诺科比的终身伙伴，也是他大学时的导师。他们在许多方面有着相同的乐趣和梦想。弗雷德叔叔比拉夫的父母更能理解拉夫的内心想法。他需要这样一个知己，只要再过几个月，或者几年，他会向这位知己讲起这个故事。谁能说清楚到底是什么时候呢？

38

又过了六个月，秋天来了。一天清晨，在“死猫头鹰湾”，太阳的光芒首先触及长叶松的树冠层，然后悄悄穿过树枝和树干，直达下层植被，在这里经过过滤，再落到森林的地面，投射出万花筒一般变化多端的光影，其中冷暖色调交织分布。一阵微风从水面吹过，拂过构成湖泊边缘的陡岸。风继续前进，越过湖边的蚁丘，进入四周的树林，在那里扬起一阵令人感到生机勃勃的落在地面上的松针的新鲜气息，其中又夹杂着冬青和山柳的香气。

森林里，一颗颗露珠依然紧紧贴着下垂的蛛网，那是圆网蛛在前一天晚上织成的。狼蛛作为夜行性昆虫的致命狩猎者，一到白天就会变成在地面觅食的鸟儿的美味猎物，因此现在全都退回它们带丝网的洞里去了，静待下一个夜晚来临。叮人的小飞虫在附近一条溪流的水面上展开交配飞行。它们微小的身体形成一团幽灵般的云，一会儿消散，一会儿成形，再消散，最终彻底不见了。为安全起见，它们短暂的表演出于本能早就定好了时间，若是入场太晚或晚一步退场，都可能成为饥饿的蝙蝠的盘中餐，若是入场早了又有蜻蜓在旁边虎视眈眈。

附近的蚁丘也启动了它们的生物钟，这里曾是步道口蚁群的家园，此刻由林地蚁群，也就是它的直系后裔占有。一大波忙碌的活动沿着垂直的蚁穴隧道一路扩展到地下深处的育儿室，里面全是蛹和饥饿的像蛆一般的幼虫。

经过一个夏季的生长，对林地蚁群和它的同盟者与猎食者来说，生命都在此时达到最佳状态。在整个蚁穴周围，它们的猎物毛毛虫像成熟的果实一样从松树树冠层坠落到地面，一群群粉蚧虫在下层茎叶多汁的植物上生长繁盛。前一个夜里下过一场短暂的阵雨，天空此刻变得干净晴朗。已到觅食年龄的工蚁做好了外出的准备。

等到阳光让靠近蚁穴圆顶的上层房间变得温暖，早已聚集起来的工蚁中有一些成员开始经过其他同伴，从中央出口率先爬了出来。有一些停留在经过重新排列的稻草和木炭碎片附近，那是用来为蚁丘表面保温的材料。其他工蚁转到更远的地方，开始在蚁丘周围巡逻，继续探索这一带的地形，寻找前一天夜里积累的丰富奖品：新的猎物、新鲜的节肢动物尸体，以及由粉蚧虫和其他吸吮汁液的昆虫掉下的含糖排泄物。

过了不到一小时，就有一群人类访客来到了“死猫头鹰湾”。他们是莫比尔美国童子军第43军团的“豹”与“鹰”这两支小队，准备在诺科比湖周边进行为期一天的自然徒步旅行。领队的是团长拉斐尔·塞姆斯·科迪。队员们不知道，其实，拉夫想回诺科比想得快要疯了，但又不能一个人来。一定要有一大群人陪在身边才行。这帮经常向他请教的小男生，现在出色地成为他的同伴。

他们带着青春期男生特有的嗓音大声喊叫着，从搭乘的几辆小面包车里一涌而出。他们径直走过了蚁丘，一心朝步道口走去，压根儿就没留意到地上还有这东西。他们在自己的背包里带了用于记录观察结果的防水笔记本。脖子上还挂着相机，随时准备抓拍一切可视事物。这天在诺科比湖的全部发现，他们回去以后还要仔细收集整理，做成报告，发给第43军团的总部。

这一天就这样徐徐展开：拉夫和童子军小朋友看到一只大蓝鹭用尖利的长喙刺中一条鲇鱼，发现菱背响尾蛇蜕去的一段外皮沿着一棵长叶松的树桩绕了半圈，目睹一条很大的水蝮蛇从河岸倏地滑进水里，然后缓慢地向宽叶香蒲丛构成的庇护所游去，身体在水面上一起一伏。他们记录了湖边浅滩的泥龟，躲在岸边湿润植被下的无肺螈，在歌唱的青铜色的池蛙，忙于争夺一片掩体的三种蜥蜴，好几十种开花的植物，还有令人目不暇接的昆虫，有的在飞，有的在爬，谁也叫不出名字。他们看到了23种鸟类，包括这次旅行的主要目标：稀有的红顶啄木鸟。

不过，遇见濒危的红顶啄木鸟并不是这次探险的高潮。高潮是他们发现了一条差不多半米长的蛇，它从鼻子一直到尾巴尖上都带着红色、黑色和黄色的圆环，色彩鲜艳夺目。这个漂亮的宝贝是一个童子军发现的，当时他刚把步道边上一根粗大的枯枝翻转过来。

“珊瑚蛇！”拉夫大喊一声，“千万别靠近！那可是致命的毒蛇！”

当然了，童子军全都涌上来围观，只不过都保持着一定的距离。有人说：“要是不幸被这混蛋咬了一口，用不了一小时你就得挂掉。”

那彩色的大蛇开始向树枝下的枯枝落叶里钻去。拉夫俯下身去，更近距离地观察了一番。“等一下。把你们手里的事情都停下来。原来不是珊瑚蛇。这是一条猩红王蛇！只不过看起来像珊瑚蛇而已。嘿，这家伙根本就没有毒！它骗了我们，因为我们都被骗了，所以谁也不敢对它怎样。看看这圆环：红色、黑色、黄色、黑色，红色、黑色、黄色、黑色，一直排列下去。珊瑚蛇的圆环是按红色、黄色、黑色排列的。现在你们都学会区分王蛇和珊瑚蛇了吧？只要记住一点小窍门就够了：如果是红色紧挨着黑色，你就平安无事，各位；如果红色旁边是黄色，那它就可以把你干掉。”

没有一个人想要上前去摸一下那据说无害的家伙。猩红王蛇已经用了千万年的保护性模仿术再次被证明非常管用，那条蛇得以安然离开现场。

下午接近傍晚之际，“豹”小队和“鹰”小队的16名成员与拉夫一起回到步道口，在通往“死猫头鹰湾”公路前的那片空地上就地坐下，伸展四肢，一边等待接他们回家的面包车，一边叽叽喳喳交流着他们听说过的关于蛇的各种民间描述，其中一些很是让人半信半疑：巨型的蛇、吐毒液的蛇、卷成一团的蛇、一看到你就会追着跑的蛇，还有“奇科比巨蟒”。接着，他们的话题转到了诺科比县地区高中的足球队、下一次大型自然远足活动，以及只有少数几个同学可以吹嘘的前往其他州的旅行和出国旅行。由于现场还有一个成年人，并且他就在能听到他们说话的距离处，大家就没有提到女孩子，以及他们日常喜欢聊的其他话题。

“天啊，看那个！”一名童子军打断了聊天，腾地站了起来。沿着他指的方向看去，好几百只大蚂蚁拖着一只小蜥蜴，正朝林地蚁群的蚁丘方向前进。与此同时，就在几米开外，这些蚂蚁的同巢伙伴排成长长一列，从蚁穴的入口进进出出，匆匆忙忙向觅食者奔去，在地面形成弯弯曲曲的队形。一些蚂蚁到达蜥蜴那儿就立即转身往家跑，显然是要向自家蚁群的其他成员报告找到丰盛大餐的好消息。蜥蜴已经被肢解，尾巴不见了，脑袋几乎整个从身体上给扯了下来。

拉夫分析，它很有可能是被雀鹰或呆头伯劳抓到了，在鸟儿飞行途中不小心掉下来了。

“嘿，那个蚁穴里一定得有一百万只蚂蚁。”童子军们七嘴八舌谈论起蚂蚁。

其实是一万只，拉夫想。他已经从他带领的这支队伍中脱身出来，一个人坐在不远处的一个土墩上，那儿长满了簇生草和低矮的草本植物，现在全都开着花。从这个位置他依然可以透过分布在岸边的长叶松树辨认出诺科比湖闪烁的轮廓。夕阳西下，阳光早已从他身边的大地上退去，但还继续照耀着松树的树冠和开阔的湖面。

一阵微弱的雷声从南边透过他身后的树木墙隆隆传来，尽管在他的头顶正上方，以及他能看到的最远方，天空仍然万里无云。这里位于北美亚热带边缘的墨西哥湾沿海平原，天气总是变化多端。远处大约高 300 米的地方，拉夫看到一群种类各异的鹰和秃鹰在空中悠闲地绕着圈。它们这是在利用当天最后一大波热气流上升，先是伸展翅膀，螺旋状向上爬升，再向下和向外飞，从而飞出一段距离。然后，它们乘上另一股气流，又一次向上、向下以及向远处飞去。它们看上去就像许多树叶在一壶沸腾的水里翻腾一样，一起朝南方飞去，处在秋季迁徙的途中。它们一起飞，却又彼此无关，形同陌路，既不是朋友，也不是敌人。

那群鸟儿几乎很少拍打翅膀。流动的空气就像看不见的魔法一般让它们在空中上下移动。盯着这群鸟儿对拉夫产生了催眠作用。他开始想，若能跟它们一起，凭借一双永不疲倦的翅膀，一路飞向南方，穿越墨西哥湾宁静的水域，进入一些超越想象的新地方，在那儿停留一段时光，那该是多么有力的解放啊。

实际上，这天的活动结束之际，拉夫已经累得不行了，他的思绪也渐渐转向内心深处，变成某种愉悦的白日梦。男孩们的声音混杂在一起，变成了催眠的白噪音。只有偶尔爆发的一阵大笑或欢呼声可以打破这单调的集体背景音。他回到诺科比，为的是要亲眼看见，这一方小世界在人类力量前来破坏时，依然设法做到了毫发无损。这一次是一群小男生使他的回访成为可能，尽管他们对此毫不知情。

但这都不重要，重要的是事情已经完成。诺科比近在眼前，从现在到永远，生机勃勃，完整无缺，宁静安详，就像他小时候第一次看见的那样。这是他的圣地，就像他的远古祖先也有自己的圣地一样。诺科比跟祖先拥有的那些生境一样，是一处充满无限知识与奥秘的生境，超越了人类那贫乏头脑的理解范围。那是他矗立在毫无意义的大海之上的一座小岛。因为诺科比得以幸存，所以他也得以幸存。因为它留住了它的意义，所以他也得以留住自己的意义。诺科比已经赐予他这份珍贵的礼物。现在，它将治愈他。作为回报，他已经帮它恢复永生，让它永葆青春，为它保住了深厚历史的连续性。

致 谢

对建议我写这本书并且在写作过程中提供明智建议的编辑罗伯特·韦尔（Robert Weil），我抱有十二万分的感激。我还从其他朋友那儿得到了建议和帮助，为此我衷心地感谢威廉·芬奇（William Finch）、凯瑟琳·M. 霍顿（Kathleen M. Horton）、D. 布鲁斯·米恩斯（D. Bruce Means）、安妮·塞姆斯（Anne Semmes）、詹姆斯·斯通（James Stone）、沃尔特·钦克尔（Walter Tschinkel）和艾琳·K. 威尔逊（Irene K. Wilson）。还要感谢戴夫·科尔（Dave Cole）对终稿所做的专业而严谨的编辑。同样需要感谢的是我的出版经纪人约翰·泰勒·威廉姆斯（John Taylor Williams），正是他的专业知识、友谊以及令人耳目一新的幽默感，帮助我完成了本书以及我早期出版的许多作品。

“蚁丘编年史”作为本书的一个组成部分，是以几种真实的蚂蚁物种的科学信息为基础，互相糅合，融为一体而形成的，相关文献都已分别记录在案，比如贝尔特·荷尔多布勒（Bert Holldobler）

与爱德华·威尔逊合著的《蚂蚁》(*The Ants*)和《超级生物体》(*The Superorganism*)。与该部分一样，这些书的写作方式都是从蚂蚁的视角出发，力求尽可能准确地展现这种昆虫的生活。

附　录

动植物译名对照表

动物：

安乐蜥 green anole lizard
螯蜂 dryinid
巴吉度猎犬 basset hound
白鹭 egret
白尾鹿 white-tailed deer
斑马纹凤尾蝶 zebra swallowtail
臭鼬 skunk
北扑翅䴕 Northern flicker
笨蝗 lubber grasshopper
鞭蛇 coachwhip
步甲虫 ground beetle
苍鹭 heron
潮虫 woodlice
赤肩鵟 red-shouldered hawk
锄足蟾 spadefoot toad
刺鲅 wahoo
大海雀 auk
大蓝鹭 great blue heron
大嘴鲈鱼 bigmouth bass
呆头伯劳 loggerhead shrike
淡水螯虾 crayfish
鲷鱼 bream
东方泥龟 mud turtle
洞甲虫 cave beetles
短吻鳄 alligator
纺织娘 katydid
菲粉蝶 sulphur butterfly
粉蚧 mealybug
凤尾蝶 swallowtail

佛州地鼠龟 gopher tortoise
蝮蛇 pitviper
㹴犬 terrier
公牛鲨 bull shark
冠蓝鸦 blue jay
褐噪鸫 brown thrasher
黑寡妇蜘蛛 black widow spider
黑胸虫森莺 Bachman's warbler
红鲷鱼 red snapper
红顶啄木鸟 red-cockaded woodpecker
红火蚁 fire ant
红头美洲鹫 turkey vulture
红尾石龙子 red-tailed skink
红衣凤头鸟 cardinal
花甲虫 flower beetle
灰猫嘲鸫 catbird
家麻雀 house sparrow
甲螨 oribatid mite
郊狼 coyote
介壳虫 scale insects
金丝圆蛛 Nephila silk spider
菊黄花粉蝶 dogface sulphur
巨翅鵟 broad-winged hawk
巨角雄鹿 tenpoint buck
恐鸟 moa
库氏鹰 Cooper's hawk
蝰蛇 viper
蛞蝓 slug
蓝翅黄森莺 prothonotary warbler
豆娘 damselfly
蓝闪蝶 Morpho butterfly
狼蛛 wolf spider
猎蝽 assassin bug
猎鸡鹰 chicken hawk
穴蛙 gopher frog
斑衣蜡蝉 spotted lanternfly
菱背响尾蛇 diamondback rattler
六线鞭尾蜥 six-lined racerunner
六月虫 June bug
蝼蛄 mole cricket
鳗螈 Congo eel
美洲狮 cougar
皿蛛 linyphiid spiders
墨西哥棉铃象甲 cotton boll weevil
墨西哥游离尾蝠 Mexican free-tailed bat
滑龟 slider turtle
拟蝗蛙 chorus frog

鲶鱼 catfish
牛蛙 bullfrog
弄蝶 skipper
潘豹蛱蝶 cardinal butterfly
普通拟八哥 common grackle
犰狳 armadillo
雀鳝 gar
雀鹰 sparrow hawk
蝾螈 salamander
软壳刺鳖 spiny soft shell turtle
森王蛇 indigo snake
山齿鹑 bobwhite quail
珊瑚蛇 coral snake
圣甲虫 scarab beetle
石龙子 skink
十七年蝉 seventeen-year-locust
食蚜蝇 hoverfly
水蝮蛇 cottonmouth moccasin
水蛇 water snake
丝带蛇 ribbon snake
隧蜂 sweat bee
弹尾虫 springtail
天蚕蛾 cecropia moth
田鼠 vole
甜甜圈龟 cooter turtle
秃鹰 vulture
无肺螈 desmognathine salamander
蜈蚣 centipede
犀牛甲虫 rhinoceros beetle
线虫 nematode roundworm
响尾蛇 rattlesnake
象牙喙啄木鸟 Ivorybill
猩红王蛇 scarlet king snake
蚜虫 aphid
眼蝶 wood nymph
鼹蜥 mole skink
燕尾鸢 swallow-tail kite
野鸽 rock pigeon
叶蜂 sawfly
蚁蜂 velvet ant
银鸥 herring gull
银纹红袖蝶 Gulf fritillary
游隼 peregrine falcon
圆网蛛 orb-weaving spider
珍珠鸡 guinea fowl
猪鼻蛇 hognose snake
侏儒响尾蛇 pygmy rattlesnake
棕林鸫 wood thrush
鳟鱼 trout

植物：

巴豆 croton

柏树 cypress

北美枫香树 sweetgum

池杉 pond cypress

池沼革木 titi

臭甘菊 dogfennel

臭菘 skunk cabbage

大花四照花 dogwood

弗州栎 live oak

番红花 crocus

榧树 torreya

狗牙根草 wire grass

光滑冬青 tall gallberry

红杉 redwood

花旗松 Douglas fir

火炬松 loblolly pine

连翘 forsythia

马唐草 crabgrass

鳗草 eelgrass

毛草龙 primrose willow

美洲栗木 American chestnut

木兰树 magnolia

三芒草 three-awn

莎草 sedge

山柳 clethra

湿地松 slash pine

水栎 water oak

水紫树 swamp tupelo

桃金娘 Myrtle

土耳其栎 turkey oak

晚松 pond pine

香蒲 cattail

熊草 beargrass

须芒草 blue stem

映山红 azalea

月桂树 sweet bay

月桂叶栎 laurel oak

猪笼草 pitcher plant

梓树 catalpa tree

紫薇树 crepe myrtle

未来，属于终身学习者

我这辈子遇到的聪明人（来自各行各业的聪明人）没有不每天阅读的——没有，一个都没有。巴菲特读书之多，我读书之多，可能会让你感到吃惊。孩子们都笑话我。他们觉得我是一本长了两条腿的书。

——查理·芒格

互联网改变了信息连接的方式；指数型技术在迅速颠覆着现有的商业世界；人工智能已经开始抢占人类的工作岗位……

未来，到底需要什么样的人才？

改变命运唯一的策略是你要变成终身学习者。未来世界将不再需要单一的技能型人才，而是需要具备完善的知识结构、极强逻辑思考力和高感知力的复合型人才。优秀的人往往通过阅读建立足够强大的抽象思维能力，获得异于众人的思考和整合能力。未来，将属于终身学习者！而阅读必定和终身学习形影不离。

很多人读书，追求的是干货，寻求的是立刻行之有效的解决方案。其实这是一种留在舒适区的阅读方法。在这个充满不确定性的年代，答案不会简单地出现在书里，因为生活根本就没有标准确切的答案，你也不能期望过去的经验能解决未来的问题。

而真正的阅读，应该在书中与智者同行思考，借他们的视角看到世界的多元性，提出比答案更重要的好问题，在不确定的时代中领先起跑。

湛庐阅读 App：与最聪明的人共同进化

有人常常把成本支出的焦点放在书价上，把读完一本书当作阅读的终结。其实不然。

时间是读者付出的最大阅读成本

怎么读是读者面临的最大阅读障碍

“读书破万卷”不仅仅在“万”，更重要的是在“破”！

现在，我们构建了全新的“湛庐阅读”App。它将成为你“破万卷”的新居所。在这里：

- 不用考虑读什么，你可以便捷找到纸书、电子书、有声书和各种声音产品；
- 你可以学会怎么读，你将发现集泛读、通读、精读于一体的阅读解决方案；
- 你会与作者、译者、专家、推荐人和阅读教练相遇，他们是优质思想的发源地；
- 你会与优秀的读者和终身学习者为伍，他们对阅读和学习有着持久的热情和源源不绝的内驱力。

图书在版编目（CIP）数据

蚁丘 /（美）爱德华·威尔逊（Edward Wilson）著；王尔山，魏闻骐译. -- 杭州 ：浙江教育出版社，2022.7
书名原文：Anthill
ISBN 978-7-5722-3825-3

Ⅰ. ①蚁… Ⅱ. ①爱… ②王… ③魏… Ⅲ. ①长篇小说—美国—现代 Ⅳ. ①I712.45

中国版本图书馆CIP数据核字(2022)第106474号

浙江省版权局
著作权合同登记号
图字:11-2022-105号

上架指导：小说 / 自然科学

蚁丘
YI QIU

[美] 爱德华·威尔逊（Edward Wilson） 著
王尔山　魏闻骐　译

责任编辑：刘晋苏
文字编辑：傅美贤
美术编辑：韩　波
封面设计：ablackcover.com
责任校对：李　剑
责任印务：陈　沁
出版发行：浙江教育出版社（杭州市天目山路 40 号　电话：0571-85170300-80928）
印　　刷：天津中印联印务有限公司
开　　本：880mm ×1230mm 1/32　　插　　页：1
印　　张：12　　字　　数：293 千字
版　　次：2022 年 7 月第 1 版　　印　　次：2022 年 7 月第 1 次印刷
书　　号：ISBN 978-7-5722-3825-3　　定　　价：89.90 元